国家社科基金项目"新世纪农民工书写研究" 编号为（09CZW064）

新世纪
农民工书写研究

XINSHIJI NONGMINGONG SHUXIE YANJIU

江腊生 著

人民出版社

序

陈东有

改革开放三十多年来，农民工的研究成为社会学、经济学等社会学科的热门话题，原因首先不是研究者的主动，而是农民在谋求生存方式上出现了太多的问题，有太多的不平等，太多的艰难。社会科学工作者发现了这些问题，闯了进去，构建了"农民工学"，出现了大量的研究成果，为农民工的生存和发展，为农民工的维权，为中国社会的公正和平等作出了很大的努力，产生了很好的效果，这是有目共睹的。

但是农民工的生存不只是物质的问题，还有心灵的创伤需要医治，还有精神的需要应该得到满足。他们有话要说，有苦要诉，有情要抒，有喜要乐，有歌要唱，有故事要讲，还有一些有一定文化的农民工有事要写。"人民群众日益增长的精神需求"在他们身上同样有强烈的表现，他们有自己的人文追求，也需要得到社会的人文关怀，他们期待人文学科的学者去关注他们，关心他们。这是近十年来"农民工学"发展的又一个新的重要内容。

江腊生先生就是这样一位人文科学工作者，他不仅像其他社会科学工作者那样走进农民的劳动和生活之中，更走进了他们的精神生活之中，去体味他们的思想的波动，去把握他们的精神脉动，去研究他们的或写他们的文学创作。江先生对此的认识是很深刻的，对那些采用写的方式表达自己的内心世界的农民工兄弟给予了亲切的人文关怀，同时也对写农民工的文学进行了人文意义的研究。

　　农民工书写"热"，是当代文坛的一个重要现象。城乡二元体制的长期存在，引发了农民工强烈的不平等感，在精神构建和文化心理的深处发生了前所未有的矛盾冲突。其中的苦难、艰难、困惑、焦虑、压抑，更是记录了当下中国特定转型时代的生存事实。透过这些事实，呈现了一个农业大国迈向工业主导国家的艰难历程，体现了中国农民在厚重的乡土与现代化的城市之间的精神流变。在城乡冲突的时代语境下，文学承续了针砭现实的传统"悯农精神"，将农民工进城的事实作了最直接的描述，呈现了中国现代化进程中的复杂状态。这些作品在一系列与民呐喊的不和谐音符中刺激了当下主流社会和读者的神经，为当下文坛赢得了真切的现场感和人道主义的力量，也呈示了它的浅白与功利。

　　江腊生先生在他的研究中认为，在这些文学中，城市想象既是农民工走进城市的巨大驱动，也是作者对诸多现代性悖论的理解和把握。同时，作者立足于乡土世界，以乡土的价值尺度来观照城市的遭遇，并以贫穷化、诗意化的形式来反衬城市欲望的想象性书写。二者在农民工身上汇聚、冲突产生了农民工在特定时代的生存焦虑与价值焦虑，并形成了他们偏执型、情绪化的叙述伦理。从叙述模式来看，新世纪农民工书写直面底层，揭示城乡不公的社会现实，整个文学群落呈现出单一的模式化、情绪化特征。从创作心态来看，有两个角度，一是来自一线的打工青年之"我手写我口"，提供了鲜活的人生生活的经验，真实地记录了打工一族在现实生活中的血泪与悲欢，憧憬与希望，以及他们在乡村和城市的缝隙间穿梭游走，找不到归宿的孤独和苦闷。这些作者往往不平而鸣，更多的以一种梦想与愤激的心态来面对他们生存的世界。二是写农民工的作家们带着现实主义批判的精神和启蒙拯救的意识，观照农民进城的谋生艰难与人性审美，从而在文学陌生化的努力中获得了新的空间。

　　于是，关于"农民工文学"的研究和讨论就在这里展开了，这是中国当代文学的一个进步。这里，注重的是以人的观念贯穿农民工书写研究，以文学焦虑切入文本，探讨其中的叙述心态和叙事模式，结合当下语境，探讨各种媒介对农民工书写的影响与发展，并以文学史的视野，辩证地审视其美学得失。这里，研究的问题意识强烈，关注社会现实问题，注重从表现形式上分析农民工书写的美学得失，不仅在文学理论、美学表现方面对农民工作家具有一定的指导意义，又在视野上提升了当代文学的现实参与意识与责任意识。

关照一个庞大而又崭新的社会群体，不仅关心他们的吃穿住行、工资津贴、婚姻家庭这些基本权益的保障，还要关心他们喜怒哀乐、公正平等、嬉笑怒骂的精神需求，这也是他们的基本权益。有时我们不必区分社会科学与人文科学的区别，因为二者是融合在一起的；有时我们又有必要区分他们的区别，因为二者不一样，不仅需要拷问我们有没有缺失，更需要社会各方面给予他们以整合、以全面的关照。

江腊生先生的研究为我们的文学当代研究做出了一个很好的样本。

2016 年 6 月 16 日

目　录

第一章 绪 论

中国现代文学史上的每一股文学思潮，几乎都是在社会转型的语境下产生。没有转型就没有现代文学的发生。"转型"首先是一种社会秩序的变动。城乡之间形成的巨大差距，导致大规模农村人口的流动，直接产生了"农民工"这一群体，也催生了"农民工书写"这一文学现象。"转型"也是一种社会心态。它体现了一个多世纪以来现代性之风给这块古老的土地带来的兴奋与焦虑。文学因为转型有了美学的张力。"转型"又是中国社会特定发展时段的抚慰剂，生活在其中的每一个中国人发现，几乎天天是转型，处处在转型，转型是一种艰难，也是一种希望。可以说，转型与"农民工"这个称谓一样，都是中国社会发展"在路上"的中间状态。"农民工"，是指离开乡村进入城市务工的农民群体，它意味着中国农民在特定的工业化进城中从乡村到城市划过的生命轨迹。他们在卷入城市化的过程中经历了种种遭遇，又努力寻求生存下去的希望与快乐，引发了强烈的错位感、失重感，在精神结构和文化心理的深处发生了前所未有的矛盾冲突。其中经历的苦难、困惑、焦虑和压抑，真实呈现了一个农业大国迈向工业主导国家的艰难历程。透过农民工的这些生存事实，体现了中国农民在厚重的乡土与现代化的城市之间的精神流变。

第一节 课题的源起与农民工书写的提出

出生在乡村，成长在乡村，如今谋职在喧闹都市的我，总感觉自己的一

1

半留在了老家，还生活在老家土木结构的屋子里。城市是我生活的现实空间，却总是让我屡屡产生一种客居他乡的感觉。每年的春节总要回到老家，与年迈的父母共叙一年的冷暖，一年的努力。每次回到老家发现，水泥钢筋的房子一天天在挤兑着原来的老宅，手机、电脑、摩托车、小汽车，不断武装了乡民的日常生活。然这些外在的生活表象，却无法掩饰父老乡民从乡村到城市的内在焦虑，也无法冲淡我本人内心的焦虑。候鸟式的农民过年之前飞回，年后又带上一年的行囊和依恋，匆匆飞向沿海城市边缘的各个角落。每次回家父母总有一些留守老人和儿童的真实故事传入我的耳中，谁家的孩子在外打工，挣了多少钱，谁一家人在外打工欠了一屁股债回来，谁家的孩子在外打工出了事故，谁家又造了新房子。这些话语当中直接促成了我对农民工群体的关注。加上我当年也曾有两个月的东莞打工的体验，一个月在皮鞋流水线工作，一个月从事企业文化工作，白天黑夜的轮番加班，上交了身份证后的无自由，相对内地中学教书的"高收入"，都让我无法忘怀当年"走四方"的冲动，和漂泊广东各市的苦与乐。因此，来自身体内部的乡村情结与曾经的打工体验，让我无法漠视家乡的打工"候鸟"，无法不去关注他们的生存状态和情绪体验。

其次，三年博士论文的研究，一直在西方后现代主义理论中寻求话语的自我建构，却发现这些研究似乎无法贴切阐释身边的很多文学现象和生活现象。博导朱栋霖先生提出的"人的观念"，让我将视角聚焦到中国当代文学的本土人格，中国社科院杨义先生的本土化思维，直接将我的研究拉回本土的文学事实。天然的农民情结与强烈的底层意识，让我逐渐意识到，在江西这块厚实的红土地上从事文学研究，就应该立足江西是一个农民工输出大省的事实，关注他们的文学诉求与情感世界，是寄予我关注农民生存、开辟我文学研究新领地的有效方式。这让我逐渐将研究视野移至农民工书写，通过考察这一类文学的情感流动与思维方式，从而真正把握当下中国最为本真的文化事实与文学努力。

切身的乡村生活体验和文学研究的冲动，驱使我不断将目光转向当下关于农民进城的文学现象。历史地看，农民进城谋生，是中国现代化发展的一个历史现象。在古代，农民离开乡村，往往成为游民，自由出入于乡村与城镇之间。王学泰指出："他们脱离了社会秩序，失去了角色位置（许多游民无妻无子），是没有根基、随着时势浮沉游荡的一群。"①游民往往居无定所，也没有正常的职业，反社会和崇尚自由是他们的特征，进城谋生并不是他们的主要追求。但是，他们的农民身份，他们的城市流动性与进城农民工相仿佛。一直到明末出现城市资本的萌芽以来，中国农民走进城市，成为产业工人的雏形。"工业化的最普遍的影响，就是农民大批的由乡村趋向都市去找寻工作。"②20世纪50年代，柴德赓等人在苏州发现清朝雍正年间所立的《永禁机匠叫歇碑》，从碑名来看，"机匠"，即机织工人；"机户"，即作坊主；所谓"叫歇"，是苏州方言，即高喊停工的意思，当"罢工"这个词还没有出现的时候，在苏州丝织业行会的机房里，已经有机匠因为不满机户的剥削，要求提高工资改善待遇，而拍案高喊歇工。可见，农民进城务工在那时已是一种普遍现象。③而在20世纪初，江苏无锡等地的织绸、面粉、铁工、印刷等行业的工人"本地人约占30%，近乡人约占21%，他省人约占43%。"④如翟克指出，"中国农民缺乏耕地，因此一家之生活实不容易维持，幸而中国的农民的生活程度低下，而农民兼有副业，如织布、纺纱与养蚕都可以增加农民之收入，使他们得以维持其生活，但自帝国主义资本主义侵入中国农村后，就把中国农民的原有副业掠夺了，于是农民就入不敷出，则农民不能不求副业——当苦工——于都市，而把土地的耕作委之妻子父母，弄到结果，副业的苦力变成正业，正业之农耕变成副业，于是从前农业原有的和平安定之空气，为之一变，农村就无形中被破坏了。"⑤这种情况在夏衍、丁玲、老舍、茅盾等作家那里得到了不同角度的反映。到了新中国成立之后，为了集中最大化的财力用于工业发展，国家实行农业服务于工业化的城市化策略，尽可能控制城市规模的发展，并最大限度地降低城市化运营的社会成本。因此，限制农民流入城市，压低城市消费成为国家的主要措施。户籍制度成为城乡二元结构的主要壁垒。以农业人口和非农业人口为依据，国内人

①　王学泰：《游民、游民文化与游民文学（上）》，《文史知识》1996年第11期。
②　陈翰笙：《工业化与无锡的农副业》，见陈翰笙、薛暮桥、冯和法编：《解放前的中国农村》第3辑，中国展望出版社1989年版，第157页。
③　柴德赓：《记〈永禁机匠叫歇碑〉发现经过》，《文物参考资料》1956年第7期。
④　池子华：《近代苏南农民工的源与流》，《苏州大学学报》（哲学社会科学版）2007年第6期。
⑤　翟克：《中国农村问题之研究》，国立中山大学出版部1933年版，第119页。

口二分为农村居民和城市居民，他们分别享受农业粮和商品粮，口粮制度正是户籍制度的基础。于是从生存上根本锁定了"农民"与"非农民"的身份，阻拒了城乡之间的合理流动。1952年，《人民日报》发表文章《应劝阻农民盲目向城市流动》。1953年4月17日，政务院下达了《劝止农民盲目流入城市的指示》，首次以政府的名义阻止农民进城，提出对进城农民，除有工矿企业或建筑公司正式文件证明其为预约工或合同工者外，均不得开给介绍证件。对进城农民，除确实需要的，要劝其还乡。[①] 一直以来，农民进城处于各级政府的遏制之中。相反，"与使革命走向胜利的农民相比较，市民的特权地位不断增长。在城市里，由国家负责提供的'一揽子福利'待遇，社会主义从而被认为是前途光明的；但是在农村，提供任何福利的负担，最终都不是落在国家而是落在集体和农民自己的身上。结果经济改善的情况比城市少得多。"[②] 实际上，为了进一步防止农村人口大量外流的现象继续发展，从1956年12月30日到1957年12月18日间，中央政府及有关部门连续发布了7个限制农民进城的文件。它们分别是：1956年12月30日由国务院颁布的《关于防止农村人口盲目外流的指示》；1957年3月2日由国务院颁布的《关于防止农村人口盲目外流的补充指示》；1957年5月13日国务院批转内务部《关于受灾地区农民盲目外流情况和处理办法的报告》；1957年7月29日国务院批转公安部《关于实施阻止农民盲目流入城市和削减城市人口工作所面临的问题及解决办法的报告》；1957年9月14日由国务院颁布的《关于防止农民盲目流入城市的通知》；1957年12月13日由国务院颁布的《关于各单位从农村中招用临时工的暂行规定》；1957年12月18日由中共中央、国务院颁布的《关于制止农民盲目外流的指示》。[③] 城乡分割的二元社会结构以超稳定的形式，将城乡居民的社会身份、户籍等方面作了严格的区分。

　　1978年农村实行家庭联产承包责任制，随着生产力的提高，农民陆续从土地上解放出来，开始涌入城市寻找新的发展空间，在就业机会、公共服

---

① 龚育之主编：《中国二十世纪通鉴》第3册第11卷，线装书局2002年版，第3429—3430页。

② [美] R.迈克法夸尔，费正清：《剑桥中华人民共和国史》，中国社会科学出版社1992年版，第712页。

③ 王爱云：《试析新中国成立后我国身份社会的形成及其影响》，《中共党史研究》2011年第12期。

务、生活消费等方面，与城市居民产生冲突。一些城市很长的一段时间内仍将他们定位为"盲流"，采用收容、遣返等制度进行管理，产生了很多社会问题。但是，改革开放的全面铺开，决定了这次农民工流动的规模空前。流动迁徙的形式大致分为两类：一类是跨地区流动，随着沿海地区工商业的快速发展和劳动力的不足，中西部地区的农民大量短期甚至长期迁移东部经济发达地区，这种人口流动也称为"民工潮"；另外一类流动则是农民就近流动到快速发展的本地城镇。1984 年，中国社科院教授张雨林在《社会学研究通讯》发表的一篇文章中，首次提出"农民工"一词。尔后，"农民工"这个说法被大量地引用。沈立人在《中国农民工》一书中对农民工的定义、诠释和正名作了仔细的梳理，"农民工，无论是'农民＋工'或'农＋民工'，不同程度地兼有两种身份和双重角色，并且以'农'为起点，以'工'为归宿，是过渡期的特有现象。"① 随后，"农民工"一词在《国务院关于解决农民工问题的若干意见》中反复提到。采用农民工称谓，一是既能包括广大进城务工的农民，也能包括就近从农业转移到乡镇企业就业的农民；二是农民工是我国工业化、城市化过程中的特殊群体，将在一个相当长的转型时期内存在；三是这一称谓在民间和社会媒体中已经约定俗成，比较准确，比较贴切；四是党中央和国务院相关文件经常使用农民工称谓，不存在一定的群体歧视，关键在于国家实行一定的经济社会政策来解决。2004 年中央 1 号文件明确指出："进城就业的农民工是产业工人的重要组成部分。"据国家统计局网站 2012 年 4 月 27 日公布 2011 年我国农民工调查监测报告，进城农民工超过 2.5 亿，已经成为我国城市产业发展的重要生力军。

从老舍笔下的"骆驼祥子"，到路遥的"高加林"，相隔半个世纪的中国农民不约而同来到城市打拼。但在这些文学中，城市虽然作为乡村的对立面，却没有出现真正实体性的城市书写。城市只是一个相对于乡村世界的虚指。改革开放以来，由于长期受到城乡二元体制的影响，农民工作为农民的一部分，与农民、农村仍保持着千丝万缕的联系，游动于乡村与城市之间。作为一个新的社会分层，他们独特的经济需求和政治诉求远没有得到充分的尊重。他们往往带着农村的青春血液，为自己的生存和梦想走进城市，并用

---

① 　沈立人：《中国农民工》，民主与建设出版社 2005 年版，第 52 页。

文字来阐释自己的城乡焦虑与困惑。都市寻梦的激情与价值失落的伤痛，促使一些人将自己的生存感受和情感体验表达出来，形成了新世纪一个既新且旧的文学风景。安子、王十月、郑小琼、谢湘南、柳冬妩、周崇贤、林坚、张伟明、张守刚等外乡人来到广东各地，打工、写作两不误，用类似于纪录片的方式原生态地表现农民工对城市的追求与梦想。

一些打工青年以自办报纸、杂志的形式，或以内部刊物、文学网站为阵地，将自己的打工见闻、情绪体验表现出来。1992 年深圳宝安区石岩街道打工青年自办《加班报》，它的发刊词是："我们刚刚结束给老板加班，现在我们开始为自己的命运加班。"带动整个珠三角地区"打工文学"热潮的，则是深圳宝安区主办的《大鹏湾》杂志。2001 年 5 月 31 日，全国第一份民间打工诗歌报《打工诗人》报创刊。其中刊载的一些诗歌相继在《诗刊》、《星星诗刊》、《诗潮》、《诗选刊》、《诗歌月刊》、《绿风》、《扬子江诗刊》、《人民文学》、《新华文摘》等全国多家报刊进行了转载。据不完全统计，自改革开放以来，以发表农民工进城题材为主的期刊主要有：《佛山文艺》、《嘉应文学》、《江门文艺》、《大鹏湾》、《打工族》、《打工妹》、《打工知音》、《西江月》、《南飞燕》等。其中自 1991 年到 2013 年，《佛山文艺》登载关于农民进城打工的作品约有 1586 篇，成为农民工题材创作的第一大刊物。其中 1994 年变为半月刊，设有"打工文学专号"，主要关注打工者生活状态和城市奋斗的经验，每刊大约有 3 篇关于农民进城打工的创作。2001 年后，新乡土和都市婚恋居多，每期约有 5—8 篇，体现了打工创作与市场消费的与时俱进，也反映了农民进城题材不断与消费话语的紧密结合，其中的批判性逐渐以大众化的形式存在。

同时，面对如此庞大的农民进城大军，尤其是他们在城市的种种遭遇与压抑，很多精英作家也纷纷侧目。王安忆、迟子建、铁凝、范小青、刘庆邦、王祥夫、鬼子、陈应松、尤凤伟、孙惠芬、荆永鸣等，以关注底层命运为使命，从人性的复杂与社会的批判等层面创作了一系列农民进城的作品。一些主流媒体也给予了关注，《人民文学》、《十月》、《当代》、《天涯》、《钟山》、《花城》等刊物纷纷开辟农民进城打工的栏目，刊载农民工进城题材的作品。《人民文学》自 2001 年以来，累计发表关于王十月、郑小琼等关于农民工书写的作品有 131 篇，体现了官方媒体对这一题材的关注。网站主要有：打工诗歌网、中国打工作家网、打工文学联网、绿洲文学网等。这些文学现象共同形成了一道农民工进城的文学风景。

因此，本书探讨的农民工书写，指的是当下关于农民进城打工的文学创作现象。其中既包括一系列"我手写我口"的打工者的体验性写作，又包括一些主流的作家对农民工生存状态的精英性写作。这是当下作为一个农业大国的社会在工业化进程中的真切反映，体现了文学对时代文化与底层命运的深切关注。

第二节　农民工书写的研究现状与特征

文学是一定社会现实的反映与思考。自 20 世纪 80 年代农民进城谋生成为时代主潮以来，相应题材的文学创作应运而生，尤其在党和国家提出以人为本，重点解决"三农"问题等方针政策后，农民工书写呈现井喷状态。随之，针对这类创作的研究不断推出。2013 年，中国期刊网显示，关于这类创作的研究论文达 1233 篇，其中 1992 年 1 篇，到 2004 年 11 篇，从 2005 年的 44 篇开始呈现不断扩大之势，到 2013 年达 275 篇。从内刊《大鹏湾》，到《佛山文艺》、《江门文艺》，到主流文艺刊物《人民文学》、《小说月报》、《小说选刊》，关于农民工书写的研究成为当下一门显学。同时，国家主流不断通过各种奖励机制推出农民工书写的精品。共青团中央以"鲲鹏文学奖"，"人民文学奖"、"新浪潮奖"等形式，不断推出一批新人和新作。相应地，农民工进城打工的话题不断成为各高校、各研究部门的课题，截至 2013 年，全国高校完成的相应话题的博硕士论文共有 56 篇。正是这些因素的相互作用，构成了当下农民工书写研究的热，也决定了农民工书写研究呈现出以下特征。

一、文学研究的"文化"化

早期农民工书写的关注，主要以深圳和广东的学者和作家为主，他们以文化学、文化社会学的视角，来关注中国改革开放带来的农民进城打工的文学现象。杨宏海是较早关注农民工书写的学者之一。他从深圳地域文化或都市文化的研究路径入手，提出了"城市想象"、"身份认同"、"性与政治"、打工小说创作的"造梦"与"造市"等，直接影响了后来的研究命题。他从20世纪80年代中期开始对"打工文学"进行跟踪研究，先后发表了《打工世界与打工文学》①、《打工文学"纵横谈》②、《文化视野中的深圳文学》③，主编《打工文学备忘录》、《打工文学作品精选集》、《全球化语境下的当代都市文学》等丛书。他与尹昌龙的《市场经济下的文学新潮：打工文学》④探索了打工文学与"打工"的关系及发达的商品经济的关系，从传播学角度指出了传媒对打工文学发展的促进作用，并对安子、张伟明、周崇贤等代表作家的创作进行了倡导性的评价。毛少莹的《打工文学与下层职业女性》⑤在描述"打工文学"发生发展过程的同时，以女性学者的细腻和敏感的视角观察"打工妹文学"及"打工妹"的生活现实，宏观地描述了女性农民工在南方的生存现状，提出农民工的性与政治、城市道德与性压抑等文化社会学性质的文学话题。尹昌龙站在深圳都市文化的角度，《大鹏湾的文学生产》研究了打工小说的作者、读者、编者和刊物之间的共生状态，进而考察了打工小说的精英立场与大众立场之间的冲突特征。开创性、先导性是这些广东研究者的主要价值所在，他们的研究立足于打工者的实际创作，从都市文化的视角来看待这些文学现象。由于他们的职业身份和研究习惯，往往从文化产业的视角来关注深圳或广东的打工文学创作现象，其背后的功利性直接影响了研究视野的局限。

其次，"文化"化倾向还体现在农民工书写的底层意识研究。这些研究主要体现在一些精英学者的文章和讨论中。自蔡翔在《钟山》第5期上发表了《底层》⑥一文以后，刘旭的《底层能否摆脱被表述的命运》⑦，罗岗的《"主

---

① 杨宏海：《打工世界与打工文学》，《当代文坛报》1991年第2期。
② 杨宏海：《"打工文学"纵横谈》，《深圳作家报》1991年第2期。
③ 杨宏海：《文化视野中的深圳文学》，《羊城晚报》，副刊《花地》1995年2月4—5日。
④ 杨宏海、尹昌龙：《市场经济下的文学新潮：打工文学》，《广州文艺》1995年第3期。
⑤ 毛少莹：《打工文学与下层职业女性》，《深圳文化研究》2000年第2期。
⑥ 蔡翔：《底层》，《钟山》1996年第5期。
⑦ 刘旭：《底层能否摆脱被表述的命运》，《天涯》2004年第2期。

奴结构"与"底层"发声——从保罗·弗莱雷到鲁迅》①等文本，将农民工书写纳入"底层"文化的讨论中，体现了研究者作为知识分子关注社会分层，思考文化走向的忧患情怀。"现在的精英文化和大众文化，是对底层的双重的阉割和篡改，没有自己的文化，底层很难正确传达自己的声音。"②王晓明认为："'三农问题'并不仅仅是来自今日中国的经济和政治变化，它也同样是来自最近二十年的文化变化。这些变化互相激励、紧紧地缠绕成一团，共同加剧了农村、农业和农民的艰难。因此，如果不能真正消除'三农问题'的那些文化上的诱因，单是在经济或制度上用力气，恐怕是很难把这个如地基塌陷一般巨大的威胁，真正逐出我们的社会的。"③这些研究往往农民工书写作为分析的个案，将他们的文本作为具体时代的研究材料，更多的是一种社会学或文化社会学层面的思考，而少有文学审美层面的研究。他们的研究较之前者具有明显的理论深度和文化穿透力，却在文学审美与人性分析层面蜻蜓点水，甚至很少驻足。

另外一些学者或立足于社会学视角，通过具体的作品解读，来分析当下社会底层世界艰难复杂的生存状态，并承袭了传统知识分子的启蒙与拯救意识，思考社会分层而造成价值失衡的原因，体现了文学研究的社会学思维，或者从宏观的视野来研究农民工书写与人民性、《人民文学》期刊的关系。李云雷的《近期"三农题材"小说述评》④、王文初的《新世纪底层写作的三种人文观照》⑤、贺绍俊的《文学的人民性与社会形态》⑥、旷新年的《人民文学：未完成的历史建构》⑦等文章将农民工书写视为一种"新人民性"，表现底层正是体现了一种人民伦理，其中更多地体现了社会学乃至文化学的特质。李云雷则直接从"三农"问题这一社会学概念入手，从"新左翼"文学精神契入农民工的生存事实，分析和思考一些底层写作的审美价值。他甚至强调：

① 罗岗的《"主奴结构"与"底层"发声——从保罗·弗莱雷到鲁迅》，《当代作家评论》2004 年第 5 期。
② 蔡翔、刘旭：《底层问题与知识分子的使命》，《天涯》2004 年第 3 期。
③ 王晓明：《L 县见闻》，《天涯》2004 年第 6 期。
④ 李云雷：《近期"三农题材"小说述评》，《文艺理论与批评》2004 年第 6 期。
⑤ 王文初：《新世纪底层写作的三种人文观照》，《江西社会科学》2004 年 11 期。
⑥ 贺绍俊：《文学的人民性与社会形态》，《探索与争鸣》2008 年第 5 期。
⑦ 旷新年：《人民文学：未完成的历史建构》，《文艺理论与批评》2005 年 6 期。

"面对中国农村的问题与现状，不少作家从文化与历史的层面进行了反思，这是向纵深拓展的一种努力，这些探索既提出了一些看待问题的新角度，也有囿于思想惯性的一面。"① 王文初② 充分肯定作家的"社会角度观照"，认为底层小说体现了一种"人文主义精神"，意在维护底层的价值与尊严、呼唤社会的自由与平等。这些研究综合了社会学与文学审美的思考，在开阔的视野中折射了研究者多维度、跨学科的理性思维。

二、研究的人文情怀

相比较于以往注重形式批评的文学研究，农民工书写研究大都持有浓厚的人文情怀。新时期以来较长的一段时间内，文学研究呈现西方理论一边倒的局面。各种西方文艺理论、文艺思潮一拨又一拨在中国文学场演练渗透，精神分析学说、表现主义、魔幻现实主义、先锋派、后现代主义等诸多文艺思潮丰富了中国文学的话语空间，却也造成了批评话语与中国文学场的隔膜。很多文学研究似乎远离中国文学的本土性，而变成了西方话语的中国套用，失去了文学本该有的人文情怀。相反，农民工书写的"热"，体现了文学向生活沉淀的倾向。文学在原生态与本土性的园地里，真切地反映了中国社会转型时代的城乡差异带来的精神流变与价值取向。这一类文学研究在关注弱势群体、三农问题中直接展露了浓烈的人文精神与悲悯情怀。

蒋述卓从现实关怀、底层意识与新人文精神的学理分析入手，思考和探讨了一系列农民进城打工的文学书写，体现了作者对底层农民工强烈的底层意识与人文情怀。他认为，"作家的人文关怀大致可分为两种层次：一是对人类的终极关怀，即追求人类生存的意义、死亡的价值、人的全面和自由的发展以及人的精神追求等；二是对人的现实关怀，即对人类生存处境和具体现实环境的关心、人性的困境及其矛盾、人对自由平等公平公正公义的艰难追求以及人类的灵肉冲突等等。在现实关怀之中，包含着作家强烈的人道主义关怀和人本主义意识，体现出作家对人的生存状态的高度重视，对人的价

---

① 李云雷：《近期"三农题材"小说述评》，《文艺理论与批评》2004 年第 6 期。
② 王文初：《新世纪底层写作的三种人文观照》，《江西社会科学》2004 年第 11 期。

值的集中关注，尤其体现在对社会底层命运的关注以及对他们生存欲望的深刻理解和同情。"① 张未民将直面农民工的生存与他们的写作结合起来，将他们的写作定位为"在生存中的写作"，他指出："'在生存中写作'的文学，则有着建立在基本生存之上的真实情感，撕心裂肺或困顿徘徊，以及所有的想象和心灵体验，都建立在'我手写我口'式的内在基础上，化为一股为生存而斗争的时代精神充盈其间。"张清华从时代的写作伦理出发，将农民工书写视为一种底层生存写作。他认为在现时代最朴素和最诚实的写法，就是现场呈现式的表达，所有主题都还原为"生命"、"生存"、"命运"这些初始的概念，而不只带有社会伦理学层面上的那些意义②。李云雷从另一个侧面指出，部分底层叙事只有简单的人道主义同情。这种人道主义同情是一种居高临下的叙述，是一种脱离了实际的无病呻吟。很大程度上，这是一定创作主体出于物质功利的目的，追赶创作时髦，对"底层"世界施舍廉价的同情③。这些研究一方面体现了精英知识分子对底层农民工书写的人文主义情怀，也体现了他们从学理层面上对农民工书写的价值思考。

更多的研究则主要停留在人道主义的情绪化层面。从题目上看，《打工文学的血性表达》④、《对困难中人性与良知的思考》⑤、《打工文学：底层生命的呐喊与梦想》⑥、《文明冲突中带着痛的生存》⑦等一系列的文章，大都从农民工生存的苦难与疼痛角度入手，以人道主义的情怀关注他们肉体和精神上的压抑和苦难。力量型和情绪化是这些文本研究的主要特征。这些研究的话语大都有现实主义、人道主义、底层关注等关键词，他们在研究中往往注重分析农民工进城谋生的苦难经历，体验农民工在城市里的疼痛与焦虑，体现了

---

① 蒋述卓：《现实关怀、底层意识与新人文精神——关于"打工文学现象"》，《文艺争鸣》2005 年第 3 期。

② 张清华：《"底层生存写作"与我们时代的写作伦理》，《文艺争鸣》2005 年第 3 期。

③ 李云雷：《"底层叙事"前进的方向》，《小说选刊》2007 年第 5 期。

④ 周航：《打工文学的血性表达》，《文艺报》2012 年 04 月 18 日。

⑤ 刘娟：《对苦难中人性和良知的思考——评王十月的长篇小说〈无碑〉》，《文学界》2012 年第 10 期。

⑥ 敖荣祥：《打工文学：底层生命的呐喊与梦想》，《南方论刊》2010 年第 2 期。

⑦ 田丽媛：《文明冲突中带着痛的生存——论当下农民工题材小说》，《唐山学院学报》2007 年第 5 期。

强烈的底层意识。谢有顺指出："当作家们为了迎合消费文化，无视自己的精神原产地，不约而同地去写一种奢华生活，而对另一种生活保持集体沉默，这就隐藏着写作暴力——它把另一种生活变成了奢华生活的殖民地，这是对当代生活的简化，也是对自己内心的背叛，其后果是造成中国时代记忆的断裂，我们文化之外的人会误认为泡吧，喝咖啡，穿名牌，四处游历就是中国这一时代的实际，那些底层的、被损害者的经验完全缺席了，这就是一种生活对另一种生活的殖民。"[①] 从这个意义上说，这一类研究缝合了中国改革开放这一转型期的历史记忆，在展示进城农民的困境与传播底层世界的尖锐声音中，或多或少具有引起全社会关注，从而产生改变农民工群体无根命运的社会功效。

彭学明的《在疼痛中苏醒和超越——深圳打工文学初探》颇有代表性。"他们的痛，不是单向度和单层面的，而是在社会的每一根神经上，在人心的每一个细胞里，来自生命的深处，来自灵魂的深处，来自心灵的深处，所以真实，悲切，有强大的灼热感和穿透力。"[②] 这些研究话语抓住农民工个体来城市务工的生命与生存感受，在分析与思考他们的悲苦状态中传达一种对弱势群体的同情与支持。这种同情与支持，不是来自西方人文主义的个体独立意识的凸显，也不是现代文学中作为知识分子高高在上的启蒙与拯救。他们的研究文本中更多的是一种对社会阶层不平衡的愤怒与呐喊，也呈现了研究者贴近农民工生存现实，从情感上同情他们的生存境遇的一种情绪化倾向。

纵观近年来关于农民工书写的研究文本，大多为针对某一具体作家或具体文本，分析其中的农民工形象及其生存境遇。他们的研究表现出人道主义的精神力量，却少有深入的理性分析。人云亦云的结论及大同小异的思路，体现了文学研究一定的局限性。

三、文学研究的模式化

考察众多农民工书写研究的论文，大多持一种二元对立的思维，即城乡

---

① 谢有顺：《追问诗歌的精神来历——从诗歌集〈出生地〉说起》，《文艺争鸣》2007 年第 4 期。
② 彭学明：《在疼痛中苏醒和超越——深圳打工文学初探》，《理论与创作》2009 年第 1 期。

二元对立，来呈现农民工进城的生命轨迹与精神流变。城乡冲突成为农民工生存命运的必然之因，抓住农民工在城市与乡村的不同生存状态，理所当然就抓住了当下时代的紧张之处，也抓住了农民工生存的精神事实。丁帆的《文明冲突下的寻找与逃逸——论农民工生存境遇描写的两难选择》①、徐德明的《乡下人的记忆与城市的冲突——论新世纪"乡下人进城"小说》②、《"乡下人进城"叙事与"城乡意识形态"》③，郑晓明的《游荡在城市与乡村之间——"打工文学"的创作思考》④，这些研究大都从城市现代性等某一视角出发，审视城市对农民工的拒斥，农民工对城市文化的恐惧、反感等，分析农民工精神世界中的城乡价值冲突，并思考导致冲突产生的原因、背景等。沿着这条思路，很多研究论文都在城乡冲突这个话题下推进，将农民工的生存状态，甚至性格命运都归结于"城乡冲突"这个巨大的命题。一方面，这种模式的研究避免了单纯从城市文化或乡土文化来分析农民工性格命运的片面，将人物置于一个中国城乡迁移背景下，分析城乡二元语境下的迁移经验与精神碰撞。另一方面，这种二元对立的模式又往往将农民工的性格命运归于城乡冲突，于是他们的性格命运出现雷同、重复的特点。周水涛等近年出版的《新时期农民工题材小说研究》⑤以全面的视野搜集了许多小刊物上的作品，并对作品进行了人物、艺术、语言等层面的解读，是一部系统研究农民工题材创作的专著。但仔细阅读，其中同样潜藏着一条二元对立的思维主线，创作主体分为精英和草根，研究立场总体为褒农贬城，缺乏一种历史的纵深感的把握。

　　除了研究思维的模式化，还有叙事模式的研究。很多学者从中国古代文学的叙事模式分析入手，认为农民工书写中表现出固定的模式。苏奎在《漂

① 丁帆：《文明冲突下的寻找与逃逸——论农民工生存境遇描写的两难选择》，《江海学刊》2005 年第 6 期。

② 徐德明：《乡下人的记忆与城市的冲突——论新世纪"乡下人进城"小说》，《文艺争鸣》2007 年第 4 期。

③ 徐德明：《"乡下人进城"叙事与"城乡意识形态"》，《文艺争鸣》2007 年第 6 期。

④ 郑晓明：《游荡在城市与乡村之间——"打工文学"的创作思考》，《深圳职业技术学院学报》2006 年第 1 期。

⑤ 周水涛、轩红芹、王文初：《新时期农民工题材小说研究》，社会科学文献出版社 2010 年版。

泊于都市的不安灵魂——中国现代文学中的"城市外来者"研究》① 中将农民工小说的叙事模式分为：第三人称的叙述视角、返回乡村、对抗城市、善与恶的对比的隐喻，很多学者将农民工书写研究归结为回归乡土叙事和生活在城市叙事，以及归去—返回叙事两种类型。这种叙事模式的研究，体现了研究者历史贯穿的努力和叙事框架的宏观把握，但从整体上看，这种研究的模式化呈现出以偏概全的局限，往往因为研究命题相对集中，而仅仅通过解读不同的作品来阐释相同的主题。

还有一种当下流行的研究模式，即农民工书写与当下期刊媒介之间关系。这些研究往往考察某一具体的期刊或网络空间，注重从生产机制方面来研究农民工书写的产生与传播。尹昌龙的《〈大鹏湾〉的文学生产》②、贺芒的《〈佛山文艺〉与打工文学的生产》③、周航的《打工文学的生存样态——兼考察几家打工文学杂志》④ 等，这些研究关注的不是经典文本的阐释，而是文本之外的文学生产活动或生产机制。他们在拓宽研究者的视野时，忽视了农民工书写研究的精神状态。

总体来看，农民工书写的研究多从社会学视野出发，将文学作品作为社会学分析与思考的史料或论据，或者文化研究取代文学研究，而较少关注文学作品的美学价值。文学研究重点考察城乡冲突，却少有关注人性的内在世界，这在很大程度上继承了曾经的社会历史批评的传统。研究的思维模式化比较突出，一般都注重从底层意识、左翼文学传统等维度出发，探讨农民工书写的批判意识和精神流变，少有文学的灵动与诗意。这些研究往往将目光专注于当下农民工进城的现场状态，专注于他们的生存事实，却很少将其置于中国千年文学传统之中，考察其历史的精神源头与价值的未来可能。

---

① 苏奎：《漂泊于都市的不安灵魂》，东北师范大学博士论文 2006 年 2 月。
② 尹昌龙：《〈大鹏湾〉的文学生产》，见杨宏海：《打工文学备忘录》，社会科学文献出版社 2007 年版，第 266 页。
③ 贺芒：《〈佛山文艺〉与打工文学的生产》，《文艺争鸣》2009 年第 11 期。
④ 周航：《打工文学的生存样态——兼考察几家打工文学杂志》，《当代文坛》2009 年第 1 期。

第三节 焦虑体验：文学阐释的一种理论基础

一定时期的文学创作，本质是该时期的社会文化心理在历史场中的具体反映。探讨农民工书写的精神品格和美学价值，关键在于把握其内在的情绪内涵。当下社会的快速转型是生存欲望与现实语境之间产生焦虑的基础，尤其对于无根状态的进城农民而言。历史地看，从计划经济到市场经济，从乡村到城市，从听从土地的束缚到出卖劳动力换薪酬的诱惑，中国农民经历了一次次生存空间的变化。这些变化带来的是进城农民在城市与乡村之间生成的困惑、挣扎、荒诞、无奈等心理焦虑。可以说，把握住农民工的焦虑体验，就能准确理解农民工书写的文学空间与精神图景。

"焦虑"原本属于心理学的术语。弗洛伊德指出，人的潜意识、本我、本能追求满足的强大心理能量，既同超我的控制相冲突，又与外界现实相矛盾，从而产生内在的张力。在这种情况下，只有得到部分释放或完全释放，张力才能减少，矛盾才能解决，身心才能恢复平衡。但是，往往不能如此，因而压抑与抵抗之间的矛盾就会形成焦虑。[1] 显然，这种理论带有明显的生物还原倾向，却从一个角度涉及了艺术创造的内在动因，即焦虑是主体对现实情境所体验到的一种含有忧虑、不安、恐惧、紧张和苦恼的情绪状态，是一种不稳定的带有不愉快情绪色彩的心态。

在弗洛姆看来，"人摆脱了束缚他的所有精神权威，获得了自由。但恰恰是这个自由使他孤独焦虑，使他为个人的微不足道及无能为力感所淹没。这个自由而孤立的个人被他个人的微不足道的体验所击溃。"[2] 同样，克尔凯郭尔认为，"焦虑是人类在面对他的自由时所呈现的状态。"霍妮把焦虑解释为"一个儿童在潜伏着互相敌视的世界里所产生的那种孤立无援的情感。"[3] 她指出，这种基本的焦虑，不属于先天的生物本能，而是由一系列社会文化

---

[1] 弗洛伊德：《精神分析引论》，高觉敷译，北京商务印书馆 1984 年版，第 314 页。

[2] [美] 埃里希·弗罗姆：《逃避自由》，刘林海译，国际文化出版公司 2000 年版，第 58 页。

[3] [美] 杜·舒尔茨：《现代心理学史》，人民教育出版社 1981 年版，第 373 页。

冲突造成的。不管焦虑如何定位，焦虑的根源来自何处，都体现了西方哲人对近现代以来人类生存处境的探求。如果说弗洛伊德的焦虑，更多的是重视个体的内在因素，是一种生命本能层面的焦虑，那么霍妮的焦虑理论则重视个体的外在因素，是一种社会文化冲突下引起的个体内在世界的焦虑。

联系当下的社会语境，对于身处不断转型的农民工而言，从乡村到城市，从计划到市场，他们面对的是一个西方城市模式与驱动中国经济的现代化机器，一个迥异于乡村世界的社会万象。显然，当下农民工进城，不是因为战争、饥荒、兵匪，而是社会转型过程中城乡两极的不断分化。社会的稳定，决定了不像现代时期那般的忧患四起，却让每一个民众感觉焦虑无处不在。也就是说，中国社会正在遭遇前所未有的焦虑，有来自生存层面的，有来自欲望层面的，有来自精神层面的，焦虑体验成为一种普遍的社会文化心理，尤其是游移于城市与乡村之间的农民工。由于经济建设的推进，城市现代化发展的需要使农民进城有了可能。无论被动还是主动，众多进城农民的生活总是体现了一定的获解放感、阵痛感和困惑感。其中有来自社会文化层面城乡话语世界之间的冲突，或来自个体内心世界的冲突，或来自个体与社会之间的冲突。这些复杂多元的冲突关系，引发农民工及其作家主体的焦虑不安，并透过他们的内心观照，编织出各种不同价值冲突之下富有张力的文学空间。也正是这些精神和文化层面的焦虑体验，驱使农民工书写走进了政治化、市场化与审美化之间的尴尬境地。

从进城农民工的角度来看，主要有生存焦虑、身份焦虑和精神层面上的焦虑。由于城乡二元空间的对立，求生存，走出贫穷的生活状态，正是农民进城谋生的根本驱动。向城市讨生活，却又难以投向城市的怀抱，他们的生存焦虑构成了一个时代社会的主要文化心理。农民在城市被认同的渴望，也是他们在城市生存下来的价值所在。身份焦虑，源于城乡二元体制的长期存在而出现资源配置的不平衡。这一不平衡的局面，导致农民工渴望融入城市，却无法真正实现城市社会的主体价值。于是，他们的内心形成了较之别的人群更突出的紧张和压抑。他们的精神层面无法实现原先在乡村的平衡，而在价值观层面，则出现了不同层面的困惑混乱。面对城市社会的诸多万象，进城农民工往往陷入精神焦虑，在欲望中迷失，在迷失中挣扎。这些不同层面的焦虑，突出地呈现了农民工个体在城市的生存状态，也带来了农民工书写内部的紧张和焦虑，形成了独特的景观，弥散在文本中构成无处不在的情绪空间。

将焦虑理论作为考察农民工书写的一个视角，绝非想当然地建构一种文学史的叙述方式，而是结合近二十年来中国农民走过的情绪历程和文化踪迹，探讨其中城乡话语谱系的矛盾与冲突。将焦虑体验作为研究的一条主线，意味着文学阐释的两种努力：一是尽力避免文学批评政治化或市场化的简单倾向；一是从个体的创作心理出发，把握中国文学的精神品格与个性特征。这里的焦虑，不是心理学层面的单纯人性探讨，也不是单个的某一个作家个体或人物个体的人性品格研究，而是从宏观的社会文化心理分析入手，探讨这种时代情绪在文学审美中的现实诉求。

第四节　研究的思路与方法

本书的"农民工书写"研究，并不拘囿于是否"农民工"个体的创作，而是重在选取关于农民进城打工、谋生、发展的作品，考察乡村与城市二元经济结构对人性的作用和影响，探究他们的生存状态与精神流变。其中既有王十月、柳冬妩、郑小琼、谢湘南等打工作家及其文本，也有铁凝、孙惠芬、王安忆、迟子建等主流作家关于农民工题材的创作，目的在于把握城市化、工业化的转型进程与农民工生存与发展的关系。

本书的基本思路是选取当下关于农民工题材的文学现象为基本内容，以焦虑体验为理论基础，将其放回中国文学悠久的历史传统和文化语境中，以纵向的文学精神传统加以贯穿，又以特定的市场文化语境为横轴，探讨新世纪农民工书写的城乡想象、作家心态、生产方式、文学叙述和其中的价值核心。本课题史论结合，捕捉百余年间中国农民进城文学的发展脉络，探讨农民工书写在不同历史语境下呈现的面貌、形成的原因、彰显的特点、分化的轨迹、取得的成就、存在的问题，在宏观把握和微观透析中，对新世纪农民工书写的成败得失进行学理的考量。"人的观念"、"人的生存发展"是研究农民工书写的内在精神的基础，是挖掘农民工进城时种种欲望、诱惑、挣扎、扭曲、彷徨、希望等人性世界的关键，也是提升农民工书写中审美价值的根本出发点。在研究过程中，避开了人们谈论较多的农民工书写的社会意义、苦难诉求等等内容，而是直接从作家的心态、叙述的策略、文学的生产方式等维度入手，研究农民工书写在特定语境中的文学价值与精神内涵。这一选题是文化与文学的双向研究，如何使两者互为生发达到水乳交融的地步，避免文化研究取代文学研究，是研究的重点。

在整个研究中，主要采用以下几种方法：

1. 研读人学理论和中国传统文化经典。运用文献发生学的方法，深入把握传统悯农诗歌产生的文化语境和精神品格，将新世纪农民工书写放置于中国悠久的农民进城的文学历史中加以考察，并以人的观念加以贯穿，注重史论结合，力图在对现象的广泛考察中重点研究城乡焦虑对农民工书写叙事层面的关键性作用，避免印象式的批评和空疏的议论。

2. 考察媒介发展与当下农民工的关系。注重考察网络、纸质期刊、影视媒介等在农民工书写中表现出来的特点，以及相应的变化，把握各种媒介平台对农民工书写的作用。

3. 宏观研究与个案分析相结合的方法。既宏观勾勒中国文学精神传统对农民工书写的影响，又采用个案研究方式深入解读具体作家作品，把握当下农民工从乡村到城市的诱惑与苦难，点面结合。

第二章 农民工书写的兴起与美学传统

当下农民工书写的兴起,自然与国家转型期间的民工潮直接相关。城市工业化的发展,城乡社会的差距越来越大,驱使农民走进城市寻求生存与发展。他们闯入城市的梦想、诱惑,身在异乡的苦闷、压抑,构成这个时代的重要情绪。这些社会情绪引起了主流意识形态的注意,关注底层,以人为本,成为官方话语推进农民工书写的主要力量。同时,消费话语也是主要幕后推手,一方面农民工书写是功利性很强的写作,另一方面,农民工进城成为当下苦难、传奇的陌生化书写方向。这些农民工书写既是当下社会各种话语力量共同推进的结果,也是悯农精神、乡土情结、左翼话语、底层意识等美学传统相互融合的产物。

第一节 农民工书写的兴起

20世纪80年代,伴随着我国经济状况和社会生活方式的巨大转变,农民工书写作为一种新的文学现象,对中国社会文化、文学产生了重要的影响。这些书写农民进城谋生的作品,大都是一些外出谋生的农民工用文字来记述自己内心离乡的痛苦、思乡的忧郁、身在异乡的苦闷,最初完全是作者自我经验的言说,拥有独特而新奇的个人经验和更高的真实性。很多作品只是生存感受的自语,保留了打工生活的原汁原味。因此有人指出,"打工文学为市场经济压迫下的打工者群体提供了缓解紧张精神压力的食粮,也为其他身份的读者们理解当代中国的巨大而沉重的社会转型提供了第一手资料，尤其是出于社会边缘的人们对于未来生活的想象，农村城市化进程中的社会巨大变化、问题和发展走向，丰富和深刻了对当代中国的认识。"[①]

进入20世纪90年代，我国城市化的进度加快，社会转型进一步加剧，农民工进城谋生越来越被官方认同。民工潮成为当下中国社会主义初级阶段发展中的一个巨大景观。随着主流意识形态话语对农民工书写的重视与支持，如共青团中央设立的"鲲鹏文学奖"，一些主流的文学奖励也纷纷将绣球抛向这一队伍，人民文学奖、鲁迅文学奖等入主农民工书写的作家，王十月、郑小琼等一些打工作家逐渐放弃了"我手写我口"的表现手法，向文学的诗意深度转变。以文学获奖为契机，他们在创作上日渐成熟，慢慢向主流文坛靠拢。

伴随着市场经济的全面铺开，以娱乐为核心的消费主义文化成为无处不在的意识形态。在金钱至上的都市消费理念的鼓动下，丰厚的收益成为文学生态最突出的导向。一些早期优秀的打工作家转向了以迎合市场、争取经济效益最大化的消费写作。如周崇贤的系列打工情爱小说和缪永的一些大众化影视作品的创作。另外《大鹏湾》、《外来工》以及《佛山文艺》等打工文学阵地，也不断改版，杂志的内容大量展示打工女郎在城市的情爱经历，充满性爱刺激的细节成为文学的主打。"我手写我口"的农民工书写面临消费话语的尴尬选择。总体来看，农民工书写的兴起，主要有以下话语力量的推进：

一、民工潮的涌动

对于中国这样一个农业大国，城市化的过程实际上就是广大农村人口涌向城市的过程。随着中国改革开放大潮的涌起，农民进城，大都从事最繁重的体力劳动，繁荣了城市和农村的社会经济，事实上改变着中国长期存在的城乡二元的社会体制。据统计，自1992年以来，农民进城务工的人数每年剧增，20世纪90年代中期，民工潮的年流动规模在2500万—8000万人之

---

① 马季：《打工文学的价值取向与发展方向》，《创作评谭》2011年第1期。

间。到 2012 年全国农民工总量达到 26261 万人，比上年增加 983 万人，增长 3.9%。其中，城乡之间流动的农民工比本地就业的农民工多出一倍以上。一方面，农民收入从 20 世纪 80 年代以来的快速增长，到 1990 年代后期，增幅急剧下降，到 2000 年，仅比 1999 年增长 1.94%。相反，城市居民的经济收入却持续上升，到 2000 年，城市居民的消费水平已经超过农民的 3.8 倍。[①] 这样，以经济利益驱动为核心的拉力和推力构成了农民进城大潮的主要动力。另一方面，城市物质现代化的快速发展，各种与国际接轨的文化生活方式与文化理念，吸引农民进城，而国家城市发展的战略，导致农村忽视基础设施的建设，农村日益凋敝，驱使农民进城，尤其是青年农民进入城市，改善自己的社会地位。这两个层面的一拉一推，形成了中国当下社会巨大的民工潮。

表 1：农民工数量[②]

单位：万人

	2008 年	2009 年	2010 年	2011 年	2012 年
农民工总量	22542	22978	24223	25278	26261
1. 外出农民工	14041	14533	15335	15863	16336
（1）住户中外出农民工	11182	11567	12264	12584	12961
（2）举家外出农民工	2859	2966	3071	3279	3375
2. 本地农民工	8501	8445	8888	9415	9925

广大农民通过自己在城市的努力，在价值观念、行为方式等方面不断地缩小着城乡之间社会经济与文化的差异，推动着整个社会的城市化与现代化。与此同时，农民进城大规模的无序流动，直接给社会带来许多不确定的因素，在事实上造成了结构性的城乡冲突。"相对于乡土社会的'熟人社会'而言，城市社会是一个'陌生人'社会，城市中的人际关系更多地扩大到众多的社

---

① 《国家统计局发布 2012 年全国农民工监测调查报告》，2013 年 05 月 27 日，见 http://www.gov.cn/gzdt/2013-05/27/content_2411923.htm。

② http://roll.sohu.com/20130527/n377146076.shtml。

会组织中，交往范围扩大，但趋向于短暂性和表面性，角色认知具有较强的功能性和异质性"①。面对城市这个新奇而又陌生的世界，农民工既有遭遇城市现代化的兴奋与困惑，又有无根的痛苦与迷茫。正是 20 世纪后期的民工潮，打破了乡村生活状态的平静，也改变了中国社会的政治经济结构。

农民工书写正是在反映这些农民进城漂泊异乡的感受中应运而生。这些自发性的文学创作真实地呈现了农民工在城市化过程中的弱势群体地位、行为失范现象和局外生存状态，反映了他们的漂泊、焦虑、愤怒、乡愁等情绪，在心理上愉悦了他们的身心，宣泄了他们的苦痛，缓释了这些进城农民的文化饥渴。同时，巨大的民工潮也受到贾平凹、铁凝等众多主流作家的关注。忧患意识驱使作家关注当下城乡社会的不平衡状态，书写底层农民在城市的生存状态，既是文学续接传统精神的惯性，又是文学主动接通地气，而一反文学过于欲望化、消费化的努力。于是，当下文学因为书写底层农民进城，而具有了一定社会批判的力量，又赢得了主流社会的垂青。

二、主流意识的提携

随着全社会对三农问题的关注，"弱势群体"的理解与和谐社会的构建日益成为主流意识形态关注的焦点。"弱势群体"的官方概念最早见于 2002 年 3 月全国人民代表大会朱镕基总理的《政府工作报告》。理论界对此有一个基本阐释："所谓弱势群体，是指创造财富、积聚财富能力弱；就业竞争能力、基本生活能力差的人群。"② 农民工的弱势地位是国家在不断的社会转型中以农业支持城市现代化发展的结果。城乡二元体制的历史性长期存在，决定了农民工在城市的受压抑感。"工农两大部类原本应该在公平合理的原则下实行物质的交换，但现代化设计所要求的工业化、城市化方向却使这一交换一直建立在不公平之上，建立在国家政权强制推行下的城市发展对农村经济的掠夺之上。在此，现代化设计的一个理论就是，通过一定时期内的这种

---

① 张鸿雁编：《城市·空间·人际：中外城市社会发展比较研究》，东南大学出版社 2003 年版，第 35 页。

② 孙自法：《中国直面弱势群体》，中国新闻网，2002 年 3 月 13 日。

乡村掠夺，可以更大规模地敛集财富，从而更快地扩大城市化工业化成果，直至更快地实现国家现代化目标。"① 因此，针对农村与城市发展的不平衡局面，主流意识形态通过一定领域的改革努力，改善农民工进城的生存待遇，丰富他们的文化生活与精神世界。国家宣传部门力图通过宣传研讨等手段对之加以引导的方针政策。自 2005 年来，由共青团中央、全国青联主办的全国"鲲鹏文学奖"，旨在展示打工文学作品，让人们从中了解到进城务工青年群体的生存状态、理想追求。其中郑小琼、王十月等成为中国作协会员。2012 年，农民工杨成军的诗歌受到中央电视台、中国作家网、光明日报等主流媒体的关注。这些个案，体现了主流意识形态对农民工书写的关注与导引。同时，打工作家当中也出现了一些与主旋律相呼应的作品，安子的《青春驿站》表达的理念是"只要心怀梦想，努力奋斗，都能走向成功"，选取的人物都是进城女性的成功者——马兰英、艾静雯、郑毓秀、阿华等，直接成为许多进城农民的励志榜样。

同样，在主流意识形态提出"以人为本"、保护"弱势群体"、"三农问题"的理念时，当代文学研究界也出现了农民工书写的研究热。"底层文学研究"、"农民工书写的左翼话语传统研究"、打工文学的"人民性"研究等成为当代文坛的研究热点。《文艺争鸣》、《文艺理论与批评》等纷纷设置专栏，集中研究讨论农民工书写。《文学评论》、《学术月刊》、《当代文坛》、《文艺报》等诸多学术期刊每年都有相当的版面讨论农民工书写。自 2005 年以来，每年的国家社科基金项目、各省社科基金项目都有不少关于农民工书写的项目立项，体现了国家主流社会对农民工书写的关注。

三、消费话语的推进

随着市场经济的推进，当代文学一味地追求西方话语的演绎的局面很难继续维持相应的读者群，迫使文学必须实现由西方化向本土化的方向转型。原本的先锋文学、个性化写作往往过于追求创作理论的西方化与观念化，而不可避免地失去大量的读者。当市场话语成为文化市场的主导力量时，注重

---

① 韦丽华：《焦虑与追寻——论新写实小说与冲击波文学》，福建教育出版社 2004 版，第 39 页。

反映本土文化生活的农民工书写成为了文学的新景观。农民工在城市的原生态经历，他们的情感流变构成一种陌生化的文学质素，吸引了一大批读者，尤其是厌倦了都市写作、玄幻写作的读者。因此，书写农民工原生态的生活事实，既是文学自身发展的一个转型，又是消费话语支配的产物。这些令城市读者耳目一新或产生共鸣的农民工生活经历或生存状态，既是市场经济语境下农民工人性的真实反映，又是文学市场吸引读者眼球的一大法宝。于是，关注底层成为当代文坛摆脱消费困境，将精英思维与市场思维紧密结合的文学努力。

消费话语刺激了当下农民工书写的研究，使农民工书写研究构成了当代文坛的主打市场。在主流意识形态话语的牵引下，农民工书写研究既有关注底层文学，人文主义的精神价值，又有了相应的消费市场。很多地方甚至把促进农民工书写的发展视为一种区域文化产业的扶持与促进，最典型的就是深圳一年一次的"全国打工文学论坛"。这些不同话语的共同推进，直接形成了当下农民工书写的热潮，为当代文学提供了一个新的生长点。

第二节　农民工书写的定位

农民工书写之所以能够在当下蔚为大观，本质上是国家社会转型带来的结果。随着工业化、城市化进程的大步推进，也由于农业科技的进一步发展，原本束缚在土地上的农民解放出来，自然流向城市的各个角落。从社会学角度看，社会转型因为结构转换、利益调整而导致人们行为方式、生活方式和价值观念都发生了变化。农民从乡村进入城市，一方面是国家开始打破城乡壁垒，吸引农民进入城市，推进城镇化建设。"农村劳动力候鸟式的流动正是逐步实现中国城市化的独特方式，是对中国经济增长和经济体制转型的贡献。"[1]另一方面则是城乡发展的严重不平衡，推动农民摆脱乡村的贫

---

① 李培林：《农民工：中国进城农民工的经济社会分析》，社会科学文献出版社 2003 年版，第 27 页。

困，而进入城市谋求生存与个人的发展。他们的生活逻辑是一种"要生存"的逻辑。候鸟式的流动，决定了农民工在城乡之间生活方式的复杂与尴尬，以及引起的价值观念的冲突多元。

农民工意味着，"又农又工"，体现了他们生存状态的流动性。由于生存的需要，他们主动从乡村到城市，通过各种形式的务工劳动，寻求生存的另一个可能空间。他们农闲时间进入城市，农忙则返回乡村；或者城市受到压抑则返回乡村港湾，返回乡村耐不住贫穷与单调，又不由自主地返回城市诱惑。城市候鸟的生活，既有他们主动寻求财富的快乐，也有城市遭遇的悲苦。

农民工又意味着"非农非工"，城市不会真正地接纳，而乡村又难以回去，他们只能无名无分地用自己的生命和劳动，换取城市现代化带来的微薄收入。这种特殊的身份，一方面体现了他们摆脱贫穷乡村的束缚，进入一个相对自由的市场空间。城市空间，既给他们带来了物质享受的可能，也将他们带进个性自由的现代语境。这意味着农民进入城市务工，不仅仅是苦难和压抑，还有自由和轻松感。"作为一个堪与'农民'、'城市居民'并存的一个身份类别，'农民工'在 80 年代依赖的中国社会中，是由制度和文化共同建构的第三种身份。"[1]身份认同的危机，决定了他们个体存在的艰难，也显示了他们主体认同的尴尬与焦虑。实际上，进城务工的农民，并不是铁板一块，他们有羡慕并追求城市文明的农民，有欣赏城里人的农民，无安全感的农民，怀着戒备心和恐惧感的农民，不信任城里人的农民，失范的农民，充满仇恨的农民。正是这些复杂的存在，这个数量高达 2.5 亿的尴尬人群的出现，足以体现我们时代的典型面貌。于是研究他们的存在，表现他们的精神品格，就具有了一定时代意义和美学价值。

因此，本项目的"农民工书写"并不从作家主体出发，专指农民工作者创作的文本，而是重在对象主体的层面，书写当下农民从乡村流向城市，谋取生存与致富的现实与精神状态等创作现象。它既包括郑小琼、王十月、周崇贤、林坚等打工者出身的作者，也包括贾平凹、铁凝、孙惠芬等主流作家的创作。这些作家从不同的角度关注农民进城，把握农民从农村到城市而带

---

① 陈映芳：《农民工：制度安排与身份认同》，《社会学研究》2005 年第 3 期。

来身份的尴尬与复杂，以及他们在城市的现实诉求，呈现了当下中国社会的局部事实。它在外延上与乡土文学、打工文学、底层写作等概念之间具有一定的交叉关系，理解这些概念，是把握当下农民工书写的前提。

关于"乡土文学"的阐述，最早的是鲁迅。他在《中国新文学大系·小说二集导言》中说："蹇先艾叙述过贵州，裴文中关心着榆关，凡在北京用笔写出他的胸臆来的人们，无论他自称为用主观或客观，其实往往是乡土文学，从北京这方面说，则是侨寓文学的作者。"鲁迅大体勾画了当时这些作家群体的创作面貌。他们往往寄寓在都市，沐浴着现代都市的文明，却以回忆的方式书写乡村文化生活的诗意，并对其中的愚昧与落后加以批判。乡土小说重在对乡土风情、乡村生活状态的描绘，很少关注城市文化的推进，甚至以反现代化的眼光来审视城市空间的现代文化。近年来，李佩甫的《城的灯》、赵德发的《缱绻与决绝》等，往往集中笔力书写乡村生活状态，却对城市生活图景只是加以简单的想象。地域文化特色、或乡土意识是乡土文学的根本。当下很多农民进城务工的小说虽然也有大量的乡村图景，甚至也流露出对乡土文化作童年式的缅怀与追忆，但其立足点却是农民进城的价值落差与身份焦虑。这些进城青年的"城市书写"，跟沈从文、师陀等人的思维路径相反，沈从文、师陀身在城市，但是心在乡野；而广大农民工作者来自乡野，却有一股在城市决不善罢甘休的精神韧劲，使大部分作品既有怨恨的情绪，又充满不屈不挠的闯荡精神。因此，农民工书写的基点立足于城市文化空间，书写这些农民工向城而生的艰难与尴尬。这类创作往往存在两个不平衡的结构空间：乡村与城市，二者往往构成二元对立，并在农民身上形成身份认同与价值取向的不平衡感。一定程度上，农民工书写包含了当下一些乡土小说，因为随着城市化进城的推进，单纯书写乡村世界的文学已经很少，更多的集中在城市与乡村之间的文化错位与价值冲突。

其次，打工文学方兴未艾，却过于泛化，并无一个精确的内涵。"打工"字样首次出现在研究文章中，是 1987 年第 3 期《国际展望》发表的《美国新移民法对外国学生打工有何规定》，而真正出现"打工文学"的研究文章是 1992 年杨宏海在 1992 年第 5 期的《特区实践与理论》中发表的《一种新的特区文化现象：打工文学》一文。到 2005 年，打工文学研究进入井喷状态，这一年的研究文章有 21 篇，其中《文艺报》、《中国艺术报》、《中国文化报》、

《深圳商报》等媒体纷纷予以关注,"打工文学"、"打工族"的研究如火如荼,杨宏海、张未民等学者提出打工文学的研究。此时的打工文学本质上是一种文化现象的研究,因为打工的泛化,而导致打工文学外延的泛化,因此,打工文学的概念一般是"打工者写,写打工者的生活体验"的文学。然而,这个概念必然会将很多精英作家的批判性文本弃之不顾,甚至也很容易将打工生活贵族化,因为很多白领、公务员也属于宽泛的打工群体。此外,由于"打工"一词源于广东的方言,"打工文学"容易停留在广东局部地区,进而忽视了当下农民工进城的全国普遍现象。打工是一种生活,一种相对静态的生活,而"农民工"一方面限定在进城农民的生存状态,另一方面,本身就体现了从乡村到城市,或者再由城市到乡村之间的动态流动。因此使用"农民工书写",能够更好地在一个特定的时代语境下,体现农民工进城务工的心灵流动与价值冲突,而不是相对静态的打工生活的现象学描绘。

最后,农民工书写的繁荣,本质上与底层写作思潮的推进有关。随着"三农"问题的凸显,城市阶层的分化等,关注社会底层民众生存状态成为各个领域研究的一个热点。早在 1996 年,蔡翔在《钟山》第 5 期上发表了《底层》一文。1998 年,《上海文学》第 7 期"编者的话"以《倾听底层的声音》为题,文中指出:"在任何时候,我们都应该认真倾听来自底层的声音,应该知道底层正在想什么,底层人民正处在一种什么样的生存状况之中。对底层的关心,并不是什么'慈善事业'或者所谓的'慈悲心'。任何一种居高临下似的怜悯,都是对底层人民的侮辱。我们坚持的,是一种平等和公正的立场……底层的声音成了坚持平等和公正的一种强大力量。"[1] 随后,刘旭、李云雷、高强、罗岗、顾铮等学者的大批评论文章的出笼,"底层写作"成为当代文坛的思考焦点。这种底层创作思潮,正好与城市化迅猛推进的步伐达成默契,并在意识形态领域内给予一定的话语支持,同时也为农民工书写提供了一定的理论高度。这些底层写作的核心是底层意识和人文关怀,在明显的社会阶层分析中体现出一定的意识形态倾向性。农民工书写重在探究农民进城的生存诉求和精神流变,能最大限度地覆盖农民进城谋生的生活状态的艺术特征。这一概念重在书写农民进城的生存状态,在城乡二元对立中折

---

① 参见《上海文学》1998 年第 7 期"编者的话"。

射出中国当下转型时代人们的阵痛感、困惑感等人生境遇，而较少明显的意识形态特征。

本质上，无论是乡土小说、打工文学、底层写作，都与农民工书写有一定范围的重合，却又因为文学表现的侧重不同，而具有不同的文本追求和美学旨向。这些研究概念与农民工书写构成一种交集的关系，他们之间往往你中有我，我中有你。同时这些研究的文学传统、价值取向、生活素材，却构成了农民工书写不可或缺的重要组成部分，甚至直接关系到农民工书写研究的路径。因此，探讨农民工书写，无法脱离乡土文学、打工文学、底层写作的思考，无法远离当下的消费语境来纯粹把握农民工进城的生活图景。农民工书写的定位，直接体现了文学研究对这一类文本在美学与史学层面把握。农民工书写研究的提出，正是将这一类创作置于深厚的文学传统之中，沉入生活的内在世界，既有农民进城生存状态的呈现，又有底层民众人性存在的把握。循着这条研究路径，意在不仅仅停留在打工文化现象的社会学分析层面，也不仅仅纠缠于农业文明与城市现代化之间的现代性冲突之类的观念性研究，而是深入农民在乡村与城市之间的生存状态、精神流变，尤其把握其在国家巨大转型之下的阵痛感、压抑感和自由状态下的兴奋与失重后的焦虑感，并从文学叙事层面加以分析与思考，探讨其在当下语境中的文学史意义和美学价值。

第三节　农民工书写的美学传统

从历史的纵向来看，农民工书写的大量出现，并不仅仅是民工潮的涌现，主流意识形态的促进与提携，消费话语的拉动，还是一定历史的文学精神与美学传统的承袭。长期以来，中国农民总是处于社会的底层状态，因此悯农意识构成了中国文学的精神内核。描写乡土世界的悲苦与哀怨，反映乡土民风习俗的乡土文学，也成为中国现代文学的一个主要方面，左翼文学的革命意识，底层写作的人道主义关怀，都构成了新世纪农民工书写的重要美学传统。中国文学的这些传统价值，为当下急剧现代化转型的文学创作——

农民工进城谋生的反映，直接提供了价值的参照和美学的延伸。

一、悯农精神

悯农精神源自传统的悯农诗，最早大概可以追溯到民歌《诗经》。《豳风·七月》，全篇围绕着"农民之苦"，细腻地展现了一幅幅春耕、夏耘、秋收、冬藏的农事图，真切反映了一年四季农民生活的艰难和劳动的强度。《伐檀》和《硕鼠》两篇，虽意在讥讽，字里行间也喷涌着农夫的血泪、不平与愤懑。随这条文学精神的脉络下，很多诗人出身寒微，穷困潦倒，却留下了无数著名的诗篇。"悲愤出诗人"，杜甫、张籍、王建、元稹、白居易官场不顺，数度被贬，感受和经历了社会最底层的生活疾苦，不仅为他们的创作奠定了深厚的生活基础，也形成了广博的悯农情怀。这些诗作通常选择典型的生活细节，描绘农民艰辛的劳作和繁杂的赋税，并透出深沉的忧患意识和悯农情怀。

悯农诗歌的产生缘于儒家兼济天下和民重君轻的士文化传统。儒家"民为本，重农耕"的文化传统，"为民请命"、"兼济天下"的精神传统，驱使一些传统文人纷纷关注并表现农民生活的疾苦。传统士人"大庇天下寒士俱欢颜"的儒家情怀因与时代政治相冲突，产生了一种浓烈的感伤主义的悲剧效果。自屈原以来，《离骚》中的"长太息以掩涕兮，哀民生之多艰"体现了对民生之苦的感叹与愤慨，饱经漂泊之苦的杜甫，运用"即事名篇"的新乐府诗来针砭时弊，反映社会动荡和人民疾苦，其创作的力度在思想和艺术上超越了《诗经》，在悯农诗创作史上具有划时代的意义。其后，李绅、白居易、柳宗元、皮日休、杜荀鹤等人，继承和发扬了《诗经》的现实主义创作精神，对当时社会语境下农民的命运作了深刻的揭示，从不同的层面表现了诗人对农民艰难处境的同情。这种传统的悯农精神有意无意地渗透在农民工书写中，强烈地体现了儒家传统深厚的民本思想与人文情怀。

二、乡土意识

乡土意识是中国文人身上的集体无意识。从陶渊明笔下桃花源式的诗意创作，到山水田园诗人的玩味山水，品鉴山水文化，到现代作家笔下的乡土创作，一脉相承的是乡土精神的纯净和乡村图景的纯美。这是中国文人的乡土之梦，也是他们寄居性情的诗意之所。这些作家往往直面乡村的生存事实，以关注底层的人文情怀书写乡民的苦难和艰难、愚昧和坚韧的同时，又努力将灰色的一面过滤，呈现出乡村生活自由、美丽的一面。其中蕴含着对民间、乡土文化观念的欣赏和赞美，对民族传统文化的感性偏爱，对现代城市文明的理性批判。废名、沈从文、芦焚等，通过对故乡古典式的诗意书写，展示不同于现代都市文明的另一种鲜活甚至原生态的生命景象。沈从文的小说一方面极尽诗意地描写湘西边城的美丽风光和美好人性，在落后原始的乡村世界中发现了淳朴、善良、富有激情与生命自由的活力，挖掘出乡民身上传承多年的热情、诚实、正直、勇敢、朴素等品质。他们乡土写作的出发点在于将乡土诗意化，试图以此来对抗城市文明的人性异化。赵园指出："中国现代知识分子的审美理想，很难完全超越'乡村的中国'这一现实，何况还有强大的极富诱惑力的文化传统。也因而，中国现代作家难以由城市生活形态，由大工业生产的宏伟气象发现美，难以由'不和谐'中发现更具'现代意味'的美感。"① 因此，乡村总是作为城市"不和谐"的参照而存在，很多现代作家和文人往往因为自身难以融入城市文明而导致价值与身份的失落，最终化为一种乡村牧歌式的向往，在自己的作品中创造出一个个诗意栖居的理想世界。这种乡土意识，直接为来自乡村的农民工自觉或不自觉地提供了都市生存中寄寓精神的空间。王十月、谢湘南、柳冬妩等人笔下的乡村世界，有自身儿时乡村生活体验的因素，更来自现代文学传统的自觉承袭。

本质上，现代乡土文学的命名，正是以一百多年来中国城市化、现代化的艰难历程为参照的。尽管他们诗意化地处理乡村的人与物，但其中最显著的特征是由城市与乡村历史地形成的二元对立。几乎在所有的乡土文学中，我们可以清晰地划分出两个不同的空间，即城市与乡村。无论是书写乡村苦难，还是乡村诗意，"乡村"构成了"城市"对立的"他者"，这种非此即彼的二元对立的模式，使乡土文学陷入城市与乡村的两难选择之中。萧乾在《给自己的信》中写道："《篱下》企图以乡下人衬托出都市生活。虽然你

---

① 赵园：《论小说十家》，浙江文艺出版社 1987 年版，第 137 页。

是地道的都市产物，我明白你的梦，你的想望却都寄托在乡下。"①大部分乡土文学作家从乡村来到都市，遭遇的一系列困难与挫折，使他们对于现代都市文明与物质欲望具有一种本能的抵触，对于乡村的情感社会有着一种天然的亲和与认同。本该是复杂多元的城市与乡村，在他们的笔下经过情感的过滤，乡村成为和谐、自然、人道的隐喻，城市则相应地成为冷酷、异化、非人性的象征。

因此，乡土意识并不仅仅支配作家书写乡土世界，还隐含着一个巨大的城市参照。沈从文笔下城市文人的种种丑态，代表了城市文化的陋俗、颓废和压抑，其中男性必定委顿自私，女性必定淫乱虚伪。鲁迅笔下的阿 Q、闰土、祥林嫂等人都有一个城市想象，或者是相对于未庄大一些的城镇，或者是"我"带来的城市现代文化。台静农的《黄金》中，儿子在城市中挥霍，而忘记家中老父亲的存在；吴组缃的《箓竹山房》中，寡居多年的姑妈，对突然造访的一对年轻的城市夫妇性的好奇与窥视。这一系列的城市参照，都建立在乡土文学中现代与传统的二元对立。一方面，城市的欲望享受、现代文明驱使农民走进城市，从落后的乡村到城市来寻找生活的出路，充满了现代生活的憧憬，一旦真正进入城市，城市生活却让农民伤痕累累。另一方面，乡村世界的纯真、诗意、自然、质朴、原始的野性等又让身处城市的人们在内心渴望回到乡村，但乡村也不是想象中的那样。一是，因为现代意识逐渐走进作家的内心，进一步感觉现代文明无法进入乡村，而自然产生心理上的厌弃与憎恨；二是在城市发展的巨大参照下，乡村日益显得破败与贫穷。乡土文学将城市与乡村置于二元对立的平台进行叙写的现象揭示了现代人的生存困境，反映了民族生存及文化的困境。同时，也传达了现代人对回归本真的乡土精神的渴望。

其次，乡土意识的另外一面是一些作家站在知识分子启蒙立场，展开乡村世界农民挣扎求生的生活画卷，以现代理性精神审视和批判乡土人生。鲁迅为首的一帮浙东作家，以现代文明代表者的身份对贫穷、闭锁的乡村进行批判性的书写。他们往往注重改造国民灵魂和反封建的文学主题，注重文学的批判功能。在这些作家的笔下，已经很少恬静闲适的农家生活、浅吟低唱

---

① 萧乾:《给自己的信》,《水星》第 1 卷第 4 期,1934 年 11 月。

的田园牧歌了。他们描绘了一系列冷酷的习俗和凄凉哀婉的意象，悲叹着眼中"农村的衰败"，着力表现的是"悲壮的挣扎"。茅盾在"关于乡土文学"中指出，"在特殊的风土人情外，应当还有普遍性的与我们共同的对于命运的挣扎"①。在这里，茅盾将时代冲突和人物命运作为乡土意识的重要特性予以强调。绝大多数作家，都将批判的笔触伸向萧瑟、落后的乡土世界，把它和中国社会历史的进程联系起来作现实主义的思考。乡土文学创作往往凭借作家在出身、经历等方面同农村的密切联系，走进农民的文化心理结构，自然而然易受农业社会的审美风尚的影响与浸染，形成一些建立在封闭的小生产方式基础上的文学观念。这种乡土世界的批判与审视，体现了作家作为精英知识分子的启蒙与拯救立场，为当下的农民工书写提供了一定的乡村批判传统，也为他们自发或自为状态的忧患意识与精英立场提供了精神的参照。

三、左翼精神

"左翼"话语，是指 20 世纪二三十年代，以左联为核心的一帮知识分子文人，积极将文学精神与民族革命相结合，通过阶级分析的手法，在强化他们民族命运书写中凸显的革命伦理和底层意识。"'左翼文学'传统应该是这样一种传统。它以骨肉相亲的姿态关注底层人民和他们的悲欢，它以批判的精神气质来观察这个社会的现实和不平等，它以鲜明的阶级立场呼唤关于社会公平和正义的理想。"②它将五四时期个体的解放经过批判性改造，置换到民族、国家、阶级解放的轨道上，推动了国家民族的解放。

五四时期，"人的发现"使中国文学开始关注个体的命运与性格。"我所说的人道主义，并非世间所谓悲天悯人或博施济众的慈善主义，乃是一种个人主义的人间本位主义。"③《阿 Q 正传》中对人的劣根性的思考，《沉沦》中对人性欲望的表现，还有《女神》中青春的自由激情书写等。到 20 世纪 20 年代后期，由于中国现实革命形势的需要，人的阶级性从社会性中凸显出

---

① 茅盾：《关于乡土文学》，《茅盾文艺杂论集》（上集），上海文艺出版社 1981 年版，第 576 页。
② 季亚娅：《"左翼文学"传统的复苏和它的力量——评曹征路的小说〈那儿〉》，《文艺理论与批评》2005 年第 1 期。
③ 周作人：《人的文学》，《新青年》1918 年第 5 卷第 6 期。

来，原本五四时期备受关注的"被压迫者和被侮辱者"的文学很快发展为阶级性、革命性的文学，从而纳入无产阶级革命的潮流。"我们不能不站在无产阶级的解放斗争的战线上，攻破一切反动的保守的要素，而发展被压迫的进步的要素，这是当然的结论。"①此时，个体的人被发展替换为无产阶级和底层劳苦大众，人性的揭示也发展成为革命精神的彰显。在左翼作家那里，至今仍令人感动的，就是作品中那种参与革命的激情、对人生理想的执著追求和对被压迫阶级人生命运的深切关注。

左翼作家以社会剖析的视角关注中国农民的不幸，并以阶级话语的形式把造成农民苦难事实的原因归结为城市统治阶级及其辐射的力量之残暴与冷酷，从而形成了独特的革命叙事空间。他们站在无产阶级革命者的立场，把乡村与城市之间的矛盾冲突看成是阐释革命理论的关节点。茅盾曾说："一个做小说的人不但须有广博的经验，亦必须有一个训练过的头脑分析那复杂的社会现象，尤其是我们这转变中的社会，非得认真研究过社会科学的人每每不能把它分析得正确，而社会对于我们作家的迫切要求，也就是对那社会现象正确而有力的反映。"②对于左翼作家来说，这种社会剖析的理论资源基本上以马克思主义的阶级分析观点为基础，集中表现为一种对社会底层人生的普遍同情，对被压迫和被剥削阶级的生活境遇的深入描绘，对无产阶级革命的合理性与合法性的深刻揭示。它继承了中国传统文学的家国意识，也为现代文学带来了全面的社会政治学视角，直接影响了当下文学关注的一系列问题，尤其是城市与乡村的两极分化、"三农问题"、农民工进城等社会存在。左翼文学精神，为当代文学提供了一种关注社会危机的忧患意识与社会责任的自觉担当意识。

其次，关注下层社会普通人的不幸遭遇和悲惨命运，真实表现受压迫受凌辱的人生，成为左翼作家革命话语叙事的基本策略。因此，在左翼文学中，人生的悲剧性由于生存的苦难而得到了深入的表现。关注农民，就是关注中国最大的现实。左翼文学在广泛地进行社会的阶级分析时，书写了大量底层人民的不幸和悲惨的遭遇，体现了文学对社会人生的道德关注。在《春

---

① 《中国左翼作家联盟理论纲领》，《萌芽月刊》1卷4期（1930年4月1日）。

② 茅盾：《我的回顾》，《茅盾研究资料》（上），中国社会科学出版社1981年版，第77—78页。

蚕》和《丰收》中，温饱问题成为老通宝和云普叔为之奋斗的最高人生目标，多多头和立秋之走向革命，便是寻求最广大的人民群众生存权的合理途径。左翼作家在表现人民的不幸遭遇和悲惨生活时，不约而同地把目光投向民众的生存权，并把这个问题作为人性的基本内涵来表达。这种关注普通人的生存状态的书写策略，直接为农民工书写提供了最为朴素的根据，也为当下农民工书写"不平而鸣"的呐喊提供了历史的参照。于是阅读罗伟章的《我们的路》、《大嫂谣》、《故乡在远方》等小说，在农民工苦难生存状态的描述中，读者不难感受到一种对底层人物的悲悯情怀与左翼话语精神的冲击力。

左翼话语最大的特点就是它的批判精神和革命伦理。它们真正所关注的并不是文学，而是让无产阶级求得阶级解放的政治诉求。政治话语已经占据了文学的重要席位，文学的艺术话语自然隐退，甚至被文本中的政治话语所取代。因此，不是文学主观上促成了革命的话语，而是革命的事实客观上催生出左翼文学。"从文学自身的角度而言，左翼文学强调斗争哲学的实用理念，强调文学无条件服从于政治意识形态，如果单凭这些政治化术语，左翼文学也不会如此迅猛发展和备受民众社会尤其是下层知识分子的青睐。左翼文学在当时取得一定成功的原因，是其极有针对性地引导和宣泄了下层社会对于现实生活状态的强烈不满情绪，并从主观预设的政治理念出发，为那些无奈现实却又渴望社会变革的精神压抑者，运用粗糙的艺术表现方式描绘出了一个未来理想社会的美好蓝图和远景规划。"[1]左翼文学最大限度地发挥了文学的社会批判功能，通过不同阶层的两极书写，成功地释放了文学的战斗能量，使革命伦理叙述成为 20 世纪中国文学一条非常重要的线索，"经过半个世纪的体制化的灌输，已经渗透到人们的意识深处，成为集体无意识，并且深刻地影响到中国的现实"[2]。

由于进城农民工生存境遇与城市想象的落差太大，引起这些作家强烈的道德焦虑和价值焦虑，内心朴素的社会不平衡感，正好与左翼革命伦理相吻合，他们往往以强烈的斗争意识来面对他们的伤心之地：城市。农民工书写

---

① 宋剑华：《论"左翼"文学现象》，《文艺理论研究》2000 年第 4 期。

② 赵园、钱理群、洪子诚等：《20 世纪 40 至 70 年代文学研究：问题与方法》，《中国现代文学研究丛刊》2004 年第 2 期。

中疾恶如仇、除恶扬善等决绝的抗争姿态，不仅隐含着作者对农民工苦难的同情，更使这些作品蒙上强烈的怨恨之气，充满了对城市体制和城市文化的非人性之愤怒与质问。他们追求的批判伦理很大程度上来自民间社会最为素朴的道德义愤和曾经的左翼文学话语。这些因为城乡不公而产生的现实介入性书写，在似乎接通左翼革命文学的现实主义精神时，赢取了主流意识形态的关注与重视。

四、底层意识

改革的过程中，特别是 20 世纪 90 年代以来，中国的社会结构发生了断裂。① 贫富差距日渐扩大，社会公平问题突出，在中国社会出现了一个为数不小的弱势群体。下层民众生活困窘、精神低迷、压力巨大，各种社会危机层出不穷，很多作家不约而同地将目光投向底层民众的生存挣扎，从反映"三农问题"的乡村苦难叙事，到描绘城市棚户区的贫民原生态，从下岗工人的生存焦虑到国企改制引发的转轨阵痛，底层叙事成为当下文学贴近社会现实重新焕发批判力量的一大热点，"底层写作"、"底层文学"等命名也随即进入批评与理论的阐释视域。一系列底层问题进入了人们的视线，拒斥或视而不见已经成为不可能，知识分子的良知、人道意识和理性精神要求他们对生存其间的严峻现实作出回应。王晓华从三个层面阐释"底层"概念："（1）政治学层面——处于权利阶梯的最下端，难以依靠尚不完善的体制性力量保护自己的利益，缺乏行使权利的自觉性和有效路径；（2）经济层面——生产资料和生活资料匮乏，没有在市场经济体系中进行博弈的资本，只能维系最低限度的生存；（3）文化层面——既无充分的话语权，又普遍不具备完整表达自身的能力，因而需要他人代言。"② 刘旭则认为底层就是很少或基本不占有社会资源、经济资源和文化资源的群体，其主体是下岗工人和农民，并一针见血地指出，"底层"一词的出现，本身即为一个巨大的不平等的社会

---

① 孙立平：《转型与断裂：改革以来中国社会结构的变迁》，清华大学出版社 2004 年版，第 3 页。

② 王晓华：《当代文学如何表述底层——从底层写作的立场之争说起》，《文艺争鸣》2006 年第 4 期。

存在。① 学者李云雷进一步指出底层文学的内涵："在内容上，它主要描写底层生活中的人与事；在形式上，它以现实主义为主，但并不排斥艺术上的创新与探索；在写作态度上，它是一种严肃认真的艺术创造，对现实持一种反思、批判的态度，对底层有着同情与悲悯之心，但背后可以有不同的思想资源；在传统上，它主要继承了 20 世纪左翼文学与民主主义、自由主义文学的传统，但又融入了新的思想与新的创造。"②

"底层"这一术语，最大范围地呈现了转型时代的诸多社会问题和种种矛盾冲突，它和"弱势群体"、"边缘社会"等具有同一性。这一意义上，"底层"承载了现代性转型过程中人们付出的代价与留下的创伤，构成了当下社会肌体的痛处。它所涉及的对象，主要包括贫困农民、进城民工、城市下岗职工和城市贫民等"弱势群体"。这些"底层"书写多为一种道德与情感上的认同，体现了作家对民生的关注，对现实的干预，对社会转型期因巨大的经济变动带来的底层民众生存焦虑的暴露。

首先，底层写作强烈的社会介入功能，为农民工书写及其研究提供了一种社会学的视野。"底层写作"的命名，正是基于社会阶层的差距越来越大的社会事实，而彰显关怀弱者的道德立场。"对于当下的中国作家而言，文学写作的现实介入功能，往往是对其写作的现实有效性和精神力量的考验。介入功能的衰退，几乎可以看作是作者的精神无力的征兆。"③ 作家以亲近下沉的眼光关注当代中国底层民众的生存状态，无疑体现了他们积极参与当下生活的姿态，也体现了他们对社会弱势群体给予精神抚慰的人道主义情怀。李云雷指出："底层文学首先是一种冲破国家意识形态和精英文化设置的话语雾障，勇于揭示和描写出我们时代的真实图景，站在人民立场，以批判的姿态面向现实发言的文学，这或许就是它跟此前的新写实小说乃至于现实主义冲击波在价值选择上存在的根本区别。"④ 底层写作的潜台词，正是拯救底层的社会企图，是文学在当下出于强烈的社会责任而敢于担当的体现。

其次，底层写作以贴地而行的姿态走进社会的底层世界，体现了一定的

---

① 刘旭：《底层能否摆脱被表述的命运》，《天涯》2004 年第 2 期。

② 刘继明、李云雷：《底层文学，或一种新的美学原则》，《上海文学》2008 年第 2 期刊。

③ 张闳：《文学的力量与"介入性"》，《上海文学》2001 年第 4 期。

④ 刘继明、李云雷：《底层文学，或一种新的美学原则》，《天涯》2008 年第 4 期。

苦难意识和历史忧患感。它在接通底层民众生活的地气时，强化了文学对社会的责任担当意识。许多作家不仅深感底层的苦难和艰辛，更深感底层的困惑，及他们精神的失落，心理的变态和扭曲。陈应松说："当文学越来越专业化、贵族化的今天，'底层文学'能如此强烈地、勇敢地、直接地表达人民的心声，是令人震撼，是非常难得的，我们应该对这批作家保持起码的尊敬。"① 罗伟章明确表示："无论文学怎样发展，同情、悲悯、人文情怀、牺牲精神和苦难意识，都是一个写作者应该具有的高贵品质"。② 他们以底层大众的立场，描写底层世界的生活空间，直接体现了底层民众走出底层的强烈渴望和焦虑。《我们的路》、《家园何处》、《泥鳅》、《保姆》等小说中，底层意味着一种强势文化（城市文化）与弱势文化（乡村文化）的冲突。本质上，作家以鲜明的民间立场将笔触深入现实生活，关注那些匍匐、挣扎在生存线上的人们，再现他们的生命情怀、血泪痛苦、挣扎与无奈。这些书写仅仅停留在底层民众对城市生活的渴望，却少有对底层精神的坚守。别尔加耶夫指出，"在对强烈的恐惧的体验中，人自然地就忘记了任何高度的问题，他宁愿生活在底层，盼望着能把他从所等待的危险、贫困和痛苦的状态中解放出来。"③ 因此，底层写作在展示底层民众现实生存的艰难与苦难时，虽不乏清醒的忧患意识与责任担当，却无法做到精神层面的深度剖析，更无法实现个体精神的诗意坚守。

同时，底层写作的人道主义关怀又决定了农民工书写的道德化倾向。在"底层"这个涉及社会政治、经济和文化等多重元素相互扭结的复杂概念上，很多作家对农民工进城的生活事实缺少宏观把握和辩证分析，只是在凸显社会阶层的分化带来人们的生活痛苦，最终以道德批判的姿态取代文学的诗意表达。这种因农民工在城市的苦难叙述而呈现的道德批判，大都立足于物质世界，认为"苦难"的来源、悲剧的根源都来自外在城市体制和城市文化，而很少对农民工在城市的生存状态与一定的现实、社会、历史、人性等层面作生活的整体分析。这种道德化的文学立场，既体现了文学对弱势群体的人

---

① 李云雷：《陈应松先生访谈》，《文艺理论与批评》2007 年第 5 期。

② 罗伟章：《真实、真诚与迷恋》，《文艺理论与批评》2007 年第 4 期。

③ ［俄］别尔加耶夫：《论人的使命》，张百春译，学林出版社 2001 年版，第 231 页。

道主义关怀，又不可避免地出现了文本中力量有余、韵味不足的局面。

本质上，底层写作与农民工书写既有相互共通的地方，又有一定的差异。共同点是二者都以二元对立的思维来观照社会存在，并倾注了作家深切的人文情怀。不同的是，底层写作注重写作者的身份与认同的焦虑，以先在的社会分层模式来定位和书写现实的存在状态。农民工书写则动态地关注农民进城的流动性，进而展示他们的精神流变与价值差异。

总体来看，当下农民工书写正是传统的悯农精神、乡土情结、左翼话语和底层意识等文学传统与一定的时代语境相互融合的结果。它体现了以农业为主的中国在特定工业化、城市化转型中的文学努力。

第三章　农民工书写的历史渊源

当下农民工书写的"热",并非仅仅时代转型与城乡发展的结果,也有着深厚的历史渊源。这些作品本质上体现了当下社会对底层农民的生存状态的重视,与传统的倚重农业思想、悯农精神一脉相承,世俗的物欲观念为农民工进城的致富梦想提供了历史的依据,而现代文学中底层命运的同情与左翼革命的批判精神,为当下农民工书写提供了现实主义创作的核心参照。由延安文艺精神发展下的知青写作又为当下农民工书写提供了一定的革命伦理和理想追求。历史地审视这些多元的审美渊源,对于把握当下的农民工书写具有一定参照意义。

第一节　古典文学中的农民进城

农民进城,是当代农业人口城市化的过程,也是中国现当代文学中不可忽视的文学现象。若从中国文学发展的长河来看,则有着悠久的人文渊源,主要体现为巫史文化下的重农思想、士人文化下的悯农精神及故土情怀;平民文化下的物欲观念。古典文学中这三种文化精神相互传承与交合,成为当下农民工书写的遗传"胚胎",当我们明确了农民工书写的历史渊源之后,其中的通变问题将变得清晰起来。

一、巫史文化下的重农思想

当下的农民工书写本质上"重农轻城"，是一种城市语境下的农民书写。对于农民工而言，虽说不再突出农民的农耕生活，但其农民身份未变。所以，当下文学对农业的倚重，尤其对进城农民工命运的同情与关注，正是城市化、工业化日益发展的一种现代反拨，自然也来自传统文化与文学中的核心精神。在这点上，文学"重农"的思想可谓源远流长。受中国大陆独立性结构的特点以及地形地貌复杂多样造成交通不便、地域广阔造成气候复杂等条件影响下，古代中国人的生存方式大致可分为农耕及游牧两种。据考古发掘，早在一万多年前的新石器时代便已开始了农业种植活动，仰韶文化和龙山文化标志着农业的初步发展。从出土的甲骨卜辞记载中可知，商代社会已经将农业作为主要的生产活动了。农业生产，使中国人摆脱了依赖自然采集和渔猎的谋生方式，农业成为国家的生存之本。与自然环境因素密切联系的农业，在生产力水平低下的情况下，产生中国原始的宗教，从而形成从事这一活动的巫史。巫史从事着卜筮、祭祀、书史、星历、教育、医药等多方面的文化活动，使中国古老的最初文学中的重农意识，明显有着宗教神学的巫史文化色彩。

有着古老文学特征的巫史的祭祀世界，形式上往往呈现诗、乐、舞合一的状态。如《吕氏春秋·古乐》写道："昔葛天氏之乐，三人操牛尾投足以歌八阕：一曰载民，二曰玄鸟，三曰遂草木，四曰奋五谷，五曰敬天常，六曰达帝功，七曰依地德，八曰总万物之极。"这首可能是现在所知最古的一套乐曲里，就是歌诗、乐舞合一的状态。从诗的八阕中我们可知其乐有唱始祖、图腾、草木、五谷、自然等，再配合手持牛尾，边舞边唱，这些古乐既是一种祭祀的仪式，同时又展现出一派浓郁的农耕文化图。

当然，要感受农耕社会下巫史世界的重农思想，最为具体的是诗歌总集《诗经》的农事诗。对于《诗经》的农事诗，郭沫若先生在《中国古代社会研究》中认为《诗经》中涉及农事活动的诗歌大体包括："周颂"之《思文》、《臣工》、《噫嘻》、《丰年》、《载芟》、《良耜》，"小雅"之《楚茨》、《信南山》、《甫田》、《大田》和"豳风"之《七月》等[①] 在这些针对农事的颂诗中，内容涉及农业生

---

① 郭沫若：《中国古代社会研究》，中国华侨出版社 2008 年版，第 82 页。

产活动的方方面面。如据《毛诗序》记载:《臣工》是"诸侯助祭遭于庙也。"《噫嘻》是"春夏祈谷于上帝也。"《丰年》是"秋冬报也。"《载芟》是"春藉田而祈社稷也。"《良耜》是"秋报社稷也。"《思文》是"后稷配天"。至于《甫田》、《大田》,孙作云认为如《周颂》的《载芟》、《良耜》,《甫田》是耨(锄草)时所奏的乐歌,并祭祀四方神、社神(土地神)及田祖(始耕田者)。《大田》是周天子到公田举行获礼(收获),并祭祀方社的歌。

这种自上而下的重农思想,到了西周,随着以人为中心的周礼的建立,逐渐转向对农民本身的怜恤与重视。周人鉴于商代覆灭的教训,意识到"天命靡常"和"小人难保",在农业耕作、战争建城等社会活动中,认识到人民的重要因素,"天矜于民,民之所欲,天必从之"。恤民与保民成了那个时代的一般共识,从而形成一定的礼仪典范。在上述颂诗中,周王朝不但进行各种农业祭祀,还建立了相关恤民的各种"藉田"、"巡田"等典礼仪式,如《甫田》记载"馌田"礼,"馌彼南亩,田畯至喜。攘其左右,尝其旨否。禾易长亩,终善且有。曾孙不怒,农夫克敏。"周王亲自给在田耕作的农民送饭,叫左右农人一起品尝,并不时将农夫的勤勉夸奖。

由此可见,中国农耕社会所产生的巫史文化,几千年来形成一种重农的意识,并长期地积淀在中国人的潜意识中。以农为本,重农抑商,一直是中国古代的立国根本。在文学上,阐述重农贵粟,强本抑末的政论文在各朝各代都能见到。贾谊《论积贮疏》、晁错《论贵粟疏》就是其中的代表。因此,这种重农抑商的意识,潜在地决定了当下农民工书写中往往亲农民,仇城市的总体价值取向。

二、士人文化下的悯农精神及故土情怀

士人文化,作为中国主流文化之一,是文学精神中最本质的核心。刚崛起于春秋战国的士,具有平民的性质。《谷梁传·成公元年》记载:"古者有四民:有士民,有商民,有农民,有工民。"这里的"士民"称谓,并与商、农、工民并列一起,就寓示着其平民性。殷商西周时期,士是贵族中最低的层次,由卿大夫封予食地,往下便是平民与奴隶了。到了春秋时期,随着礼崩乐坏的社会变动,人们不再非常注重宗法等级的身份,士人由此摆脱宗法

的枷锁，私学兴起，庶众皂隶借此上升为士，"布衣卿相"现象在当时很是常见，百家之学遂应运而生。往后在整个封建社会，以春秋战国为基础，士人同样表现为"朝为田舍郎，暮登天子堂"。以战国养士之风不同的是，士人入仕更加规范化，经过科举（隋唐有为察举）入仕。所以，这种有着平民性传统有着特殊的经历的士，加之西周人文思想的承传，更加深刻地认识到民的社会作用，如我们所熟知的"民为贵"、"民为邦本"、"水能载舟，亦能覆舟"就是其中的典型意识。在文学上，更是对农民有着一种特殊的情怀，一种悯农精神及故土情怀。

在产生于西周时期的"大雅"中，作为主要是上层贵族的作者，在"敬德"、"保民"人文思想影响下，在诗篇中有赞颂"宜民宜人"的君德，如《假乐》记载："假乐君子，显显令德。宜民宜人，受禄于天"。同时，也表现出对农民的生活困苦充满怜悯，如《民劳》每个章节都以"民亦劳止，汔可小康"开头，这种反复的吟咏，可见农民的疾苦和不幸在诗人内心激起无限的同情。

而产生于东周时期的十五国风，作者主要是新的知识阶层——士，他们或接触着社会的底层，或自己饱经苦难磨炼和各种不幸，更加清晰地认识到农民生存的困境及对社会的影响，认识到产生农民困苦的根源。在诗中，诗人感同身受地表现农民的各种境遇，充满悲天悯人的情怀及血泪控诉。

如《大东》诗人看到君子与小人、东人和西人的阶级压迫与生活悬殊，发出了他悲怆而涕的情感："睠言顾之，潸焉出涕"、"使我心疚"、"哀我惮人，亦可息也"。在《鸨羽》中，诗人看到"王事靡盬，不能蓺稷黍。"而发出长叹："父母何怙？悠悠苍天！曷其有所？"在《东方未明》中，诗人看到劳苦的人民应徭役"东方未明，颠倒衣裳。颠之倒之，自公召之。"言语之中透露出对繁重而无休止的王室徭役的抗议和怨恨。在《硕鼠》、《伐檀》中，诗人更是直接表现出农民对受到统治者的剥夺而强烈不满。由此可见，诗人此时在诗中表现出来悯农意识，已非先前的贵族阶层对农民的情感可比。

这种悯农精神作为《诗经》的一种现实主义精神对后世产生了深远的影响。其中有"感于哀乐，缘事而发"的汉乐府民歌与《诗经》的悯农情怀一脉相承；有"白骨露于野，千里无鸡鸣"、"侧足无行径，荒畴不复田"等描绘动乱时代农民生活的哀鸿遍野；有中晚唐走向鼎盛的悯农诗作，出现了众多优秀的悯农作家，留下了脍炙人口的诗篇"谁知盘中餐，粒粒皆辛苦"等；有以白居易为首的提出"文章合为时而著，歌诗合为事而作"的新乐府运动。另外，更出现了"即事名篇，无复依傍"的杜甫，他那"穷年忧黎元，叹息肠内热"的情怀使其诗随所遇之人之境之事之物，无处不发其思君王、忧祸乱、悲时日、叹离合，诗人的《兵车行》、《自京赴奉先咏怀五百字》、"三吏"、"三别"至今光芒四射。

　　这些具有平民性质的士人，往往不以个人生活安逸为念而以天下为己任。当他们远离家乡长期外出求仕、求学或被征役而流浪时，眼前的一事一物一境都可能令他们产生各种复杂的情感。在这些情感中，对故土的眷念、对人生的漂泊而产生无助感孤独感忧伤感，直接构成了中国传统文学中的故土情结。

　　我们从《诗经》的《采薇》、《黍离》、《　杜》、《蜉蝣》、《匪风》等篇稍作分析。在《黍离》中，诗人在茂密成行的黍稷之间徘徊，思乡情绪蔓延，便情不自禁忧伤起来。这份伤感恍惚着，随着黍稷的生长，时间的推移而越来越浓。于是仰望苍穹，长叹一声：悠悠苍天！此何人哉？这是一个士人流浪者的自述。是什么让人如此忧郁哀怨的"心忧"，这一切显然是在地里逐渐成长的黍稷勾起了流浪者对故乡故国的眷恋，想到了现在众多"不知我者谓我何求"的苦衷，引发了一种背井离乡的无助感。在《采薇》篇中，诗中写一位曾有着保家卫国胸怀的征夫解甲退役，返乡途中"行道迟迟，载渴载饥"，眼前的"雨雪霏霏"带来思绪万千。他想起了"昔"与"今"、"征"与"归"、"杨柳依依"与"雨雪霏霏"的情境变化，这其中应包括想起自己曾经的战斗意识，想起自己经历的战争灾难，想起父母妻孥，继而怀乡，再想起自己现在茕茕独行，道路崎岖，又饥又渴，进而思考战争的意义，人生的意义，思考自己生活的虚耗、生命的流逝而黯然神伤。这种种忧伤在这雨雪霏霏的旷野中，无人知道更无人安慰。于是发出孤独无助的悲叹："我心伤悲，莫知我哀。"

　　在《匪风》篇中，诗中描绘久滞不归的游子，看到"匪风发兮，匪车偈兮"，触动思归之情，心儿随车辆而去，然车过之后，留下的是自己孤身一人以及一条空荡荡的大道。"顾瞻周道"是那样的愁苦无奈，"中心怛兮。"诗人发出了思归的忧伤情怀。于是想象着"谁将西归，怀之好音"。在《蜉蜉》篇中，诗人看到"蜉蝣之羽，衣裳楚楚"，自然想到蜉蝣的生命短暂，却知道展示自身的价值，从而联想到自己的命运，感叹人生如蜉蝣寄于天地，如沧海之一粟，如今依然飘零，于是产生"心之忧矣，於我归处"的心酸。

司马迁说："离骚者，犹离忧也。"诗中忧国忧乡之情，愤世嫉俗之感，配以神话传说，呈现出积极的浪漫主义色彩。其外《远游》："思故旧以想象兮，长太息而掩涕。"《哀郢》："鸟飞返故乡兮，狐死必首丘。"《抽思》："有鸟自南兮，来集汉北。"这些都表达了作者对故土的无限眷恋。其后，陶渊明历经仕途之后，选择了故土，走向桃花源，走向"采菊东篱下，悠然见南山"的忘世情怀。身处丞相高位的王维的目光投向了田园，成为他摆脱官场纷扰寻求宁静愉悦的心灵家园。这种情怀逐渐成为中国文学中的一种基本的人文精神与民族心理，同时，也为文学增添了诗境，形成一种高雅的审美意识。

三、平民文化中的物欲意识

农民进城谋生，这种形象在我国古代的通俗小说（亦包括部分早期地方戏曲）中已出现，其对城市、对生活的梦想主要表现出一种平民文化下的物欲追求。

平民，在中国传统社会里，应指那些没有入仕、没有政治特权的阶层，包含了农民、手工业者、商贾、服务业人员以及还未入仕的穷酸文人等。随着城镇的发展，越来越多的农民由于艰苦生活困境所逼，进而弃农进城，成为城市平民的一部分。这一点，我们可以从中国传统的悯农诗作窥见一斑。如姚合的《庄居野行》就道出了当时有些农民的选择："客行野田间，比屋皆闭户。借问屋中人，尽去作商贾。"这种弃农进城从商的现象直接带来了城镇的繁荣。至宋元时期，城镇的发展已经出现了一定的规模。如北宋张择端的《清明上河图》图里的人物显示，当时的开封已有商人、手工业者、各种摊贩、江湖郎中、算命先生、脚夫等各种行业。到了明清，城镇的发展更加空前繁荣。明代何良俊在《四友斋丛说》中讲道，明中叶以前，百姓"十九在田"，正德以后，农民纷纷涌入城市，"今去农而改业为工商者三倍于前矣"，因此，"以十分百姓言之，已六七分去农"。① 这些进城后的农民，成为各式各样的雇佣工人，如各类店铺总管（主管）、管账、伙计（又称店小二或酒保）、学徒、茶博士（茶馆中的使役）、酒博士、受雇的待诏（宋元小说为手艺工匠，明清小说为理发师）、船工（又称长年）、工人、长工（江浙一带称长年）、短工、工厂里的领班等。如《京本通俗小说》第十卷的宋代话本《碾玉观音》（《警世通言》第八卷《崔待诏生死冤家》）中的秀秀，是市民咸安裱褙铺璩家的女儿，因家境贫寒，被卖往咸安郡王为府中绣作。另一个来自升州建康府的手工艺人崔宁则直接趋事郡王数年。《警世通言》第二十二卷《宋小官团圆破毡笠》叙苏州昆山宋金家原为富农，后连遭荒歉，田房变卖，沦落至日间街坊乞食，夜间古庙栖身，后至熟人船上帮工。

在这些叙述佣工的小说中，作品倚重的不是佣工的源头——农民身份，看重的是作为市民之一的佣工身份的生活传奇。农民，在通俗文学作品中，往往成为市民取笑的身份。如宋人有杂剧，其中的杂扮属滑稽段子，就以嘲笑乡下人进城之窘态为乐。吴自牧在《梦梁录》卷二十《妓乐》记载："顷在汴京时，村落野夫罕得入城，遂撰此端，多是借装为山东、河北村叟，以资笑端。"② 还有我们最熟知的《红楼梦》刘姥姥进大观园这一情节，宁荣二府上至达贵下至丫鬟无不对乡下人刘姥姥充满了调侃嘲笑。

随着通俗小说模式由世代累积型转变为文人独创，拟话本小说的文人说教越来越浓，中国白话小说呈现文人化趋向。表现传统文人的审美意识与文化素养在小说中渐渐抬头，传统的重农、悯农意识亦有显现。如清代拟话本《跻春台》之《十年鸡》叙佃农之子贝成金外出贩米，船沉流落为佣。开杂货铺的米如珠，心想：生意钱财似虚花，运去犹如水推沙，要作儿孙长久计，还须下乡做庄稼。遂买田三十亩，丢了生意，下乡耕耘。总体来看，相对当下农民工书写的那种城乡之间的紧张与仇恨，古代白话小说中的农民进城叙述显得轻松与羡慕。因为那时没有严格的城乡二元对立的体制分割，进城农民很快融入城市成为市民，因此小说重点叙述的是他们的世俗生活中带

① 何良俊：《四友斋丛说》卷十三，中华书局 1983 年版，第 111—112 页。
② 吴自牧：《梦梁录》，《笔记小说大观》二十一编第二册，新兴书局有限公司 1984 年 6 月版，第 1178 页。

有一定传奇性的细节。或嬉笑调侃，或道德训诫，或批判同情，字里行间透出的还是一种市民文化的悠闲与轻盈，而不是当下农民工书写由于社会分层极为不平衡而导致的紧张与沉重。

这些作品重在展示城市雇佣工人的生存状态，表现了他们生活中一系列世俗欲望。《拍案惊奇》第二十二卷《钱多处白丁横带运退时刺史当艄》讲述江陵郭七郎，因为翻船导致无法度日，最后才在永州市上做船工。作品结尾店主人有一番话，道出了佣工的无奈之举："除是靠着自家气力，方挣得饭吃。你不要痴了！""我这里埠头上来往船只多，尽有缺少执艄的。我荐你去几时，好歹觅了几贯钱来，饿你不死了。"①郭七郎只得死心塌地，以船为生。

其次，在白话小说中显现的物欲世界中，金钱的意义更加彰显，成为支配佣工的重要力量。正如《金瓶梅词话》第七回中所言"世上钱财，乃是众生脑髓，最能动人"。在明代白话小说中，大量的小说里写到了金钱在社会生活中的作用力。有钱可以买官、买色、买人缘，可以赢官司，可以买享受，也可以做善事，无论是佛门净地，还是道家洞天，只要钱趋过去，几乎所向披靡。由此我们可以想象那些佣工的处境，《金瓶梅词话》中西门庆伙计韩道国之妻王六儿与西门庆通奸，出银四两为其买得使女锦儿，又使一百二十两买一所门面两间、到底四层房屋居住。韩道国为了以图其钱财，只有一任其所为。《娱目醒心编》叙明嘉靖年间，嘉定安亭镇张氏被婆婆汪氏妡头胡岩杀死，事发，汪氏反诬张氏与雇工人王秀有奸。只因许王秀银子，答应日后替他赎罪，王秀就甘愿认罪。

于是，人性恶便在金钱欲望下展露出来，坑蒙拐骗、谋财害命、杀人越货等纷纷出现在城市佣工身上。既有描述雇佣工人的恶劣行迹的，如《警世通言》第二十卷《计押番金鳗产祸》中有酒保周三与酒店老板女儿庆奴有私，入赘后躲懒不动，被"夺了休"，遂杀酒店老板夫妻。《警世通言》第三十七卷《万秀娘仇报山亭儿》中有茶坊博士陶铁僧偷店中零钱被解雇，心中怀恨，与人抢杀茶坊老板女儿钱财。《跻春台》之《巧报应》中有佣工钱维明不孝父母，生子国昌如法炮制，不久出走他乡做裁缝，拐逃县官之女爱莲。《跻春台》《十

---

① 凌濛初：《拍案惊奇》（上），上海古籍出版社 1985 年版，第 308 页。

年鸡》叙佃农之子贝成金外出贩米，船沉流落为佣。与佣主妻库氏私通，害死佣主米荣兴。《市声》中的王小兴本是苏州席店一学徒，投靠其姐夫钱伯廉（棉纺厂领班）任管账，竟席卷四万余金逃亡南洋。其中清代《游戏小说无底洞》通篇写了一个在上海一家茶行替人照料买卖的老者熊长乐。此人不但是个色中饿鬼，在上海"安乐窝"养着姘头，而且还把主人儿子送进"安乐窝"，从中取利。后又与茶行王总管，一起共同作弊，重利盘剥，竟将茶行攫为己有。最后，又为吴老爷出谋划策，以五千金买下主人宋朝奉三万金的全部家产，使宋朝奉家产荡然无存，只好乞讨度日。

最后，描述佣工身份的人生发迹的传奇故事，既表现出佣工在城市中发展的轨迹，更传达出作为最底层的城市市民渴望发迹的梦想。如《警世通言》第二十二卷《宋小官团圆破毡笠》叙苏州昆山宋金家道中落，至刘有才船上帮工，操作甚勤，入赘为婿，后发迹的故事。《醒世恒言》第二十卷《张廷秀逃生救父》叙苏州富户王员外请木匠张权父子做工，见张子廷秀聪明，便过继为子，后又赘为次婿，并助张权买屋开店。后来廷秀官至八座之位，子孙科甲不绝。《醒世恒言》第三十一卷《郑节使立功神臂弓》郑州人郑信在富户张俊卿质库中做主管，失手打死人，下狱定罪，在开封府城外枯井中遇奇发迹变泰的故事。

明清白话小说在传达物欲意识的同时展现了城市的魅力。城市是市民的居住地，又是财富的聚集处，在财富的作用下，城市彰显出其魅力的同时又膨胀了人们的欲望，如《金瓶梅》通过运河旁边的东平府清河县描述了西门庆一家平常的家庭生活，描述其夫妻、妻妾、主仆之间的饮食起居、穿戴服饰、游玩嬉戏等生活，广视角多侧面地勾勒出灯红酒绿、五彩缤纷的城市生活画卷。当我们注目城市中的农民（工）形象时，可从另外一个角度关注到一个城市对于农民的吸引力。这份魅力足以让一个从农村走入城市的农民爱恨交加。这种情境尤在近现代小说中常见。如《海上花列传》描写上海自开埠通商后日趋繁华，十七岁的农民赵朴斋从乡间来到上海，欲托其舅——参店老板洪善卿为其寻找差使。略及寒暄，便央舅氏携其去妓院一游。此后，赵朴斋并未找到差使，却整日流连烟花丛中，倾其所携钱财。还被人殴打致伤。在其舅舅多次责其速回乡间的情况下，依然流连于上海，以至于当上了车夫。赵朴斋的妹妹赵二宝本要与母亲一起接回哥哥的，只因在上海多待了一日，听说书，游明园，受人所惑，在上海住了下来。为了生活，竟挂起牌子当了妓女。正如张秋虫的《海市莺花》以上海为例，做出了城市魅力的概括："有钱的想到上海来用钱，没有钱的想到上海来弄钱，这一个用字和一个弄字，就使斗大的上海，平添了许多奇形怪状的人物。"①

　　当然，这些白话小说在表现城市欲望和进城农民的故事中，大多以劝善惩恶的方式进行说教。这些小说中作奸犯科、杀人劫掠的都受到了惩罚；受了冤屈的得到公正平反，除恶的受到善报。《京本通俗小说》第十三卷《志诚张主管》、《警世通言》第十六卷中《小夫人金钱赠年少》叙宋时东京汴州开封府在线铺主人张士廉家打工的青年主管张胜的故事，赞颂他不贪财不爱淫，鬼祸人非两不侵，超然无累。《古今小说》第三十八卷《任孝子烈性为神》叙南宋绍熙年间，临安张员外生药铺中主管任珪，早出晚归，杀奸夫淫妇，后坐化为神。《无声戏》外编卷之四《待诏喜风流攒钱赎妓，运弁持公道舍末追赃》叙崇祯末年待诏（理发师）王四为扬州名妓雪娘服侍五六年，以工钱一百二十两为聘礼，欲娶其为妻。遭鸨母赖账，并被逐出妓院。后幸而遇到漕粮运官主持公道，设计让鸨母退回聘银，王四随运官进京，另图生计。晚清小说《最近社会秘密史》叙述了流落于上海城隍庙的华国光，因遇一名厚甫的富商提拔，在其店中充为伙计，后擢升为掌柜。厚甫临终时托孤少甫于华。主人亡后，华即为少甫延师教读。主人这遗孀意欲盘掉铺子，扶灵回籍。华恐生意毁于一旦，故托人说合，娶了其妇，借其夫名义，保其财产，成亲十年，却未共眠一宿。待少甫成人，华邀齐亲友，当众将十年之账本交还少甫，言及报主之苦心后，欲回乡娶妻安家。

　　"历时态地积淀在民族心灵中的传统文化精神，也共时态地积淀在他们（后人）自身。"② 翻开中国当下农民工书写的文本，这些文化精神或多或少

---

① 张秋虫：《海市莺花》，春风文艺出版社1997年重印版，第170页。参见范伯群：《中国现代通俗文学史》北京大学出版社2007年1月版，第373页。

② 范伯群、朱栋霖主编：《1898—1949中外文学比较史》，江苏教育出版社2007年3月版，第56页。

地成为当下农民工书写核心价值的"胚胎"。① 表现当今"三农问题"、"城乡差别"等农民工问题，并对这些农民的生存、生态等社会问题进行深入的思考，是几千年来中国重农观念的文化积淀。怀着悲悯的情怀书写农民工生存的困境，思索着他们在现代化进程中的悲剧命运的作品，则是千年来中国士人文化中悯农意识的传承。在城乡两地的漂泊中，不断的挣扎，不断的期望、失望与绝望，以期关注乡土的，又是中国文学长期抒发故土情怀的积淀。明清小说呈现的种种市民物欲意识无疑又是当今农民工书写表现的重要方面。生存的艰辛、无奈的漂泊、失败的心痛、思乡的愁绪、金钱的诱惑、欲望的压制、城市的渴望、善恶的挣扎等，构成了当下农民工书写在巨大的文化传统和精神传统召唤下表现的一个个显著的主题。

第二节　现代文学中的农民进城

古老中国的现代转型，最明显的一个文化表征就是外来现代化的强行牵引，出现了上海、北京、广州、武汉等国际大都市，并辐射形成其他中小城市。城乡之间的日益差距，正是现代中国农民进城的驱动力量。一方面，前所未有的现代外资企业纷纷入驻，吸引乡下农民进城成为廉价的劳动力，并带动一系列的劳动雇佣。另一方面，乡村社会由于战争、饥荒、贫困，而驱使很多农民入城谋求生存。从此，乡村不再宁静和诗意，而是在城市的巨大参照下日益贫困和破产。城市代表一种西方欲望文化加本土权贵文化的空间，而乡村则是战争、灾难、剥削之下的产物。为了生存，农民自觉不自觉地进入城市，寻找生存的空间与致富的机会。因此，很多作家在将目光投向乡村的同时，自然会延伸到城市，维系二者之间的纽带正是进城的农民。其中，乡土文学创作，左翼文学思潮，新感觉派等流派都不同程度地涉及进城

---

① 近代和现代五四时期的文学作品中亦是农民工文学的重要渊源之一，如近代小说《苦社会》、《黄金世界》等受西方意识影响，描绘在外华工受压迫的生活；又如五四文学中潘训的《乡心》、王任叔的《疲惫者》等受马列文论的影响塑造出离开家乡至都市的农民典型阿贵、运秧驼背等。

农民的生存状态。他们从不同的文化角度和立场，审视乡民进城的现象，探究中国社会城市化过程中，乡村日益破产的残酷事实。同时，也从人性的层面，思考城市与乡村对人性的考量。

一、乡土文化与农民进城

关注占人口绝大多数的农民，提出积弊最深、苦难最终的农村社会问题，几乎是现代文学每一个作家的用力所在。张天翼的话颇有代表性："做个作家，尤其需要认识农村，作家要描写多数人的生活的，替大多数人申诉，而中国的绝大多数就是农民大众，离开了农民，那就什么都会成了空的，也可以说不成其为一个中国作家了。"①郑振铎更是主张文学表现底层民众血泪生活。他认为："我们现在需要血的文学和泪的文学似乎要比'雍容尔雅'、'吟风啸月'的作品甚些吧。'雍容尔雅'、'吟风啸月'的作品，诚然有时能以天然美来安慰我们的被扰的灵魂与苦闷的心神，然而在此到处是榛棘、是悲惨、是枪声炮影的世界上，我们的被扰的灵魂与苦闷的心神，恐总非他们所能安慰得了的吧。而且我们又何忍受安慰？"②如果说，乡土写实派专注于乡村世界，重在表现封建积弊、苛捐杂税给农民带来的生活苦难，呈现的是一种静态的生活，那么人生派则视野相对广阔很多，他们不仅关心故乡的父老乡民的生活，而且将实现延伸到乡村与城市之间，考察城乡之间的社会情态和心理变化。因此，农民进城的题材，受到很多"人生派"的茅盾、王统照、王任叔等作家的关注。

首先书写农村的日益破产的局面，将目光聚焦于农民与土地的关系，是现代文学的乡土写实派的重镇。自近代以来，乡土中国由占据主导地位的传统农耕文化与外来的西方工商业文化所构成，乡土农业文化与西方工商业文化形成了两大文化形态，前者主要是以乡村为主体的乡村文化，后者以沿海殖民地为主体的城市文化，城乡社会形态的共存，使得小说的"城一乡"呈

---

① 沈承宽、黄侯兴、吴福辉编：《中国文学史资料全编现代卷·张天翼研究资料》，知识产权出版社 2010 年版，第 51 页。

② 西谛（郑振铎）：《血和泪的文学》，《文学旬刊》第 6 号（1921 年 6 月 30 日）。

现出两种价值取向、道德话语体系。从此，乡村的宁静与独立被打破，城市作为一个巨大的参照开始出现。

考察现代文学中很多作家关注农民进城的故事，呈现出厚乡薄城的倾向。无论在乡土文学作品中，还是左翼创作，农民总是作为"民族文化"的形象刻绘的。农民离土，本质上是一种被动的选择，其选择中有乡村文化历史的拘囿，入城的风险，人性的困厄等。所以众多作品往往集中笔力书写农民离乡入城的原因与过程，自由地发挥作家的乡村记忆，将生活的描绘与人性的表现紧密结合。王统照的《山雨》，奚大有是一个中国农民的典型，具备一个中国农民的全部"美德"：健壮、本分、勤劳。"在田地中勤劳本分的劳作干活，他每每讥笑与自己年龄相仿的青年，说'他们只是饭桶'。他的坚实的两条臂膀还有宽广的肩背，干起活来无论是抡起锄头还是推动车子，总比别人要多干很多活计，所以被人起了个'大力'的诨名。他凭着这份优越的身体与种植的田地相拼，只要不是'天爷不睁眼'还怕收成的比别家少？他甚至连一袋旱烟都不会吸，有时喝点酒还有数，别的恶习他连看也不看。……"尽管如此，奚大有还是被强买的军匪敲诈勒索，痛打一顿，还让自己的父亲借债赔礼。父亲不得不典卖几亩土地，加上各种苛捐杂税的逼压，最后在悲愤中咯血而亡。奚大有被抓兵差，逃回后身染重疾，后又抱病修路，晕倒在劳役工地上，最后为了一家的生计，只能典卖剩下的土地，携带妻小投靠杜烈到城市里谋求生路。奚大有与土地天然的亲近感，正是他忍受兵匪灾害、繁苛杂税的根本，也导致他走出乡村土地的艰难。

逃入城市，一方面是乡村的各种压力的逼迫，另一方面则是充满着城市的梦想。城市意味着洋房子、烟筒，喧闹、熙攘的人流，百货店里花花绿绿的商品，还有工人失业、饥饿、偷盗、女人卖淫、男人吸毒等城市生活画面。所以城市梦想是每一个向奚大有这样的农民进城的开始，又是他们走向悲剧的原因。在去城市的路上，一位进城农民对大有祝福道："你们好的多了。能够过海去发财，比着到各县里去当叫花强得多！"对此，他有了对城市及日后命运的初步思考："'发财'这两个神秘的字音，刚刚听萧达子说过，现在路遇的这个不认识的男子又向自己祝福，或者海那边有洋楼的地方里，有片银子地等待自己与老婆，孩子齐去挖掘？也许有说书词里的好命？一个人穷的没有饭吃，黑夜里在破桩上看见墙角里发白光，掘起来青石板底下是一坛白花花的银块。事情说不定，这总不是坏兆?"[1] 其中既表现了奚大有进城前对城市生活的信心与希望，还有忐忑和困惑。萧红的《生死场》中，金枝的母亲看到女儿带回的两块钱后便坚持让她回城里去，因为在她眼里，城市原来这么容易挣钱。丁玲的《奔》中，张大憨子在火车上想当然地以为，"上海大地方，比不得我们家里，阔人多得很，找口把饭还不容易吗?"小农意识的局限和对城市的毫无所知是他城市梦想的主要原因，也是他最终在城市成为一无所有的游民的关键。

对于知识分子而言，奚大有这样的农民与土地的依存感，甚至有些极其古老的人与自然的神秘感应，自然最合乎他们的趣味了。因此，农民习性的书写总是作家的长处。奚大有入城之后，他跑了几十里的马路向杜烈借了五块钱，在回自己住处的路上，闻不惯汽油味，而吐了别人的脚上；紧紧捏着五元的纸票，而被两个巡警误以为坏人。这些事件既是城市空间对乡民世界的压迫和挤兑，也是农民习性在城市的惯性书写。入城一段时间后，他做生意拉车，儿子当学徒工，一家人的生活有了点起色。在得知同乡的徐利出事后，他毅然回到家乡去探望，而家乡正逢德高望重的陈庄长凄惨的葬礼。陈庄长的死去，象征着奚大有心目中的乡村伦理不复存在。家乡回不去了，他只能痛苦地回到城市。

在《山雨》中，王统照没有繁写乡村的一个个悲惨事件，如奚大有被敲诈，奚二叔忧愤死去，陈庄长力保乡民被兵匪达成重伤，徐利火烧吴家院子后被法办。作家只是通过奚大有的心理流动将一个个事件的框架相互融合，逼真地表现了一个农民遭遇乡村大变动中的性格本质以及形成这种农民性格的深厚的乡村文化底蕴。正是这种社会变动和文化性格，驱使奚大有这样的农民进入城市，寻找生活的出路。显然王统照对农民进城的生活、心理的把握，远不如在乡村的前部分，农民在城市里的生活轨迹，他们对城市的理解紧紧停留在被认为"土气"，却缺乏对城市文化内在肌理的深入体会。

在这里，乡村在符号学的意义上，自然构成了农民进城的外在驱动。作家往往打破了以往乡土文学创作的诗意与静穆，更多地融入了时代的文化因素，如战乱、自然灾害、人祸，这些因素导致农民无法在乡村继续生存下

---

① 王统照:《山雨》，人民文学出版社 1982 年版，第 226 页。

去，被逼到城市里寻找新的生机。于是，很多小说中的乡村不再承载了大地之母的乡村诗意，而更多地关注乡村生活的艰难与困窘。乡村不仅要承载传统文化的渊薮，又成为了众多农民进城的驱动力量。也就是说，乡村的贫穷，不仅源于传统封建意识对民众的束缚，更是时代的一些外在因素的影响。所以，在这些小说中，作家总是繁笔书写农民进城之前的艰难选择。他们总是将具体的时代事件与厚重的乡村记忆相结合，在"惨雾"密布的土地上，书写农民进城的惨烈。他们无意书写乡村蒙昧中的生死轮回和人性的荒芜，而是在城市这个巨大参照面前，书写农民进城的"不平之气"。这股"不平之气"的流荡，与自左翼文学精神的相遇，成为左翼文学革命伦理产生的前提。

二、阶级革命与农民进城

进入 20 世纪以来，在民主启蒙、左翼革命、民族救亡等历史主题的观照下，文学中的"底层农民"形象被充分意识形态化。在启蒙主义的叙述视界里，它被当作社会不公与人文情怀的喻体；在革命话语叙述的路径上，它替代的是"阶级"、"剥削"、"压迫"等历史措辞，多被作为阶级意识觉醒、革命、解放和翻身的现代神话。民族屈辱的巨大阴影支配了现代文学革命话语中的批判伦理，底层的苦难往往作为革命的符号而产生。面对进城农民生活的悲苦，很多作家表现出明显的左翼话语特征和深刻的道德批判精神。赵园指出："影响于三四十年代乡村题材创作极大的，是关于'乡村破产'与'乡村革命化'的理论思想。"[①] 由于战争、灾难、苛捐杂税等带来农村经济的日益破产，农民被逼进城而谋求新的生活方式。城市既是农民接受现代文明的召唤，又构成了农民在异质空间中的阶级压迫的力量。广大作家通过对城市文化的批判，来实现文学的革命伦理。

一方面，源于传统农耕文化的规约、重农抑商的经济观念、"清静无为"与"小国寡民"，文化观念等原因，使中国民众对"城市"所代表的西方工商业文明具有天然的道德拒斥感。在现代文学界，又与适时进来的西方现代

---

① 赵园：《地之子》，北京大学出版社 2007 年版，第 54 页。

主义对城市的丑陋、异化、阴暗、堕落的批判，共同形成了贬抑城市的文化倾向。另一方面，很多现代都市置身于乡土文化与西方殖民文化的浸染与冲突下，知识分子潜藏的"抵抗情绪"背后的文化拒斥感，直接与西方列强的殖民侵略行为密切相关。所以，无论是乡土小说，还是新感觉派的创作，小说之"城"演绎成半殖民地中国城市社会的"缩影"。茅盾指出，"消费和享乐是我们的都市文学的主要色调。"① 城市的妖魔化、情欲化、符号化、物象化构成了很多作品中审美现代性的主要文化表征。

农民从乡村社会逃进城市空间，并没有改变他们的命运。饥饿、贫穷依然是进城农民的巨大压力，而工厂、警察、房东等成为一种新的阶级压迫的力量。于是，左翼文学作家往往注重书写进城农民在城市的苦难，将城市作为一个"他者"加以革命性的批判，从而揭示中国现代革命的必然性和合法性。立足于农民在城市的游离状态，作家往往以社会分析的眼光来叙述破产后农民进城的不幸人生，并把造成这种悲惨的命运的原因归结为城市社会的残暴与冷酷，城市成为左翼作家在表现社会人生形态时一个独特的叙事空间。他们站在无产阶级革命者的立场，在阶级对立中生成了一个个社会底层人生的故事，而这些人生故事隐含着作者对时代精神的理解和概括。

丁玲《奔》中的张大憨、乔老三、李祥林等六人在家无法生存，家里的粮食"一粒也不剩"，相约到上海去谋生，以为从此可以"找口饭吃"。但是当他们到达张大憨在上海打工的姐姐和姐夫的房间时，看到的是一对快要饿死的男女。姐夫说："一天十四个钟头吃不消，机器把一身都榨干了，没有让机器轧死总算好，不过这条命……憨子，你们来做什么的？"姐姐说："我们还是想回去，你帮忙替我们打听点生意好不好？上海找不到工做，活不下去。"于是，他们又只好继续"奔"，可一路上他们听到的是"你妈还没有找到姘头吗？要你爸爸看穿一点，不当王八没有饭吃"，看到的是火车上一批又一批的乡下人向上海奔去。城市梦想的破碎促进了他们的初步觉醒。小说结尾这些农民无奈返乡，当有人问道家乡地主的重债怎么办？他们的回答是："有方法的！孙二疤子你等着！"正如有人指出，"在她的创作里，人们可以看到帝国主义对于中国农村的侵略，农村一般的破灭的危机，封建社会

---

① 茅盾：《都市文学》，《申报月刊》第 2 卷第 5 期，1933 年 5 月 25 日。

崩溃的音响，同时也可以看到动的力学的都市，闪烁变幻的光色，机械马达的旋风，两个对立的阶级的肉搏，地底层的巨大力量的骚动……"① 小说不仅写出了进城农民的生活窘迫，而且在表达他们心中的愤怒与不平中体现了农民原发的阶级革命意识。

批判意识是现代左翼文学的核心精神。在这些书写农民进城的作品中，左翼作家往往以阶级社会的伦理道德为批判的力量，将矛头对准城市。如果说早年的乡土小说在书写农民的生活状态时，更多地着眼于乡村的文化习俗与伦理道德对人性的压抑与束缚，那么在这些左翼作品中，则更多的是一种城市与农民之间的对立。城市被虚化成一种批判的对象，取代了原本农村中地主和兵匪的压榨与盘剥，而成为逃离土地后的农民面对的一个新的压迫力量。城市，本来代表的是现代文明，却在道德层面成为人性批判的对象，进而成为阶级批判的符号。《杨七公公过年》中，上海在老人杨七公公看来是天堂，是生存的希望。杨七公公与儿子福生一家人因为生活所迫不得不背井离乡到上海另谋生路。然而，一到达吴淞镇口，他们的破船就遭到了水巡队的敲诈，船上的东西被一一搜刮。这是上海这座城市带给杨七公公等人的第一印象，也是上海给他们的一个下马威。凭着农民的坚韧，杨七公公并不丧失希望，依旧抱着幻想："上海这么大的一个地方，是决不至于没有办法的。"离开了土地的他们，变成了城市的游民，杨七公公做起了香瓜子生意，儿子福生卖菜，媳妇给人家缝缝补补添些家用，一家人的生活似乎有了起色。杨七公公恢复了往日的自信："谁说的上海没有生路哪？一个人，只要安本分，无论跑到什么地方都是有办法的啊。这就是天，天哪！"显然，杨七公公在以传统的乡村伦理意识来度量陌生的城市社会，注定了其结局是悲剧的。最终，杨七公公遭到了巡捕的抢劫，儿子福生在工厂里带头罢工要求加工钱最终被抓了去，杨七公公在听到消息后死去，回归乡土的梦想化为泡影。在作家笔下，杨七公公等进城农民在城市一步步走向死亡，正是强化了左翼文学对底层民众的同情，和对城市阶级的批判。正是这些同情与批判，促成了左翼文学的革命伦理。

对于萧红来说，不像左翼作家那样，突出地将阶级革命作为城乡书写的

---

① 方英：《丁玲论》，见袁良骏编《丁玲研究资料》，天津人民出版社 1982 年版，第 278 页。

重点，城乡的二元对立，转化为阶级斗争的二元对立。城市取代了农民在乡村受压迫与剥削的地主阶级，而成为阶级革命的对象。在萧红那里，城乡之间被视为一个"生死场"，无论金枝的命运走向，她始终反复表现金枝在城乡生活空间的冰冷和僵硬。金枝走在哈尔滨的街上，感受到的是"生疏，隔膜，无情感"。她害羞自己的衣裳不和别人同样，"立刻讨厌从乡下带来的破罐子，用脚踢了罐子一下"。她不知道城里的"太太"的意思，以为乡下的老太太，遭到众人的耻笑。来到城里缝衣补袜，女工店向她收费晚给几天都不行，缝裤子的男人强奸了她，她羞愧地回到乡下，"马上躺到娘身上去哭"。当身体酸痛的金枝回到家里时，"母亲不注意女儿为什么不欢喜，她只跟了一张票子想到另一张"。对于金枝而言，乡村的亲情伦理荡然无存，而城市是腐蚀人的灵魂的源头。在这里，萧红聚焦于乡村文化这个大染缸，并由乡村转向城市，用悲悯的姿态书写城乡这个"生死场"上的芸芸众生。既展示了城乡之间的巨大差异，也书写了城市对人性的伤害。萧红用冷冷的目光，注视着这些生死场上众多生命，其中既有国民劣根性的批判，又有金枝等进城农民的悲惨命运的同情。

在穆时英的《南北极》中，城乡之间、贫富之间的巨大差距，如同南北两极一般。但作家没有浓墨重彩地书写农村破产的困难，而是以轻松的笔调，将一个类似于武侠的人物，赋予其爱情或者性的动力，而进城寻找心中的"玉姐儿"。自幼习武的小狮子从小喜欢王大叔家的姑娘玉姐儿，两个人青梅竹马，非常开心。然而，就在十四岁那年，王大叔带着玉姐儿进城到她表哥家回来后，玉姐便喜欢上了城市的生活，并且到了城里念书，最后嫁给了表哥。在玉姐儿婚礼的当天，小狮子丢了家一气跑到了上海。在这里，小狮子进城的驱动力，不是乡村经济的破产，而是失去爱情后的一种逃避或性情的发泄。小狮子作为游民在城里乞讨流浪，不断受到巡警的干涉。他凭借自己的一身力气，拉车，当保镖。在这段日子里，小狮子更加清楚地认识到两极世界的不同，毅然辞去了薪水不菲的工作连夜逃走。与左翼作家不同的是，穆时英的小说中，没有将城市简单化为一个阶级的产物，而是重在表现农民小狮子在城市的心理变化和身心遭遇。小说并没有渲染小狮子在城市的苦难与艰难，而是在一个个他与城市人之间故事中，书写城里人与乡下人、富人与穷人之间的差距与隔阂。一个城里姐儿从荷包里摸出个铜子来往地上一扔，对车里的同伴说："你别婆婆妈妈的，穷人是天生的贱种，那里就那么娇嫩，一下雪就冻死了？你给他干吗儿？有钱给瘪三，情愿回去买牛肉喂华盛顿！"小说一面书写小狮子遭遇城里人的凌辱，一面又快意表现他报复城里人后的快乐。在穆时英的笔下，城市不像左翼文学那般充满阶级的紧张，也不是阶级斗争的所指。城市成为了富人阶级的体现，成为人性堕落的空间，小狮子为了爱情的失落来到城市，目的在于平衡自己的心态，感受城市现代性的优越，最终却在贫富两极的不平衡中逃离城市。

纵观这些现代小说中的农民进城叙事，一方面，中国社会是一个农业文明主导的社会，乡土文化占绝对的主导地位；另一方面，现代城市往往与西方殖民文化相互勾连，在西方现代主义的影响下，城市往往是一种人性堕落，崇尚欲望的空间。所以，很多作家往往贬抑城市，将城市作为人性批判、政治批判的对象。相反，在当下的农民工书写中，革命话语已经成为过去，不平而鸣的本质在于一种基本的社会待遇的自发诉求，或者一种阶层差距不断拉大后的底层代言。也就是说，他们的社会批判仅仅来自自我的情绪应对，希望唤起主流社会的关注，从而实现自己的诉求。左翼作家笔下，城市是农民生活苦难的渊薮，构成了政治批判的对象。本质上，这些创作与国家动荡，列强入侵，农村破产，民族国家迫切需要通过民主革命的形式走向独立的形势相关。不管哪一类创作，他们在国家解放，民族独立的大前提下，乡村不断走向破产，城市总是以污浊、罪恶的形式出现，批判性或多或少成为其中的共性。

三、社会写实与群像书写

由于写实主义的影响，很多现代作家对进城农民的生存状态的表现几乎是纪实性的。类型化性地描写人物群像是现代乡土文学描述农民进城打工的一个重要特征。男性以车夫、清道夫、工人等艰苦职业为主，女性以妓女、丝厂工、仆人等辛劳、屈辱职业为多，他们多从事社会中最下等、最低贱的工作。这类关于进城农民题材的创作，往往由于作者的知识分子身份，而对底层民众的生活采取俯视的姿态，表现农民在乡村与城市之间的生活状态。

夏衍指出，"我写的时候力求真实，一点也没有虚构和夸张。她们的劳动强度，她们的劳动和生活条件，当时的工资制度，我都尽可能地做了实事求是的调查，因此，在今天的工人同志们看来似乎是不能相信的一切，在当时都是铁一般的事实。"①《包身工》就是他在对包身工的生活进行了两个多月调查的基础上写成。草明的短篇小说《倾跌》写了"我"、苏七、屈群英三个女孩子被乡下的丝厂挤了出来，来到城里打工。小说有与荐头的讲价、找到工作的喜悦、做工的艰辛、家里的困难、城里生活的叹息等交织在一起，全文大多以对话的方式将生活中的辛酸与苦恼倾吐了出来。没有华丽的辞藻，没有抽象的描述，朴实的文字中直白地展现了进城农民的生活。在《奔》中，一群苦难农民为了生存，奔进上海"找口饭吃"。在这个奔走的人流中，"扛运夫杂在穿皮大衣的粉脸太太里，太太们又吊在老爷的手上。老爷们昂首在乡下人旁边，赛跑似的朝出口处奔去"。当这群农民走进张大憨的姐夫住的那条小街时，肮脏的街道、破落的房屋、姐夫只剩下一条枯瘦的臂膀，姐姐重病而快要饿死。这些农民在城市的生存状态，往往被置于一个全知全能的视角下，客观理性地表现出深刻的社会历史意义。

如果说当下的农民工书写中，作家既是叙事主体，又是言说主体，他们往往依靠自己的城市打工生活经验和体验，原生态地传达他们的来到城市空间的真切情绪，却缺乏审视自我和社会的精神高度。相反，现代作家往往以知识分子的悲悯情怀，既审视众多底层农民在城乡之间的艰难状态与人性的挣扎，又自觉不自觉地将其纳入城乡二元对立的批判，尤其是进入阶级话语层面的批判。

在写作立场上，他们为了将自己融入这些底层农民的生活，不断与工农大众的立场拉平。他们走近农民，感受他们农民在乡村在苦难，书写他们在现代中国社会动荡下经济的破产，又书写他们进城后遭遇城市的压抑与挤兑。所以，在这些创作中，城乡之间并非二元对立，而更多的是强化贫富之间的二元冲突。城市构成了一个物质欲望的体现，而乡村也是一个苦难的集中地，城乡之间并不是紧张的冲突，而是共同构成了农民生存苦难的外力因素。真正的因素，则来自社会的底层地位和经济的困窘。正是这些社会层面的因素，小说重点在一种愁苦与愤恨的气势和氛围中展现农民的群体性心

---

① 夏衍：《从"包身工"引起的回忆》，《中国工人》1959 年第 6 期。

理。他们一方面走进人物的心理层面，凸显个体的人性本质和挣扎，另一方面又在城乡万象中，以纪事、速写的方式，表现城乡社会的贫富不均，及其蕴含的一定社会革命的内在动力。穆时英虽然不属于左翼作家，《南北极》中极力表现的是贫富的巨大差距对个体的影响，结尾却是："谁的胳膊粗，拳头大，谁是主子。等着瞧，有你们玩儿的乐的日子！我连夜走了。"透过小狮子身上原始的革命冲动，我们能感受到的是作为农民在城市、穷人在富人面前群体性的反抗情绪，即一种革命话语的原发力量。

张中良指出："鲁迅、王统照、王鲁彦、丁玲、萧红等经典作家已经为我们做出了表率，今天的优秀作家理当在打工文学园地做出新的贡献。"[①] 自然，他们的作品为我们提供了现代农民进城谋生的真实图景，更为重要的是，为我们在追求文学的悲悯情怀与审美形态方面提供了很好的参照。他们的创作精神或隐或现地贯穿当代文学史，成为新世纪农民工书写的价值脉络。

第三节　延安文艺精神与农民工书写

在我国现代文艺发展史上，延安文艺起初只是个地区性的文艺群落，却以灿烂的成绩推进了陕甘宁边区的革命运动和文学建设，而且成了包括大后方、敌占区在内的全国文艺运动的策源地和精神家园。延安文艺的产生与发展并非偶然现象，它是左翼文学革命在新的历史条件下的延续与发展，是在民族革命战争中成长起来的，与中国本土事实紧密结合的文学思潮。可以说，延安文艺思想始终贯穿在当代文学之中，成为当代文学或隐或现的精神脉络。它所体现的"人民性"和大众化，直接改变了五四新文学中启蒙与被启蒙的知识分子叙述，"人民"直接构成了革命意识形态书写的符号载体。这种"人民"书写，一方面体现了革命话语对民众世界的领导与关怀，另一方面也体现了文学对民众生活的关注与引导。关注农民，关注乡土，成为延

---

① 张中良：《现代文学史上的"打工文学"》，《中国社会科学院院报》2007 年 7 月 12 日。

安文艺中负载革命政治精神的符号。这与当下农民工书写中关注民工个体，为他们命运呐喊与不平具有一定的承接关系，又有很大的区别。延安文艺确立的革命伦理，则在很多农民工书写中得到了新时代的继承。农民进城的现实境遇与城市想象之间形成巨大落差，城乡二元体制的不公事实造成农民面对城市的不平衡感，引发了创作者潜在的阶级话语思维，正好续接了曾经的延安文艺精神。

一、人民性与农民工书写

"人民"这个概念包含了普泛的人道内涵和宝贵的人道意识。别林斯基在《一八四七年俄国文学一瞥》认为："大自然是艺术的永恒的楷模，而大自然中最伟大和最高贵的对象就是人。农民难道不是人吗？"[①] 杜勃罗留波夫在《俄国文学发展中人民性渗透的程度》一文中，借评论普希金对人民性作了新的阐释："要真正成为人民的诗人，还需更多的东西：必须渗透着人民的精神，体验他们的生活，跟他们站在同一的水平，丢弃阶级的一切偏见，丢弃脱离实际的学识等等，去感受人民所拥有的一切质朴的感情。"[②] 在这里，人民性意味着命运和精神上必须与人民真正地融为一体。到二十世纪苏联的社会主义文学，列宁认为"人民"主要是指"无产阶级和农民"[③]，并赋予其鲜明的"政治含义"和"党性规定"。1942 年，毛泽东《在延安文艺座谈会上的讲话》中指出："什么是人民大众呢？最广大的人民，占全人口百分之九十以上的人民，是工人、农民、兵士和城市小资产阶级。"[④] 在《关于正确处理人民内部矛盾的问题》中，毛泽东辨析了"人民"和"敌人"两个概念，"在现阶段，在建设社会主义的时期，一切赞成、拥护和参加社会主义建设事业

---

① 别林斯基：《一八四七年俄国文学一瞥》，见伍蠡甫、胡经之：《西方文艺理论名著选编》（中卷），北京大学出版社 1986 年版，第 327 页。

② 杜勃罗留波夫：《俄国文学发展中人民性渗透的程度》，见伍蠡甫、胡经之：《西方文艺理论名著选编》（中卷），北京大学出版社 1986 年版，第 389 页。

③ 列宁：《社会民主党在民主革命中的两种策略》，《列宁选集》（第一卷），人民出版社 1960 年版，第 547 页。

④ 毛泽东：《在延安文艺座谈会上的讲话》，《毛泽东选集》（一卷本），人民出版社 1967 年版，第 812 页。

的阶级、阶层和社会集团，都属于人民的范围；一切反抗社会主义革命和敌视、破坏社会主义建设的社会势力和社会集团，都是人民的敌人。"①

不难看出，人民或者是人民性，本质上都有两个含义：一是具有人道主义内涵和人文关怀的概念，一是基于人道主义并赋予了一定的政治含义和党性规定的宽泛概念。在第一层涵义中，文学的人民性与文学的人性内涵相通，作家站在历史和现实的批判立场，反映人民的生活疾苦、表达对他们的理解和同情，揭示人民的生存状态与他们的精神追求。在第二层含义中，则是人民或人民性，在漫长的特定社会主义文艺运动中成为政治性和党性相互关联的概念。人民在很大程度上不能作为一个个体发言，而是作为一个符号代表新政策、新制度发言。延安时期，为了反映工农大众的生活状态，延安文学集中书写了军民抗战和大生产运动等事件，大量表现一些战斗英雄和生产英雄，极大地配合了当时的战争意识形态的建构。《土地的儿子》、《红契》、《村东十亩地》、《我的主家》等小说中，作家深入日常生活的肌理，书写穷苦大众通过与地主阶级进行斗争，翻身得到解放，并拥有属于自己的土地。同时，《活跃在前列》、《模范班》、《"四斤半"》等小说，重点书写了军民共同参与大生产运动，支援前线斗争。这些作品中人民开始以群体的方式出现，逐渐略去一些作为个体的人的精神世界与心理世界。

除了这些主流的叙述以外，大量的农民及女性、甚至被改造的二流子纷纷进入解放区作家的视野。孙犁笔下的女性世界是一系列淳朴、静美的东方女性形象，她们传承着民族的文化基因，怀抱着人性中的善良与慈爱，保卫家园，孝顺长辈，忠贞丈夫，慈爱子女。同样，在赵树理的笔下，有代表乡村青春与活力的小二黑和小芹，有呈现乡村传统势力和社会习俗的三仙姑和二诸葛，也有乡村社会顽固势力的小昌和金旺兄弟。还有一些作家作品涉及乡村干部的蜕变，二流子的改造，这些作品都在一个大众化的视野下，引导农民通过辛勤的劳动过上幸福的生活。毛泽东在《讲话》中具体指出，"中国的革命的文学艺术家，有出息的文学艺术家，必须到群众中去，必须长期地无条件地全心全意地到工农兵群众中去，到火热的斗争中去，到唯一的最广大最丰富的源泉中去，观察、体验、研究、分析一切人，一切阶级，一切

---

① 毛泽东：《关于正确处理人民内部矛盾的问题》，人民出版社 1977 年版。第 363 页。

群众，一切生动的生活形式和斗争形式，一切文学和艺术的原始材料，然后才有可能进入创作过程。"①

无论是丁玲、孙犁，还是赵树理、马烽等，他们都将视角对准工农兵大众，书写他们日常的抗战生活和爱情故事，自然也延伸到乡村生活的一些图景。丁玲的笔下，贞贞、陆萍、何明华等人都是延安时期的工农个体，他们身上既体现了延安时期民众的心理世界和生活状态，也体现了知识分子的内心折射。到《太阳照在桑干河上》黑妮等形象，更多的是一种大众化的阶级属性的呈现。丁玲认为，"要改变自己，要根本的去掉旧有的一切感情、意识，就非长期地在群众的斗争生活中受锻炼不可。要能把自己的感情溶合于大众的喜怒哀乐之中，才能领略、反映大众的喜怒哀乐。这不只是变更我们的观感，而是改变我们的情感，整个地改变这个人。"②话语当中反映了一个知识分子从追求个性到文艺为工农兵服务的内心转变与皈依的过程。

从20世纪30年代到延安时期，中国文学人的观念有了巨大的改变。底层农民的叙述从五四以来的高位启蒙发展为大众化的平民视角，早年知识分子对民众命运的同情与启蒙，转化为一种平等的农民立场的叙述，而知识分子本身则降格为工农兵身份。原本的启蒙，转变为一种虔诚的受教育。自此，作家的主体参与逐渐退出，关注农民个体的命运，转化为群体性的书写。

到十七年文学中，作品的主题大约有三个：歌颂、回忆、斗争。"人民"只以抽象的集体性面目被描述，成为主要应该被"指导"、"教育"的能指。此时，文艺的大众化，演化为文艺的农民化，城市书写淡出作家的视野。很多作家通过回忆的方式，书写一系列的战斗英雄和领袖人物，"人民群众在革命和建设的斗争中，就是把实践的精神和远大的理想结合在一起的。没有高度的革命浪漫主义精神就不足以表现我们的时代，我们的人民，我们的工人阶级的共产主义风格。"③卢嘉川、朱老忠、梁生宝等英雄形象身上，人性

---

① 毛泽东：《在延安文艺座谈会上的讲话》，《毛泽东选集》（一卷本），人民出版社1967年版，第812页。

② 丁玲：《关于立场问题我见》，《延安文艺丛书·文艺理论卷》，湖南人民出版社1984年版，第238页。

③ 周扬：《新民歌开拓了诗歌的新道路》，《文艺报》编辑部编：《论革命的现实主义和革命的浪漫主义相结合》，作家出版社1958年版，第6页。

的本然状态逐渐被革命的政治性、阶级性所遮蔽，英雄叙述变成了一种政治性的想象性表述。卢嘉川"是我多年对于共产党员的观察、体会，把充溢在胸中的对于他们的爱和敬，都集中概括在他的身上。这个人物虽然是虚构出来的，但我和许多读者的感觉一样，觉得对他很熟识，仿佛实有其人。"①这些人物是农民中产生出来的新的理想人物和英雄人物，承载的多是革命理念和意义的表达。一般农民的日常生活叙述开始淡出，最多只是以一些"中间人物"的形式出现。梁三老汉的迟疑与守望，"亭面糊"的贪小便宜，却心地善良。菊咬金假装闹病、思想保守却是执着于个体发家致富。这些农民形象"没有充分写出基本群众在党的坚强领导下，在斗争中逐步得到锻炼和提高，进一步自己解放自己，全心全意为集体事业奋斗到底的革命精神②"，却真实地呈现了农村生活最真切的一面。

实际上，"人民"逐渐变成了一个集体的政治概念，从早年强调人的个体命运，以人道主义的同情关注社会的底层民众，逐渐发展为一个阶层的概念。"人民"由原来的批判与同情，逐渐转变为歌颂与指导。文学忽略了城市的空间，只是停留在乡土世界，停留在农民的生活层面。即使有知识分子的参与，也只是农民化的体现，人民性实际上变成了书写农村和农民的生活，目的在于为一定的革命话语服务。

进入新世纪以来，文学开始远离现实世界，在欲望化、市场化的牵引下转向城市空间，并任由青春的激情与性欲的勃发。文学的主人公开始转向城市白领，城市世界的物质、生理等层面的欲望书写，或者伸向虚幻的历史帷帐，窥见一些人性的极端表现，成为文学的现代性追求。"幻觉"与"奇观"式的快感叙述，并没有真正提供城市生活世界的现实经验，相反，工业化进程中的现实乡土世界或农民却逐渐淡出写作的空间，或者成为被动的个体。文学不断时尚化、欲望化、精英化，却很少将视角下沉，对底层民众的生活作出自己的理解和批判。

与此不同的是，一些打工者和作家开始将笔端转向底层世界，关注农民进城的生活状态。介入现实生活意味文学开始从拒绝启蒙的欲望化、消费化

---

① 杨沫：《我为什么能够写出〈青春之歌〉》，《北京文艺》1977 年第 8 期。
② 黄秋耘：《〈山乡巨变〉琐谈》，《文艺报》1962 年第 2 期。

中走出，重新将现实主义的创作提上工作的日程。刘庆邦的《到城里去》、吴玄的《发廊》、《西地》、陈应松的《马嘶岭血案》、《豹子最后的舞蹈》、迟子建的《零作坊》、熊正良的《我们卑微的灵魂》、杨争光的《符驮村的故事》等作品，一转文坛流行的快感叙述，变成中国现实经验沉重的书写。阅读这些作品，我们分明能够感受到城乡日益分化的现实世界中进城农民的喘息、悲叹和呻吟。在这些作品中，城乡两个空间似乎变成了不同的社会阶层，分明流淌着浓烈的对社会不公的批判与抗争的血液。于是，对这一类文学的定位，很多学者提出了"新人民性"（孟繁华）、"新国民性"（贺绍俊）、"新左翼文学"（李云雷）的口号，体现了文学对现实经验的关注和底层生活状态的同情，同时也凝注了作者对当下社会现状的批判。孟繁华指出："'新人民性'，是指文学不仅应该表达底层人民的生存状态，表达他们的思想、情感和愿望，同时也要真实地表达或反映底层人民存在的问题。在揭示底层生活真相的同时，也要展开理性的社会批判。维护社会的公平、公正和民主，是'新人民性文学'的最高正义。在实现社会批判的同时，也要无情地批判底层民众的'民族劣根性'和道德上的'底层的陷落'。"① 因此，无论是"新国民性"还是"新人民性"，都与现代启蒙意识相关。而新左翼文学，更多的是认同文学的批判意识与抗争精神。

很大程度上，王十月、郑小琼、柳冬妩等打工出身的作者，他们往往一边打工，一边将自己的打工生活经验和体验逼真地传达出来。在他们的文本中，透出来的是步入城市之后感受城乡之间的不公的情绪，这种情绪自然与延安文艺以来农民寻求解放的抗争精神相通，于是，他们自觉不自觉地拿来现实主义的创作手法，将自己内心的感受和情绪原生态地传达出来。力量型与情绪化，成为了二者之间共同的结缘方式。打工者在城市寻求身份的认同，寻找自身的合法权益的保护，向城市社会的呐喊与抗争，与众多延安文艺作品中，农民寻求翻身解放，为获取土地而斗争一脉相承。这些刚开始时的创作是一种原发状态的呈现。一方面停留在物质性的争取与抗争，如工作恶劣条件的呼吁与改善，老板欠薪的仇恨与抗争，如林坚

---

① 孟繁华：《新人民性的文学——当代中国文学经验的一个视角》，《文艺报》2007 年 12 月 15 日第 3 版。

的《别人的城市》,张守刚的《工伤》《在工厂》等。张守刚的《在工厂》中写道:"机器轰鸣声穿过白天/和黑夜/他们已经麻木/常常将黑夜当成白天/把白天当成黑夜/被机器操纵的手,已离开了他们的身体。"诗歌当中残酷命运的本真书写,流露出的是社会最底层的愤怒与抗争,寻求生存的基本条件。另一方面则是原发的情绪流露与欲望呈现。谢湘南的《吃甘蔗》中写道:"在南方/可爱的打工妹像甘蔗一样/遍地生长/他们咀嚼自己/品尝一点甜味/然后将自己随意/吐在路边。"诗人将自己的打工生活体验,与路边常见的一个生活场景融合起来,将他们自怨自怜的情绪不加修饰地传达出来。这种为民呐喊,为生存而抗争的精神,与延安时期文学作品中为土地而斗争,为翻身而努力的文学精神达到一致。所以,农民工书写接续了传统文学中不平则鸣的抗争精神,又体现了一种新文化语境下的"人民性"。

在铁凝、孙惠芬、贾平凹等主流作家那里,更多的是一种时代情绪的把握和个体意识的抗争。这些作家往往站在时代文化的前沿,把握农民进城的个体意识,书写他们的精神渴求和文化心理。邓一光的《轨道八号线》中,主要书写几个年轻的农民工,在模具车间空虚焦躁,无所事事,只能以一些怪异的举动和无聊的发泄来打发业余时间。他们这种无聊的生存方式,正体现了农民工在城市经受的生存压力及渺茫之感。徐则臣的《看不见的城市》中,通过一个暴力事件书写农民工对乡村与城市的不同理解。两个农民工在中秋月圆之夜,争打一部路边的公用电话而引发命案,但作家并不着意书写暴力的悲惨,而是走进农民工的生活原态,表现农民工身在城市,却根在乡村的分裂状态。正如小说中的主人公天岫认为:"我在脚手架间忙活时,从来不想什么城市,我就是盖楼。"乡村与城市在农民工心中的巨大隔膜,正是作家用心勘探的深层质地。贾平凹通过反讽、调侃的方式,书写农民在城市的生存状态,将不同的农民在城市的精神心理细微地传达出来。不难看出,这些创作更多的是一种文学启蒙精神的继承。作为知识分子而言,他们比进城打工者无疑具有一定的精神高位,但文学为底层世界的呐喊与同情,却是一脉相承的。

实际上,从延安文艺到当下的农民工书写,人民性的内涵有着很大的不同。如果说毛泽东的《在延安文艺座谈会上的讲话》精神中,"人民"指的是一种集体形态的劳苦大众，文学确立的是一种大众姿态来描述以农民为主体的翻身欲望和精神渴求，那么在当下的农民工书写中，"新人民性"则是一种为弱势的农民、工人在城市现代化的大潮中的疾苦而呐喊与呼吁，生存的关注大于精神的把握，目的在于呼吁主流社会的关注而非以往的阶级革命，因此在城乡之间的书写，往往作为一种不同社会分层的对立，而不是以往的阶级的对立。同时，这类书写中，面对城市这个巨大的参照，作家往往内心抗拒却又在物质层面上主动迎合。这种既仇恨又无奈的心态，导致了文本既关注社会层面的情绪表现，又不断向主流社会抛出媚眼而寻求关注与同情。相反，在延安文艺及十七年文学中，作家往往在阶级斗争的势不两立中强化人民的力量，导致文本歌颂的成分大于人性的思考。也就是说，当下农民工书写中，重在为弱势群体的利益与身份认同谋求时代与社会的关注，更多的是一种为社会公正而努力的书写。

二、革命伦理与农民工书写

所谓革命伦理，就是政治话语介入人伦道德，使革命道德化、伦理化，使革命内化为人的道德规范，使人们对于革命的认同和投入的意向染上浓厚的伦理色彩。早在 1927 年，毛泽东就发表《湖南农民运动考察报告》指出："革命是暴动，是一个阶级推翻另一个阶级的暴烈的行动。"[①] 在延安解放区这一特定的时空背景下，革命伦理以无产阶级革命的无私、献身、牺牲等革命规范与准则，参与了现代中国革命与民族国家的建构。毛泽东的《在延安文艺座谈会上的讲话》中指出："我们的文学艺术都是为人民大众的，首先是为工农兵的，为工农兵而创作，为工农兵所利用的。"[②] 其中心话题就是文学的价值取向问题，亦即"我们的文艺是为什么人"的问题。从此，中国文学"为工农兵写作"成为了一种政治意识形态的本质，也是体现革命伦理的主要方式。正是因为革命伦理充满着社会正义，使革命的意识深入人心，使

---

① 毛泽东：《湖南农民运动考察报告》，《毛泽东选集》第一卷，人民出版社 1960 年版，第17 页。

② 毛泽东：《毛泽东选集》（一卷本），《在延安文艺座谈会上的讲话》，人民出版社 1968 年版。

革命外化为人们的行为规范，以保证中国革命的胜利。

本质上，革命伦理是一种斗争伦理。对于革命来说，暴力不是目的，而只是实现自己革命理想的一种手段而已。革命的目的在于通过暴力的手段来消灭暴力并最终实现和平。在很多延安时期的创作中，批斗会、诉苦会正是以一种情绪宣泄的方式，将贫富的严重分化、社会资源严重不均的现实，通过一些民众的现身说法，极大地唤起一些尚未觉醒的民众的斗志。袁静、孔厥的《血尸案》，丁玲的《太阳照在桑干河上》，周立波的《暴风骤雨》，胡宗愕的《罪》，洪林的《瞎老妈》等在对敌人及地主阶级的血泪控诉中，激起人们推翻旧制度、实现翻身解放的欲望。马烽的《金宝娘》中，金宝娘向地主刘贵财诉苦，讲到刘贵财如何勾引她，如何逼走她丈夫，并把她送到碉堡上……她非常痛苦地哭诉着，随后便昏死过去。人们拿冷水喷过来后，她突然跳起来，头发散开了，她傻笑着，露出一口白牙齿，扑在地主刘贵财身上，用嘴乱咬。小金宝也扑上去，哭着，拿小拳头乱打，全场的人愤怒地大声叫："打得好！"由此，我们可以看到，金宝娘一个女性的苦难生活牵引出广大民众受阶级压迫和侵害的普遍现象，激起了广大民众的愤激情绪，从而唤起了革命群众的斗志。这些作品往往渲染民众的苦难生活与经历，将仇恨泼洒向对立的阶级，从而将个体的苦难转化为社会的不公。于是，个体伦理在制造出来的"群情激愤"中自然转向了革命伦理，话语暴力、身体暴力都在革命伦理之下具有了一定的合理性。

这种不平而鸣的革命伦理，在当下的农民工书写中得到了继承。相对于当下天马行空的穿越写作，或者虚幻缥缈的网络写作，关于农民进城打工的题材创作纷纷将视角转向弱势的打工群体，书写他们的苦难经历和体验，体现了一定的人道主义情怀和打抱不平的愤激情绪。对于很多打工出身的作家，他们充分调动自己的生存体验，结合传统的现实主义精神，发出底层世界最为真切的呐喊。阅读刘大程的《南方行吟》，罗德远的《刘晃祺，我苦难的打工兄弟》，尤凤伟的《泥鳅》，王十月的《烂尾楼》、《国家订单》等农民工题材的创作，能感受到农民工进城打工的原生态的声音与情绪。其中既有对底层生存的关切，又有渴望改变生活的热切；既有对社会不平的怨恨，也有对底层民众的同情。郑小琼坦言："文字是软弱无力的，它们不能在现实中改变什么，但是我告诉自己一定要见证，我是这个事情的见证者，应该把见到的想到的记下来。"① 这类文学大都以书写的情绪化、道德化姿态，呈现一种类似阶级斗争的暴力叙述，一定程度上续接了延安文艺中"人民性"的革命伦理。作品在见证底层打工生活的苦难和血泪时为整个打工群体呐喊，为他们的不公待遇而愤怒，犹如延安文艺中的"诉苦大会"、"批斗大会"，唤起了读者乃至整个社会的同情与愤激。

不平而鸣是一种本能性的底层民众的传统生存智慧，是指一定主体因为身处不公的境遇而不满和愤怒，因为被压抑而抒发内心不平衡的情感。很多打工出身的作者，从乡村进入城市，处处遭遇社会不公的尖锐和紧张。他们在城市谋求生存的发展，却无法享受到城市公民的同等待遇，他们在工厂等城市空间，却遭遇非人的生活待遇。因此，他们从自己的打工生活经验与体验出发，并从曾经的革命话语叙述中为社会不公造成的不平情绪找到可供倾泻的话语通道。张守刚的《制衣厂》中，"他们缝呀缝 / 加班加点地 / 为他人打造包装 / 自己却赤裸裸地 / 被生活围困。"农民工为城市人打造包装，而自己却一无所有。王学忠诗中写道："是疮，我就要揭 / 是冤，我就要申 / 是悲痛，我就要落泪 / 是强盗，我就要痛恨 / 谁也不能禁止我的情感 / 因为我是诗人。"显然，诗人按照革命话语的思维，接通为民申冤的民间伦理来作为自己怨与刺的力量。在《旧手套》中写道："不错，这螺钉是你拧的 / 那大厦也是你砌的 / 在市场经济的社会里 / 根本不存在功臣。""抛弃废物 / 乃自然规律 / 不必考虑良心的谴责 / 就像扔掉一双破旧的鞋子。"农民工参与了城市建设，却像旧手套那般被抛弃一边。这些隐含着满腔怨气的诗句，呼应了民间不平而鸣的精神传统，而城市空间则成为"为富不仁"之类的阶级符码，从而完成了一套新时代的底层话语叙事。

自发状态的个体经验书写通过历史上革命话语的倾泻，更多地呈现一种泛道德主义的思想暴力倾向。洪子诚指出："注重文学的功能和社会效应，必然不会满足于创作对于生活的摹写、加工。以先验理想和政治乌托邦激情来改写现实，是文学作品比普通的实际生活更高，更强烈，更有集中性，更典型，更理想。"② 底层书写变成了一种类似于"全世界无产者联合起来"、"打

① 郑小琼：《文字软弱无力，但我要留下见证》，《南方都市报》2007 - 5 - 1 。
② 洪子诚：《中国当代文学史》，北京大学出版社 1999 年版，第 12 页。

68

土豪，分田地"的不平呐喊。许强的《为几千万打工者立碑》写道："为什么我们敞开的喉咙声尽力竭发不出声音／为什么我们多少被机器吃掉四肢的兄弟姐妹／他们喉咙发出的声音喊不回脸朝背面的公道／为什么劳动法只是举着利剑的雕塑／只打雷不下雨／几千万人悄悄流逝的青春冲击成了／珠江三角洲灯火辉煌的现代文明／为什么南方常常暴雨那是我们内心越积／越多的乌云在碰撞呐喊／又有谁伸出过手来抚摸过我们内心的伤口。"透过这一系列的"为什么"，我们不难感受到类似于"西里西亚的纺织工人"那种控诉的力量，也不难感受到其中明显的精神焦虑。这一类文本在一系列揭示国家高速城市化进程中产生的不和谐音符中，呈现出情绪倾泻大于美学反思的倾向。

在革命伦理的怂恿下，农民工在城市的行为失范、暴力倾向在很多作家笔下都得到了认同。周崇贤的《杀狗》中，王一在城市中每天拎着刀子到处寻狗杀狗；王十月的《出租屋里的磨刀声》，磨刀霍霍中难以止遏的仇恨；鬼子的《被雨淋湿的河》中，晓雷为了要回自己的工钱，手拿尖刀挥向老板。这些暴力叙述在小说中都获得一种正义的理解，并在传统的侠义文化视野下，赢得了关注底层的道德优越感。如果说在很多革命历史小说中，侠义文化与革命伦理相结合，转化为一种革命阶级对反革命阶级的暴力斗争，其中体现了一定的革命合法性，而在农民工书写中，侠义精神与拯救弱者的民间伦理相结合，在一种类革命伦理的状态下，转化为底层农民工对城乡二元体制的反抗。

可以说，正是农民工书写中表现出来的"人民性"，成就了他们在当下的轰动效应和美学突破。一方面，人民性意味着视角下沉，将目光转向底层农民工的生存状态，在有意无意地承续文艺大众化的精神主旨中引起了主流意识形态的关注与重视。另一方面，这类书写唤醒了农民身上本能性的不平而起的民间伦理，在赢得民间道德的同情与个体话语的支持中收获了现实主义美学的局部成功。

第四章　农民工书写的城乡想象

　　城市在现代化快车的驱动下，一天天迅速膨胀与发展。无数的农民义无反顾地投入它的怀抱，乡村在急剧地萎缩、衰落，村庄成了老人孩子留守的空巢。但城市没有为进城农民提供相应足够的生存与发展空间，农村作为一个退守的后方，依然是广大进城农民的家园。

　　从农村到城市的空间位移，不仅仅停留在他们的生存空间的变化，更是他们现代身份的归属认同的差异，也是他们精神诉求的转型。在这些文学中，城市想象既是农民工走进城市的巨大召唤，也折射了百年中国现代化的"尴尬"状态。一方面，作者立足于乡土世界，以乡土的价值尺度来观照城市的遭遇，并以苦难化、诗意化的形式来反衬城市欲望的想象性书写。乡村构成了农民流向城市的根本原因。另一方面，因为他们的城市遭遇，乡土情结构成了进城农民的亲情港湾与精神安慰。城市想象与乡土情结在他们身上，汇聚、冲突产生农民工在特定时代的现代化焦虑，并形成了他们偏执型、情绪化的叙述伦理。

第一节　当下农民工书写的城市想象

　　"对于现代中国人来说，20世纪以来生活方式最明显也是最深刻的变化就是现代城市的兴起。现代城市的兴起，极大地改变了社会的经济结构，同时，也是最重要的，极大地改变了人们的日常生活状态。现代城市已不仅是一个地理概念、社会概念，它还是一个内涵极其丰富的文化概念，它是一种崭新的生活方式。"① 多少年来，中国社会一直是农业社会，稳固的农业文明及其伦理体系支撑着社会的存在。现代城市文化的产生与发展，给中国传统社会和乡村的秩序、内容和生存方式带来了巨大的冲击，城市塑造着自己最新容貌的同时，也重新塑造了当下中国整个社会的面貌。农民对城市文化的体验过程，正是城市文化在中国社会发展的一个渐进过程。其中既有城市文化现代性的召唤，又有乡村贫苦的外在驱动。孟繁华指出："喧嚣热闹的城市本身就是一个巨大的悖论：一方面，它的各种符号——包括城市地图、街区分布、各种标牌明示的场所：商店、饭馆、剧场、咖啡店、酒店以及处理公共事物的政府部门，这些不同的城市符号仿佛都在向你发出邀请和暗示；一方面，城市的这些符号又是一种冷漠的拒绝，它以'陌生化'的环境——建筑环境、语言环境、交往环境等拒绝了所有的'城市的他者'。因此，城市以自己的'规则'将其塑造成了一个暧昧的、所指不明的场所。"② 因此，整个中国现代文学中城市在物质现代化——工业化层面被认同和肯定，而在城市精神现代化层面却始终处于抑制地位。物质与精神之间的矛盾冲突构成了现代城市文化本身的悖论。自近现代以来，中国文学对城市的想象往往以一系列的意象为载体，体现人生的诸多梦想与恐惧。《红楼梦》中，王熙凤详细推介的茄鲞、精致的糕点对于乡下的刘姥姥来说，可以说是一种早期的城市文化想象；《海上花列传》中，一瓶香水、一件花边云滚的时装，是二宝进入上海这座城市的想象；鲁迅的《故乡》中的杨二嫂对城里道台老爷的想象，不仅直观地理解为有钱人，还具象地描述出"有三房姨太太；出门便是八抬的大轿。"老舍的《骆驼祥子》中，这样写北京城的想象图景："祥子想爬下去吻一吻那个灰黑的地，可爱的地，生长洋钱的地！没有父母兄弟，没有本家亲戚，他的唯一的朋友是这座古城。这座城给了他一切，就是在这里饿着也比在乡下可爱，这里有的看，有的听，到处是光色，到处是声音；自己只要卖力气，这里还有数不清的钱，吃不尽穿不完的万样好东西。"③ 城

① 李书磊：《都市的迁徙：1985——延伸与转折》，山东教育出版社 1998 年版，第 5 页。

② 孟繁华：《传媒与文化领导权——当代中国的文化生产与文化认同》，山东教育出版社 2003 年出版，第 76 页。

③ 老舍：《骆驼祥子》，人民文学出版社 2002 年版，第 31 页。

市对古老中国的农民蒙着厚厚的面纱，一切的想象都是局外的臆想。

整个现代文学中，由于中国城市化是在外敌入侵和国内战争的语境下强行推进，城市的奢华、堕落与乡村的贫困、善良构成了二元对立的思维模式，一直支配着农民对城市的理解和体验。乡村与城市的强烈对比加深了千年来一直浸染在农业文明中的民族对城市的恐惧与仇视，城市书写更多的是作为乡村书写的背景存在。城乡冲突的揭示呈现向感伤悯农的古典文学传统一边倒的局面，并屡屡被民族解放战争的阴霾所遮蔽。伴随着新中国的成立，由于主流话语的农民化主导，城市、欲望的这些符号化意象自然成为旧时代的替罪羊。《我们夫妇之间》中，一对革命情侣从乡村到城市，明显感觉到了身份的焦虑，其中丈夫的跳舞、戴皮帽，都被视为城市文化物质享受而遭到批判。

新时期初，城乡二元对立的局面依旧，城市在农民眼中还只是一种现代化的新奇或者梦想。如香雪对城市的理解是火车和铅笔盒（《哦，香雪》），陈奂生对于城市的理解是5元钱一夜的旅馆（高晓声：《陈奂生进城》），留小儿对于城市的想象则是通过下乡知青"我"的嘴里而形成（史铁生：《我的遥远的清平湾》）。"整个20世纪80年代的文学里有一个潜在的声音，便是对都市的呼唤。""把都市空间设定为一种文明的因而更民主、更美好的所在。"① 在这些城市想象的惯性作用下，进城打工的农民首先向往的是城市现代化的光怪陆离，并将城市谋生与致富梦想等同起来。因此，二元身份的农民工一方面响应者城市现代化的召唤，感受着城市现代性带来的物质财富和欲望享受，另一方面又真切地体验着城市现代化对农村、农民工的压抑与掠夺。

自然，城市现代性的悖论始终纠缠在农民工对城市的想象当中：一方面是城市化的不可避免和时代发展的必然，另一方面则是对城市化带来的不良后果的反思，并从中衍生出的深深厌恶和抵触。中国农民大规模地进入城市，目的是为了追逐物质的现代性，而追逐物质的现代性最大的目的又是为了建设自己的家园。然而在主体缺失的乡村，其原有的家园本质上是被荒芜了的，这是现代性席卷下农民面对的一个悖论。这两种现代性悖论，集中体

---

① 戴锦华：《犹在镜中——戴锦华访谈录》，知识出版社1999年版，第68页。

现在农民工书写的城市想象当中。提出城市想象的命题，本质上是农民工书写并不能完全置于城市文学的范畴，也无法放回乡土小说的中去。陈晓明指出："城市小说总与新兴的城市经验相关，总是与激进的思想情绪相关。不管是叙述人，还是作品中的人物，总是要不断反思城市，城市在小说叙事中构成一个重要的形象，才会被认为这种小说城市情调浓重而被归结为城市小说。"①显然，农民工书写中并没有太多的城市情调，相反，很多作品却始终氤氲中乡土气息当中，因此，农民工书写本质上就像进城农民工的身份一样，"非农非城"尴尬状态决定了它不可能入肌入理地走进城市的内部，而是一种文化想象的产物。于是城市想象便是农民工书写对诸多现代性悖论的理解和把握，很大程度上呈现了中国特定时段的现代性发展的文化表征，也体现了文学对农民工群体、底层民众的人性把握。

首先，物质性的城市具象是农民进城的一个直观梦想。从外形上看，城市的高楼大厦，琳琅满目的超市、光怪陆离的夜总会、发廊；从微观上看，各种城市的高档消费，城市的日常生活用品，生活习惯，共同构成了农民想象城市的一面。这是农民进城的最直观的驱动。这些小说总是在虚写农民走进城市看到的一系列城市景观或城市符号，揭示了现代城市的欲望与罪恶，诱惑与尴尬的双重性及这种双重性所隐含的历史悖论。酒店、宾馆、歌舞厅、按摩院、洗脚房、桑拿馆、发廊等娱乐休闲场所的大量存在，是当下城市繁荣的标志，是城市物质文明进步的明证，此类"休闲"产业的不断扩张意味着社会生产力的提高、社会剩余劳动的不断增多及社会财富的积累，但这些休闲场所的普遍存在与不断扩张也是城市堕落的标志。卢江良的《城市蚂蚁》中，一开篇就是冯乐发在富丽堂皇的雷迪森国际大酒店宴请同乡，随后又去天堂夜总会。"走进天堂夜总会，他们变成了三个未谙世事的小孩，连怎么埋单都向服务生请教了很久。""那里光线或明或灭，粗暴的音乐充塞期间，一群年轻人在舞池中拼命摇摆，那如痴如醉的样子，很像得了严重的癫痫病。"同样在《高兴》、《泥鳅》、《民工》、《米粒儿的城市》等小说中，都有类似的描写，他们往往虚写城市的高楼、生活小区，写字楼、还有象征城市速度的热火朝天的建筑工地。在《泥鳅》中，"从大厅沿一条被彩灯和

①　陈晓明：《城市文学：无法现身的他者》，《文艺研究》2006年第1期。

鲜花装饰得绚丽多彩的楼梯下去，便是更加绚丽多彩的曼都夜总会圆厅。国瑞从未见过也不相信会有这么华丽的地方，围绕舞池的六根水晶圆柱通体发红，像刚刚出炉的红铁大柱。从头上投下来的五彩光斑在地面上旋转移动，像一簇巨大的花束在风中摇摇曳曳，而小桌上浮于玻璃缸里的小蜡烛亮着如豆的火焰，则像秋夜里在河边草丛中飞翔着的萤火虫。"这些城市生活场景在农民工书写的文本中，并不是融入个体生活体验的实写，而是一种想象性的虚写。如果说卫慧等人笔下的城市欲望景观，是一种消费文化之下中产阶级式的文化产物，它与城市文化的肌理内在相连，甚至与后现代式文化紧密沟通，那么，在农民工书写中，这些高楼、宾馆、按摩院、发廊等都是一些悬浮式的外景或场景符号，大多出于主流作家之手。它们一般注重从城市的外在具象来表达它们对城市现代性的复杂心态。一方面，这些现代化的城市具象，构成了农民心中的城市梦想，吸引人物主体走进城市，享受都市生活的趣味与欲望。另一方面，现代主义文学的影响，自然形成他们以虚无与悲观的心态去面对城市现代化，其中的城市想象又成为农民心中城市罪恶的符码。因此，主流作家笔下的农民工，很难说是其中的叙述主体，而是表达作家对城市复杂感受的载体。而城市文化也并非作家用力所在，而是传达作家对农民进城事实的一种批判。于是，作家在注重中国事实的表现中，并没有走进城市世界的肌理，而是书写农民工在城市的苦难中传达反城市的文化倾向，却又不由自主地认同农民进城的事实和未来走向。于是农民在城市里的边缘生活状态，并没有真正反映城市文化的内部构成，也无法真正感受到城市文化的肌理和脉动。

从微观来看，极尽描述置身工业区、厂房、漫长的流水线和轰鸣的机器声，往往出自打工者创作群体本身。透过这些迥异于乡村文化的现代大工业生产，使读者能够深刻体味到工业文明在农民工身上形成的切肤之痛。因此，当他们书写这一段人生历程和生命体验时，工业流水线上的特定话语自然而然地成为想象与建构城市打工生活的一种。在张守刚、柳冬妩、郑小琼等人的诗歌中，工卡、工号、炒鱿鱼、暂住证、健康证、计生证、边防证、流动人口证、未婚证构成的正是农民工亲历现代工业的城市意象，机床、出租屋、工地、简陋的工棚、小老板、包工头等构成了农民工书写具体城市生活的另一面。这些城市意象，既是中国社会迈向现代化进程中现代管理的必然产物，也是农民工进城遭受压抑而憔悴的冰冷之物。透过这些意象，我们能够感受到农民工心目中的城市弥漫着诱惑，却又充满着剥削的味道。正是这些城市想象，体现了来自农村的民工心中的梦想与激情、青春，在物质层面揭示了城市对农民工的巨大吸引力，又在城市工业现代化的坚硬叙述中，从情绪上完成对城市文化的批判。

同时，日常的生活意象，又构成了农民工向往城市的想象凭藉。许多农民通过接触或者听闻的方式，感受城市的一些具体事物，从而产生走进城市的驱动力。因此，这些微观的生活意象，可能对于城里人是极为平常的事物，可对于农民而言，则是一种产生城市梦想的载体。"在城市文明和乡村文明的极大落差中，作为一个摆脱物质和精神贫困的人的生存本能来说，农民的逃离乡村意识成为一种幸福和荣誉的象征。"① 在这种对城市日常生活意象的想象中，城市并不符合现实逻辑，而是在精神逻辑层面获得某种心理满足。

在范小青的《城乡简史》中，自清的账本中记录的内容竟成为乡下农民王才一家想象城市的方法。账本中"香薰精油"激起了王才一家进城的兴趣，因为对于他们一家而言，香薰精油实在太离奇，为了到城里去看看，举家进城打工。"香薰精油"、"蝴蝶兰"等对于城市人非常熟悉的东西，造成了乡下农民的强烈渴望和文化自卑。这些农民对城市的想象产物，正是城乡二元对立的体现。整个小说以自清的账本为线索，其间并没有苦难和尖锐的城乡对立，城里人自清与乡下人王才之间，在非常和谐与平静的状态下，通过一本账本却蕴含着城乡之间严重的经济与文化落差。《明惠的圣诞》中，乡下姑娘明惠被生意人李羊群包养，带去参加一个圣诞派对。在这个派对中，红酒、跳舞、说英语、兰花指的女孩，构成了明惠想象城市的全部，最终因为自身的无法企及而选择了自杀。这些城市想象的载体，既是明惠渴望得到的，也是明惠最终选择放弃生命的原因。因为明惠认为，她拥有了钱，拥有了城里的男人，就是城里的人了。孰料城市还是离她太远，因为她并没有城市人的文化自信。

其次，城里的女性也是很多农民工书写中城市想象的产物。作为欲望化

---

① 丁帆：《中国乡土小说史论》，江苏文艺出版社 1992 年版，第 30 页。

的城市，城市女性已经超越了一般的女性身份，而成为城市欲望与城市消费的想象性产物。在很多农民工的眼中，习惯了乡下的土气之后，看到城市女性的艳丽和雅致，满足的是一种城市文化的想象，或者是城市中性符码的窥探。在《谁能让我害羞》中，作家实写送水少年的困窘，而虚写城市女性的漂亮与华贵。"少年目送女人开车远去，特别注意着她的白色汽车。他不知道那车是什么牌子，但这也许并不重要，重要的是一个开着汽车的女人光临了这个水站，一间破旧、狭隘的小屋。她带着风，带着香味儿，带着暖乎乎的热气站在这里，简直就是直奔他而来。她有点发怒，却也没有说出太过分的话，并且指定要他给她送水。她穿得真高级，少年的词汇不足以形容她的高级。"这个带着风，带着香味儿的城市女人，构成了少年对城市的全部想象，导致了后来少年在女人家里要求喝一口矿泉水，但最终被城市女人拒绝。城市女人让他充满了城市的想象，又阻拒了他感受城市文化的要求。于是二者陷于紧张的对立之中。《泥鳅》中，玉姐的形象可谓玉树临风，楚楚动人，玉姐使国瑞真正得到了人原始欲望释放的机会，也是他一步步走向城市和走向死亡悲剧的过程。"玉"同"欲"，玉姐正是城市欲望一种想象性产物。在她的身上，并没有丰富的人物性格，只是一个城市欲望的文化符码而已。小说对城市女人的形象设计，流露出乡民对其既梦想又恐惧的矛盾心理。如果说女性往往带给文本一个透视人物最隐秘生命体验的独特视角，那么大量农民工书写对城市女人的想象与凝视，体现了他们对城市及欲望的理解。

其三，城市身份也是很多农民工书写中城市想象的方式之一。强烈渴望融入城市，合法性地成为一个城市居民，是很多农民进城的动力。阿兰·德波顿在《身份的焦虑》中谈道："新的经济自由使数亿中国人过上了富裕的生活。然而，在繁荣的经济大潮中，一个已经困扰西方世界长达数世纪的问题也东渡到了中国：那就是身份的焦虑。"[1]《接吻长安街》中民工小江最大的愿望是能够在长安街上与女友接吻："在长安街接吻对于我意义非常重大，它对我精神上的提升起着直接的作用。城里的人能在大街上接吻我为什么不能，它是一种精神上的挑战，它能在精神上缩短我与城市的距离，尽管接吻之后并不能改变什么，我依然是漂泊在城市的打工仔，仍然是居无定所，拿

---

[1] 阿兰·德波顿：《身份的焦虑》序言，陈广兴、南治国译，上海译文出版社 2007 年版。

着很少的工钱，过着困顿而又沉重的生活，但我认定至少在精神上我与城市人是一致的了。"

刘高兴（《高兴》）仅凭一只卖在城市的肾来将自己认同为城里人；宋家银（《到城里去》）通过嫁给一个工人，骑上自行车，而自认为城里人；吴竞（《被雨打湿的男人》）为了确认自己的城里富人的身份，"床"成为她维系自己身份的象征，也是乡下男人渴望的城市想象；打工少年（《纹身》）在身上纹了一条龙，为的是缓释乡下人的弱势身份焦虑。整个农民工书写中，城市身份的认同成为一个共同的想象产物。城市身份的认同不认同构成了一个恶性循环：寻求城市身份——越加失去自身的身份——建构城市身份的情绪更加激愤行为更加极端……如此循环往复下去，导致了这些作品中农民与城市的矛盾日益突出。因此，城市身份的想象体现了农民在精神上对城市的理解和把握。他们无力在物质上，先天的身份上与城市人比附，于是通过一系列的城市身份的想象，来实现自身精神上的城市渴望。

阅读大量的农民工题材小说，城市想象大体呈现否定性的一面。它是充满诱惑的陷阱，又是令农民工走向悲剧的"坟墓"。城市像一张巨大的现代化吸盘吞进大量的农村剩余劳动力，却没有从物质和精神两个层面同时接纳他们。也就是说，农民工充满希望与梦想来到城市，寻找挣钱与发展的机会，希望被城市合法性接纳。可是，几乎所有的农民工书写在告诉我们，城市没有适宜农民工生长的土壤。农民工自始至终都无法融入城市，他们只是城市的局外人，找不到归属感。奔向城市，既是农民工摆脱贫困，感受现代文明的基本路径，也是农民工走向苦难的开始。对于他们中的大多数来说，现实是残酷的，城市生活终究只是一个海市蜃楼。"城市是他者的，民工只是钢筋水泥森林里的一个'闯入者'，一个'城市的异乡客'、一个'陌生的侨寓者'、一个寄人篱下的栖居者，他们既是魂归乡里的游子，又是都市里的落魄者。"①因此城市想象成为农民工书写的悲剧之源，也是其中苦难叙事的主要载体。

1. 充满诱惑的陷阱

对于广大进城农民工来说，从一个乡村的情感社会，进入一个城市的物

---

① 丁帆：《"城市异乡者"的梦想与现实》，《文学评论》2005 年第 7 期。

欲社会，无论在价值判断还是存在意义方面，都显得无所适从。以"人情"关系处理为标志的乡村文化，产生了中国社会突出的"权力"统治，也形成了千年来中国农民身上面对权力的钻营、忍耐与麻木等性格。相反，以"物"的消费为标志的城市文化，催生的是"消费"统治，乡村社会形成的性格机制，不再适用于城市，尤其是中国城市的复杂。城市的压力主要来自竞争的生存法则，既有市场机制的竞争，还有各种权力操控下的不正当竞争。来自各个方向各个范畴的城市竞争形成了迥异乡村社会的生存规则，它不是力气的竞争，也不是单纯数量的竞争，而是各种无形生产力的竞争。"现代化将残酷的竞争法则重新引入社会和人际关系，某种平庸的生活趣味和价值取向正在悄悄确立。"① 于是，城市的诱惑主要是来自金钱的、物质、欲望的层面，农民工向着诱惑而不断前行，却发现城市并不真正接纳他们，而是遍布种种陷阱。因此，作品往往想象城市充满欲望的一面，并最终将其纳入压抑乡村的道德批判层面。《泥鳅》中，乡村青年国瑞英俊善良，长得酷似周润发，在吴姐的介绍下认识了省长的儿媳——玉姐，并做了玉姐的情人。通过玉姐，国瑞认识了她的丈夫"三阿哥"。"三阿哥"似乎对他很好，让国瑞做他旗下一公司的老总。然而，这只不过是个幌子，是个巨大的陷阱。该公司和国瑞成为"三阿哥"用来权钱交易、洗黑钱的工具。最后公司出事，国瑞成了替罪羊，被判处死刑，最终命丧城市。李铁的《城市里的一棵庄稼》中，城里打工的崔喜为了能过上城里人的生活，费了一番心机嫁给了三十多岁死了妻子的城里人宝东。当她如愿成为了"城里人"后，她觉得自己需要做的就是尽快蜕去身上的那层乡村的皮，于是便学着用城里人的生活方式和审美标准来约束自己的行为，但她的付出并没有赢得城里人的尊重与认同，反倒引起城里人的反感。对她来说，陌生的城市空间是她的最大诱惑，却又是她生活走向悲剧的根本。

2. 悲情城市

城市，是农民的物质或身体等层面的现代性诱惑，却又是他们的身心挣扎之地。很多农民工书写热衷于悲情叙事。挣扎在城市，甚至死在城里是许多农民工小说的共同结局。这些农民工书写的城市想象却往往是概念化的缺

---

① 　许纪霖、蔡翔：《道统、学统与政统》，时事出版社 1999 年版，第 344 页。

乏细致分析，甚至简单地将城市妖魔化。洪治刚指出："女底层往往是直奔卖身现场，或明或暗地操起皮肉生涯；男底层呢，通常是杀人越货，既恶且毒，一个个瞪着'仇富'的眼神，他们的尊严被不断践踏，同时他们又决绝地践踏着别人的尊严；他们总是在不幸的怪圈里轮回着，很多人最后只能以惨死来了却尘世的悲苦。"① 它们往往强化城市的排斥性而忽略城市的包容性，将城市人性异化想象到极致。"夸示性消费是城市生活标准中一个较为突出的因素。"② 因此，城市想象的夸示性消费应该是这类农民工书写出于人文关怀与现实批判的策略性考虑，但它所造成的审美效果是城市文化的负面性被人为地夸大，而城市生活复杂多元的本来面目则被简化后的想象图景遮蔽。

纵观很多作品，其中的城市往往被想象为农民工的苦难之所，似乎他们一离开自己的土壤，来到城市的水泥钢筋森林，便陷入繁华的地狱。刘醒龙在小说《白菜萝卜》中透过一个菜市场来看城市。众多农民来到城市，却发现在这里人的全部需求退化为金钱和性，乡村的淳朴情感消失殆尽。在城里，男人和女人各有自己的情人，男人嫖娼，女人卖淫。正如作品结尾处进城青年大河说："城里土地看起来很肥，可就是长不起苗。"

同样，陈应松在《太平狗》中更是直接描述了城市的喧嚣和冷酷：

> 　　一辆大卡车撞瘪了一辆小汽车，死人血淋淋地从车里拖出来。刚才还是个活人，瞬间就成了死人，比山里的野牲口吞噬人还快呀！一溜的红色救火车催逼人心赶往一个地方。两个在人行道上行走的男人无缘无故地打了起来，打得头破血流，看热闹的人剎那间围了过去，像一群见了甜的山蚂蚁。一个挑担小贩跑黑了脸要甩掉一群城管。城市里充斥着无名的仇恨，挤满了随时降临的灭亡，奔流着忐忑，张开着生存的陷阱，让人茫然无措。

---

① 洪治纲：《底层写作与苦难焦虑症》，《文艺争鸣》2007 年第 10 期。
② [美] 索尔斯坦·维布伦：《夸示性消费》，见罗钢、王中忱主编《消费文化读本》，中国社会科学出版社 2003 年版，第 16 页。

  城市在作家笔下仿佛一座人间的地狱，摧残、吞噬着进入其中的每一条外来的生命。每一个农民个体在城市伦理和规范之下，失去了自身的主体存在。丁帆等指出："社会强大的文化价值规范总是在强行地校正个体的生活理想，在个人的愿望和冷酷的现实之间，个体的生存状况被无情的扭曲。"①来自神农架的山民程大种到汉口打工，姑妈不肯收留，工地工作苦累而低贱。后被拐骗到一个严重污染的黑厂强迫劳动，被折磨得奄奄一息。太平狗脱离险境，来解救它的主人，终未成功。最后，程大种死在城里，太平狗只身返回神农架。陈应松的《归来·人瑞》中，去城里打工的喜旺从高楼上掉下来，摔死了。残雪的小说《民工团》，工头三点过五分就叫醒农民工去扛二百多斤的水泥包，民工掉进石灰池就回家等死，掉下脚手架就当场毙命。李师江的《廊桥遗梦之民工版》中，作家以貌似漫不经心的笔调写道："确实有些民工是卷铺盖临阵脱逃，你说他死了，也许这时候可能正在家里搂着老婆孩子呢？当然也许你认为他正搂着老婆孩子的时候，他的尸体正被礁石砸成八瓣喂鱼呢。"民工的劳动强度之大，生命安全之危险令人瞠目结舌。二十二岁的农民工刘福利在一次事故后像蚂蚁一样被砌进了高速公路的桥墩。周崇贤的《杀狗——悲情城市系列》写道："这个华丽的南方城市，就像是一个热闹的灵堂。谁死了，谁还活着？又是谁在祭奠谁？谁在为谁哭泣？不知道。也许永远不会有答案。又或者，打有城市那天起，所有的人都死了，只是没有人知道自己早就死了，大家都沉浸在城市华丽的热闹之中，都以为是在赴一场宏大的盛宴。没有人知道，人们之所以从四面八方向城市聚集，根本的原因，就是他们已经死亡，或正在死去。他们在城市里，编织一个又一个的梦想，只不过是在为自己、为这个城市的明天，举行一场盛大的葬礼。"《麻钱》中，三对来自不同省份的乡村夫妇，为了挣钱在城市一家砖窑厂打工。令人心寒的是，忍受了繁重的体力的劳动之后，得到的是工资却是烧给死人的"麻钱"。最后，一家人被砸死，一条腿被摔断，他们不得不带着不能兑换的麻钱返回家乡。这些悲剧性的城市生活细节，构成了农民工在城市的生存状态。苦难细节的凸显，体现了文学对底层世界的新闻性关注，却忽略了文学诗意空间的打造。

---

① 丁帆、许志英：《中国新时期小说主潮》（下），人民文学出版社 2002 年版，第 737 页。

实际上，不管是书写城市的诱惑还是苦难，对于农民工而言，所有的城市想象往往有一种"热闹是他们的，我什么也没有"的感觉。由于城乡二元体制的现实存在，农民工在城市谋求生存与发展的艰难与苦难事实，决定了作家想象城市的情绪化与简单化。很多作家把目光投向代表城市外在形象的物质性的一面：高楼大厦、车水马龙、霓虹灯闪烁、巨型广告牌，对视觉经验的依靠使作品停留在对表层生活的复制上，而没有写出它在文化本质上对个体生命的影响。在此基础上，农民工书写往往情绪化、道德化地书写城市和城市中发生的一系列事件。他们的目光自然纷纷落在农民工在城市悲苦一面，挥洒同情的泪水，而忽略了其中最为日常的城市文化，忽略了农民工在城市在梦想与快乐。

本质上，迥异于传统乡土文化空间的城市是一个丰富复杂的混合体，既有其残酷、冷漠的一面，也有其合理、温情的一面。这些作家多有着浓厚的乡土经验，或来自乡村，或在乡村生活过，这决定了他们和乡村有着难以割断的情感联系，在文化上难以摆脱乡村的影响。他们面对城市陌生、冷酷的一面，自然而然充分调动他们对城市的某种集体无意识："那种微妙的亏负感，可能要一直追溯到耕、学分离，士以'学'、以求仕为事的时期。或许在当时，'不耕而食'、居住城镇以至高居庙堂，在潜意识中就仿佛遗弃。事实上，士在其自身漫长的历史上，一直在寻求补赎：由发愿解民倒悬、救民水火，到诉诸文学的悯农、伤农。"① 城市化进程导致了传统文化面临消亡的危险，威胁到他们自我身份的确立，乡村的逐渐消失，唤起了作家对农民工在城市悲剧命运的同情。创作中，他们往往以乡村的温情、宁静去反衬城市的冷漠和喧嚣，以乡村人的朴素、善良批判城里人的势利和贪婪。

正如《双城记》里写道："这是最美好的时代，这是最糟糕的时代；这是智慧的年头，这是愚昧的年头；这是信仰的时期，这是怀疑的时期！"话语之中似乎最能形容我们这个时代了。面对农民工进城谋生中出现了一系列复杂与悖论，作家们似乎应该跳出城乡二元对立的窠臼，将这一时段的历史放置在一个社会转型与人性发展的宏大视野下，真正走进农民工生存空间，去书写他们的梦想与艰难。正如李洁非指出："城市文学作家从来不曾像现在

① 赵园：《地之子》，北京十月文艺出版社1993年版，第17页。

这样，拥有一座似乎取之不尽的题材库，生活源源不断地产生着新的职业！新的人群！新的'活法'！新的欲望！新的压力！新的危机！新的时尚！新的理念，所有的人不得不从旧生活形态里走出来，被卷入急剧变化中的新矛盾的漩涡。"① 作家应该跳出传统狭隘的城市批判视野，从时代人性探究的立场来审视城市在其发展过程中显露出来的善与恶，只有这样才能探究其复杂的文化本质，发现其对个体生命的影响与作用。

第二节　农民工书写的乡土情结

尽管农民工书写中的城市想象占据很大的比重，却不能忽略的是其中深层的乡土情结。无论是精英作家笔下的农民工生存世界，还是来自打工一线，或者曾经的打工经历的作家，他们笔下的生存世界似乎都存在一个二元对立的世界：城市与乡村。其一，这是由于这些作家往往出身于农村，农裔身份决定了他们的写作有一种深在骨髓的乡土情结。其二，长期以来的国内城乡二元分割的体制，决定了城市对乡村资源的掠夺，城市对乡村人口的挤抑。其三，随着城市现代化的推进，现代性的思考逐渐成为现代人性、现代文化的主要方式，反思城市现代性带来的种种弊端，自然驱使作家和人文知识分子投向乡村世界，寻求一种诗意存在。因此，打开众多的农民工书写作品，似乎都有一个共同的模式：一半在城市，一半在乡村。农民工往往因乡村贫困而进入城市谋生，在城市遭遇种种艰难，而返回乡村，却又发现乡村已经无法返回。可以说，城市物质现代性的想象，是农民入城的基本驱动，而乡村的精神想象，是农民在城市存在精神支柱。

很多人指出，当代文学很少有真正的城市书写，其根本在于这些作者具有浓厚的乡土意识或乡土情结。许纪霖在《虚妄的都市批判》② 认识到贾平凹在《废都》里营造"城"来批判都市文明，但是他认为，《废都》缺乏"城"

---

① 李洁非：《城市像框》，山西教育出版社 1999 年版，第 99 页。
② 许纪霖：《虚妄的都市批判》，《读书》1993 年第 12 期。

气息，都市景观都散发着乡土味，浓浓的乡土情结使他的都市批判意识不够彻底和真诚。李伟的《贾平凹的都市小说》从另一个侧面指出，"现代都市景观的乡村化、都市人的乡村化、乡村人的都市化都是贾平凹对都市的一种变形描写，在这种描写中寄予了对乡土生活的怀念和留恋"。① 尤其对于书写农民工进城谋生的作品而言，其中的乡土情结不容忽视，它与城市想象相互冲突、相互融合，构成了文学作品中复杂的审美特征。

乡土情结是指进城农民工潜意识里对故乡、对土地、对家人，包括对乡村传统文化和道德观念一种难以割舍的情感与态度。费孝通指出："长期以来，依托于乡村生活的农民，以乡土为根基，以乡情为纽带，形成了难以割舍的恋乡情结。"② 现代工业文明与城市现代性的巨大冲击，乡村社会的生活方式发生了巨大转变，社会结构、社会关系也发生了巨大的变化。新的生产经营方式和角色分化解构了乡村社会的传统结构和运行机制，深刻影响着农民的个体心态和人格形成，造成农民工价值取向的复杂与多元。一方面，传统道德权威在乡村社会日渐衰落，道德的舆论控制作用渐渐无力；另一方面，置身于现代都市，却心在乡村的农民工因为道德价值观的混乱状况而陷入两难境地，导致乡村社会道德评价标准的失范。正如孟德拉斯在《农民的终结》一书中所说："劳动者不再仅仅依赖于自己的良心、干劲和牢固的劳动观念，家庭父亲的道德观念也不再是劳动者评价的主要依据和从事经营管理的标准等等。"③ 人们不再有共同的善恶、是非的判断标准，传统的伦理共识和道德规范纷纷失效，却无法真正与乡村社会割断。土地、邻居、亲人，包括乡村的人情冷暖，山水生态等，无论他们走得多远，都像风筝一样维系着广大进城农民工。因此，在农民工书写中，作者往往立足于乡土世界，以乡土的价值尺度来观照城市的遭遇，并以苦难化、诗意化的形式来反衬城市欲望的想象性书写。

首先，在农民工书写中，很多作家总是极尽书写乡村的贫穷。乡村贫穷意味着农民要谋求发展，就必须走出去，一头扎向城市，直接感受现代城市

---

① 李伟：《贾平凹的都市小说》，《小说评论》2003 年第 3 期。

② 费孝通：《乡土中国·生育制度》，北京大学出版社 1998 年版，第 74 页。

③ ［法］H．孟德拉斯：《农民的终结》，李培林译，社会科学文献出版社 2005 年版，第 53 页。

和现代工业的优越性。但在这些文本当中，作家总会用一定的笔墨，书写乡村的贫穷和落后，其中渗透了农民工内心一种难以名状的情感因素，构成了当下农民工书写对乡村世界的想象。这是因为现在农业的经济效益极低，农村生活在城市现代化的巨大参照之下，日渐显得落后与萧条，这一乡村图景构成了农民工书写中必不可缺的一笔。

在近年以农民工为主题的作品中，乡村秩序受到最直接的冲击，是村落的形态面貌的惊人变化以及其固有的表面张力和秩序的反差。乡村在追逐着现代性，迈向城镇化、城市化的过程中，被现代性重新塑造了自己的面貌。新面貌的出现是以丧失"温暖和透明"的乡村秩序为代价的，在打工潮肆意汹涌的乡村，原有的那种"超稳定的内在结构"面临着解体和重塑。正如贾平凹在谈论自己的长篇小说《秦腔》时，不无感慨地说："这几年回去发现，变化太大了，按原来的写法已经没办法描绘。农村出现了特别萧条的景况，劳力走光了，剩下的全部是老弱病残。原来我们那个村子，民风民俗特别醇厚，现在'气'散了，我记忆中的那个故乡的形状在现实中没有了。农民离开土地，那和土地联系在一起的生活方式将无法继续。"[①]

描写当下苦难乡村最为显著的是罗伟章，他的《我们的路》和《大嫂谣》等作品中的段落，明显带有传统知识分子对苦难乡村世界的伤怀痛切。在《大嫂谣》里，"房子彻底垮掉，到处是朽木烂瓦，周围长满了一人多高的蒿蒿，我路过的时候，几只肥野鸡从那蒿蒿丛里扑棱棱地飞起，嘎嘎地鸣叫着，飞到了遥远的树梢上。"在小说《我们的路》中，"偏厦是父亲在世的时候立起来的，距今有三十多年了，梁柱被虫蚀得千疮百孔，轻轻一摇就要断裂似的。偏厦顶上覆盖的茅草，被风扯走了好大一部分，剩下的被雪长久地捂着，发出一股霉烂的气味。""学校跟民居一样，全是木房，二十余年的风风雨雨，木板全都霉烂了，很多地方出现了裂缝，格子窗再也没有一根木条，白亮亮的大开着。"无论是个人的家园，还是集体的学校，都给人以一种了无生机甚至死气沉沉的感受。在小说中，罗伟章尝试在还原一个历史性的场景，他努力做一个忠实的记录者，用类似于当年杜甫的场景书写了个乡村世界的弊败与萧条，其中批判的力量与直面现实的精神，直接体现了"文

---

① 贾平凹、郜元宝：《秦腔和乡土文学的未来》，《文汇报》2005 年 4 月 10 日。

章合为时而著"的诗学传统。

除了对具体场景的破落的描写之外，乡村的人是以一种极其疲惫、困顿，精神状态差到极点、对生活没有丝毫热情的面目出现："我的妻子金花，蓬松着头站在我的面前。她变得苍老了，与我记忆中的差距很大。她比我小两岁，现在只有二十六，但看上去怎么说也是四十岁的人了，额头和眼睑上的皱纹，一条一条的，又深又黑，触目惊心。"

在作家眼中，乡村图景的破败，正是农民生存世界的苦难，也是驱使农民工进入城市谋生的根本动力。城市现代化的物质优越性，正是以乡村社会的苦难生活为代价的。而像大嫂、胡贵等人进入城市，为的是摆脱乡村的贫困与苦难。于是，想象乡村的苦难，一方面，体现了当下农民工书写直面现实的批判精神。当乡村伴随着城市的繁华而一天天颓败，当城市的后现代生活方式正在一天天进入主流视野，中国大众不断被"城市化"、"幸福化"，发现底层，书写乡村的苦难，构成了当下农民工书写的一个重头戏。另一方面也通过苦难生活的叙述，而唤起民众，尤其是城市大众的关注和同情。强烈的道德关怀，将乡村世界不为人知的生活细节展示给读者，既在物质理性的层面给了农民工进城的理由，也在道德理性的层面给主流世界或读者以关注。正如有论者指出："我们当下的文化病症之一，就是对苦难的漠视。这种因优越生活和对优越生活的渴求所导致的对苦难的漠视，正在摧毁着我们的良知堤坝和道德判断力。而罗伟章在《我们的成长》、《我们的路》、《故乡在远方》、《大嫂谣》等系列作品中通过底层叙事所呈现出的最为可贵的品质，正是对底层民众的关注、体察和融入，是作品蕴含着的道德理想。"[①]在这个意义上看，当下农村生存图景的苦难叙述，正是一种当下消费写作的精神突围，也是一种将同情作为消费本身的写作策略。由于作家与乡村世界的情感认同，他们的情感压倒了理性的分析，于是将乡村的贫困与道德的美好捆绑在一起，正好呼应了城市罪恶、堕落的批判。

其二，从物质上看，农民工往往与家中土地具有稳固的关系。土地成为众多远在城市的农民工维系乡土世界的一根实实在在的纽带。"土地这个词同时意味着他耕种的土地、几代人依赖养活着他全家的经营作物以及他所从

---

① 石鸣：《底层关注与边缘目光》，《当代文坛》2006 年第 3 期。

事的职业，……即便是在农业劳动者以理性的和经济的方式对待土地资本的时候，他依然对土地保持着深厚的情感，在内心把土地和他的家庭以及职业视为一体，也就是把土地和他自己视为一体。"①年轻人外出打工，父母留在家里种地，丈夫出去，留妻子在家，或者反过来，或者是夫妇一起赴城打工，而年幼的孩子留给年迈的父母照顾。因此，在城市里，无论农民工看起来生存有多么的绝望，但几乎每个人的内心都很安定，因为他们每个人都有片农田保底，都有一头的亲人在日夜念想着。这也就可以验证几乎中国每一座大城市内，都不像很多其他的发展中国家那样，产生大片的棚户区贫民窟。因为每一个中国的农民工总是有着他们身后的土地作保证，总是可以回到故乡，找到归属。土地与其是收入来源，不如说是份保险——保证农民工在城市的生活，保证人能活下去，而不会无家可归。

农民工身上深厚的乡土情结，一方面使他们难以离开土地，另一方面也使他们更加拒斥城市陌生的空间。因此众多农民工书写中出现大同小异的仇怨城市，远离市民的文化症候，并非简单的类似于西方现代主义、后现代主义式的工业文明反思，而是一种非常具有中国传统的实用主义的农民文化的体现，也是深远的乡土情结影响的结果。正如贾平凹从创作的角度指出："虽然你到了城市，但竭力想摆脱农民意识，但打下的烙印，怎么也抹不去，好像农裔作家都是这样，有形无形中对城市有一种仇恨心理，有一种潜在的反感，虽然从理智上知道城市是代表着文明的。"②过分拘泥于经验世界的乡恋情结，造成他们城市视野的狭隘，在题材上只关注与自己经历相似的农裔知识分子或者是进城的农民工，很少关注老市民或者是新市民的生存状态和文化心理，这正是作家心中狭隘的农民意识在作怪，乡恋情结一方面使他们的审美意识仍停留在对乡村图景自然美的感受上，另一方面则相对于城市文化而言，包括市民阶层的挖苦讽刺，也显出价值层面的狭隘。

"农民工们的生活目标设定（价值获得方式）以及在城市的生活原则、生活方式，基本上是以农村、农民为参照的。他们通常会以'我们是农民

---

① [法] 孟德拉斯：《农民的终结》，李培林译，社会科学文献出版社 2005 年版，第 53—54 页。

② 贾平凹：《关于小说创作的回答》，《文学自由谈》，1992 年第 6 期，第 84 页。

嘛'作为解释自己的现实状况，以及不表达、不行动的理由。"①农民工进城，他们在城市的社会交往仅仅局限在来自乡土社会的熟人圈内，向熟人圈寻找社会关系支持，强化了乡土关系对他们的作用和意义。虽然这种强化关系有助于农民工获得信息、经济和精神的支持和帮助，却也体现了农民工在城市的身份错位和精神延续，于是众多农民工在努力寻求城市发展空间时，遭遇的挫折与困难往往是多元的。从外在看，城市空间的价值观念与行为方式产生了表面的阻拒作用，而本质看，来自文化潜意识深层的乡土情结构成了文化心理与精神价值层面与城市文化的格格不入。文学正是因为乡土情结的复杂，成就了当下一些农民工书写的局部价值。

几乎每一步农民工都有离开土地，回到土地，不断反复的历程，这些农民工注定了无法真正挣脱土地的束缚和吸引。刘思华的《城里不长庄稼》中，三个乡村进城的女孩，像枯萎死去的庄稼，飘零在城市的水泥地上。李铁的《城市里的一棵庄稼》中，费尽周折嫁进城里的崔喜，坚持"自然产"，以抗拒城里人认为时尚的剖腹产。刘庆邦的《麦子》中，建敏在饭店做服务员，却给门前的花池中种上了小麦，这三篇以"庄稼"为题目的农民工书写，都饱含着浓烈的土地情结。土地既是他们的生存之本，是他们在城市闯荡的内在基础，也给了农民工返乡的精神动力。

孙惠芬说："我的创作与我从乡村进城紧密相关。最初写作是为了逃离，书写的是对乡村世界的叛逆；后来的写作，是为了守望，书写的是对乡村土地的怀念和怀想。一直不变的是，在作品里，我努力揭示人性的困惑和迷惑，努力探寻人性的深度和命运的深度。""我写乡村，大地气息往往会扑面而来，写到城市，涉及城市灵魂的、本质的东西，就觉得虚弱，没有把握。最后，我又回到乡村，回到大地，回到内心。"②乡村是孙惠芬的精神憩息地。小说《民工》以农民鞠广大在工地上得到老婆脑溢血死亡的消息，赶回家为老婆办丧事为线索，书写乡土世界的复杂。鞠广大内心对专横跋扈的村长刘大头恨之入骨，然而在表面上他又在讨好刘大头，对刘大头极尽谄媚、阿谀奉承。每年开春外出打工之前，他都要拎两瓶二锅头两瓶罐头过去

---

① 陈映芳：《农民工：制度安排与身份认同》，《社会学研究》2005 年第 3 期。

② 孙惠芬：《这是一次黑暗里的写作》，《中华读书报》2011 年 6 月 24 日。

串串，还要满脸赔笑，装出无所谓的样子给刘大头点烟。这里有平静的乡村世界权力秩序造成的可怕，也有底层农民的人性复杂。底层世界种种的无奈与苦痛的悲剧就这样在乡土大地上不断上演着。刘大头霸占了鞠广大的老婆，村民们敢怒不敢言，鞠广大知道自己戴了"绿帽子"，也不敢对刘大头怎么样。更具讽刺意味的是，鞠广大的老婆死后刚过了"七七"，他就和刘大头有精神病的姨妹子结了婚，因为他不敢得罪刘大头。从这些最朴素的农民工生存境遇中，体现了孙惠芬对乡村生存世界的真切把握，和农民苦难生活状况的深切关怀与同情。孙惠芬是从农村走出来的作家，她有着丰厚、深刻的农村生活的体验，对农民的生活状况也了解得很透彻，因此在她的小说创作中，孙惠芬触摸到了农民工进城打工的根本，他们为了生活，也是为了土地，为了家人，也为了面子，于是乡土情结构成了小说中既朴素，又真切的生活本相。

孙惠芬贴近农民工生存细节和心路历程的写作姿态，以及她对农民苦难生活的同情和关心，使她能够以一种稳健的笔力进行创作，并且逐渐逼近理想的艺术高度。也许这种发自内心的关怀与同情使她对自己小说中的人物多了一些溺爱，少了一些针砭。正如有人指出的，"她那份深厚绵长的乡土情怀和体贴入微的女作家心肠，给人以无限的真实的感动。"① 在一定意义上，正是她的这种乡土情怀和女作家心肠成就了她的小说创作。

在《吉宽的马车》中，作家开篇用细腻的笔调书写乡村土地对于吉宽等农民的感觉。"要是春天，你的车上拉着粪土，粪土里会有无数只屎壳郎爬出来，从低处往高处推粪球，好不容易推上去，一个闪失又滑下来，它们不遗余力的样子让我看了总想捧腹大笑；要是夏天，你的车上拉一些青草，一只投机取巧的螳螂藏进草堆，以为来到一个新的高度，会实现它吃蝉的野心，谁知悄没声从草缝里钻出，刚冲树上鸣叫的蝉伸胳膊弄腿，就被我用草棍袭击了后背，豆绿色的小腿打战的样子，让你心疼得恨不能把自己变成蝉。要是在秋天，马车上拉上稻草，稻草里没有任何虫子，一只偌大的菜豆象也就现了原形，我躺在密扎扎的稻草堆里，看着日光的光线从稻草的缝隙里流下来，流到眼前的土道上，流到周边的野地里，那光线把土道和野地分

---

① 杨鸥：《关注民工的精神世界》，《人民日报》（海外版）2007—12—14，第7版。

成五光十色的一星一星，吉祥和安泰躲在星光后面，变幻的颜色简直让人心花怒放。要是在心花怒放时再闭上眼睛，再静静地倾听，那么就一定回到童年在地垄里听到和看到的世界了。大地哭了，一双眼睛流出浩浩荡荡的眼泪，身边的世界顿时被彻底淹没，车和人咕噜噜陷进水里——不知多少次，马拉着我在野地里转，转着转着就转到了河边，连人带车带马一起掉进河里，在呛了一肚子水之后，水淋淋地躺在岸上做白日梦。"

当村里一拨又一拨的年轻人进城打工的时候，主人公申吉宽正沉迷于一本法布尔的《昆虫记》和一架马车，在乡村坚守他的诗意生活。他曾经对许姝娜说："有一种生活，你永远不会懂。"许姝娜嫁给了一个小老板。吉宽终于也懂了"有钱就能来爱情，别的什么都是瞎扯"的世道，他也进城打工了。最后他和李国平在城里相互倾诉，"哥们儿，我也没有家，我虽有老母亲在，可是那个家根本回不去，根本回不去……"，他们虽然回不去乡土，整个小说却氤氲在一种无法远离故土的伤感与依恋氛围中。

土地或者故乡，成就了孙惠芬的小说创作，给她的小说带来了一种城乡之间反复萦绕的情愫，将笔下的人物置身复杂、丰富的城乡文化氛围，而不是简单的二元对立的情绪倾泻状态。作家在创作谈中言及："《歇马山庄》这个小说的构思和写作，就跟我内心的这种痛苦有关，我觉得在我非常孤独的时候，希望内心有一个东西让我温暖。在乡下的时候，盼望进城，当进城以后，又觉得理想愿望在乡下，觉得能温暖内心的地方还是乡村，是我多年生活的乡村。所以，我的《歇马山庄》是带着对乡村的怀念来写的，因为这种怀念太巨大了，内心的这种渴望太巨大了，我写得很有激情，而恰恰是因为这种激情，调动了我多年来乡村生活的体验、感受，和整个对乡村生活的认知，使我在写作当中，变得没有节制。现在回头看，《歇马山庄》是一部枝蔓横生的作品，因为我在写作当中太有激情了。这部小说缓解了我内心的焦虑，使我找到了自我的存在。"① 正是乡土情结的无限调动，使她的小说枝蔓丛生，进城农民工身上乡土与都市的文化想象化入了自身的内心世界，小说于是既有现实存在的复杂，又有精神世界的多元。

其三，从精神上看，尤其在很多精英作家那里，乡土情结又表现为一种

---

① 孙惠芬：《自述》，《小说评论》2007 年第 2 期。

类似于陶渊明笔下的桃花源式的精神皈依。作家往往采用剥离技巧，将乡土世界的贫穷与诗意分离开来，用乡土的诗意来对抗城市现代化带来的罪恶与非人性，尤其是农民工在城市遭遇的种种苦难经历。亨廷顿曾指出："政治现代化的源泉在城市，而政治稳定的源泉却在农村；现代性孕育着稳定，而现代化过程却滋生着动乱。"① 这就是说，为了保证乡村社会以及整个国家的现代化发展进程的顺利进行，很多作家往往采用诗意乡土的手法来对抗城市文化的功利性与消费化。

乡土诗意化并不只是当代文学的产物。自诗经以来，家园意识一直是传统知识分子的内在追求，而乡土世界的诗意化则化入人们具体的日常生活，到现代的沈从文等人那里表现得尤为明显。边城世界正是他远在京城而日夜遐思的精神高地。"对于沈从文个人来说，他从湘西边地来到京都大邑，最严重的现实威胁无疑是物质上的极度贫困，最严峻的精神危机则是都市环境所造成的生命价值失落感。前者他可以凭着湘西人固有的坚韧和耐力设法克服，后者则使他产生一种深刻的生命焦虑感和强烈的内心隐忧。"② 作家立足城市，探究乡土与城市之间的某种微妙的关系，他们笔下的乡村诗意化某种程度上源于现实压力下的情感补偿和心灵松弛愿望，本质上是一种乡村想象，而与现实的乡村世界区别开来。这种诗意化想象的原因在于城乡之间的价值冲突，以及冲突之下精神与理想的补偿。

农民工置身于城市社会，遭遇的是市场消费话语和传统权力话语相互作用的复杂局面。各种价值观的竞争、冲突、对抗导致现行的社会道德处于无序的状态，引起了人们的行为失范和社会矛盾的激化。"社会生活的剧烈变化也自然而然地使欲望迅速增长。繁荣愈盛，欲望愈烈。就在传统约束失去权威的同时，渴望得到的报酬越厚，刺激就越大，欲望也就变得越迫切，越不愿受控制。在这最需要限制激情的时刻，限制却偏偏更少了。脱缰野马般的激情就更加剧了这种无规则的混乱状态。"③ 市场经济与消费主义所强化的享乐主义和拜金主义等价值观既与我国传统乡村文化的价值精髓相矛盾，又

---

① ［美］塞缪尔·亨廷顿：《变化社会中的政治秩序》，王冠华译，生活·读书·新知三联书店 1996 年版，第 45 页。
② 王晓明：《乡下人的文体和城里人的理想》，《文学评论》1988 年第 3 期。
③ ［法］埃米尔·迪尔凯姆：《自杀论》，冯韵文译，商务印书馆 2008 年版，第 212 页。

带来了人们生活的实用与快乐，满足了人们基本的生理和心理欲求。同时，城市社会的权力、关系网又是中国当下市场中不可忽视的一维，它配合着城乡二元体制，牢固地将农民阻拒于城市之外。二者共同构成了中国城市社会的复杂。它既不像成熟的城市社会那样讲究规则、秩序，又不像乡村社会那样强调情感道德。此时，不同的文化观念、道德行为、价值标准相互矛盾冲突，而社会主流价值观又已经很难再有强大的话语统摄作用，农民工在城市这个异质空间往往失去了价值参照而陷入生存的焦虑。从乡村到城市，价值观的混乱与冲突在某种程度上反映出农民在城乡二元选择上的犹疑与多元。因此，这些进城农民工需要精神层面的寄托，往往从传统沿袭的乡村诗意中寻求城乡冲突下的内心平衡点。

"返观乡土"的创作集中呈现为对于城市的异己感和对于乡村的情感回归。南帆在谈到这一现象时曾说："事实上，对于城市的敌意是一种恐慌的症状，农业文明向工业文明转型所引起的巨大不适乃是这种恐慌的来源。为了抵御恐慌，作家竭力召回乡村的影像作为感情的慰藉……他们甚至愿意承担身心分裂所引起的痛苦与烦恼……他们不得不深陷城市而神驰乡村。"[1]"它在很大程度上滤掉了城市经济环境所排出的浊气，净化城市人的感情，并且为城市人的精神平衡提供了另一个重心。或者可以说，由于城市怀乡梦的存在，由于一批作家对于这种怀乡梦的记录、加工，城市文化多少抑制了堕落倾向，抑制了城市综合征的恶化，从而使城市更为合理，更为尊重人情和人的天性。"[2]或许这就是农民工精神返乡所追求的一种精神上的意义所在。乡村诗意化，本质上是一个进城农民工有关城市/乡村之间价值冲突之下的梦，一个安慰自己在城市里挣扎生存下去的梦。

很多农民工立足城市，想望故乡的美好与诗意。他们往往将乡村想象成一个美丽而富有温情的空间，用来安慰自己在城市的寂寞或无助的内心。在他们笔下，故乡是暖色的，笔调是轻快的。李明亮在《出生地：塘埂》中写道：

---

[1]　南帆：《文学：城市与乡村》，《上海文论》1990 年第 4 期。

[2]　南帆：《文学：城市和乡村》，《上海文论》1990 年第 3 期。

松涛　竹影

犬吠　虫鸣

啾啾的鸟叫

在竹摇篮里的娃娃睡到自然醒后开始大声

草木燃成的炊烟将油菜花染成淡蓝

墨绿的太子参在黄土上盛开如莲

晾晒宣纸的潮湿气息

沿着长满青苔的墙角，攀援而上

细雨落进黑瓦的缝隙里

一滴清脆的声音，在一个木锅盖上溅起

——这里，就是我的故乡，我的村庄

我的出生地——塘埂

同样，在钰涵的《我渴望》中写道：

和每个人一样

我渴望，在异乡的清晨醒来

看见阳光抚慰

大雾中退却的村庄、田野

庄稼和河流

我渴望花朵，在花朵之上

爱上蜜蜂的指引

我渴望檐下老井

在五月的落花里，承接雨水

黄昏的大地上，月光

给流水镀上白色的水银

这两首农民工创作的诗中，乡村是静谧和谐的，其中一系列的乡村意象共同营造出一个想象的桃花源世界，与城市的喧闹、冷酷区别开来。罗德远的《逐渐消逝的故乡》，温情脉脉的故乡书写中，流露出一种怅惘的挽歌情调。

我要回家　我要回家

搂住故乡小憩片刻

想象庄稼们的叶子　激动得一身青翠

许多灵魂的雪花

仍趴在童年的窗棂张望

虎耳草、芭茅花……曾倾诉过繁衍的欢乐

如今　那被苦楝树通俗着的

翠竹清香的故乡呢

骨气清瘦的村庄　面色古铜

厚重的老屋是出身的胎记

　　这些打工诗人往往依靠他们来自乡村的原生态体验，对比自身在城市打工的艰难经历和精神压抑，自然而然将思绪拉回童年、故乡的诗意想象场景，从而寻求城市空间的替代性的满足。于是，城乡不公的社会关系转换为人与自然的和谐。李书磊指出："对乡野的怀恋只是他们的一种精神需要而不是现实需要；对他们来说，乡野生活是可向往的而不是可达到的，是可欣赏的而不是可经验的。土地对乡村的怀念使他们有一种情感的完整，而对城市的固守则保证了他们生活的完整。这种'叶公好龙'式的矛盾处境恰好是城市人正常而和谐的状态。"[1] 显然，李书磊认为城市人对乡村的怀念，是属于城市文化的一方面内容，怀乡梦是城市文化本身的自我调剂、安慰和补偿。同样，众多打工作家，一方面天然拥有与乡村的联系纽带，另一方面也已经融入城市，有些甚至已经获得城市身份。他们的乡村诗意化，不是来自类似于西方现代主义式样的文化反思，而是来自城市挤抑之后的精神求助，又来自深层的农民文化心理召唤。

　　与很多打工诗人不同的是，在小说创作者笔下，乡村总是在回而不得的惆怅之中。很多作者将故乡虚化或者幻化，以缓释他们在城市打工时遭受的

---

[1]　李书磊：《〈这是一片神奇的土地〉文化测量》，《文学自由谈》1989 年第 3 期。

种种艰难与寂寞。只有在故乡的记忆中，才是一种短暂的苦难排遣和遗忘。当他们真正踏上归途时，却发现故乡已经诗意不再，故土难归。正如王十月笔下的烟村世界，"打工这么多年，每次回到故乡，都有这样的感觉，一丝丝的温暖，一丝丝的失落，一丝丝的苦涩，一丝丝的愧疚，如同这雨脚一样交织在心头。"在《寻根团》中，常年在外打工的主人公王六一随团回乡，一路上想象的家乡烟村的景致：

> 江边的防护林全是高大的柳树，春天，江堤边最早发出春的信息。七九八九，河边看柳。其他树木还在沉睡时，江堤边已是柳色遥看近却无了；一场春雨过后，女人们会从柳林里采到鲜美的蘑菇，那味道只存在于王六一遥远的梦中；夏天涨水，柳树泡在水中，渔人沿江摆开了罾，孩子们经过就喊，扳大罾，扳小罾，扳个鲤鱼十八斤。遇上要起风下雨，江中会出现一群群的江豚，在水里一下子钻进去，一下子又钻出来。村里人说，这是江猪拜风，是要下雨了。柳树的生命力是顽强的，一个夏天，淹在水中两个月，水退下去，树身上到处长满了须根，水没到哪里，须根就长到哪里；秋天，站在江边上，你能看到杜甫的诗句"无边落木萧萧下，不尽长江滚滚来"，冬天，一夜寒风，第二天清晨，父母就会早早起来，喊醒了睡梦中的孩子，说昨晚刮风了，去柳树林里捡树枝去。果然，树林里许多刮断的枯枝，成了这个冬天家家灶中的硬材。

字里行间，一种桃花源式的乡村情调扑面而来，透出的是作家对故土的依恋。这是外出务工者在城市异乡生存的根，也是来自农民工童年的生存体验。它带给广大农民工的是一种心理的慰藉和精神的补偿。然而，这一切如同城市化推进的速度一样，现实中也难以找寻了。因此，乡土世界的诗意想象，构成了农民工在城市的精神支撑，也是农民工书写中作为城市苦难的对立面而存在。在《开冲床的人》中，作家王十月将"小广西"开冲床时被砸手后的扭曲状态比喻为天津大麻花，在文中反复提到"母亲"与"麻花"，隐喻了钢铁世界中的民工对以人性温暖与关爱的渴求，而李想最后攒钱做耳蜗手术，目的就在于"听鸟叫，听虫鸣"。然而，他在完成手术后，听到的却是车间里冲床剧烈的噪音。李想心中的乡村想象，构成了打工者共同希冀的精神隐喻。

迟子建的《如歌的行板》中，王锐和林秀珊一对小夫妻在城市打工，他们的打工生活充满了艰辛，却在作家笔下透出温情的诗意。他们各自在中秋节这一天出发与对方团聚，却在火车上一夜奔波，最后在月光中擦肩而过。作家将农民工进城打工的残酷现实以乡村诗意的话语呈现出来。透过其中的话语，我们可以看出文本中浓烈的乡土情结。

> 这床单碧绿的地，上面印满了大朵大朵的向日葵。躺在上面，就有置身花丛的感觉，感觉那里面长满了碧绿的青草。
> 月光照着马路，照着树，照着那个冷清得没有一个人候车的公交汽车站。王锐看着路面上杨树的影子，觉得它们就是一片静悄悄开放的花朵。

在作家的笔下，城市的场景与乡村的诗意紧密结合，一切都在乡村情结的召唤之下，阅读小说，不难感觉到其中浓郁的乡土情怀。农民工的生活状况是艰辛的，但在作家笔下却充满了美丽与温馨，这一份难得的想象力正是来自深邃的乡土情结。乡土的诗意与城市状态相互胶合在一起，构成了文本内部紧张而灵动的状态。

《大声呼吸》中王留栓的妻子带弟在城市里受到老板的欺侮以致怀孕，他欲寻求公道不成只好忍辱与老板达成和解，返回老家而结束。"离开城市的火车逃跑似地奔驰在广阔的原野上，一直向西。"城市以它的傲慢和野蛮粉碎了农民的梦想，完成了对农民工的驱逐，而无处可逃的农民工只能再次回到那曾经的故土。在这里，乡土具有一定的精神层面的意义。农民在城市里碰壁受伤，成为被污辱和被损害的一群，于是为寻求心灵的慰藉，他们退回乡村舔舐留下的创伤。乡村不仅孕育了庄稼，养育了他们，而且乡土更像一个巨大温暖的子宫，抚慰他们受伤的心灵。至于回乡之后的王留栓，是否能真正被乡村接纳，或者真正融入乡村，其结果不得而知。可见，乡村是农民工的慰藉之地，却无法留住人们奔向城市的身影，一切都是"在路上"。

因此，无论是农民工乡村生活的苦难化、世俗化，还是诗意化，都体现了农民工书写一种立足城市对乡土世界的想象性理解。本质上，随着城市化的推进，农民进城引起一系列乡村家庭关系的变化，或者在城市现代化的参照下，乡村伦理与城市伦理之间的矛盾与冲突，直接对农民工的生存状态产生重要的影响。这些问题在作品中反映得非常少，尤其是复杂的乡村家庭亲密关系及其变化对进城农民工产生的影响，更是很少涉及。城乡二元对立的思维，遮蔽了乡土世界的复杂，将乡土情结简化为现代城市参照下的诗意存在。"乡村其实不过是城市的影子，城市走到哪里它也跟到哪里。"[①] 因此，当下农民工纷纷进城谋生，城市在一天天蚕食乡村的时代，乡土世界的想象，构成了中国农民工精神世界不可或缺的一部分。但这一切只能是精神层面的，现实变得太快，农民的这一情结也在慢慢淡化，何去何从带来了农民工极度的焦虑、困惑。

第三节　城乡焦虑与文学伦理

近些年来，城市建设，尤其是在北京、上海、广州等大都市，已经在外观上与西方没有什么区别，地铁、高楼、商厦等象征着城市现代化的强劲与主流，而在偏远的乡村，却似乎变化不大，有些山区恍如隔世，依然是几十年前的状态。农民的生活方式在不断变化，但他们的农民心态却顽固存在。因此，讨论近年的农民工书写，不可忽视中国几十年来的文化事实。对于一个处于快速现代化的古老国度而言，短短的几十年中经历了西方几百年的现代化进程，社会阶层日益分化，中国人在现代化高速度的眩晕中不断处于焦虑状态。尤其对于从乡村到城市的农民工而言，更是经历了从农耕文明到后现代文明的巨大跨度。阅读这些农民工题材的创作，能感觉到其中既有对底层生存的关切，又有渴望改变生活的热切；既有对社会不平的怨恨，也有对

---

① 吴玄：《发廊》，《花城》2002 年第 5 期。

底层民众的同情。这些复杂的焦虑叙事，正是广大农民工全面遭遇市场话语的巨浪而产生的眩晕感与阵痛感的文学表征。贺绍俊从"新国民性"角度，提出这种文学思潮是新的历史语境中城乡冲突的审美表达，"新国民性是在计划经济和市场经济两种体制相互矛盾、相互碰撞、相互妥协、相互调整的文化语境下生成的"①。它既展现了农民工群体在特定时代语境下方方面面的生存焦虑，也是人本关怀这一现代叙事母题的延伸与承续。因此，紧紧扣住进城农民这个特殊群体的城乡焦虑，分析其中叙事伦理的嬗变，能够更好地贴近当下文学创作的现实诉求，无疑具有一定的时代典型意义和理论指导意义。

一、生存焦虑与叙事伦理的偏执

对于广大农民工而言，随着市场经济的推进，城乡之间的物质差异越来越大，城市逐渐成为一个物质欲望的巨大参照与诱惑，而相反的乡村文化则日益显得贫穷与衰退。在市场经济这个强大的巨手的拨弄之下，农民工被城市化的浪潮席卷到了城市，寻求自己的生存之所，实现自己的物质欲望和经济享受。"在城市文化随着城市化推进而逼近乡村之际……二元经济结构文化处处显露出它对乡村文化的文化优势、文化特权，二元经济社会文化结构使乡村处于一种尴尬的境地。"②作为弱势群体的打工者，面对经济的窘迫和生存的艰难，迸发出倾诉生存境遇与渴望改变个人命运的呼喊，他们的写作与生存完全处于相互纠结的共生状态。在个人对残酷生存的感受与体验中，扑面而来的是浸透民间与草根气息的真诚与质朴，沉重和叹息。王学忠的《三轮车夫》中写道："家人的期盼揣在心口／女儿流泪的学费／妻子叹息的药瓶／每天不蹬十块八块的／躺在床上／三轮车在梦中也不安地转动／出力的人都不怕累，不怕冷／当城市冻得发抖／屋檐下的冰凌柱眨着狡黠的眼睛／三轮车在风雪中冒着汗飞转／十年前的旧厂服／胜过不怕冷的北极绒。"没

---

① 贺绍俊：《底层写作中的"新国民性"——以刘继明创作转向为例》，《文学评论》2007年第6期。

② 赵静蓉：《在传统失落的世界里重返家园——论现代性视域下的怀旧情》，《文艺理论与批评》，2004年第1期。

有作家切身的生活体验，是写不出在天寒地冻的时候"三轮车冒汗"这样耐人寻味的生存意象。

对于广大农民工而言，农村的贫困、生活的窘迫驱使他们进入城市。王祥夫的《花落水流红》中，身处穷乡僻壤的桃花冲人为了摆脱贫穷，全村的女孩几乎都争着进城做暗娼赚钱，为的是能够更好的生存。《麦子》中的建敏不外出务工，家里的房子就没法翻盖，弟弟的学费也难以支付。《兄妹》中的"心"，为了减轻二哥的负担，来到一个陌生的城市打工，先被老板强暴，后被逼迫做起卖淫的营生。荆永鸣的《北京候鸟》中，"来泰"瘸着一条腿，带着难以填饱的肚皮来到北京。他拉三轮车，被城里的保安殴打、敲诈；他开饭馆，却中了别人的骗局。对于本分的来泰而言，无论离开乡村，还是拼命挤入城市，生存总是第一要务。这些农民进城的书写中，广大农民工的思想存在和精神状况基本被过滤了，底层生活的物质性存在成为当代作家虚构和想象底层世界最重要的空间。作家们真正的用力之处，都在刻画和叙述底层世界物质生活的贫困方面，基本生存保障的缺乏，贫困的物质生活构成小说故事层面城乡冲突的主要根由。他们的写作伦理诉求，多局限在农民在城市中民权、平等、正义等社会范畴，而没有进入文学审美的空间。

关注底层的生存状态，体现了当下的文学一种人文主义的观照。当作家用极尽悲苦的笔触深入打工群体的生存世界，制造出愁云惨雾的氛围，仿佛愈是悲苦，就愈能贴近打工者的生存状态，越能体现出作家的人道主义关怀。这种关怀往往容易走向一种道德上的虚伪姿态，甚至有以悲苦来换取市场效益的嫌疑。"底层写作"这个词本身很好，当前却呈现在我们面前的大都是外围的想象，猎奇的故事，小姐、发廊，暴力情欲等，却很少有人真正以人文主义的情怀关注农民进城谋求生存的动机和境遇，很少有人关注他们心理层面的喜怒哀乐。底层当然可能包含着痛苦、不幸、磨难、沉沦、欺诈、不公等人生经验与社会伦理，但同时还应该包含着勤劳、智慧、勇敢、诚实、创造、幸福等美好的一面。在众多农民工身上，应该是生存焦虑与城市梦想的交织，而非偏于苦难一方的想象性叙事。这种偏执型的叙事伦理，往往造成对农民工进城生活的一种遮蔽，显然无法实现生存的复杂表现。

二、身份焦虑与空间想象的简单化

"乡下人"是一个宽泛的概念，"它最主要是作为都市／城里人的相对性概念，包含有身份悬殊，既得权利与分一杯羹者的竞争，它还是一个有悠久传统的历史概念，带有社会构成的一端对另一端的优势。当下的乡下人进城指 20 世纪 80 年代以来从有限的土地上富余的农村劳力中走进城来、试图改变生活的带有某种盲目性的上亿计的中国农村人口。他们带着梦想、带着精力与身体、带着短期活口的一点用度本钱，到城里来谋取一片有限而不无屈辱意味的生存空间。"[①] 贯穿农民工书写中的生存焦虑，具体表现为农民"由乡入城"而引起身份上的焦虑。城市文化的日益突出，"乡下人"已经很难继续安于乡村文化的贫穷和屈辱，并且似乎是看不到前景的社会身份。郑小琼在《印刷厂》中写道："多少年来，我一直是这样地在城市间生活，我一直不想让人看出我来自于贫寒的乡村。但实际上，我们的动作、表情已经泄露了我们不属于这个城市的秘密。这种胆怯连同我们的神态、动作、表情等交织在一起，凝结成了一个烙印，在我们的身体上、心灵上、灵魂间烙上了一个乡下人的印记。它是那样的敏感而沉重，我时时能感受到它的存在，感受到它像一台不停运转的印刷机一样，在我们的脸上不断地印着：乡下人，乡下人。"正是这种对农民身份的焦虑不安和改变这一身份的渴望，构成了农民工书写内部强烈的心理驱动。《歇马山庄》中农村女青年小青所说："我不是个能塌心过乡下日子的人，我的心从来没有在乡下停留过。""我无法忘掉我在吃苦，我在遭罪，这个念头非常可怕。"这是一个当代农民对自己生存处境的真实感觉。正是从勇敢地面对这种真实感觉不再自欺欺人开始，小青决心拒绝这种身份而寻找另外一种虽然也需吃苦遭罪、却能看得到前途的"不同于乡下女人的另外一种生活"。于是，对"乡下人"身份的拒绝连带着对"乡下人的妻子"这一性别身份的拒绝，她决定和丈夫离婚，到城里去做打工妹，"在经济上、生活上全面独立，不依仗任何人。"

当代中国的现代化崛起，历史的发展和时代的嬗变，使中国大地到处闪动着由乡村奔向城市的身影。身份的焦虑与农民工进城的梦想相交织。刘庆

---

① 　徐德明：《"乡下人进城"的文学叙述》，《文学评论》2005 年第 1 期。

邦的小说《到城里去》，城市就像一个欲望神话，"到城里去"，是农民处于乡村的贫困和窘迫的深刻体验之下，集体发出的一声号角。在宋家银的心目中，取得工人家属的名分、领取工人的工资，就是取得了城市人资格。宋家银像发疯似的驱使丈夫出去工作——只要不在土地上劳作，哪怕再苦再累的工作也在所不惜。他们追求城市的户口，寻求城市的物质享受，甚至包括爱情的追求，这一切等同于城市本身。李一清的小说《农民》中，到城里摆水果摊的农民"大苹果"，通过出卖自己的肾脏，买了城里的房子而拥有了城市户口。李铁的《城市里的一棵庄稼》中，农村姑娘崔喜通往城市而付出的代价，向人们昭示了城市神话带来的苦痛与挣扎。为了能够拥有在她看来"天堂一样"的城里人的生活，她出卖了自己的爱情和青春，成为城里人宝东延续香火的生育工具。然而，已经拥有城市人的户口、做了城里人媳妇的崔喜，并没有被城市所接纳。尽管她按照城市人的生活方式和审美水准要求自己的日常行为，得到的回答却是"你不像农村人了，但也不像城里人"。城市，对于崔喜来说，仍然是一个虚幻的神话。

"从乡村来到城市"，意味着越过边界，双重性是移民经验的本质。陷于两个世界之间，作为移民的打工者，要转换一个新的社会空间；陷于两种文化之间，作家要转换一个新的文学空间，"以何种面目楔入城市"。王十月《纹身》中的少年，为了保护自己不再受人欺负，便用自己积攒下来的钱去做了纹身：一条醒目的、粗糙的、张牙舞爪的龙。他把纹身看成是城市人的符号和象征，本想终于可以扬眉吐气、不再受人欺负，可以自由、快乐地活着，"可是纹身并没有像少年想象的那样给他带来立竿见影的安全效果。他反倒因此而摊上了许多麻烦"：工友的疏远、经理的解雇、管理者对他的异样的眼光，最终被警察抓捕。因此，龙的纹身便成了进城农民工身份焦虑的隐喻，无论少年如何改换自己的形象，但骨子里的城乡文化错位是无法真正弥合的。

城乡空间的焦虑，决定了农民工书写中城乡世界的截然对立，而不是像路遥小说的中那种城乡交叉地带。城乡二元对立，就像黑白分明的两个世界。其中城市代表着罪恶，代表着人性的诱惑，代表着对乡下人的凌辱和压迫，而乡村则代表着善良，代表着人性的淳朴，代表着城市截然相反的贫穷与落后。声色城市以它令人炫目的奢华欲望和感官享乐引诱着这些朴实躁动的心灵，他们选择了城市的生活方式和欲望法则，却发现城市并非他们所想象的那样，城市是一个美丽的陷阱。池莉的《托尔斯泰围巾》中，代表城市的警察没有把老年农民工——老扁担当作"人"来看待，不分青红皂白地把老扁担抓进派出所痛打一顿。陈应松的《太平狗》中，农民工与狗形成互文，集中表现出城市最为黑暗和陌生的一面——城市人、包工头、黑工厂等。它适合城市人幸福地活着，却并不适合卑微的打工者生存，甚至不适合一条狗生存。

尽管如此，城市陷阱充满色彩斑斓的诱惑，农民工注定了无法逃离。张继《去城里受苦吧》中，复杂的城市生活令贵祥身心疲惫，在李春与徐钦娥感情纠葛之间艰难做人。他怀念种地时那种"省心，少是非"的日子，于是兜里揣着打工积攒的血汗钱，身上穿着在洗衣店烫过的西服，带着烫了发的老婆回到故乡。在乡亲们羡慕的眼光与夸赞的话语之中，他发现城市里面的"受苦"，使他在乡村反而实现了人格上的自尊与满足，但最终还是愿意回到城市。因为乡村的贫困与落后难以提供他人格尊严的物质基础，受到文明洗礼的心灵再也不会牢固地把他们的身心贴近乡村的大地。方格子的《上海一夜》，叙写乡下妹子杨青来到城里，无奈地出卖自己的肉体。在她厌倦了城里的生活后，决心彻底离开城市回到家乡，回归以往物质贫穷精神丰富的生活。正当她痛下决心，高兴地坐在火车靠窗的座位上等待着欣赏回乡的美景时，却收到了好友阿眉的短信："阿青，我又回来了，我又要回到上海来了。"阿青试图逃离城市的挤压，却发现先她觉醒的阿眉，最终逃脱不了城市的现代化诱惑，而坐在火车上的阿青，不过是在重复着阿眉所走过的路而已。因此，从乡下到城里不仅是身体的空间挪移，同时也是乡村文化记忆不断被城市文化吞噬的过程。

可见，"乡关何处"这一西方现代主义式的个体灵魂家园的追问与缅怀，对农民工群体而言，却是具体的生存空间焦虑的体现，远没有西方存在主义文学的从容与大气。这种城市空间里的农民工书写，大多只是局限于物质层面、欲望层面的生存空间的寻找与应对，更多的是城乡二元对立的空间想象，并没有给当代文学带来一个自由灵动的诗意世界。正如李欧梵在《论中国现代小说》中指出："城市从来没有为中国现代作家提供陀思妥耶夫斯基在彼得堡或乔伊斯在都柏林所找的哲学体系，从来没有像支配西方现代派那样支配中国文学想象力。"① 城市生存空间的焦虑只是深陷底层农民工的初级生命需求，并非达到高层次的哲理性的永恒追问。可见，农民工进城之后饱受个体的煎熬，但城市神话一直就像黑夜中的一盏灯，带给他们温暖和信心，让他们在繁华的城市海洋中保留对城市的简单幻想，吸引他们为改变自身命运而闯入城市。城市现代化本身的复杂多元却让他们无所适从。他们身上带来了乡村传统与城市取向混杂并存的特征，他们的身份呈现分裂状态，只能在城市与乡村之间游走。但问题是这类作家笔下的"打工者"并没有成为城市与乡村、传统与现代共同塑造的"中间物"，这类书写并没有集中表现他们在城乡之间尴尬、困惑、悲苦和喜悦等复杂多元的精神气质和文化世界。正如他们的身份一样，其中的叙事伦理也是遵循二分法原则，或者写他们在城市的悲惨遭遇，或者写他们在乡村的贫穷；或者城市遭遇到的人性恶，或者写流连于乡村的人性善。作家们自然而然地站在底层农民工的立场上，以代底层立言、维护农民工利益自居，因而有意无意间形成"农村即正义"这种偏颇的道德认知方式，似乎只要是进城打工的农民，就不证自明地拥有道德上的正义感，就具有比城市阶层和权力阶层更高的道德水准。作家们在思想情感上承续着现代革命话语中的"为富不仁"、"贫穷即美德"的理念，呈现出写作中泛道德主义的想象性叙述表征。作家很少从人性的深度分析农民工在城市的生存状态，而是把所有的错位归咎于城乡二元的对立，以此来强化自己内心道德批判的合理性。

三、精神焦虑与革命伦理的乞灵

如果将城乡二元对立的身份或空间焦虑进一步深化到精神伦理层面，一部分作品不仅书写了二者地缘概念上的焦虑和身份的认同，更重要的是进入到他们的文化精神层面，书写农民进城的道德焦虑与价值焦虑。《出租屋里的磨刀声》表现出打工者在他乡的生存焦虑感和"如履薄冰"的状态，揭示了打工者的精神困境和心理变异。天右的欲求极其简单，性的满足与出租屋的安全感是他唯一追求的东西，只有这样才能使他拥有幸福的感觉。但现实

---

① 李欧梵：《论中国现代文学》，《中国现代文学研究丛刊》1985 年第 3 期。

的残酷是磨刀人夺走了他这最后一点幸福的感觉，女友离他而去，如此简单的欲望也无法实现。经济上的穷困，已经把他的心理和精神压抑到了畸形的程度。于是，天右不可避免地成了又一个磨刀人。小说再现了打工者对自身生存状态的无奈，释放了打工群体的压抑，展示了他们的精神状态。

"局外人的主要愿望是不再作为局外人。"① 怀抱着城市梦想的农民工渴望像城市人一样生活，渴望被城里人的价值标准所认同。为了缓释自己在精神和心理上的城市焦虑，他们往往效仿城市人的举动，弥补自己和城市之间的价值鸿沟。《接吻长安街》的主人公认为在长安街接吻是"逼近城市精神内核的一个举措"，于是想以"长安街接吻"来证明他在这个城市的存在。尽管他也明白"接吻之后并不能改变什么，我依然是漂泊在城市的打工仔，仍然是居无定所，拿着很少的工钱，过着困顿而又沉重的生活"，但是这个在城市人眼中司空见惯的事情居然成了"我"不可遏止的心病。《谁能让我害羞》中的白领女人永远把送水男孩定位于农民工，农民工就该是农民工的样子，只配喝水龙头的水，穿脏兮兮、皱巴巴的衣服。尽管男孩在努力着，希望女人注意到他的存在，甚至仅仅想喝到一口自己每天送的水，可是他却失败了。在喝口纯净水的要求一再遭到拒绝时，男孩亮出了刀子，他要争取的不是水，而是乡村与城市之间的平等。这种极端的暴力方式体现了男孩在精神焦虑之下出现了道德的失范，并以此反抗和追求城市价值。

诉诸暴力等一切失范行为，体现了进城农民强烈的道德焦虑和价值焦虑。城乡体制的不公，让他们自然缅怀过去的共产主义理论，城市社会的挤兑激发了农民工内心朴素的阶级论，连同他们身上潜在的民间最为原始的道德义愤，共同形成了文本中浓烈的情绪力量。许强的《铁钉》中写道："那些待工几个月的民工 / 在一些完工的工地上 / 把铁钉一根根从废弃的木板上拔出来 / 把深深陷在内心的痛拔出来 / 把一根根卡在喉咙中的鱼刺 / 努力地拔出来……一根根铁钉 / 千万根铁钉汇成了大海 / 汇成了大海一样多的民工 / 其实每一个民工，就是一根铁钉 / 他们把祖国的山河牢牢地钉在了一起 / 他们自己却永远被挤压在看不见阳光的夹缝中。"显然，诗人按照革命话语的思维，透过铁钉这个意象传达一种强烈怨与刺的情绪，指向农民工在现代

---

① 　科林·威尔逊：《局外生存》，译林出版社 2000 年版，第 14 页。

都市残酷的生存事实。

这样，原本富有人道主义情怀的底层书写通过革命话语的倾泻，更多的呈现一种泛道德主义的思想暴力倾向，而缺乏对现实处境的理解、承受和反思。当我们考察 20 世纪 90 年代以来的"现实主义冲击波"作品，其中既表达了作家对底层民众的深切同情、对丑恶事物的痛恨，也透露出对无奈的社会现实的忍耐与承受。刘醒龙说："我将这些捏在一起写成《分享艰难》，当写到孔太平为了公众的利益，不得不放过强奸了自己表妹的洪塔山时，我的心有一种被人撕裂的感觉，……擦干眼泪后，我不止一次地问自己，如果自己面对这些又会怎么办！我一遍遍地回答：谁敢这样就宰了谁！可生活不是这样选择的，它默默地承受起这最让人不能接受的艰难。生活又一次告诉我，仅靠情感是无法实现超越的，必须用自己的灵魂和血肉去作无情的祭奠。"[①] 相反，农民工书写中疾恶如仇、扬善除恶等决绝的抗争姿态，使这些作品总是蒙上强烈的怨恨之气，甚至化为一种嗜血的暴力倾向，来缓释精神焦虑的紧张。在王学忠的《腐败分子》一诗中，作者满怀怨恨地写道："倘若用其皮制成鼓，每日击一下，定能警示后人。"其中食肉寝皮的想象，让我们无法忘记作者诗作中抗争精神的激烈。这些精神焦虑产生的怨怒情绪，已经不属于文学的批判，而是一种社会控诉力量的体现。

可以说，正是农民工书写中表现出来的精神焦虑和价值焦虑，成就了他们在当下的轰动效应和美学突破。一方面，生存的焦虑，为农民工书写赢得了道德上的同情与力量，在似乎接通左翼革命文学的现实主义精神时，赢取了主流意识形态的关注与重视。另一方面，也是农民身上原始的不平而起的民间伦理的体现，在探入人性深处的同时获得了美学上的局部成功。

---

① 刘醒龙：《仅有热爱是不够的》，《当代作家评论》1997 年第 5 期。

第五章　农民工书写的叙述研究

作为文学的突破，当下的农民工书写在叙述模式上与中国传统文学有着惊人的一致，其中主要有"恶有恶报"、"逼良为娼"、"落魄书生"、"弃妇哀怨"和"功成名就"模式。整个文学群落呈现出单一的模式化、情绪化特征。进入文学空间的民工、城市、乡村大都是一种简单化的想象性表述。真正的农民工生存状态，他们身上的复杂人性被严重的简单化、理念化。从创作心态来看，农民工书写可以分为两大类。一类是来自一线的打工青年之"我手写我口"；一类出于传统主流作家的启蒙与关怀，二者从不同的角度呈现了当下农民工在城市与乡村之间的生存与命运，并体现了不同的价值取向。

第一节　农民工书写的叙述模式

作为一个新的文学现象，农民工书写真实记录了改革开放和社会转型期的城乡变化，塑造了一大批背井离乡为社会默默奉献的打工者形象，为日渐边缘化的中国文学培育了新的作者、读者和阅读市场。当代文学因为有了改革语境下的这些进城农民的形象，显得更加生动和丰富。作品大都是农民进城——遭遇苦难——由城返乡或艰难存留的模式。这些叙事模式不仅反映了当下作家的创作能力与技巧，更重要的是体现了一定时代语境下的文化心态。阅读大量的打工文学作品，发现这种新的文学现象，在叙述模式上很大程度来自中国传统文学的承袭。就打工文学而言，无论在小说情节塑造方面，还是人物命运的处理，都体现了它们与中国传统文学的叙述模式有惊人的一致性。具体看来，打工文学主要有"恶有恶报"、"逼良为娼"、"落魄书生"、"弃妇哀怨"和"功成名就"模式，这体现了中国传统文化在作家心中无意识积淀的结果。中国传统戏剧和文学在长期的发展演变过程中，由于生活环境的类同和历史的沿革，民众的情感趣味、审美观念由纷乱渐趋凝定，形成一些固定的模式。这种模式之中包含着许多稳定性因素，诸如民众钟爱的套路情节、老套的人物类型、公认的价值观念等。展开这些文学模式的研究，对于当代文学回归中国文学原点，把握当下的时代情绪，触摸这些底层书写的作家心理，从而贴近民众的生活体验，具有一定的学术意义。

一、"恶有恶报"模式

中国传统戏剧和其他文学中，自古以来就有一个永恒的话题——"恶有恶报"，体现了民间社会对恶的规劝和惩戒，也体现了民间弱势力量的一种自我慰藉。对于大量的农民工书写而言，其中的人物主要是指一些由乡村进入城市，并在城市领地处于弱势位置的个体。生活的艰难，消费的诱惑，让他们无法继续固守原来的土地与良知；市场欲望的推动，将他们一步步引向"恶"的一面。他们抛弃自身的文化身份，闯入城市的空间，寻找生存的根本与欲望的满足，根本的目的在于改变自己的"农"字身份。城市对他们而言，只是物质层面与肉体层面的诱惑与享受，而非文化精神的熏陶和浸染。他们缺乏城市身份应有的权力和对规则的理解，物质层面的满足和攫取，促使他们不得不采用便捷的方式——以"恶"的行为来完成或体现。最终他们一个个走向肉体或精神的毁灭。

刘庆邦的小说《神木》中，唐朝阳和宋金明二人为了能够满足一定的金钱欲望，不惜骗取年轻力壮、善良单纯的年轻人为"点子"，然后在矿井深处将其残忍地打死，以此讹取一笔高额的赔偿金。当他们发现年轻的"点子"元凤鸣正是前一个被害者的儿子时，唐朝阳出于良知的发现，竟然将另一个同伙打死，然后自己站在原本要取"点子"元凤鸣性命的假顶之下，一同走向死亡。民间传统中善有善报，恶有恶报的思维模式，将读者聚焦于善恶行为本身，却没有延展到社会语境和人性深处的碰撞。小说集中表现民工恶劣的生存状态，却没有进一步深入到人物的内心世界，挖掘其中人性的挣扎和冲突。

农民工书写中，"包工头"是一个新的文学形象，又是一个旧的人物模式。《翻身农奴把歌唱》中的丁转运，一个从农村进城摆地摊的民工，由于偶然的机会，被房屋拆迁的领导看中。他领悟了工程承包的暗箱操作规则，学会了请领导按摩洗头，甚至不惜用自己年轻美丽的小姨子去换取项目工程的承包。正当他时来运转时，他亲爱的儿子被人投毒差点丧命，煞费苦心聚敛来的钱财也被骗取一空，最后还是"夹根带绳索的扁担走上大街"。丁转运的城市生活轨迹，正是承袭了中国传统戏剧中的"恶有恶报"，最终落得"南柯一梦"一场空的情节模式。

如果说，丁转运身上的"恶"只是一种城市的规则，而《变脸》中的陈太学则为了聚敛钱财而丧失人性的根本。作为一个包工头，身上原本具有农民的纯朴和善良丧失殆尽，他想尽一切办法克扣、拖欠民工的工资，来填补主管领导的挥霍；利用各种卑鄙残忍手段侮辱民工的人格，填补自身的人格变态，最后落得还是"一个当狗的命"。

人性的"恶"在这里受到了应有的惩罚。这与中国传统戏剧或文学中"恶有恶报"的模式有很大的一致性。不同的是，传统文学中的"恶有恶报"主要体现一定伦理观念对世人的惩戒和现世生活中小人物身上的自我慰藉，其中充满民间特有的因果报应的轮回思维。打工文学中，唐朝阳、宋金明、陈太学等人身上的"恶"，主要归功于金钱与欲望这个城市大染缸。促成这种恶的行为，则来自农村贫穷、残酷的社会现实，来自于改变这种现实状况的内在渴望，来自个体的心灵深处的人性挣扎，更多的体现底层人民的真实生活状态。他们由善至恶，到恶的自毁，都受到一种顽固的存在合理性的支配，体现当代文学外在的社会性与内在的人性相互融合，也体现了打工文学社会责任的自觉担当。恶的行为背后，充满着民间底层的无奈和无助，文本在爱与恨之间逼近真实的人性。

二、"逼良为娼"模式

中国文学素来不愿追究个体的性格命运，而喜欢将社会层面的压迫化为不平则鸣的情绪，将生命个体的走向毁灭和堕落归咎于社会的不公。《水浒传》中王进、林冲等人官逼民反，充分体现了一种典型的"逼良为娼"模式。到当代一系列革命历史叙事的文本中，主导人物命运的主要因素演变为"万恶的旧社会"。这种文学模式在打工文学中，农民工的命运自然而然被归为农村的贫穷与城市的堕落。

这些农民工书写中，男性民工往往因家境的贫穷而进入城市，然而城市并没有他们的栖息之地。他们的身份无法得到城市的认同，而深陷极度的迷茫和恐惧之中，甚至引向极端的仇恨。陈应松的《望粮山》中，处于极度贫困、又受到农村权力压抑的金贵，进入到城市打工。他受到保安的殴打和凌辱，出于义愤将保安打死，跑回自己的乡村。面对派出所所长紧紧追击，他跳下了悬崖，眼中出现一片金黄的麦浪。金贵的行为失范，实是为了摆脱乡村的贫穷和权力的挤兑。当一切都令他失望时，他被逼无奈，最终以恶抗恶。

尤凤伟的《泥鳅》，围绕着农村青年"国瑞"在城市的生命轨迹而展开叙述。出生于革命烈士家庭的国瑞，迫于贫穷而进入城市不断寻找工作，却总是被辞退和欺骗。尤其目睹了同乡蔡毅江在工作中被挤碎睾丸之后，竟然无法找到承担责任的人，于是他开始走向恶的一面。女朋友陶凤差点遭到强奸，他疯狂报复对陶凤实施暴力的人；他心甘情愿被玉姐包养，进而被玉姐的丈夫等一帮人挟上一家非法公司的老总位置，最终葬送了自己的性命。蔡毅江在身体伤残和案件败诉之后，心智失去常态，他让寇兰卖淫，以此换取自己起家的资本，并成为黑帮老大。从国瑞等人身上，可以看出乡村的伦理和城市的规则发生了错位。当他们以乡村的伦理来面对城市的规则时，自然走向了毁灭。这就不由让人思考，乡村伦理与城市规则应该如何融合？在这些男性的打工者身上，由穷所迫，由穷生恨，最终走上违背法律和道德的不归路，体现了一种"以恶抗恶"的情节模式。

对于广大的女性农民工而言，母性的伟大，往往让她们承载了太多拯救家庭的重荷。她们同样因为生活的窘迫而进入城市。然而，进城打工对于女性而言，等待她们的是更低的待遇，遭受更多的歧视。身份的制约，负担的重压，逼使她们走向一条廉价出售肉体的不归路。刘庆邦的小说对女性农民工予以了极大的关注。《麦子》中的建敏，本不愿意走出村庄到城里打工。但她不出来打工，家里的房子就没法翻盖，弟弟的学费也无法支付。《兄妹》中的"心"，为了减轻二哥的负担，来到一个陌生的城市打工，先是被老板强暴，后来被逼迫做起卖淫的营生。当她的二哥来到城里来看她时，她在被人家包了一夜早上回来时，赶去商店买了几双袜子，撕去上面的商标，让二哥相信她是在袜厂上班。她不想让乡村以及生活在那里的人们知道她现在的堕落。然而，当她来到二哥的房间时，才知道这一夜二哥在和一个女人鬼混。"心"失去生命中最后一片净土，失去了心中想象的美好世界。她只能在城市中漂泊。《家园何处》中的何香停，父母相继过世，她成为四个兄弟之间多余的人。她寄居在三哥家里，处处努力以男性的身份承担各种重体力活，不至于成为家中的累赘。然而，三哥外出打工腿受伤了，她必须自立，帮三哥撑起一个家庭。于是她来到城里的包工队打工。面对领工张继生的诱惑，她一方面无奈地接受给予的物质和金钱，另一方面又无法自持地迷恋和享受欲望的快感，她与包工头的来往，开始在情感的失望中向物质的欲望深渊滑行。最后，她被送到一家酒吧当服务员，彻底走向堕落。这些女性务工人员，大都出于生活被动，而走上被"逼良为娼"的不归路。

与此不同的是，一部分女工的"逼良为娼"并非来自太多的生活窘迫和贫穷，而是一种自发求城市欲望的满足和享受。她们将身体主动交付给城市，把欲望的满足和快感等同于城市文化。《发廊》（刘玄）中的方圆，不愿安心在工厂里当一名工人，而从事开发廊这个职业。因为"当工人原来很没意思，还不如开发廊，替客人敲背比装搭好玩多了"。阿宁的《米粒儿的城市》中的米粒儿，不愿意待在曹老师家中做保姆，她认为，"我到这里是想脱离农村，过一过城市生活。城市是什么？就是一个孩子和家里的四堵墙吗？上午到院里转一圈儿，下午到院里转一圈儿，这也叫城市生活吗？你就是再给我涨工资，我也不干了。"她以她身上特有的清纯和美丽，一步步成为被包养在高级别墅中的"金丝雀"。她有时感到失落，有时却感到一种莫名的满足。她的城市生活历程，是一个寻找土壤的过程，也是一个寻找生机的过程。她们二人主动"为娼"，本质上体现了一个更为强大的无形逼迫力量，其中不仅仅是社会因素，更多来自人性深处的东西。这些女性在城市中被"逼良为娼"，不似其他农民工在城市那般的愁云惨雾，在貌似和谐的状态之下，传达出一种人性深层的隐痛。

无论是男性农民工成为城市暴力的符码，还是女性充当城市道德沦丧的形象，其中都透出一种深深的不平而鸣的情绪。这种情绪既体现了当下社会文化对底层人民生存状态的集体关注，直接呈现了主流文化的政策导向，也决定了农民工书写的妖魔化模式。当文学作品中充盈着过于浓烈的社会情绪时，难免会导致写作中的倾向性过强，最终呈现单一化的模式。因而文本在充斥暴力倾向的快意叙述中，注重的只是故事的传奇性和情绪的集中化，正好迎合了当下市场化写作的潜规则。

三、弃妇哀吟模式

中国传统文学当中，尤其在古典诗歌中，弃妇哀吟是一个重要的主题。《诗经》中《卫风·氓》、《邶风·谷风》，详细叙述了女主人公不辞劳苦，勤俭持家，却最终被喜新厌旧的负心丈夫赶出家门的经过，诗中历数这一经过，倾诉着自己的不幸和丈夫的无情，凄怨哀恸；《王风·中谷有蓷》全诗回环往复的低吟浅诉，自伤自悼，充分表现了一个弱女子的孤苦无靠等。这些弃妇形象不仅是困在闺中的女性，更多隐喻了一些弱势个体，面对强势力量的无奈和无助。将这种模式引入到农民工书写的分析中来，并非探讨打工人群中的女性形象，而是探讨一系列农民工进城务工的生活状态。他们无力去做太多的争取，也无法实现绚丽的都市梦想。恰如幽怨的弃妇一般，丈夫有了新欢，让她的身份非常尴尬，而留给她的只能苦熬时日。许多的农民工无法取得城市的名片，而乡村的身份已经没有什么意义，他们没有太多的奢望，也只是在默默地用自己的力气来寻求生存的根本。这一类打工作品，虽然给读者没有太多的震撼，却能产生一种艰难时世的隐痛，犹如一股来自地壳深处的力量，虽不惊天动地，却蕴蓄无穷。

荆永鸣的《北京候鸟》中，"来泰"瘸着一条腿，带着难以填饱的肚皮来到北京。他先后到饭馆打杂，带着一条瘸腿拉三轮车，最后盘下一家饭馆。他拉三轮车，被城里的保安殴打，敲诈；开饭馆，却中了别人的骗局。没开几个月的饭馆被强行拆迁，几万元的投入，是来泰在北京几年的苦力费，就这样泡汤了。来泰最后喝醉了，独自在雨中踯躅。他最能吃苦也最本真，最艰难也最执着。城市融入不进去，乡村意味着"吃喝等死"，来泰的唯一感觉就是生活的破碎与无奈。整个小说文本之中，读者不难感受到阵阵来自内心深处的隐痛，一丝艰难的哀怨，一份生活的韧性。

打开刘庆邦的《到城里去》，读者感受到的却是农民无奈的哀叹。农村妇女"宋家银"，向往城里人的物质享受，不顾一切要嫁给一个工人。她上当受骗将自己的处子之身献给工人，为的是成为工人家属。她嫁给其貌不扬的杨成方，谋的是他的临时工身份。她为了显示自己过上了城里人的生活，坚持要杨成方戴手表，每天将自行车拉出来晾一晾（亮一亮）。她新婚不到半个月就逼丈夫去上班，当丈夫的厂倒闭之后，她又逼丈夫到郑州、北京去打工，拾垃圾。然而她发现，"你到城里打工，不管你受多少苦，出多大力量，也不管你在城里干多少年，城里也不承认你，不接纳你。"于是她逼着儿子一心一意考大学。然而，儿子却在高考的前夜离家出走了。至此，宋家银一直艰苦卓绝地奋斗着的生存信念——"到城里去"——彻底坍塌，整个小说文本弥漫的是欲求而不得的哀怨之气，让人久久难以释怀。

城市始终高不可及，而乡村却无法填补心中的欲望沟壑，农民工坚韧地生活在二者之间的夹缝中，心中不放弃，却屡屡被抛弃。他们的生活状态中，传达出缕缕不和谐的社会情绪。

四、"落魄书生"模式

"落魄书生"模式在中国传统戏剧和其他文学形式中是一种最为常见的模式。这种模式主要通过叙述一个贫贱交迫的书生，遭遇一个贤惠的女子或夫人的支持和帮助，体现了处于社会底层的文人视角，来看待外在的现实处境，并寄寓自己的文人梦。这种叙述模式与广大打工作家有一种天然的密切关系，保证了一定社会的知识分子立场能够以新的视角，切入现实生存状态。小说的主角大都是一些到城市里谋生的农村高中生和大学生，能够以悲悯的心态来看待自身和旁人的遭遇，文本传达出人性深处的丝丝隐痛的同时，体现了一定程度的知识分子思考。

刘庆邦的《回家》中，农村大学生建明外出找工作被骗入传销团伙之后，凄凄惶惶逃回家中。然而，母亲不让建明出门，为的是要告诉别人，儿子正在外面上班。小说透过建明打工回家的感受，道出了乡村大学生出外找工作的艰难和回乡的尴尬，体现了作家对当下民工的生活状态、乡村的贫穷和窘境、母亲等村人的虚荣及当下大学生的就业困境等一系列问题的思考。小说最后，建明从心底无奈地喊出："我再也不回来了！死也不回来了！"破碎和尴尬是建明这样一些市场经济时代的"落魄书生"的生存写照。

罗伟章的《我们的路》中，"我"是一个考上大学却没钱就读的高中生，长达五年在外打工未曾回家。买好返乡的车票后，却让给了可怜的春妹。然而，过了春节之后，故乡连血带骨的妻儿的召唤，常年漂泊在外的孤独，打工环境的恶劣，促使我放弃继续打工的机会和几个月的工资，回到朝思暮想的故乡和亲人身边。然而，故乡并没有让我的身心得到安宁，而是进一步加剧了心中的不安。妻子金花拖着瘦弱的病体，默默地支撑一个破败的家庭，尽力用自己的瘦弱之躯带给我一些温存。工友的惨死、春妹的被骗、工钱被恶意扣押、老板叫骂声中的下跪、一头牛也买不起的困窘、老婆的温良、女儿的可爱以及贫穷又偏狭的村人等等，温暖又煎熬着我，让我无法找到回家时的想象与期待。与传统戏剧截然不同的是，"落魄书生"并没有遭遇美女的相助而共同走向一个幸福的未来。相反，作为知识分子的"我"，既要摆脱贫穷又要力争为自己保留一点尊严。当他在城市中卖力打工时，城市逼迫他迈出返乡的脚步；当他回到农村后，贫困又催促他再回到城里打工挣钱。两难的境地，最终让我没能遵守"爸爸不出门打工了，爸爸从今天起跟你在一起"的诺言，而再度踏上返城之路。

小说借用"我"这个边缘知识分子的叙述视角，对作家铺开底层叙事无疑是相得益彰的。边缘知识分子同时具有知识理性和道德判断力，在精神上既没有脱离乡村的牵连，也没有彻底融入城市而让看待事物的目光和城市对齐，因此以边缘知识分子的视角展开叙述，自然就在文本中埋下了城乡文化的对比和冲撞，一方面为作品在心灵的贴近上构成了方便，另一方面又在人文观照的基础上筑起了知识的背景——有了这个背景，小说便脱离了单纯的控诉和问题回避，而有了理解和积极的介入。"边缘知识分子就是公开提出令人尴尬的问题，对抗（而不是制造）正统与教条，不能轻易被政府或集团收编，其存在的理由就是代表所有那些惯常被遗忘或弃置不顾的人们和议题。"① 它既不被城市利益集团的目光遮蔽，也不随底层民工的目光而扭曲；既不冷漠地将变革时代底层人物的苦难视为必然，也不狭隘短视地由一些不公平现象而指责变革。小说的意义不仅在于揭示当下农民工的某种生存状态，更在于这些作品在当下人文关注普遍缺席的状况中提供了一个弥足珍贵的知识分子视角。

五、"功成名就"的模式

"功成名就"模式，是一种寄寓人们美好理想的中国传统文学模式。这种模式大都追求一个大团圆的结局，体现了中国民众对幸福美满生活的向往和追求。这种文学模式受到西方悲剧观念的影响，在纯文学观念的冲击下，逐渐淡出文坛。然而，"功成名就"的文学模式，一直顽固地潜存于民间的集体无意识之中。当民众越是处于艰难的困境之中，就越期待这种文学模式的出现。

安子的系列报告文学《青春驿站——深圳打工妹写真》正是由这样一个个的打工小故事构成，每一个故事的叙述，总是伴随着人物坚韧的努力和不断的进步，最后圆了自己的都市寻梦。每一个寻梦人有着各种不同的艰难历程，总伴随着一次次悲壮的人生选择，最终找到属于自己的一片天空。《罗湖的姑娘》中的罗玲，从贫穷的乡村进入一个电子厂打工，她爱上了一起打工的小伙子任洪辉，并捧出自己的全部积蓄资助他开了一个快餐店。当生意红火时，任洪辉背弃了她，爱上了别的女人。于是，罗玲利用业余时间拜师学艺，最终成为一个小有名气的服装设计师。《晚霞，在燃烧》中的川妹子于凤，一个中学毕业的女孩，从普通车位干起，到流水线去扎扎实实地学技术。于凤凭着强烈的好胜精神和过人的魄力，被老板升为中方厂长。从这些都市寻梦人的人生经历中，我们都能读出青春无悔、人生无悔的悲壮与自豪。整个作品体现出一股鲜明的青春励志色彩。功成名就的模式，造就了安子报告文学的一种固定模式：乡村民工处于逆境——经过不断刻苦努力和奋斗——最后成就了他们的都市梦。这种情节模式的设置，决定了作品无法太

---

① ［美］萨义德：《知识分子论》，单德兴译，生活·读书·新知三联书店 2002 年版，第16—17 页。

多地兼顾人物本身的心灵冲突，无法深入体会这些人物从乡村到城市的具体生存状态和情感体验。作品重点在于告诉人们"每个人都有做太阳的机会"，在于渲染人物打工经验成功的一面。一方面，这些打工作品直接和民众的心态结合起来，与民众共同分享成功的喜悦，另一方面则直接暗合了当下官方意识形态的时代精神倡导，很容易给文学本身涂上一层绚丽的油脂，阻滞人们进一步展开深入的思考。

本质上，这种文学模式在人本思潮下并不占主流，却突出了民工改变自身命运的强烈渴望，也体现了当下社会民工改变自身命运的艰难与困惑。正因如此，才出现安子的作品大量发行的盛况。从这点上看，这类作品的社会意义、史料意义，大大超出其本身的文学意义。如果是传统文学与戏剧中的"功成名就"模式在于激励古代书生勤奋读书，走上"学而优则仕"之路，那么安子的这一类打工作品更多的是时代励志精神的呈现，在片面地激励民工勤奋创业的同时，也成就了其丰厚的市场化运作效益。

可见，当下农民工书写既是一种新的文学现象，也是旧的叙述模式。它是中国千百年来"悯农文学"精神的承袭，也是中国传统文学模式的无意识继承。时尚的现代都市文化无法安置人们的灵魂，社会的生存状态在现代化进程中与人们的想象产生了差距，唤起了社会范围内关注底层的不平情绪。当作家带着这种情绪进入尴尬的现代生活图景，关注民间最为底层的生活状态，自然带上了中国传统文学中悲天悯人的人道主义精神和道德责任感，承袭传统的文学模式。这种情绪化、模式化的创作，在传达某种社会的情绪时，很自然地体现了一定程度的市场化、通俗化的运作方式。强烈的倾向性叙述，注重文本的故事性与传奇性，文本在不自觉地承袭了中国传统文学的模式中，迎合人们的审美习惯时，却很少描述农民工群体尴尬的生活本质，没有进入人性深层的思考。

第二节　当下农民工书写的想象性表述

近年来，"弱势群体"、"聚焦三农"、"构建社会主义和谐社会"等社会主题不断突出，农民工书写成为当代文学领域颇受关注的焦点。很多作家以沉重的笔调书写众多从农村闯入城市的民工，为他们的民生疾苦而呐喊，为他们的卑微地位而叹惋，为他们的道德沦丧而哭泣，体现了当代知识分子对于文学忧患时事、抒发民声的传统之传承。这些朴素的现实主义创作，在文学的欲望丛林中成为很多作者一种"陌生"的"美学脱身术"①。对底层命运的人道主义关怀，在提升当代文学精神含量的同时，并非回到传统的现实主义模式，更多的是市场语境下的文学审美突围。阅读这些文学作品，"他们将'底层'看作是用来表现个人立场的'文化象征客体'或'良心客体'，却并不在意'底层'的实在性，这种实在性必须由行动去介入而不是靠抒情就可以改变"②。人道主义的关怀，底层命运的关注，成为农民工书写进入当代文坛的通行证，却缺乏理性的思辨和深层的批判。真正的民工生存状态、民工身上的复杂人性，被严重的简单化、理念化。这类文学可以说是为热点写民工，而不是真正走进民工生存的写作。其中作家的态度既是认真的，也是矛盾的。正由于此，走进这个复杂的文学世界，探讨和思考其中的叙述视角，对于把握当代文学的走向，触摸农民工的真实生存具有相当的意义。

一、苦难与愤怒：民工书写想象性表述的方法

论及当下的农民工书写，理清其发展的基本轨迹十分必要。近二十年来的农民工书写，是一个从纪实性叙述到想象性表述转变的过程。早期的农民工书写，大多是当代农民转型过程的时代记录。作家大都是一些涌向经济发达地区打工的民工，他们用自身的生活体验，来倾诉内心的苦闷与无奈。周崇贤的《打工妹咏叹调》、张伟明的《下一站》、林坚的《别人的城市》等，构成了此时农民工书写的代表。

在这些作品中，他们常用笔墨和泪水，记录和表述农民工对乡土的思念，对打工城市的抗拒和对自身身份的自卑，对外出谋生不易的痛楚与无奈，对久经艰辛而偶遇成功的庆幸与感恩。周崇贤笔下的打工妹，孤身来到

---

① 陈晓明：《人民性与美学的脱身术》，《文学评论》2005 年第 2 期。

② 吴亮：《底层手稿》，《上海文学》2006 年第 1 期。

城市，忍受工厂管理者的残酷盘剥和生存艰难；张伟明笔下的打工仔，对工厂老板的非人对待大胆说"不"而踯躅于城市未知的"下一站"；安子记录了一系列女工外出谋生的不易与坚毅，最终找到自己"心中的太阳"。这些早期的农民工书写，可以说是我国改革开放以来打工潮的纪实性描述，其中更多的是话题与史料见证的意义。他们记录了我国打工潮流的原生事实，在倾诉自身的感受时，更多的还是透出一种人生的励志与梦想，并没有仅仅停留在苦难本身。

这种纪实性叙述一旦影响越来越大而进入文学视野，就被话语想象放大为苦难本身，农民工题材因而成为文学从贵族化到生活原生态的一个制胜法宝，很快吸引了一些陷于求新困境的作家。于是，农民工书写的主体，逐渐从打工者本身向非打工群体的精英作家群转变，农民工的形象也自然从实体性向想象性转变。

在当代作家的话语想象之下，农民工大都成了苦难的化身。在他们身上，不仅负载着作家人道主义的关怀，还承载着当代作家走出文学困境的重任。他们身上的苦难与被损害，成为作家从外部加以拯救的对象。苦难的生活似乎成为彰显作家人本主义关怀的一个重要途径。我们打开一系列农民工书写的文本，看到的是现代文学中经常见到的被动无奈的角色，他们没有任何积极的历史主动性，仅仅处于困境和苦难之中，而少有个人命运改变的可能。关于这些苦难的处理，自然带来当代文学"拯救"话语的想象与运作。

这类农民工书写大都用简单的二元对立的思维方式来处理当下复杂的社会问题，似乎正好续接上左翼文学的传统。进城打工的农民群体一方，是需要被拯救的苦难承受者，而代表城市的一方则是苦难的施予者。刘伟章的《我们的路》中，春妹是一个心地善良、富有牺牲精神的女孩，但命运显然对她更加不公：为哥哥挣学费而外出打工，被人欺骗后产下一幼婴而遭受家人的鄙弃。即使这样，她也不曾埋怨过家人，只是把一切痛苦独自咽下，重新踏上未知的城市流浪之路。"大宝哥"是一个考上大学却没钱就读的高中生，长达五年在外打工，却无法支撑起一个家庭。贺兵的惨死，老板的逃逸，石匠老奎叔惊天动地的咳嗽声，嘴角总挂着白沫的寡妇邹明玉，为了生存向老板下跪的民工，坚韧地支撑着农活的老人、妇女和孩子，对春妹毫无同情只有幸灾乐祸的乡亲，无人看管而不幸死亡的孩童。这一幕幕，都赋予民工无尽的苦难。陈应松的小说《像白云一样生活》同样阐述了城乡文化的势不两立。长年生活在山腰的齐家，因为一次偶然的机会，接触到了从城里来购买化石的人。在金钱和手机的刺激下，原本纯洁无瑕的儿子将来人推下山崖。父亲和儿子顺着藤蔓来到山崖下，找到那个快摔死的人，拿了钱和手机后，居然对那人不闻不问，将他用厚厚的山草掩埋了事。为了逃避随之而来的追捕，父亲让儿子到城里去。儿子细满平生第一次踏入了城市。从金钱和手机认识了城市的细满，却发现城市根本不是他可以生活的地方。在城市打工的日子里，他惶惶想念原来那种远离城市的乡村生活状态："在家里，在此时——假如没有发生那事，现在，我在杉木坪那红棕壤的坡地上赶牛犁地，旁边有狗和羊，有白云……"最后细满在城市里受尽磨难，还被感染了梅毒。当警察抓住他的时候，几乎癫狂的他，咬掉了自己的半截舌头。

这种因穷而进城打工、打工而遭受苦难的模式，决定了作家笔下的民工书写从苦难过渡到哀怨和愤怒。在城市文化的压迫下，民工严重的身份认同危机，进城后的梦想破灭，使他们不再相信一系列的成功神话，而是选择疯狂报复城市的极端方式来凸显自身的存在。《管道》中，媳妇耐不住乡村的贫穷跟人跑了，管道到城里边打工边寻找老婆，却被骗而遭到鸡头的殴打，甚至逼管道喝下尿水，最终管道手持瓦刀走上了抢劫的绝路。《不许抢劫》中，杨树根和梅来到城市打工，被中介公司骗去了找工作的钱，梅来于是抢劫出租车而走上了犯罪的道路。杨树根在工头王奎手下干活，一次又一次被拖欠工资，以致同乡罗小顺没有钱治疗白血病而死。走投无路的众多农民工愤怒地拿起工具围困工头王奎，要回了自己的血汗钱，杨树根却因绑架罪而被警方拘捕。透过这些小说，我们看到了弱势群体令人难以置信的生活境况，也不难捕捉到文本当中浓烈的不满与愤怒。沉重的叙述笔调下，文本传达了国家高速现代化进程中产生的一系列不和谐音符，体现了知识分子可贵的人道主义忧思。

然而，愤怒的情绪也影响了作者的感受和叙述，使其伦理态度和叙述方式显示出较为片面和简单化的倾向，"每每将一种情感态度推向极端，而缺乏在复杂的视境中，平衡地处理多种对立关系和冲突性情感的能力"[1]。小说

---

[1] 李建军：《被任性与仇恨奴役的单向度写作》，《小说评论》2005 年第 1 期。

将叙述的重心立足于一系列农民工进城务工过程中的悲苦和怨恨，在大量情感倾诉的故事情节之中，完成了民工书写的想象图景。这些农民工形象在"拯救底层"话语想象之下，往往成为平面的苦难承受者，却少有人关注他们在城市生活中表现出来的喜悦、成功、迷惘、困惑和奋争。沉重的情绪负载，牺牲了文学本身的特性，将个体农民工形象普泛化为群体性的文学想象。因此，这些民工形象可以说是按照一定时代流行的文化理念打造出来的想象产品。他们在获取一定时代文化理念支持的同时，失去作为个体的实体性内涵。这些想象似乎除了将农民工置于一个被关怀和同情的位置之外，也就别无深意了，而真正的人道主义，则应落实于每一生命个体的真实人性。

底层意识正是民工书写想象性表述的文化前提。"底层的一个重要特征就是缺乏话语权，具体表现为没有能力自我表述或者表述不能进入社会的文化公共空间，表述处于自生自灭的状态，参与不了社会话语的竞逐，没有发声的位置或管道，也就是所谓沉默的大多数。"[1] 底层实际上是弱势群体的代名词，他们进入知识分子视野本质上源于知识者一种道德上的优越性。越是苦难，就越能更好地与知识分子的人文关怀冲动达成一致。对于农民工而言，城市现代化只是一个充满诱惑的神话。他们往往难以融入城市这个文化空间，城市只是"别人的城市"，他们只是暂时探入、或者以边缘人的身份出现。

"底层"一词，既体现了当代作家道德上的居高临下，也体现了他们文化、物质上的高位意识。他们对底层的关怀常常出于一种乌托邦冲动，甚至以想象的底层来取代底层经验的实在性。真正农民工身上表现出来的生活实在性和精神实体性，往往被廉价的眼泪和情绪所取代，他们被简单地想象为一个被拯救者，以便于知识分子施以居高临下的道德拯救。农民工身上表现出来的苦难、哀怨、仇恨、愤怒，往往是作家道德想象的结果。作家笔下的农民工一方面充当了道德施救的对象，另一方面又被简单地归为人性美好和道德留存的代表，用以弥补城市现代化的人性失落。正是"底层"，将作家的目光聚焦于关于民工的苦难叙述和欲望铺陈，往往忽视对农民工身上的历史沉积物的批判和思考。

---

① 南帆等：《底层经验的文学表述如何可能?》，《上海文学》2005 年第 11 期。

实际上，"底层"问题不仅仅是一个关于底层如何被文学性地表述的"文学问题"，也不仅仅是关于知识分子如何为底层代言的"道德问题"，而是利用内在的眼光来深入民工真实的存在空间。只有充分把握农民与土地的关系，才能真正理解农民工的生存处境，感受他们城乡之间的徘徊与困惑。

土地对于农民而言，既是生存的根本，又是束缚他们发展的因素。土地在以往的乡土小说中，很大层面是道德与本真人性之美的承载，土地的神话充溢着作家的一种崇拜情绪。当年路遥笔下的高加林，从城市返回乡村，城市只是充当道德失落的象征物出现。今天来看，以往乡土文学中的土地依恋只是一道令人无法驻足的风景。城乡差距日益拉大的今天，土地给农民提供了最基本的生活保障，又将农民局限于难以现代化的"穷"之上。因为城市现代化的进程已经让土地的性价比很低，土地的维持非但不能改善生活，而是在现代化的语境下令农民生活愈发困窘。这是促使农民工进城的动力——"穷则思变"。他们怀着又爱又恨的复杂心态进入城市，被城市这个具有极大吸引力的地方吸纳，又被这个极具排斥力的地方挤兑。当他们感受到城市的繁荣与奢华时，获得了极大的物质与欲望层面的刺激；当他们处于碰壁和被排斥时，又自然而然地从对土地的依恋中找到对城市怨恨的原因。感受他们的生存状况，读者无法获得当年路遥笔下的那种道德层面上的优越和庆幸，已无法获得"扎根乡土才能活人"的快意满足，而是一种无奈甚至充满仇恨之下的悲苦。

过去的文学传统中，贫穷和底层关注的对象，不仅仅是生命个体的具体存在，而且是中国群体命运的投射，每一个底层民众的存在往往都是群体命运的象征。无论鲁迅笔下的阿Q、闰土，还是高晓声笔下的陈奂生，都不无例外地带上民族劣根性的烙印，隐喻了我们这个民族共同体的命运走向。显然，当下的农民工形象并不具备前者的宏大背景，只是牵涉到国家现代化进程中的社会公平问题，关涉的仅仅是特定个人或少数人的命运。愁云惨雾的苦难叙述，对于中国农民的梦想和奋斗是一种忽视和遮蔽。我们看到的是农民工进城的苦和难，感受到的是他们的无助和无奈。

文本之中除了简单的倾诉和呼唤之外，少有农民工在当代语境下的灵与肉的冲突。来泰、李满银等农民工形象除了与当下许多文学中的"新人类"相异之外，已经被农民工书写的想象性表述塑造成一种"符号"化存在，缺乏农民工应该具有的对生活的信念和梦想。

当下的市场经济语境中，被想象性表述的农民工也是消费符号的一种。"当关注底层成了近年来政府工作重点与社会聚焦热点，底层成了'流行词'之后，底层再次面临着消费社会符号生成逻辑的危机，有可能演变为一种符号或标签而进入被消费的商品之列。"①农民工的苦难故事演变为一种另类的商品而被消费。暴力、抢劫、性需求成为男性农民工的人性表征，而当发廊妹、二奶、歌舞厅陪侍成为女性农民工谋求改变命运的主要方式。这些暴力和猎艳故事附着在底层农民工身上，被一些人打着"拯救底层"的旗号堂而皇之摆上消费文学的货架。当底层成了被消费的商品时，那些被遮蔽的真实将被继续隐藏，社会的不平等也许愈演愈烈，而被消费的底层依然失语，汗水与泪水的悲剧还将上演。

二、神话与陷阱：表述城市的怪圈

城市，在中国农民的眼中代表一个成功的神话，代表着整个中国现代化发展的方向；乡土，则"屈城而生"，始终指向繁华、现代、欲望化的城市。城市对于农民工而言，不仅仅是物质繁荣带来的生存空间的想象，也是其寻求身份转变，进而实现自我价值和人格尊严的精神满足的对象。农民工由传统的土地膜拜，自然转变为既具体又虚幻的城市膜拜。城乡差距的拉大，土地逐渐失去了以往的神圣光环，转而成为农民心目中的贫穷原因。"城乡二元结构的文学叙述到了与农民工形象相关文学作品中，呈现出了更鲜明的姿态：隐蔽性、广泛性和不可分割性，而当初追逐着物质现代性和精神上对城市渴望的主流思想到了当下，更多的呈现出了焦虑、质疑和反思的情绪。于是，在'城里人'和'乡下人'互相依赖的过程中，形成了一种暧昧与敌意相混杂的关系。这种冷热不均的人际关系，为小说家书写人间冷暖提供了足够的空间和丰富的素材。"②土地逐渐失去了往日的道德光环，而高楼大厦、车水马龙、五光十色的霓虹灯光……这些带有象征意

---

① 刘桂茹：《底层：消费社会的另类符码》，《东南学术》2006 年第 5 期。

② 阎晶明：《城乡：在暧昧和敌意之间》，《小说选刊》2005 年第 11 期。

味的城市表象，从根本上改变了中国传统的城乡关系，并塑造出一个全新的"中国城市"镜像。

对于贫困和窘迫的农民工而言，城市就像一个具有巨大吸引力的空洞。刘庆邦的小说《到城里去》，除了在宋家银的北京之行中对城市作了具体的描写之外，通篇几乎没有城市的影子，但城市的幻象已经深深地烙在人们的心中。城市就像一个神话，"到城里去"，是农民工处于乡村的贫困和窘迫的深刻体验之下，集体发出的一声号角。在宋家银的心目中，取得工人家属的名分、领取工人的工资，就是取得了城市人身份。宋家银像发疯似的驱使丈夫出去工作……只要不在土地上劳作，哪怕再苦再累的工作也在所不惜。他们追求城市的户口，寻求城市的物质享受，甚至包括爱情的追求，并将这一切等同于城市本身。李一清的小说《农民》中，到城里摆水果摊的农民"大苹果"，通过出卖自己的肾脏，买了城里的房子而拥有了城市户口。唐德亮的诗《蚕食》中写道："这厂总是这么亢奋，光环灼灼／热情地欢迎着／一茬又一茬的少男少女／红润着脸进来／青瘦着脸出去。"象征城市现代化的工厂既给农民工带来了致富的梦想，又蚕食着他们的肉体。在《阿根伯失去了根》中写道："他沿着梦的牵引奔走／在富人的别墅区前／阿根伯找不到自己的根／只有黑色的影子／与他亲密地站在一起／自己不再是土地的主人／也成不了城市的主人／幸福生活来了／但幸福是别人的。"尽管阿根伯已经站在城里，却只有黑色的影子相随，城市的幸福生活并不属于他。

城市爱情也是农民工实现城市生活想象的神话。在夏天敏的小说《接吻长安街》中，主人公"我"是一个从偏远农村来到北京的一个普通打工仔，为了实现和验证想象中的城市生活方式，与自己的乡村女友在川流不息的长安街心接吻。这个在城里人看来极为平常的举动，却成为"我"心目中神话般的爱情追求。"我"一次次来到长安街，却一次次失败而归。最终"我"被误认为是流氓，被围上来的城市人痛打一顿，还被带进了派出所。《大声呼吸》中，房主又大又软的床，调动了做家政服务的王留栓夫妇最基本的欲望冲动。当他们在床上被房主撞见，所经的尴尬正是农民工渴望融入城市生活的尴尬。

声色城市以它令人炫目的奢华欲望和感官享乐引诱着这些朴实躁动的心灵，他们选择了城市的生活方式和欲望法则，却发现城市并非他们所想象的那样，城市是一个美丽的陷阱。项小米的《二的》将进城者心灵的深刻反思和痛苦挣扎刻画得十分深刻，发人深省。故事的主人公名叫小白，她来到城市并不简单地为了赚钱，而是为了摆脱在乡村重男轻女的传统习俗的折磨。她的妹妹二的美丽漂亮，聪明伶俐，却在重男轻女的陋习下，生病得不到医治而芳年早逝，这给青春期的小白带来了沉重打击。她来到了城市，希望能在一个开放开明的环境下生活，在现代思想观念中摆脱二的之死给她带来的阴影。然而她来到城市后发现：如何进入城市生活开始成为小白的首要问题。小白相信自己出于爱情和真诚把肉体贡献给男主人，代替女主人的位置，最终像"鲤鱼跃龙门一样，从此过上体面的城里人的生活"。然而，小白发现，这个想法在现实的城市里近乎天方夜谭。她和女主人并不生活在同一平台上，备受乡村和城市双重压抑、折磨的小白离开了这个城市家庭，失踪了。

城市陷阱充满色彩斑斓的诱惑，农民工注定了无法逃离。张继《去城里受苦吧》中，复杂的城市生活令贵祥身心疲惫，在李春与徐钦娥感情纠葛之间艰难做人。他怀念种地时那种"省心，少是非"的日子，于是兜里揣着打工积攒的血汗钱，身上穿着在洗衣店烫过的西服，带着烫了发的老婆回到故乡。在乡亲们羡慕的眼光与夸赞的话语之中，他发现城市里面的"受苦"，使他在乡村反而实现了人格上的自尊与满足，但最终还是愿意回到城市。因为乡村的贫困与落后难以提供他人格尊严的物质基础，受到文明洗礼的心灵再也不会牢固地把他们的身心贴近乡村的大地。方格子的《上海一夜》，叙写乡下妹子杨青来到城里，无奈地出卖自己的肉体。在她厌倦了城里的生活后，决心彻底离开城市回到家乡。正当她痛下决心，高兴地坐在火车靠窗的座位上等待着欣赏回乡的美景时，却收到了好友阿眉的短信："阿青，我又回来了，我又要回到上海来了。"阿青试图逃离城市对他们的压迫，却发现先她觉醒的阿眉，最终逃脱不了城市的现代化诱惑，而坐在火车上的阿青，不过是在重复着阿眉所走过的路而已。

正是城市这个美丽的神话，"这些打工者并不认为自己的处境无法忍受，相反他们仍然对生活怀有信念，对世界有一份坚定和乐观的抱负。他们相信凭自己艰苦的劳作和机敏的争取，完全有可能为自己开创一个美丽的未来。他们并不想绝望地走向社会的反面，也并不激烈地抨击当下的生活，而是在困难中互相慰勉，在挑战中从容面对。"① 尽管农民工进城之后饱受个体的煎熬，但城市神话一直就像黑夜中的一盏灯，似乎带给他们温暖和信心，让他们在繁华的城市海洋中依然保留对城市的简单幻想，吸引他们为改变自身命运而闯入城市。他们对城市神话的简单想象与城市现代化本身的复杂多元，造成了他们生存与精神的错位，使他们的身份难以被城市认同。结果是"热闹是他们的，我什么也没有"。他们只能在城市与乡村之间游走。

三、故事与传奇：作为叙述的模式

一个有趣的现象是，当代农民工进入城市，感受和追逐的是现代化的文明成果，农民工进入文学，也是当代文学现代性追求的表现。然而，这种新的文学现象在叙述模式上很大程度来自对中国传统文学的承袭。他们在文学叙述中大都立足于传统故事叙述模式，注重故事性与传奇性的叠加，从而更多地唤起民族深层的传统记忆。中国传统戏剧和文学在长期的发展演变过程中，由于生活环境的作用和历史的沿革，民众的情感趣味、审美观念由纷乱渐趋凝定，形成一些固定的模式。这些模式之中包含着许多稳定性因素，它们是作者及观众都预先知道的，诸如民众钟爱的套路情节、约定俗成的人物类型、公认的价值观念等。就打工作品而言，无论在小说情节塑造方面，还是人物命运的处理，都体现了它们与中国传统民间故事的叙述模式有惊人的一致性。其中主要有："恶有恶报"、"逼良为娼"、"功成名就"等模式。前文已有详述，这里不再重复。这些模式一方面体现了文学创作在作家心中无意识积淀的结果，另一方面显示出当代文学滑向故事性和传奇化的趋向，乃至难免堕入公式化、概念化的误区。

现代城市生活意味着消费，意味着科学理性，与传奇、故事往往无关，然而在农民工书写中，很多作家都在讲述故事，制造传奇，唤起读者的深层文化积淀，将读者引入传统文化记忆当中，从而完成对底层人民生存方式的表述，而且迎合了市场需要和效益的要求。女性进城，或堕落为妓女，或成功为白领，男性进城，或沦为城市游民对抗城市，或失去生命或返回乡村，

---

① 张颐武：《在"中国梦"的面前回应挑战》，《中关村》2006 年第 8 期。

吸引读者的都是一些都市读者陌生的打工传奇与故事，一些令人惊异的生活细节。

罗兰·巴尔特指出："故事有一个名字，它逃脱了一种无限的语言的领域，现实因而贫乏化和熟悉化了。"①文本的故事化，客观上决定了作者在创作时，往往只能将生活削足适履地塞进故事的模式之中，一切都是故事逻辑链条中必要的一环，一切都按照故事发展的顺序排列成完整的秩序，从而极大地限制了作者的想象力和创造力，迫使作者的创作只能在故事模式里作大量重复性的故事与传奇写作，很难说是为了寻找永恒的人性意义和价值尺度，只是通过故事的传奇性，来编织出一种传统故事的共同记忆，构建富有市场效应的文学想象。

总之，农民工的文学想象在努力传达强烈的人道主义关怀与拯救意识时，体现了当代文学的精神力量和文化品位，却将城市、民工、农村等问题作了简单化、模式化的处理，忽视了农民工进城的复杂性。农民工进城的事实，正是我们这个民族共同体不断努力实现人的现代化的一个表征，其中充满了喜悦、忧伤、困惑、恐惧、怀疑，而不应仅仅是愁云惨雾的苦难状态。就农民工书写而言，重要的不是居高临下的同情或人道主义的怜悯，而是真正地走进他们的真实人生状态，不是"人的观念"想象性书写，而是贴近个人的生存，仔细聆听我们民族步向现代化过程中的和谐与艰难。

第三节　农民工书写的叙述心态

一定的社会文化事实，决定了一定的文学心态。农民工进城的文化事实，既呈现了当下社会城乡二元体制造成的民众心理极度的不平衡感，也反映了社会关注底层民众的聚焦点。于是农民工书写形成了两种文学心态：一类是来自一线的打工青年之"我手写我口"；一类出于是传统的主流作家之

---

① ［法］罗兰·巴尔特：《符号学原理》，李幼蒸译，生活·读书·新知三联书店 1988 年版，第 79 页。

手。其中第一类提供了鲜活的人生生活的经验，真实地记录了打工一族在现实生活中的血泪与悲欢，憧憬与希望，以及他们在乡村和城市的缝隙间穿梭游走，找不到归宿的孤独和苦闷。"打工文学也在某种程度上折射了当代中国在社会文化转型时期所产生的一些精神现象和心灵矛盾，展示了中国城市发展的足迹，也是研究 20 世纪下半叶中国文化的一个鲜活的底本。"① 这些作者往往因不平而鸣，以一种梦想与愤激的心态来面对农民工的生存状态。另外一类则是传统的主流作家带着现实主义批判的精神和启蒙拯救的意识，观照农民进城谋生的艰难，从而在文学陌生化的努力中获得了新的美学空间。因此，从不同的路径探讨农民工书写的叙述心态，贴近时代不同的文化心理，更能充分结合文本的内在精神核心来阐释文本价值。

一、"我手写我口"

城市化的过程就是广大农村人口涌向城市的过程。改革开放以来的城乡二元体制的禁锢不断松动，农民入城逐渐成为国家现代化的主要形式。一些乡村青年率先挤进城市，希望通过努力和拼搏，改变自己在乡村的贫穷状态，进而成为城里人。但是，城乡社会的极端不公，在农民工内心产生了极度的不平衡感，实现各种生活诉求是广大农民工在城市的基本需要。一些喜好文学创作的打工青年往往文由心生，真实地记录了农民工自身的漂泊心理，乡愁、梦想、闯荡、志向等等。面对城市这个陌生而又新奇的空间，他们既感到兴奋，又感到焦虑；他们梦想着，又屡屡痛苦，特别在被拒斥中产生了强烈的怨恨情绪和失范行为。因此，在林坚的《别人的城市》、黎志扬的《禁止浪漫》、张伟明的《我们的 INT》等文本中呈现出一种浓烈的城乡不平衡感，怨恨城市，哭诉苦难成为早期农民工书写的重点，直接吸引了主流意识形态关注。"怨恨涉及生存性的伤害，生存性的隐忍和生存性的无能感，因此，怨恨心态在本质上是一种生存性伦理的情绪。"② 这些文本中的怨恨源于农民工在城市里谋求存在空间而不得，于是自发地发出自己的声音而

---

① 杨宏海：《打工世界》，花城出版社 2000 年版，第 11 页。
② 刘小枫：《现代性社会理论绪论：现代性与现代中国》，上海三联书店 1998 年版，第 363 页。

寻求社会的关注，最终渴望改变自己的境遇。

从创作的动机看，他们的创作往往从个体自身的打工体验出发，书写其中的梦想与疼痛。从乡村投身到充满欲望的都市空间，强烈的诱惑给他们带来了物质与精神的梦想。市场的开放空间，现代的物质条件刺激每一个年轻的打工者的欲望本能，他们梦想走出山沟，走出乡村，像城市人一样的享受生活。因此很多作品中都涌动着作家满腔的闯天下的激情。他们往往采用先抑后扬的手法，书写打工生活的艰难与苦难，最终通过一番打拼而获得了城市的接纳。广东的安子在繁重的打工之余坚持自学，阅读文学作品，并拿起笔来现身说法抒发青春的激情和梦想，记录自己在城市打拼的生命足迹，从业余补习文化课程，到著有《青春驿站》、《都市寻梦》和《超越巅峰》等书，她的笔下关于"每个人都有做太阳的机会"的呼唤，曾经在无数打工者心中引起强烈的共鸣，一直是打工青年的励志榜样。康珍、杨燕、苏青、罗玲等一系列打工女性的成功经历，以纪实写真的形式出现在读者面前，打工经历的每一个细节引起了打工者的共鸣，而他们最终的成功则给众多打工读者心中升起了一个暖暖的太阳。正如安子所说："深圳是所有都市寻梦人的乐园。梦在苦干中，梦在勇气里，梦在奋斗者的心怀，梦掌握在开拓者的手里，梦在真诚的奉献中，梦在爱情的翅膀上。"梦想是每一个进城打工者的期待。显然，安子的创作体现了每个打工者对城市、对成功的梦想与期待，也体现了主流话语意识形态的导引与倡导。

实际上，几乎每一个打工创作者都同样怀揣成功的梦想，进城谋生和发展。只是他们的创作更多的是书写打工生活梦想与疼痛共存的局面。面对陌生而又艰难的打工环境，往往以朴素的现实主义精神，书写其中的疼痛、恐惧与梦想。在他们创作的打工小说、诗歌和散文中，我们看到的最为常用的词就是——梦想。一方面他们从自己的打工生活体验出发，书写了打工生活的苦和累，写到了生存的不易和城乡不公等社会问题，另一方面，这些打工者并不认为自己的处境无法忍受，相反他们仍然对生活怀有信念，对未来有一份坚定和乐观的抱负。在《他乡成长》中，"梦在无限地增大、变形 / 生活成了一枚定时炸弹 / 梦。像水蒸发了一样 / 像火熄灭了一样 / 像梦破碎了一样 / 梦的一生历程 / 就是承受失败的过程 / 爱情突然发生 / 乳房美丽而且丰满 / 留着不屈的汁液 / 梦，是个重生的婴儿 / 梦、青春、爱情 / 一切都在成长／一切，都在他乡成长。"不难看出，众多打工者相信凭自己在城市的打拼，实现自身青春、爱情等人生梦想。

从朴素的批判意识来看，这些作者往往先在地继承了古代诗歌中的悯农精神和现代文学中左翼批判的精神，书写其中的疼痛，从而唤起主流意识形态的关注和同情。这些朴素的现实批判精神在打工作者那里，正是以"见证"与"记录"底层民众的生存现实作为自己的追求。郑小琼指出："我在五金厂打工五年时光，每个月我都会碰到机器轧掉半截手指或者指甲盖的事情。我的内心充满了疼痛。当我从报纸上看到在珠三角每年有超过四万根的断指之痛时，我一直在计算着，这些断指如果摆成一条直线，它们将会有多长，而这条线还在不断地、快速地加长之中。此刻，我想得更多的是这些瘦弱的文字有什么用？它们不能接起任何一根手指。但是，我仍不断地告诉自己，我必须写下来，把自己的感受写下来，这些感受不仅仅是我的，也是我的工友们的。我们既然对现实不能改变什么，但是我们已经见证了什么，我想，我必须把它们记录下来。"①在这些痛苦的现实见证中，打工者身处欲望城市，却发现城市离他们日行渐远，于是强烈的不平衡感决定了文本中不可忽视的呐喊精神与愤激梦想，这与当下流行的消费写作、欲望写作大为迥异。孟繁华指出："一群热血青年以观念的方式表达他们对中产阶层的极大警觉和对底层生活的同情和重视。他们继承了无产阶级合理的内容，倡导对底层生活和民众的关注，这不合时宜的思想观念被部分作家所实践。"②

从叙述心态看，这些创作往往通过书写一些打工苦难的细节，发出不平则鸣的呐喊声，引起主流媒体的注意和官方对弱势群体的重视，从而达到拯救底层命运的目的。这些创作往往属于自发行为，其中的呐喊与反抗都来自他们城里经历压抑和受挫之后的自然反应，因此他们的创作更加真切、鲜活，呈现一种"毛茸茸"的真实。

随着农民工书写的苦难叙述越来越受到关注，这一类农民工书写的道德化倾向越来越明显。作为文学的主题，"苦难提供了不可多得的人生试金石，借助于苦难，人生的不同侧面和人性的不同内涵都比在幸福中更容易露出庐

---

① 郑廷鑫等：《郑小琼：记录流水线上的屈辱与呻吟》，《南方人物周刊》2007 年 6 月 11 日。
② 孟繁华：《中国的文学第三世界》，《文艺争鸣》2005 年第 3 期。

山真面目，人注定了要进行于苦难的生命生活历程。"①这些打工者的创作集中精力打造农民工在城里打工谋生的苦难细节，因为这些细节既能够带来更多的主流批评家的关注，也能引起更多的读者、书商的关注，从而带来文学的精英关注和市场效益。周崇贤、林坚、王十月等人的创作均为如此。《漫无依泊》写出打工者在城市里的身份与灵魂漂泊无依的状态；王十月的《开冲床的人》、《出租屋里的磨刀声》重在写打工者在城市的疼痛与仇恨；林坚的《深夜，海边有一个人》、《阳光地带》，张伟明的《我们的 INT》等展示了打工者的生存苦难。这些农民工生存记录中，既来自打工者的切身体验，又有着深切的人文关怀，他们在叙述农民进城的故事时，大多会不自禁地持有一种严正的道德立场，那就是贬抑城市张扬乡村。这当然无可非议，但过于强烈的道德关怀也会使这些故事被简化为一种苦难叙事或控诉文学。在这种叙事图景中，城市和乡村往往被抽象简化为两个相对立的价值世界，农民工在城市中的生存状态不是成功创业就是走向毁灭。

因此，这些草根出生的打工者创作往往题材意识明显，为了打工为写打工，为了发出底层声音而发出声音。无论是书写梦想，还是书写苦难，他们总是为了整个弱势群体或个人走出苦难而书写苦难。由于草根出身，又因为功利之心太重，作者往往没有太多的文学审美理论的基础，又没有充分的时间来咀嚼和酝酿他们的创作，他们的文本内部主要是一定打工生活的故事和细节的罗列，加上急促的怨恨情绪，缺乏合适的审美空间。对于这类创作而言，为文与成功之间显得过分紧张，导致了他们的作品社会学意义大于审美意义。

二、代言底层

农民工进城谋生不仅受到打工者自身的呼吁和呐喊，也受到传统的精英作家的关注。农民工进入精英文学的视野，注定了它一定是我们时代的一个重要现象，它决定了我们的时代精神和价值追求，也决定了未来的人性走向与构成。因此，刘庆邦、贾平凹、迟子建、铁凝、尤凤伟、北村、鬼子、孙

① 李裴：《小说结构与审美》，贵州人民出版社 2003 年版，第 201—202 页。

惠芬、罗伟章、范小青等人先后都对农民工题材予以了关注。他们以深切的人文情怀，关注底层民众的生活命运，对农民工这一弱势群体寄予深切的同情，而对城乡错位，社会不公的现象予以深刻而有力的批判。更重要的是，他们与打工生活的距离感，决定了他们跳出农民工生活的种种细节，而将重心放在复杂人性和城乡关系的阐释上。如果说打工者的创作属于有感而发的自发状态，那么，这些传统的精英作家的创作则是自为的审美追求。他们往往不是为了写农民工而写农民工，也不是将重心放在真实描述打工生活重重细节上，而是以农民工进城谋生为平台，书写社会与人性的复杂。

相对当下文坛很多创作都是一些都市时尚生活、时尚感受和时尚人生的描述，农民工书写算得上是一种传统现实主义式的责任担当和人文关怀。从陈染、林白等人的个性化写作到卫慧、木子美等人的"欲望写作"、"身体写作"，从邱华栋的都市写作到海岩的言情励志小说，层出不穷的这类作品价值情趣、生存图景、审美立场各不相同，但创作者审美观照的焦点和艺术思考的心理兴奋点，却集中在一种时尚生活与小资情调的自我得意之中。这些都市写作津津有味地展示着知识者的伤感软弱、小资情调的糜烂颓废、"新新人类"的迷惘骄纵，自在得意地宣泄着都市小资生命价值缺失后的迷乱与挣扎。相反，一些底层民众的艰难生存事实往往在"个性化写作"的旗帜下被视而不见，原生态的世俗生存经验则被色彩纷呈的形式花样所遮蔽，底层观照与人文拯救的缺失是这些都市写作的根本。相反，当下非常热闹的农民工书写，一方面以传统现实主义的手法，对社会底层生存状况的关注与揭示，意在唤起全社会对底层生存世界的重视，为底层农民工受到不平等、不公正的待遇而鸣不平，对社会转型过程中出现的一系列问题充满忧愤与同情；另一方面，他们又以人文主义的情怀，关注人性的复杂与价值意义。拯救与启蒙成为这类农民工书写的主要叙述姿态。

一些作家立足于农民工进城谋生的生存事实，探讨当下社会城乡之间的复杂与冲突。北村的《愤怒》中，马木生和妹妹来到城市打工，却遭遇城市的挤兑和伤害，妹妹被收容所卖进妓院，最后被汽车撞死在街头。为了替妹妹讨个说法，父亲惨死在收容所，他选择了报复的手法，除掉杀死父亲的警官。在他潜逃的途中，遭遇牧师的点化，隐姓埋名在乡村，成为一个大企业家和慈善家。最后因为当年的凶杀案，他从容走向刑场。小说以悲剧的手法，将城乡矛盾、人性善恶融为一体，在木生的身上，早年是贫穷的打工者，后来成为身价千万的企业家，他在城市里是被害者，又是疯狂的报复杀人者，他是饥饿的弱势群体，又是善良的慈善家。小说没有深刻探讨人性的复杂，却将人物的复杂性置于城乡冲突之下，重点书写了一系列复杂社会问题的缠绕。于是，读者不难发现，由于基督教义的插入，小说中人性的表现显得简单而突兀，但对社会问题却有深刻的理解。同样，在贾平凹的《高兴》中，他希望"从他们的生存状态和精神状态里触摸到这个时代城市的不轻易能触摸到的脉搏"。[①] 刘高兴一厢情愿认为自己是城里人，尽管他把一个肾脏捐给了城里人，尽管他见义勇为，尽管他同情弱者，依然无法真正融入城市空间。当他带着五富的尸体回乡的时候，城市的冰凉和冷漠让他感受到悲凉和绝望。可以说，贾平凹通过刘高兴和五富在城里的一番遭遇，意在努力表现城乡冲突下的农民工命运，也力图塑造当下"中国形象"，书写当下社会一系列复杂的社会现实。因此，作家的笔触不仅仅停留在农民工在城市谋生这一生存事实本身，而是以广阔的视野透过农民工现象看到当下社会的不公、城市对农民的掠夺，文化的病态，还有人性本身的劣根等。

很多作家以农民工书写为平台，探讨城乡差异下的中国社会人性的复杂与冲突。在孙惠芬的《歇马山庄》、《民工》、《歇马山庄的两个女人》等小说中，作家用女性细腻的笔触，描绘了乡村人性的沉寂、苏醒和乡村向城市社会行进中的阵痛。在《歇马山庄的两个女人》中，十八九岁的李平到了城里，从小面馆到大宾馆，从街头老板到经理，城市以无法言传的冷漠接触与走近它的李平对话。李平以为自己是城市中的一员了，可是城市并没有给哪怕一丝的归属感，她想认认真真、切切实实地造就一贯功德圆满的人生，而城市却不断拒绝了她。当她认识了成子后，她的改变来源于刹那间的感动，这种感性的情绪让她来到了歇马山庄，举行了一场隆重而奢华的婚礼。从此歇马山庄多了一个漂亮而且能干的媳妇，她有了潘桃这个朋友，继而有了后来的不幸。两个女人，连系着城里乡下，展开了一场乡村世界城里生活的竞争与梦想，他们相互猜忌，相互应付，相互鼓励，又相互算计，最终李平饮恨离开乡村回到城市。《民工》中则是鞠广大和儿子在城市与乡村之间，关于生

---

① 贾平凹：《高兴》后记（一），作家出版社 2007 年版。

活与梦想的矛盾与冲突，虽是同样书写打工生活和乡村生活的苦难，却化入人的内心世界，显得富有诗意，不像一般的打工小说那般功利的急切。孙惠芬指出："我觉得文学之所以存在，因为它表现的是人的心理和精神，而在精神上没有什么弱者和强者。文学是反映人的心灵，心灵涉及强者也涉及弱者，所以我觉得文学关注弱势群体这种说法是不准确的说法。它可能相对政府而言，相对体制而言，有弱势和强势，但对文学来说不存在。存在的是什么，还是人力量与现实的矛盾。"①孙惠芬的小说，不直接反映农民工在城里的生活，而是把握他们的心理世界，书写他们在城乡世界的矛盾与冲突。

一般来说，像王十月、郑小琼等人早年只身入城，打工谋生创作出来的作品往往显得急切而紧张，到了他们纷纷获奖，逐渐被主流化后，他们的创作也像许多精英作家那样，逐渐从人性、历史等层面来审视农民工进城这一社会现象。王十月的《白斑马》少了一些打工经验的密集和紧张，却多了"白斑马"这一隐喻符号的诗意与神秘。《活物》、《无碑》等作品不再拘泥于每一个打工细节和打工场景，而是将其置于深广的历史文化语境下，寻求人性的思考与突破。郑小琼的诗歌也从早年的《黄麻岭》、《打工，一个沧桑的词》、《黄斛村纪实》等打工经验的呈现转入一个宏大历史的创作路径。《进化论》、《内心的坡度》不再停留在打工生活困境的宣泄，而是在一定的历史文化意象与氛围中透出人生追索的神秘。

于是，我们不难发现，精英作家的农民工书写往往以凸显人文关怀、人性复杂为主，也夹杂一些针对农民群体的启蒙意识，进而文本当中少一些情绪愤激，多一些诗意关怀，少一些饥饿书写的功利性，多一些人性思考的复杂性。王安忆的《民工刘建华》中，主人公刘建华靠自己精湛的手艺在上海打工。他来自乡村，却具有上海人的优雅气质，他向城市致意却不妥协，他具有农民的狡猾而不可恶；在城市里从从容容地打工赚钱，回家盖很高的房子，打不用一根钉子全部用榫子契合的家具。文中没有一般打工小说那样的城乡紧张对峙的局面，小说通过生活中一连串戏剧化的小冲突，意趣盎然地表现出普通市民阶层对民工的迁就、认同直至主动和解。作者王安忆以敏感、细致的笔触，为我们展示了在城市化进程中，都市平民与外来务工者在

---

① 孙惠芬：《自述》，《小说评论》2007年第2期。

世俗层面平铺开来的温情脉脉的生活本质。同样，铁凝的《谁能让我害羞》中，不是从一般的城乡对立的角度而入手，描述农民工在城市的种种遭遇，而是从精神层面去揭示城市和农村两者的精神对峙。送水男孩坚持要喝口自己派送的纯净水，而城里女人则反复在心里说，"我要为他的劳累感到羞愧么?"城里女人与送水男孩之间紧张不是来自物质层面，而是来自心理和精神层面的冲突。

从叙述的主体来看，如果说打工者的创作大都具有亲历性，那么精英作家的创作则为第三人称的俯视叙述。前者笔下的人物大都为第一人称。而就内部而言，打工作品的主人公多为类似于"我们"，最终，读者很难感到受到其中人物的个性特征，很难感觉到个体生命力量的律动，而更多为一种群体写作，一种为了"弱势群体"权益的写作。相反，精英作家大都以俯视的角度，寄予深切的悲悯情怀和人文关怀。如果说农民工书写是一种有感而发的"饥饿"写作，其中的疼痛感显得真切鲜活，但其叙述的心态是非常迫切而功利的，那么精英作家的创作则是一种以审美人性为前提的努力，农民工现象只是作家刺入社会事实的一个视角。距离的相对较远，创作条件的稳定，决定了他们的创作能够以冷静、委婉的方式来思考农民工现象在当下中国的存在事实。如果说打工者创作的文本往往是具体的农民工生存记录，其中像《打工女郎》、《不要把我当人看》、《血泪打工妹》、《乡下姑娘李美凤》、《发廊》、《保姆》、《烂尾楼》等作品，充其量只能算是朴素的现实主义，而精英作家则循着现代主义文学的思维，往往通过一定的隐喻或象征，传达出对当下社会一种整体性的观照和朦胧的审美象征。《花落水流红》、《泥鳅》、《谁能让我害羞》、《被雨淋湿的河》、《城里的一棵庄稼》、《踏着月光的行板》等小说从题目上看就不像前者那般直白，而是以某个意象或者隐喻的方式，传达出作家对人性与社会作出的整体观照。

于是，这些作家笔下叙述的真实性遭到了质疑。有打工出身的批评家指出:"非打工诗人写打工诗歌往往企图从整体或代表整体来写作，其结果只能被整体吞噬，我们甚至在王安忆的《农民工刘建华》，尤凤伟的《泥鳅》，孙惠芬的《民工》等知名作家写作的民工题材小说里，也看不到打工者真实的生存境遇和精神境遇，倒是看出了像他们那样经验丰富的作家对这种境遇的严重隔膜，用我的一句诗来概括，那就是鸟类永远也不知道鱼类的心情。"① 也有学院派的批评家指出："文化精英主义者的自负和傲慢，使他们习惯于制造理论幻觉，而拒绝同变动不居的现实世界及任何文化异见者对话，他们总以为自己内心的影像就是世界的全部真相，并且为此津津乐道，沾沾自喜。"② 前者指出的是农民工书写中细节与情感的真实性问题，后者则从底层书写出发，指出代言的不可能性。不难看出，二者意在指出农民工书写的想象性表述的问题，认为创作应该贴近生活的底层，深入底层，将农民工进城谋生的文化症候、人性世界真实反映出来。本质上，当下农民工书写并没有出现真正具有深邃文学内涵的佳作，根本不在于书写的细节和场景是否真实，而在于作家面对"农民工进城"这一社会现象是否具有真正的文学审美的驾驭能力。深入生活，咀嚼细节是创作成功的前提，平静、宽容、历史的叙述心态是文学厚重的关键。

---

① 柳冬妩：《在生存中写作：打工诗歌的精神际遇》，《文艺争鸣》2005 年第 6 期。
② 刘继明：《我们怎样叙述底层》，《天涯》2005 年第 5 期。

第六章　打工作家的农民工书写

　　农民工进城的书写，无疑首先出自打工一线的农民工本身。农民工在城市空间遭遇各种因为城市现代化带来的艰难与危机，不愿做沉默的"他者"，而是努力发出自己的声音。在他们的话语世界中，总有两个不同的群体，一个是"他们"，一个是"我们"；一个是城市人，一个是农民工，二者之间存在着一种无奈的边界。他们凭借自己的打工生活经验和体验，原生态地呈现了当下农民进城的生存状态，折射了转型时期中国社会城乡差距越拉越大的文化事实。

第一节　王十月：底层世界的身心挣扎与虚实叙事

　　通读了王十月的小说作品后，发现"打工作家"确实很难涵盖他的所有创作，王十月的努力不在于呈现打工生活，而在于以农民进城为切入点，书写这个从农业文明向工业文明迅速转型的时代对民众，尤其是农民造成精神和心理的巨大变化。打开他的小说，我们感受到的不是一般的打工生活经验的展示，不是苦难情绪的宣泄，而是个体的梦想、困惑、焦虑和挣扎。他不赶潮流，一头扎向个体的心理层面，捕捉他们瞬间的情绪流动与精神扭曲。小说不属于力量型，没有打工生活苦难历程的激情控诉，却在直面现实与寓言书写中，让读者感受到诸多底层个体在当下世界的灵魂搏斗，一个社会时代心理层面的集体共振，一个民族在经济发展与个体幸福之间的复杂情绪。

一、打工经验的心理书写

能够被冠以"打工作家"的名号，本质在于他们敏锐的时代感和切身的经验感。王十月以他切身的打工经验，书写打工群体的生存现实，体现了他对转型时期国家问题的思考与批判。《开冲床的人》、《出租屋里的磨刀声》、《关外》、《灰姑娘》、《底色》、《烦躁不安》中，李想、阿标、天右、"小广西"、李想、刘冬妹、大玉、小玉等构成了王十月小说主要的人物群落。他们大多文化程度不高、经济收入低，为了缓解家里的经济困境而进城打工。作者以沉入底层的视角和最直接的方式，倚靠他自身长期的打工生活经验，勾画了一幅幅农民在城市里充满艰辛和苦难的生存画卷，书写现实生活中底层小人物的无奈与挣扎，给读者以心灵的震颤。

《关外》、《烂尾楼》中，作者以原生态的笔调呈现了打工者在城里可怕的生存环境："我"因为家中贫困到广东东莞打工，没钱住宿，只能睡在烂尾楼里；厂里饭是定量的，够不够都是一勺子，菜以竹叶菜和冬瓜为主，喝自来水；为了逃避治安队对"三无人员"的抓捕，半夜里东藏西窜。《底色》中，刘冬妹每个月的收入只有五百来块钱，却还要忍受胶水中有毒物质的危害。《开冲床的人》中，"小广西"的手掌被冲床砸成肉泥，却被赶出工厂，最终因为工伤索赔而走向悲剧。张怀恩因为赶工期，连续五天五夜没有得到休息，竟然累死在车间里。这一幕幕现实的打工生活场景，以血淋淋、赤裸裸的状态呈现在读者面前，传达出一个国家在工业化过程中底层民众的生存境遇，也体现了作家对传统现实主义批判精神的无意识继承。由底层视角的简单呈现，发展到后来精英视野下的艺术表现，体现了王十月小说创作的成熟过程。

实际上，王十月近年来屡屡受到文坛主流的关注，却是他的创作不仅仅停留在经验世界的自发式呈现，不局限于打工生活苦难的呐喊，而更多的是捕捉住这些底层个体心理层面的瞬间震颤和灵魂的挣扎。"王十月是一个真正的现实主义者。他的小说和散文，无不饱含着他对自身经验的确证，以及他对现实的观察、对他人的同情。面对现实，他有严厉的审视，也有精微的雕刻，他渴望介入当下社会的一些侧面。现实主义是作家的生存处境，也是他所无法选择的语言处境……他是现实主义者，但他身上间或焕发出来的理想主义精神，常常令我心生敬意；他也写自己的经验，但他的心事，通向的往往是这个时代'主要的真实'。"① 在中国，直面现实，书写苦难，似乎来自每一个体与生俱来的集体无意识，因为中国农民承受苦难的历史实在太悠久，因为这一文学精神传统实在太深厚。因此，很多打工作家往往能够真切地传达自身打工生活的现实场景，在小资的城市欲望书写之外，提供一个原生态的生活场景。这些生存事实在引起主流社会和众多读者的注意的同时，强烈地体现了这些底层民众改变生活命运的梦想与艰难。作家往往驻留在生存事实本身太多，却忽视了笔下的人物个体内在的一面。

　　与众不同的是，王十月以他的心理能力穿透了现实层，他对打工生活的痛感的表达已经超越了底层生活经验的层次，而由生理的痛感逼向了心理的痛感或者灵魂的挣扎。《开冲床的人》中，对于李想来说，他的生命充满了悖论。由于早年失去了听力，李想在喧嚣奔腾的工厂机器轰鸣中如入寂寥的乡村旷野，那些轰鸣声对于生理正常的打工仔如同生理和心理的双重折磨。非常具有心理张力的是，李想辛苦的劳作是为了赚足治疗耳疾的钱，能"听鸟叫，听虫鸣"。一旦他忍受了漫长的打工苦难，终于完成植入耳蜗的手术，变得和正常的打工仔一样了，他却又不得不接受和正常打工仔一样的命运。他终于失去了手掌。在理想与现实之间，李想经受了来自命运的无情嘲弄。这种痛苦是心灵的大苦痛。作家没有正面书写打工生活条件的残酷，而是通过反讽式的命运书写和心理呈现，走进李想的心理世界。小说《寻亲记》里，打工者因"离土"而产生心理惆怅，又因难以"融城"而产生身份焦虑。这种矛盾心态，在王十月小说中有着真实的再现。小说在貌似轻松的返乡寻亲中，传达了一种传统与现代、乡土与城市之间普遍意义的尴尬之痛。

　　最值得推崇的是，《出租屋里的磨刀声》将底层民众的非人生存事实，通过一种充满原始欲求、仇恨、恐惧的心理书写传达出来。透过这些底层仇恨、狭隘和盲目的个人复仇心理，折射出底层民众艰难痛苦的生存经验。小说开头写道："就是这里了。房主摇着一串叮当作响的钥匙，一片片艰难地拨弄了老半天，才将锁打开。推开门，'呼'地窜出个东西，把天右吓了一跳。那东西已没了影，远远地'喵喵'乱骂，以示抗议。是只猫。房主说。

---

① 　谢有顺：《现实主义者王十月》，《当代文坛》2009 年第 3 期。

一股潮湿的带着咸腥的霉味扑鼻而来。天右手举在半空划拉着，并没有蜘蛛网。"艰难打开的锁，乱窜的猫，扑鼻的霉味，蜘蛛网等意象一开始就营造了一种恐惧、神秘的氛围，为小说人物心理的表达奠定了基础。两对农民工住在相邻的出租屋里，一个农民工身体残疾，不能打工。没有文化的老婆，为了养活孩子和丈夫，只好天天去卖淫挣钱。磨刀人一想到自己的老婆跟别的男人睡觉，就痛苦得想杀人，于是他天天晚上通过磨刀，来消解自己的苦闷与仇恨。住在隔壁的天右两口子，因隔壁连绵不绝的磨刀声而不能正常做爱，以至于天右阳痿。天右忍无可忍地提了刀，闯进了磨刀人的出租屋，并砍伤了磨刀人。磨刀人夫妇悄然离开了出租屋，天右的出租屋却响起了不绝的磨刀声。读者在"霍霍"的磨刀声能够深切地感受到一种来自身体深处的仇恨与抗议。磨刀不是目的，也不是打工生活本身的直接呈现，而是底层民众心理诉求的强烈表达，整个作品笼罩在一种紧张、仇恨的氛围中。

于是，我们在阅读王十月的小说过程中，难以有一种快意的感觉，而是在沉重的心理挣扎中抵达生存的真实。如果说，《泥鳅》、《愤怒》等文本中，传达的是一种底层民众因贫而入城，在城市处处受到压迫，最终快意复仇的社会情绪，那么王十月的小说则是通过个体心理世界与外在现实世界的互相渗透，从而在艰难的挣扎中抵达对生活的理解。如果说郑小琼、许强等人通过一定的物质性意象的书写，传达出改变命运的强烈愿望和呐喊，他们的文本紧张是外在的，而王十月的小说则是在一种外表貌似徐缓，实则内在紧张的矛盾中传达人物个体的心理与灵魂的挣扎。于是外在的现实生活之硬，与内在的心理世界之软，相互融合，王十月的小说世界构成了迥异于一般打工文学的一个虚实相生的空间。

二、直面苦难的人性勘探

很多打工作家的笔下，出现一个二元对立的城乡世界。于是，农民工在城市打工的苦难历程归于城市现代化的罪恶。直面农民工在城市打工的现实状态，就是书写通过他们的城乡二元空间的截然对比，乡村的落后趋势他们入城，城市的罪恶是他们打工生活苦难的直接原因，而乡村又悖论性地构成了他们的精神归宿地。城乡二元的书写模式，往往导致苦难情绪的随意宣泄，却失去了人性表达的机会。于是我们不难看到很多农民工书写的"苦难焦虑症"，洪治纲指出："所有的弱势者始终处于被伤害与被侮辱的地位，他们的尊严被不断践踏，他们的反抗充满绝望，他们的不幸永无止境，很多人物最后只能以惨烈的死亡来了却尘世的悲苦。""这种对苦难的极端性表达，由于高度贴近当下的生活现实，贴近公众普遍关注的社会焦点，甚至是带着批判现实主义的明确意图。"① 这些书写令人感到寒冷、压抑和绝望，却往往被视为一种直面苦难的批判精神，其中话语控诉的力量显著于当下的主流写作，并非真正走进人性的内在世界。

书写苦难的目的不在于外在地指向城市文化或物质性压抑，而是人性的内在世界的深层勘探。外在的苦难书写尽管是一种震惊，却无法让读者获得灵魂的震颤，只有将个体的命运与人性的复杂相结合，苦难的书写才有其普遍意义。

在王十月的作品中，除了像前期的《烂尾楼》这样的小说基本以纪录片的方式书写外来务工者的苦难岁月，更多地集中在人性复杂的表现上。《纹身》中的少年，用打工积攒下来的钱在身上文了一条张牙舞爪的龙。他把纹身看成是强者的符号和象征，本想终于可以扬眉吐气，不再受城里人的欺辱。可是纹身并没有像少年想象的那样给他带来立竿见影的安全效果，他反倒因此而摊上了许多麻烦：工友的异样的眼光、经理的解雇、工厂对他关闭的大门、烂仔阿锋对他的逼迫，最终被警察抓捕。同样，《开冲床的人》中的"小广西"，工伤之后竟然铤而走险，挥着刀儿挟持人质，为的是获取厂里的赔偿。他的腿儿分明在抖，却还是走向悲剧。在《国家订单》中，王十月站在人性理解和同情的角度，客观地看待企业老板与打工者之间的关系，真实书写了李想、张怀恩等打工者的生存处境和心理状态。小说并没有把小老板妖魔化，而是处处充满脉脉的温情：小老板对员工日常生活的关心，员工对小老板的感激，李想与小老板之间的信任和友谊，工友之间的相互照应等等。它打破了很多打工作品常见的二元对立的思维，即老板代表者一种罪恶和压迫，他们往往是没有人性的，而大量的农民工却是一种弱者和善良的体现，人性美的一面往往集中在他们身上。即将倒闭的工厂得到一个大单，

① 洪治纲：《底层写作与苦难焦虑症》，《文艺争鸣》2007年第10期。

小老板幻想借此机会起死回生，为了完成生产任务而无休止地加班，最终因为过于劳累夺走了张怀恩这个即将成为新郎的打工仔的生命。在对张怀恩猝死的善后处理中，小老板虽然没有逃避责任，还主动提出了赔偿，但面对死者老实巴交的农村父母，他又狡猾地操纵着事态的发展。当法律的介入使事态的发展越来越有利于死去的弱者，被逼无奈的小老板爬到高耸的高压线架上。利、情、义、理、法失去了根本的界限，人性的复杂，社会生活的复杂，集中体现了当下社会复杂矛盾的事实。

在《无碑》中，作者不再聚焦于对打工群体生存苦难的渲染，而是集中笔墨对打工阶层的人性和良知进行心理层面的挖掘，展开深层的反思和剖析。老乌等人进城的梦想是"水是家乡美，月是故乡明，此处千般好，终非吾故乡。老老实实打几年工，存点钱，回家盖三间房，娶媳妇，搞点种植养殖。这就是老乌的中国梦。"挣钱谋生是他进城打工的梦想，但是内心的憨厚和纯朴让他选择了对传统价值观的坚守。在瑶台酒店用品厂当总务总管时，老乌没有利用自己的职位去大捞钱财，而是抱着对黄叔的知遇之恩勤勤恳恳地工作。阿湘在百般无奈中抛弃了亲生儿子乔乔，老乌倾其所有照顾乔乔这个弃儿。当阿湘多年后来要回乔乔时，老乌又忍痛将乔乔送还。在老乌身上，生存的挣扎和生活的困境并没有导致他道德的缺失和人性的扭曲，而是不断呈现一个农民工在城市善良美好的一面。相比较的是，黎厂长不教老乌配料是因为对老乌心存嫉妒；李钟免费给工人打劳务纠纷的官司是为了赚取更多的钱；子虚暗中举报老乌是为了自己能当上"十佳外来打工者"。透过这些复杂的农民工形象，王十月没有"人性本善"或"人性本恶"的简单化处理，而是注重人性真实的一面。正如他在《无碑》创作谈中指出："写作这本书，我的想法很明确，以一群人和一个村庄这二十多年的历史，努力做到客观书写我所体察到的这个时代主要的真实，不虚饰，不回避，也不偏激。"[1] 作者从客观而真实的角度表现打工群体人性的复杂性，但这并没有削弱以老乌为典型代表的打工者的美好人性，反而更让我们看到苦难中对生活坚守的可贵和不易。

书写苦难，并不是集中在农民工的弱势群体地位的同情上。很多作家似

---

[1]　王十月：《理解、宽容与爱的力量——王十月创作谈》，《长篇小说选刊》2009 年第 6 期。

乎有一种趋势，农民工生存越苦难，文本中流露出一种激越的控诉情绪，小说就越具有深度。然而，同情并不等同于人性化。很多作品以同情的笔调，书写农民工进城打工的生存艰难与悲剧命运。这些作品的模式基本是农民因为贫穷而入城，在城市遭遇种种磨难，最终走向死亡或者悲哀地返回乡里。作家往往倾其所有，大书城市遭遇，最终给予深切的同情。薪酬问题、住宿条件、伙食问题、孩子教育问题、性生活问题，身份认同问题，情感问题，纷纷进入作家视野，农民工的城市境遇几乎暗无天日，男性失去生命，女性失去贞操。作家几乎在涕泪滂沱中倾诉打工的苦难，希望以此来引起主流社会的关注与同情。问题是，一掬同情的泪水，能否穿透打工生活现象本身，能够探入人性的深层，给人以价值的思考？

王十月小说很少这种泼墨式的苦难书写，并没有在一片黑暗中完成打工生活的记录，而是以人性的微光照亮生活的暗淡无助，给人些许的温暖和信任。很多打工作品难以看到爱与美，看到人性的正面光辉，更多的多是人性的阴暗，是廉价的同情与情绪化的愤怒，是打着人文关怀、关注弱势群体的旗号下一种暴力伦理的鼓动。相反，《开车床的人》中，尽管小广西和李想都被车床轧去了一只手，二者之间的相互理解，相互信任，相互帮助却让人感觉生活世界的价值与意义。《国家订单》尽管因为过度加班到导致员工过劳死，但其中小老板与员工之间和缓的人际关系，却是迥异于一般打工小说中劳资关系的紧张对立，给人以一种温情与理解。王十月指出："我希望我的文字给人的是温暖，是希望，而不是绝望。"[①]直面生活的艰难，需要的是勇气，人性的勘探需要的是大爱，一种用微光照亮生活的情怀。

相对诸多打工作品而言，《无碑》没有一般打工作品的愁云惨淡，也没有其中人物的愤怒与仇恨，老乌身上更多的是正义、善良、坚守、宽容和关爱。他与阿湘和阿霞之间的关心和爱恋；对养子乔乔无微不至的父爱；对刘泽和张若邻的真诚和友爱。谢有顺指出，老乌这些打工者"过着动荡、不安而又充满干劲的生活，这些人，是最有故事、最有活力的一群，从他们身上，可以看出中国现代化进程中所暴露出的希望和绝望，快乐和悲伤。你可以说他们是边缘人，是弱势群体，但他们也是转型期的中国前进的主要

---

① 王十月：《文学的小乘与大乘》，《当代文坛》2009 年第 3 期。

力量。"① 针对《无碑》，王十月十分真切地写道："写作这部书，我用了整整二十年。我指的是，我用了整整二十年的时间，和书中的主人公老乌一样，在生活中摸爬滚打，感受着从农业文明向工业文明转折中的一代中国人的梦想、希望、幸福、失落、悲伤……从某种意义上来说，我和老乌的历史是重叠的。但在这二十年的时间里，又有整整十五年，我和我亲爱的老乌一样，对我们的生活与命运是缺少认知的。我只有一个很简单的梦想，过上幸福生活。只有在后面的五年，我和我的老乌才开始有了一些思考，思考我们生活的必然与偶然，然与所以然，思考幸福的真实含义。继而由一己的前程与幸福，想到这个国家的前程与幸福。"②

显然，王十月小说在直面农民工生存现实的同时，并没有落入当下很多作品的俗套，倚靠同情与愤怒来博取读者与主流社会的关注，而是以他的自信、微笑、温暖、宽容穿透打工生存事实，真切地呈现出转型时代中华民族前行的身影，也完成了一定时代语境下人性的真实内涵。他笔下的人物痛苦与困惑与其说来自物质的贫困，毋宁说是来自精神与心理的压抑，这是对农民工书写的提升，也是人性书写的进步。如果说，很多作家笔下的人物传达的是打工者群体的诉求，而王十月的小说则是透过打工者的精神心理的掘进，刺入生存个体的人性内核。同时，从创作谈中也不难看出，王十月小说自觉不自觉在向主流皈依。在这里，诱惑与陷阱同在。他既要求主流文学认可，同时这种认可又意味着作家价值思考的一定放弃，这就需要作家找到最合适的关节点来继续张扬自身的个性特征。

三、意象表达与寓言叙述

王十月小说能够在打工作家中脱颖而出，还在于其审美艺术的超越性。相对于当下很多打工文学作品的原生态经验的呈现，王十月小说更注重选取相关情境下的意象符号，将现实的生活书写与想象的寓言世界相互融合，形

---

① 谢有顺：《市民社会的话语表情——答〈羊城晚报〉记者吴小攀问》，《广州文艺》2003 年第 9 期。

② 王十月：《理解、宽容与爱的力量——〈无碑〉创作谈》，《长篇小说选刊》2009 年第 6 期。

成一种虚实相生的小说世界。于是，小说在紧张的现实批判中又兼有舒缓的诗意想象，使他的小说与一般的打工现实区别开来。

意象表达在很多打工文学作家那里，都是显著的艺术追求。"铁"，"厂牌"、"打卡"、"老鼠"、"车床"、"月亮"等构成了其中的主要意象，这大概是由于这些打工者学历水平的限制，他们的文学知识仅仅限于传统的文学课堂和课本，加上他们的打工生活经验，所以在一系列的作品中，总是充斥着一系列身边的物象。因此，在他们的作品中往往给人的感觉是物质性超过精神性，作品于是显得空灵不够，诗意不足。王十月的小说中意象表达，是通过一种寓言式的书写，将小说置于神秘、空灵的诗意境界。一方面，王十月喜欢绘画，手绘师、调色工的经历使他的小说注重诗意意象的表达。另一方面，王十月小说自觉的超越性，使他的小说区别于一般的经验呈现，而注重小说叙事结构与审美意蕴的表现。

韦勒克、沃伦指出："意象可以作为一种描述存在，或者也可以作为一种隐喻存在。"① 如果说很多打工作家笔下的意象是为了描述打工者生活场景而出现，那么，王十月笔下的意象则更多的是一种隐喻意义。《开冲床的人》中，多次出现的"麻花"，一方面传达了对家人的思念，另一方面则是隐喻了打工者肉体和精神遭受打击的扭曲和变形。"白斑马"是小说中李固、英子、桑成、马贵四人在死前都见到的意象："一匹马，站在菜园中央，望着他，嘴角泛着笑，咧开嘴，笑，像一张人脸。""她看见了一匹马，英子从来没有见过这么漂亮的马，马蹄踏出音乐的节奏，嘀嘀嗒嗒，嘀嘀嗒嗒，从她的身边走过。"小说到最后都没有点明为什么他们在死前会看到白斑马，白斑马这个神秘意象是整篇小说的线索，小说的情节都是围绕着白斑马而铺叙展开的。我们通读完全篇后发现，白斑马其实象征的就是打工者的灵魂，一个属于自己的精神家园。

因此，在王十月的小说中，意象表达并不是现实打工生活场景的描述，而是人物命运的隐喻表达。神秘主义的梦境也为写实成分多的中篇小说《寻根团》平添了一种幽冥、悬疑的色彩。王六一返乡寻根，源于死去多年的父母托梦召唤，加上马有贵死前的托梦告辞，这些神秘的梦境既为王十月的作

---

① ［美］韦勒克、沃伦:《文学理论》，生活·读书·新知三联书店 1984 年版，第 203 页。

品提供了一种超越现实和理性层面的视角，又具有了十足的乡土民俗意味，大大拓展了文学的审美空间。

　　小说《活物》则以寓言的方式，在一系列光怪陆离的村怪志异中窥见了"楚州"的生存世相，"梦"的故事正是我们所处时代的文化隐喻。白家沟每个人都爱做梦，梦做得最神奇的人可以当村长。于是，面对村长权力的诱惑，人们展开了一系列的竞争。村长白大迷糊连哄带骗地娶了个来历不明的漂亮女人郑小茶，郑小茶却与走乡串户的货郎偷情生下白夜，白大迷糊因此怀恨在心。村民白折腾、白富贵和白大迷糊三人共同卷入了一场谋杀之中，白夜因亲眼目睹了这桩谋杀而变疯，并被其父白大迷糊和白富贵拐卖到外地。马角通过十年的寻找，找回了白夜，并且成功帮助白夜恢复了童年的记忆。白夜回到白家沟村，开始了他的复仇行动。文中神怪轶事、民间传说、《山海经》这样的传统文学读本中常见的话语方式随处可见，并折射出大量的社会习俗、人性人情等丰富内涵。王十月以极为通俗的寓言手法建构一种真实又魔幻的生活，将大量隐喻性的审美载体作了诗性的创造，使这部小说既有乡土神话的传奇色彩，又带有浓厚的现代魔幻意味，直接丰富了当下小说的文体形式。

　　可以说，王十月的小说创作，体现了农民工书写在审美艺术方面的自觉。"我一直在寻找。不停肯定自己，又否定自己，然后再肯定，再否定，转了一大圈，又回到了最初写作的根由上来，我最初之写作，并未有要当一个作家的愿望，也没有要将文学变成一件艺术品的理想，我不过是经历了一种生活，我看见了，听见了，经历了。然后，我在思考，努力看清眼前的这生活，并从中发现什么。"[1] 从《烂尾楼》、《厂牌》到《无碑》、《活物》等，王十月一直在寻找文学的最佳表达，打工经验的心理书写，直面现实的批判与人性的复杂，意象的隐喻表达与寓言书写，现实的打工世界在作家笔下成了一个亦真亦幻的艺术空间，有些神秘，有些乡土，有些情绪，有些思考，使他的小说区别于当下许多仅仅具有社会学意义的作品。同时，也应该看到，如何让小说内部圆融起来，真正走出"打工题材"的局限而进入人性命运的捕捉和勘探，是作家未来的努力。

---

① 王十月：《我想做怎样的小说》，《文艺报》2012 年 9 月 26 日。

第二节　王学忠：底层焦虑与抒情伦理

　　"底层写作"从命题的提出开始，就一直渗透着某种社会学的研究思维，甚至带着明确的社会学倾向。从 1990 年代后半期开始，中国社会贫富差距的两极化倾向在不断敲起警钟，这种社会现实的危机投射在文学作品中，并寄希望于其能解决问题，从而形成了当下的"底层写作"。这类写作真切地展现了底层民众在前所未有的高速现代化进程中产生的焦虑体验，原生态地表现了他们在特定的社会历史时期产生的阵痛感、错位感和一定的愉悦感。他们在书写一个真切的底层生活世界时，往往忽视和遮蔽了底层民众作为个体存在的种种痛苦、困惑与矛盾。

　　蔡翔在 1996 年的《底层》一文中，从文化社会学的角度指出，"底层仍然在贫穷中挣扎，平等和公平仍然是一个无法兑现的承诺"[①]，既展示了中国底层社会的裂变，也分析了其中利益化和欲望化的现实根源。它意味着现实主义的求真尺度重新勾起了人们的兴趣，道德与情感的力量构成了当代文学经历了形式化追求之后的反拨。一些学者从中国的现代性进程或现实主义文学传统出发，分析这一思潮的内在价值。贺绍俊以刘继明为例，认为刘的"底层写作"承接了二三十年代写实主义的启蒙精神，并对中国社会的现代性展开了新的思考，"刘继明所要批判的不是鲁迅当年所批判的国民性，而是建立在体制内思想框架下的'新国民性'。"这种"新国民性是在计划经济和市场经济两种体制相互矛盾、相互碰撞、相互妥协、相互调整的文化语境下生成的。"[②] 洪治刚针对底层写作的缺陷而指出，"它们普遍地陷入到一种对苦难的迷恋性怪圈之中，尤其是一些作品对苦难的放纵式叙述"，很多作品处于一种愁云惨雾之中，苦难叙事成了当下底层写作的"美学脱身术"[③]。这些研究文本注重从宏观的现代性层面考察底层写作的存在事实，或在传统

---

① 蔡翔：《底层》，《钟山》1996 年第 5 期。
② 贺绍俊：《底层写作中的"新国民性"》，《文学评论》2007 年第 6 期。
③ 陈晓明：《"人民性"与美学的脱身术》，《文学评论》2006 年 2 期。

现实主义的文学思维下考察其对社会存在的真实把握程度，指出其消费底层的文化倾向，往往缺少对这类创作当中充盈的精神焦虑和书写伦理作深入的探究。因而，切近些特定语境下的文化焦虑形态，表现底层群体在社会分化和转型中的阵痛感，书写他们的艰难与困顿；也表现他们在现代化进程中的执着与抗争，书写他们的努力与追求，能够更好地把握底层写作的精神世界和叙事伦理。

近年来河南安阳的王学忠，被很多媒体冠以"工人阶级诗人"、"平民诗人"，他的诗一方面如同当下很多底层写作一样展开原生形态的苦难叙事，传达出社会分层不断扩大的怨恨甚至愤怒的情绪，另一方面又转而求助于曾经的革命伦理和革命话语，张扬一种久违了的底层民众的力量与精神。他的作品，对于研究底层写作无疑具有一定的典型性和独特性。本节以王学忠的诗歌创作为例，分析其话语世界的文化构成，探讨其在特定历史文化语境中表现出来的精神焦虑与抒情伦理，并分析当下底层诗歌写作的美学得失。

一、红与黑的两个世界

对于王学忠来说，写诗与生活是一体的存在方式。体制转轨的历史进程中，王学忠夫妻二人双双下岗，一直爱好诗歌的他将自己的生存体验与传统的诗歌精神结合起来，发出生活底层最为真切的声音。打开王学忠的每一本诗集，从标题上看，所有的题材都来自现实生活，都是现实生活的真实写照，《中国民工》、《三轮车夫》、《城市拉煤工》、《一群女工》等撑起的是一片弱者的脊梁，《地火》、《雄性石》、《太阳不会流泪》、《挑战命运》蕴含是一腔呐喊的强音。怨恨中充满了悲悯情怀，呐喊中又充满了渴望。可以说王学忠的诗歌创作就是他在生存中搏击的焦虑体现。或者说，来自现实与精神之间的焦虑让他的诗歌追求充满着艺术的张力，传达一种在当前高速发展的社会进程中人们表现出来的社会晕眩感和阵痛感。王学忠说："我总是有写不完的诗，每天所经历的、看到的、听到的可歌可泣的东西太多太多了，尤其目前中国社会正处在大变革时期。我是如实记录生活，用真情实感来表达，虚假的、感动不了人的东西我不写，我创作时常常泪流满面，如果自己打动不了自己，更打动不了读者。"①无论是他亲历性的体验，还是他的所见所闻，由于他的底层身份的低位，决定了他看到事物的时候，总是将弱势群体的低位与他者的高位对立起来，屡屡通过这两个文化世界中红与黑的映照，书写了他心中深深的不平之气与焦虑状态。

首先是呈失语状态的底层生活的真实描写，这是一个沉重的黑色世界。农民工的苦难与幻想，下岗工人的辛酸与无奈、对现实不公的揭露……在王学忠的诗中，流露出他对社会现实生活的洞察与深思，被评论家赞誉为"每一首诗都是时代的'插图'"。魏巍在为他的诗集《雄性石》作序时，写道："我听到了我长期想听却没有听到的声音，阶级弟兄的声音……现在我听到了，我高兴了，我的心得到了安慰，同时也有被灼伤带来的痛苦。"②《夫妻店》通过自叙传式的书写，将一对下岗的夫妻开小店的艰辛真切地展示出来："一年三百六十五日／天天忙得腚朝天……"在《三轮车夫》中，"家人的期盼揣在心口／女儿流泪的学费／妻子叹息的药瓶／每天不蹬十块八块的／躺在床上三轮车在梦中也不安地转动／出力的人都不怕累，不怕冷／当城市冻得发抖／屋檐下的冰凌柱眨着狡黠的眼睛／三轮车在风雪中冒着汗飞转／十年前的旧厂服／胜过不怕冷的北极绒。"没有真实的生活体验，是写不出在天寒地冻的时候冒汗的三轮车这样耐人寻味的意象。更有他在《诗为陌生的小妹而哭》中，用几近哭喊的声音，为临盆产妇因为路管人员的冷酷而母子丧命而不平，"你为何偏偏要从此经过，更为何生儿子偏偏选择此时？"类似于窦娥的冤气夺面而来，将有些路政管理人员毫无人道的行径揭示出来。从下岗职工的生存艰难与底层体验，到弱势群体的无助与哀怨，王学忠在他的诗中描绘了一个凝重的黑色世界。哀怨、无奈、愤怒既体现了作家来自底层创作的勇气与责任，也体现了一种广博的悲悯情怀。

在王学忠的诗歌中，一边是农民工、打工妹、下岗工人等弱势群体的无助、无奈的状态，另一边则是来自贪官、煤老板甚至"人民公仆"等权力与欲望的居高临下。在他眼中，社会是一个"早已分化的社会"，其中有茅屋颤抖的哭，有"红楼"淫荡的笑，"老板是黑白道上的神，伸出的巴掌能遮

---

① 赵国锋：《王学忠：从下岗工到"平民诗人"》，《郑州日报》2007 年 9 月 4 日。

② 魏巍：《一个工人阶级诗人的崛起》，王学忠：《雄性石》序言，中国文史出版社 2003 年版。

天，搜身罚跪挥皮鞭，天昏昏，地暗暗，偌大一个阶级泪涟涟。"（《老板》）在这个世界中，民工等犹如生活在万恶的旧世界，描述的话语也正是早年"深入人心"的革命话语。这些话语形式建构起一幅鲜明的阶级阵线图，作者带着类似于曾经的浓厚的阶级情绪，对处于贫困、窘迫的民工生活状态寄寓了来自深层体验后的同情，将所有的怨恨情绪集中泼洒向他的对立群体的一面。《夫妻店》中，"踏破门坎的／是工商、税务、城管／有黑脸、有红脸／各色各样的政府官员／其实，无论支付怎样换／皆是为了钱"，呈现的是权力话语对底层弱者的倾轧；"太阳红艳艳／旗帜满天／与老板的别墅毗连／远方／小城的大杂院／破烂不堪"（《风姿绰约的"小区"》），展开的是一幅现代版的贫富差距图。"生存困境、生计困境、机会困境、权利困境，这些困境交织在一起，导致弱势群体的内心出现焦虑与错位，容易产生心理的失衡……"[①] 诗人查干以"诗的另一种呐喊"指出其话语当中的焦虑及其倾泻的途径。作者坦诚，始终记得毛主席在延安座谈会上的一段话："我们的文艺工作者，写什么，怎么写，就是屁股坐在那一边的问题，是坐在工人、农民一遍，还是坐在老爷、太太、少爷、小姐一边。"字里行间，我们可以看出，他的诗歌世界显然是一个二元对立的存在，作者无法从一个存在意义上的高度来加以思考，只能借鉴熟知的革命话语来宣泄自身的身份焦虑情绪，缓释心中的话语焦虑。

其次是挑战命运的血性世界。这是一个与当下其他的底层写作不同的世界。王学忠的诗歌当中除了身处底层而自然发出的怨恨与愤怒外，并不是愁云惨雾的状态，而是涌动着一股地火奔突的血性与激情，营造出一个与黑色世界抗衡的红色血性世界。作者自觉地站在工人阶级的立场上大声发言："落架的凤凰不如鸡／那是懦夫的见识／今天的工人兄弟／跌倒了再爬起／揩干血迹照样顶天立地。"（《工人兄弟》）他将下岗工人、农民工、所有的弱者统统视为先进阶级，在感情上与他们完全拥抱，在身份上与他们完全一致，因此他同情他们，并在力量上崇拜他们，通过赋予他们无尽的力量来抗衡权力与欲望的一方。在《然而，我不属于下岗工人》中，"他们组织起来，让沸腾的血成为力，让燃烧的火变成钢，便是一支能够移山填海的力量。"

---

① 　查干：《诗的另一种呐喊》，《太阳不会流泪》序言，中国戏剧出版社 2005 年版。

读着这些诗歌，我们分明感受到国际歌的雄浑与悲壮。贺绍俊指出："在王学忠的诗中，我们是能够读到工人阶级的内涵的。"①

诗人生活在社会的最底层，经历了企业改革以至下岗的阵痛，又以一个小鞋贩的艰难境遇嚼尽了生活的辛酸。他的诗歌话语无不折射出这个变革时代的人们特别是下岗职工心态的焦虑与失落、担忧与失望、恋旧与彷徨、义愤与抵触等等情绪。这是一个身处社会底层的工人以他特有的人文关怀传达出爱与恨的世界总和。它的主体色调是破旧、黑暗、愤怒的，而红色的世界则是作者以独有的生命强力支撑起来的一个雄性的世界。这是匍匐在社会最底层的人们激愤的呐喊、痛苦的呻吟和焦灼的企盼，也透出一种博取生存空间的激情与力量。它一方面化解了作者内心两个世界之间徘徊的焦虑情绪，另一方面则在明显的情绪好恶之中，强化了作家通过自己的努力改变自己和自己的群体的生存状态的极大渴望。作者通过强烈的主体意识，以一颗充满人文关怀而没有超越怨恨与愤怒的红心来烛照黑色的世界。因此，在王学忠营造的这个世界中，给人的感觉并不似一般的苦难叙事那么煽情，而总是给人以希望。他在唤起读者对贫富二元日益分化的体制性改革的关注与思考的同时，呈现了中国现代化进程中的二元图景。由于这个世界的存在，王学忠赢得了一系列的美誉："平民诗人"、"工人阶级诗人"、"人民诗人"等。

二、精神焦虑与抒情伦理

黑白分明的两个文学世界，本质上来自作者主体对外在客体的内在观照。在一个快速现代化的古老国度里，社会阶层的不断分化，促使人们不断处于各种焦虑之中。当今社会的快速转型与变迁中，每一个处于多重生存压力的社会成员都在痛苦地思考，都在不断变革的社会结构中寻找个人的重新定位和相应的利益诉求。其中挑战命运，博取最大限度的生活资本，不断在社会阶层的纷争中力争上游，成为人们具体的现代性追求。在王学忠这类诗作中红与黑的两个世界，体现了一个身处社会底层的弱势群体的集体焦虑，它构成当下社会的一种集体性的文化心理。阅读王学忠的诗歌，总能感觉到

---

① 贺绍俊：《王学忠：当代中国的工人诗人》，《当代文坛》2009 年第 4 期。

其中原生态的声音与情绪，既有对底层生存的关切，又有渴望改变生活的热切；既有对社会不平的怨恨，也有对底层民众的同情。爱的世界与恨的世界完全分开，善与恶的理解成了王学忠诗歌的生命本色，也构成了他独特的抒情伦理。

探讨王学忠诗歌的抒情伦理，在于厘清他"平民写作"、"工人阶级写作"的精神源头。从王学忠的创作历程来看，大致从 20 世纪 70 年代末开始，这期间经历了一次次对他来说外表平静，其实惊天动地的变革。从国家主人到下岗工人，从计划经济体制到市场经济体制的转型，王学忠的切身体验明显支撑他对世界的理解和把握。生存境遇的落差太大，使他无法摆脱对原有时代话语的倍加依恋，对"国企妈妈"温暖的怀抱反复回味。同时，由于条件的限制，接受的教育与阅读使他的视野无法进入一个更大的层面，很大程度上来自早年盛行的革命话语和革命伦理。社会存在事实的极大落差，对于一个怀着极大的社会热情和道德义愤的诗人而言，自然而然会回到曾经的社会体制和经济体制中去，寻找自身的精神源泉和批判的力量。内心发出的朴素的阶级论，正好续接了曾经的革命意识形态，直接导致了他的诗歌世界始终是一个二元对立的世界。其三，诗人作为底层民众的一员，其社会阶层的低位与性格的耿直与率真，使他的诗歌总是试图以一种强烈的抗击精神来面对市场话语主导下的欲望世界。因此他追求的抒情伦理很大程度上出于民间最为原始的道德义愤。疾恶如仇、扬善除恶等决绝的抗争姿态，使他的诗歌中总是蒙上强烈的怨恨之气，甚至化为一种嗜血的暴力倾向，来突显了其诗歌的力量。在《腐败分子》一诗中，作者满怀怨恨地写道："倘若用其皮制成鼓，每日击一下，定能警示后人。"其中食肉寝皮的想象，让我们无法忘记作者诗作中抗争精神的激烈。

底层写作往往将自己托付给乡村世界的诗意缅怀。这是大多数底层作家非常熟悉的，甚至已经化入他们生命的世界。当他们遭遇市场话语的欲望浪潮而被打得焦头烂额时，自然而然蜷入他们的文化母体中，从中寻求对抗的文化资源。王学忠诗的语言记录了乡村世界的一草一木、甚至一群小鸡和一头牛。其中有《红头苍蝇》、《落叶》、《雪中白杨》、《石头蛋儿》、《桃子》、《常春藤》、《牛》、《知了》、《柳》、《狗尾巴草》……他书写乡村，热爱农村，把他心目中美的东西寄寓在他对乡村世界的书写上。"秋的天空，像少女洗过的蓝手绢，晶莹、透明，篱笆上的扁豆花，半吐着蓓蕾，脉脉含情清晰的风儿拂过，苹果、柿子摇曳着一个甜美的梦。"（《秋》）"竿打在太阳上，惊飞一阵鹊鸣，昨夜星光纷纷坠下，甜甜的是枣，闪闪的是星，乡民的纯朴融在笑声里，红色的枣雨，下得枣乡一汪深情。"《打枣》）这些类似于沈从文笔下的边城世界，是他书写底层生活，打造刺与怨的诗歌伦理的大后方。甚至在《建筑师的思考》中，他还打造出一个"均贫富"的理想大厦："大厦矗立云端，朵朵片片，窗子里飞出的笑语，笑语无贫无富，无尊无卑，皆一样的爽朗。"立足他的乡村世界的纯美，既寄寓了作者心中对美和生命的挚爱，也成就了挑战命运抗击压迫的力量源泉。

　　同时，由于作者的生活背景，他很快找到诗歌写作的另一个文化资源，那就是曾经对他影响深刻的革命伦理和革命话语。当他从计划经济时代的"主人"跌落至市场经济时代的"下岗工人"，面对他人所无法体会的艰难与贫困，当从小接受的经典革命教育遭遇市场经济的带来一系列不足与弊端时，他自然而然地从那些渐行渐远的革命伦理和革命话语中汲取力量和精神。《人啊人》一诗中，"抬轿子的轿夫／日子过得好凄凉／呼哧呼哧三十载／弄得遍体鳞伤／临末冷屋冷饭冷床／斜倚一轮残阳／坐轿子的老爷／披一身霞光／嘴皮子动与不动／大把大把的银子都往兜里装／'今天又是好日子'／唱得飘悠悠的／若节日的霓裳／这个世界真他妈的混账／啥时家家窗玻璃上／辉映英特耐雄纳尔的曙光……"显然，诗人按照革命话语的思维，将人分为两个对立的阶级，并呼唤"英特耐雄纳尔的曙光"来作为自己抗争的力量。《想起那年的红军》、《想起毛泽东》、《社会主义康庄道》等诗，更是直接通过缅怀甚至想象当年的革命历史，接过当年的革命豪情，来支起底层民众生活的信念和获取抵抗权力话语的力量。红军、毛泽东等革命话语给了他们想象的空间，也潜在地呼应了中国自古以来弱小民众内心俱来的神性崇拜。

　　通过这些革命伦理和革命话语的乞灵，诗人将其与自身真切的体验相互结合，完成了一套新时代的底层话语叙事。可以说，诗人的力量、诗人的责任感，诗人对弱势群体的关怀感动了无数的读者，也缓释了世人内心的生存焦虑。同时，也应该指出，其话语模式、思维模式依然是一种二元对立的革命思维，面对的也限于来自切身体验与强烈的道德义愤相加的生存图景。因为作为一个诗人，不仅要做一个歌者，而且还要做一位思者。做思者比做歌者更为重要，因为歌者仅仅是表达某种心声、抒发某种感情而已，其诗作往往偏重于打动读者，感染读者，而思者则是要反思历史，感悟自然，面对社会与现实作深入的思考，通过形而上的哲学沉思，增强诗作的思辨色彩，从而使诗作走向深刻。正如董之林指出，"历史相关性就是历史上下文的关系和扭结"①。诗中爱与恨简单对立的抒情伦理，与以往的革命伦理与革命话语有着一定的联系，或不由自主的缅怀，或当代语境的召唤，却难以应对当下各种复杂的现实万象，让人感觉其中力量有余，而精神超越不足的遗憾。如果诗人能从现代意义上着眼于城乡社会的平等、权力的监督与制约和如何实现社会公正等方面去作思考，或许更具有一定的深刻性。

三、原生态的体验与诗歌生命的尴尬

"感于哀乐，缘事而发"是中国诗歌的传统。很多底层写作属于这个层面的原生自发形态。他们往往从自己的切身体验出发，近乎本能地续接上中国传统的诗歌精神，真实地描写了底层民众在当下飞速变革中艰难博取生存资本的焦虑。《中国民工》、《劳动者》、《三轮车夫》、《民谣》等，单看题目就能感受到来自底层的诗人与底层人民血肉相连的亲近感，这是王学忠诗歌能够获得大量读者认同的关键。在《三轮车夫》中，"女儿流泪的学费"、"妻子叹息的药瓶"、"十年前的旧厂服"、"三轮车在风雪中冒着汗飞转"，这些原生态的意象，如果不是一个真正的下岗工人，无法完成如此真切的意象建构。诗人把批判的锋芒伸进斑斓的现实，让我们感受到诗人对于弱势群体命运的深切关注，触摸到诗人剧烈跳动的忧患之心。诗人高深这样评价道："学忠先生的诗有个非常鲜明的特点，那就是字里行间随处可见他的平民意识，每一首诗都是时代的'插图'。尤其饱含着低层群众的感情，毫不掩饰诗人对人民大众的敬爱、赞美、关注和同情，以人民的喜怒为喜怒，以人民的哀乐为哀乐。"②

---

① 董之林：《旧梦新知："十七年"小说论稿》，广西师范大学出版社 2004 年版，第 303 页。

② 高深：《金奖银奖，不如老百姓夸奖》，王学忠：《挑战命运》序，内蒙古人民出版社 2001 年版。

原生态、情绪化的底层书写正是当下人们处于快速变迁和转型的焦虑心态的体现。原生态意味着诗人没有经过细细的咀嚼和提升，而照相式地呈现了他们自身的生活经验与内心体验。面对城乡差距、社会不公的一系列生存事实，王学忠来自下岗工人群体的一线，有着活生生的下岗和谋出路的经历，见证了底层民众的基本生活情状和内心体验。他说自己是"行走在路上的诗人"，即使每天都在为生计奔波，他的口袋里始终都装有几张纸和一截短短的圆珠笔，一有灵感，他便立刻跳下自行车，记在纸上。《火光冲天》这首诗的"题记"说："宽阔的大路上，几个执法队员，追逐着一辆飞驰的三轮车……"然后诗人写道："蹬三轮车的穷汉／突然把三轮车点燃／顷刻火光冲天／冲天的火光燃烧着昨天的迷惘／今天的无奈和哀怨／执法队员不见了／熊熊烈焰／陪伴天空的乌云翻卷。""市容大检查一阵风"，"卖菜的躲进墙角／修鞋的藏入了楼洞／风风火火的三轮车夫／鼠儿似地没了踪影／唉，那是谁家的小女孩儿／抱着半袋花生米哭得好痛／脚边是折了的秤。"他将自己的体温、血液和呼吸深深地融入这些不和谐现实，以现场亲历的口吻，传达了一种与新闻媒体相异的声音，在诗歌的粗粝表达中让人听到诗歌与生活的摩擦声。这对于当下一些时尚写作、中产阶级写作而言，无疑容易给人情绪的感染和同情。

情绪化在王学忠的诗歌文本的内部表现为呐喊的愤怒和内心的坚定，让我们感受到真相蕴含的力量，以及这种力量给人带来的震颤感。王学忠的诗一方面如同当下很多底层写作一样展开愁云惨雾式的苦难叙事，传达出社会分层不断扩大的怨恨甚至愤怒的情绪，另一方面又注入了往昔工人阶级所拥有的坚定力量，撑起一片底层民众享有的精神空间。诗人生活在社会的最底层，经历了企业改革以至下岗的阵痛，又以一个小鞋贩的艰难境遇嚼尽了生活的辛酸。面对一张《失业证》："不知是荣耀／还是不幸／三个金灿灿的大字／泪花晶莹／泪花晶莹／辉煌、倒闭／有喜悦、有无奈／揪心的痛／／揪心的痛／不堪回首／片片落叶／就要开始的飘零……"，"主人变雇佣／其实，不仅仅是字眼儿不同／而是性质的不同／路线的不同／犹如站在墙头上的人／被猛踹一脚／跌入了陷阱……"(《一群女工》)如此等等，无不折射出这个变革时代人们特别是下岗职工心态的焦虑与失落、担忧与失望、恋旧与彷徨、义愤与抵触等情绪。几乎每一首诗的最后，都有一个坚定的反抗来结尾。《在被遗弃的日子》中，"跌倒了再爬起来的算条汉子，爬不起来的是孬种，一群下岗弟兄，伴一盏快要熄灭的油灯，拳头攥得紧紧，嘴里一声不吭……"这个类似过去革命电影的镜头，分明展示了下岗工人弟兄与命运抗争的力量。因此王学忠的诗歌打出的是一个弱势群体的集体力量，发出的整个社会底层民众的不平之气。他的出现给当下有些绵软的诗风，尤其是与现实渐行渐远的诗歌创作吹入了一股雄劲的热风。吴投文说："读王学忠的诗歌，得到的是一份真实的感动，展示在读者面前的是一幅真实的令人颤栗的生存画景，他的诗歌充满力量，一字一句都像是沉重的鼓点一样打在读者的心上。"[1]然而，诗人往往过于信赖自己的内心体验和感受，随手从曾经拥有的革命话语中找到愤怒情绪的宣泄口，却忽视了文学应有的从容和大度，使其无法上升到人类存在普遍性的思考和价值探究上，更多的是"不平则鸣"的原发性的情绪泼洒。

可见，由于作者心中过于强烈的不平之气，诗人迷醉于追求诗歌的力量。一些诗歌令人感受到的是扑面而来的愤怒之气和呐喊的高分贝，却难以感受到批判的力量和诗性的美。诗人查干在为世人作的序《诗的另一种呐喊》[2]中所说，"不能只把它看作诗来读"，那些口口声声宣讲"倾听群众呼声"、"把群众的呼声作为第一信号"的各级官员，"读读他的诗作，可能更容易更形象地体察到社会之肿瘤和我们所面临的不良社会风气"。查干的序言一方面体现了作者针砭社会阴暗面的勇气和责任感，另一方面也无意中透露出学忠诗歌中力量有余，韵味不足的倾向。尽管诗人也在努力营造一系列的诗歌意象，但很多意象只是来自类似于杜甫笔下的"朱门酒肉臭，路有冻死骨"的现代转换，缺乏来自现代生活的灵动与真切。比如官员们丰盛的餐桌，裹在西服里的将军肚，大把大把攫进的银子，漂亮的小蜜。而底层民众的生活则多是建筑工地上的农民工，久病的老娘，捡破烂儿的一群，贫困破旧的老屋，这些界限分明的意象，分明承载了二元对立的抒情伦理，一旦形成模式化之后，诗歌意象的丰富性，现实生活的复杂性，情感的真切性就会大打折扣了。谢国有说："我也试想过，从诗歌本体或纯语言学的角度，对

---

① 吴投文、李忍：《王学忠诗歌创作论》，《菏泽学院学报》2009 年第 4 期。

② 查干：《诗的另一种呐喊》，《太阳不会流泪》序言，中国戏剧出版社 2005 年版。

王学忠的诗苛责一番。但后来，自己却发觉了这问题的可笑：为什么要用另一种标准和规则来套这一种标准和规则呢？……王学忠的诗就是王学忠的诗，他需要扩展和提高，但不需要拔苗助长式的建议，一切都应该由他的诗自然而然的完成。因为我担心，企求他的其他会影响到他情感原汁原味的表达。而我眼下突出地喜欢着的，就是这为穷人粗门大嗓地说话的声调以及用胸脯挡在穷人前面的姿势。"①

一个诗人，靠大嗓门的声调和用胸脯挡在穷人前面的力量与勇气来赢得诗坛的注意是容易的，但要真正获得诗意的永恒，还应该有水乳交融的诗美，和诗歌精神的超越。同样，一个底层作家单纯倚靠自己偏执的生活情绪和原生态的经验丛林，通向的只能是一个以廉价泪水搏取道德同情的怨恨世界，无法获得文学想象的诗意飞升。外在的批判，源于作家的勇气与真诚，内在的韵味则需要作家的智慧与大气。只有走出底层生活的束缚，文学才能真正地揭示底层的人生状态。

第三节　郑小琼：打工经验的见证与超越

谈论郑小琼的诗歌创作，总是有些艰难。近年来，各大媒体总是将郑小琼归到打工诗人、80 后的创作等范畴，这大概是出于郑小琼本人的身份与年龄的缘故。她以打工生活亲历者的身份，原生态地书写了底层打工者的在场体验与精神疼痛，见证了我们这个时代最真实的一面，让我们窥见一个广被忽视的社会群体的真实生活和心理状态。仔细阅读文本，发现郑小琼的诗歌创作不仅仅记录下一个中国特色时代的农民工进城谋生的心路历程，更重要的是其中青春的激情流淌与存在的理性思考。其中，不仅有物质欲望与个人身体的书写，也有国家政治、历史层面的呈现。正如人民文学奖评委李平认为："她的语言与行文充满了倾诉欲望，是心里装了太多东西的缘故。"郑小琼的诗歌既反映了中国特色的城市工业化进程中，进城打工者生存的空间

①　谢国有：《他在为穷人说话》，《世纪教科文报》2005 年 1 月 30 日。

与心灵世界，又扩大到社会政治与历史层面，承载了传统诗歌的忧患与责任意识，同时也融入了自己的个体情绪与思考。

一、亲历书写与个体之思

"文章合为时而著，歌诗合为事而作。"郑小琼的诗歌从自己的切身体验出发，续接上中国传统的诗歌精神，真实地描写了打工生活的疼痛感与坚硬感。在《疼》中，"断在肉体与机器的拇指，内部的疼，从她的手臂／机台的齿轮，模板，图纸，开关之间升起，交缠，纠结，重叠的疼。"既体现了打工生活的诸多细节与场景，又传达出她们肉体、内心遭遇坚硬的现代工业体制而带来的尴尬与疼痛。《车间》中，诗人用急促的节奏写道，"在锯，在切割／在打磨，在钻孔／在铣，在车／在量，在滚动／在冷却，在热处理／在噬咬，在切断／在刻字，在贴标签……"全诗三十三行，有车间工序的每一道工序，有车间的令人难以忍受的气味，有各种成品的形状，有车间的交杂而又单调的声音，呈现的是一个现代工业车间却没有人性空间的逼真场景。这种原生态的诗歌生活写照，如果不是来自工厂的车间，是无法完成如此真切的建构的。郑小琼说："作为一个亲历者比作为一个旁观者的感受会更真实，机器砸在自己的手中与砸在别人的手中感觉是不一样的，自己在煤矿底层与作家们在井上想象是不一样的，前者会更疼痛一点，感觉会深刻得多。"[①]诗人把批判的锋芒伸进当下的社会现实，让我们感受到诗人对于弱势群体命运的深切关注，触摸到诗人剧烈跳动的忧患之心，体验到她与底层民众手足连心、刺入骨髓、撼动心扉的疼痛。

见证当代社会不合理、不和谐的现实是郑小琼打工诗歌精神的体现，也是她受到底层群体、新闻媒体，包括官方话语多方认同的直接原因。对于广大打工者群体而言，并肩作战的打工生活经历，契合了他们内心难以抒发的痛楚与艰难，也直接为他们提供了一条倾泻自身内心的渠道。郑小琼的诗歌在见证底层民众的基本生活情状的同时，连通了广大打工者的内心精神世界。"文字是软弱无力的，它们不能在现实中改变什么，但是我告诉自己一

---

① 　郑小琼：《写诗与打工一点也不矛盾》，《深圳特区报》2007 年 6 月 21 日。

定要见证，我是这个事情的见证者，应该把见到的想到的记下来。"①对于郑小琼来说，一个卑微的愿望就是在打工、生活、在建设的城市中获得早已成为现代社会基础的"平等"的身份："我宁愿是一块来自于山间或者乡下的铁……在铁的世界里／任何一块城市的铁不会对像来自于乡间的铁／说出暂住证，乡巴佬，和不平等的眼光。"(《愿望》)但他们永远都是流浪在异乡的人，像"风中的树木、纸片，随风摇晃起伏"，城市执意而冷冰地拒绝给予他们平等的身份。"这些年，城市在辉煌着／而我们正在老去，有过的／悲伤与喜悦，幸运与不幸／泪水与汗都让城市收藏彻进墙里／钉在制品间，或者埋在水泥道间／成为风景，温暖着别人的梦。"(《给许强》)《流水线》中，"在流水线的流动中，是流动的人／她们来自河东或者河西／她站着坐着／编号，蓝色的工衣／白色的工帽，手指头上工位，姓名是 A234、A967、Q36……／或者是插中制的，装弹弓的，打螺丝的……／在流动的人与流动的产品中穿行着，她们是鱼，不分昼夜的拉动着／老板的订单，利润，GDP，青春，眺望，美梦／拉动着工业时代的繁荣。"作者将这些不和谐的现实深深地融入了自己的体温、血液和呼吸，给人一种挥之不去的亲历感，让人听到诗歌与生活的摩擦声。作品中真诚的原生态的抒写，让我们感受到真相蕴含的力量，以及这种力量给人的内心造成的震颤感。

呐喊的力量和内心的坚定也是郑小琼诗歌最大的亮色。郑小琼的诗歌连续获奖，其中有来媒体的，也有来自官方的"人民文学奖"。其根本的原因在于，她的诗歌创作透出一股为底层民众代言和呐喊的力量，将打工生活的艰难与现代工业体制下的尴尬与艰难凸显出来。她属于 80 后，但远不是我们当下文坛常常定位的 20 世纪 80 年后青春时尚的写作，而是一种铁的力量与不平而鸣的倾泻。"作为一个写作者，我一直在告诉自己，我无法像那些学识渊博者看到更深的哲理，或者作更多的预言，我只是这个时代平面的一个亲历者，一个在场者，我有责任将我亲历与见到的东西记下来，它们是什么题材，有什么技巧，构不构成艺术上的诗歌，小说，散文，或者是别的什么都不重要，最重要它们是此时我的生活与见到的真实。我是一个没有受过什么专业训练的文学爱好者，也无法在什么技术上，思想上，或者别的什么

---

① 郑小琼:《文字软弱无力，但我要留下见证》,《南方都市报》2007 年 5 月 24 日。

经验上来站在这里说什么，但我只是想告诉我遇到的真实。"① 对于郑小琼来说，写诗与打工是一体的存在方式。当年的郑小琼毕业即失业，远离四川南充来到广东打工。一直爱好诗歌的她通过自己的生存体验的自然流淌，发出来自生活底层最为真切的批判的声音。在郑小琼获得人民文学奖"新浪潮"散文奖时，主办方给予的评价是："正面进入打工和生活现场，真实地再现了一个敏感的打工者置身现代工业操作车间中，揭示了铁和塑料的现实与隐喻，为现代工业制度的不健全和反人性进行了反思和质疑提供了个人的例证。"打开郑小琼的诗歌，《黄麻岭》、《铁》、《穿过工业区》、《流水线》、《加班》等呈现的是打工生活的种种细节与生存万象，怨恨中充满了悲悯情怀，呐喊中又充满了渴望。可以说郑小琼的诗歌创作就是她在生存之网中不断搏击与挣扎的焦虑体现。

同时，郑小琼将打工群体的生活体验与个体的生存之思相互交融，在诗歌的主题内涵上超越了一般打工文学的局限性，将其上升到存在之思的高度。"有多少铁还在夜间，露天仓库，机台上……它们／将要去哪里，又将去哪里？多少铁／在深夜自己询问，有什么在／沙沙的生锈，有谁在夜里／在铁样的生活中认领生活的过去与未来。"诗人把"铁"这个意象放大了，它不再仅仅属于物体，而是代表了神州大地上千千万万的打工者。日复一日的打工生活磨损着他们的生命，不论白天甚至夜晚，疲惫的生活已使铁露出了"生锈的胆怯与羞怯"，尽管这样，他们依旧忙碌着，只为了一个梦想：生活着。这使郑小琼的诗歌不仅仅停留在现象学的展示和痛苦的倾诉状态，而是通过个人性的文学之思，将她的诗歌提升到一个复杂、深邃的层面。很多的诗歌评论者认为郑小琼的诗是打工群体心声的直观反映，在我看来，这是媒体的大众化与批评的简单化传播的结果。客观地说，当下不少打工诗歌都显得内容简单，意象单薄，表达的情绪较为激烈和外在。这样的诗歌多为"愤怒写作"或者"哀号写作"，在倾泻其情绪的同时，往往并没有一种个人性的精神穿透力加以贯穿，而只是一些"陌生化"的打工生活场景的展示与情感的流露。郑小琼却走得更远，她善于从身体内部幽深孔道里，把底层民

---

① 程贤章、郑小琼、王十月、展锋：《关注农业关心农村关爱农民——广东作家四人谈》，《文学报》2007 年 9 月 6 日。

众生存的命运思考接通了时代、主流政治话语的那根粗大的神经，从而融合了主题的批判和生存的个体之思。

阅读郑小琼的诗歌，不难发现，其中的大部分诗句不像一般的打工诗人那样指向性非常的明确，更多的是将打工的生存场景和来自身体内部的情感与力量结合起来，形成了一种力量有型而具象无形的诗意美学。《机器》中，"拖在背后的巨大的机台，沉郁而隐秘的轰鸣／像爱，像恨，像疼，像隐秘的月光在钢铁间／长出生命的线索，它嘶嘶着，衰老着／它老化的血管浸泡着岁月的锈／命运像那双弱小而柔软的手在坚硬机台上／安静的生活它蓝色的火焰照耀你疲惫的脸庞。"前面几句是实实在在的打工生活场景的记录，而后面的"长出生命的线索"、"老化的血管"、"柔软的手"等，这些来自个体的主观生命情调的意象，则将诗人来自个体气质的内心流露出来，二者虚实相生，交融互渗。"来来往往的打工者，本地人／开花落花的水仙，停停走走的车辆／我都把它们唤着黄麻岭，我看见自己／在它的身体上生长，根越来越深地嵌入／它水泥地的躯体里，我在它的身体上／写下诗句，青春，或者一场平庸的爱情／我有过尘世与悲哀，贫穷的生活中／她们的那根不肯弯下来的骨头。"（《村庄》）诗人将自己的打工之思，种植在鲜活的打工生活土壤当中，并将爱情、青春、生活的贫穷与悲哀都融入自我身体内部，思考"停停走走的车辆"一样的生活与"开花落花的水仙"一样无定的命运。

对郑小琼而言，写作即源于她身体内部的真诚表达和真情流露。"诗歌对于我来说，更多时候是我对庞大的社会现实生活与个体的内心一次隐秘的相遇……诗歌是我个人的心灵史，它是我对生命的真实体验，在时光一分一秒的流动中，它如影随形就会显现出来。"① 正是因为在写作过程中极力接近个体隐秘的内心，才让郑小琼的诗歌具有了触及群体隐秘内心的感召力、抵达人类灵魂彼岸的指引力，以及蓬勃向上的生命力。"把真相与真实说出，这是一个写作者应有的责任。"郑小琼的这一诗学追求，决定了她在诗歌创作时坚持从个体的生命本真出发，不断叩问时代真相及其潜在的缘由，不断找寻生活真理及其凸显的悖论，以期达到个体生命意识与群体生存共性的互相平衡。也正是在此意义上，批评家谢有顺才认为："诗人不是那些站在生

① 郑小琼：《深入人的内心隐秘处》，《文艺争鸣》2008 年第 6 期。

活之外、活在苍白的想象中的技术崇拜者，她本身应该就是在生活之内，在人性之内的。"[1]

二、宏大话语与底层诉说

郑小琼的诗歌作品，除了处处传达一种个体打工生活的外在经验和内心体验外，还注重将诗歌纳入宏大的话语体系中，或抗议，或针砭，形成一个大处着手，小处着眼的诗歌审美空间。具体而言，她在多数诗歌中频繁使用历史、国家、主义、信仰等十分抽象的宏大词汇，但其最终落实的诗歌意象，却往往是铁、机台、斧头、螺丝、铁钉等日常具象的微观词汇。这些表面上看起来无法协调的情感想象意象，正是郑小琼诗歌的高明之处。她将契合时代的底层诉说与同宏大的传统文学意象交融互渗，营构出一种带有强烈的愤怒和批判色彩，又有浓浓的忧伤与诉说的诗意氛围。其中，大到王朝、帝国、祖国、集体、英雄、历史、战争、军队、黑暗、暴力、野蛮、抗议，或者天空、星空、月亮、岁月、时光、大地、冰川、河流、女性、生活、远方、未来、生命、信仰、主义，小到岩石、金属、烙铁、斧头、铜镜、火药、火焰、囚笼、井、伤口，或者愤怒、耻辱、疾病、疼痛、悲悯、沉默、腐败、底层、梦境、荒寂、迷惘……这些大大小小的词汇相互杂糅在一起，正是诗人内心复杂的情感得以充分表达的需要。郑小琼一股脑地将其用在诗歌文本最需要表达的庞大内心里去，从而把主流的话语世界与个体的经验世界统一起来，打造出自己独特的诗歌世界。

对于郑小琼来说，将个体生存中的疼痛、焦虑的体验与宏大的社会历史批判结合起来，本质上属于她的诗歌抒情伦理的体现。作家并没有将打工生存状态完全置于身外，而是通过自身的内在体验连通外在的社会性的宏观话语，达到社会批判与反思的目的。《疼》中，"没有谁会帮她卸下肉体的，内心的，现实的，未来的/疼/机器不会，老板不会，报纸不会/连那本脆弱的《劳动法》也不会。"诗人通过自己全部的生命体验把底层生活状态升华到文化层面和社会学层面，这种升华便形成了一个独特而普遍的抒情伦理。

---

① 谢有顺：《从俗世中来，到灵魂里去》，郑州大学出版社 2007 年版，第 198 页。

她立足于社会生存的最底层，对这个时代所有的不公、所有的异化、所有的假象作了直接的指认和尖锐的揭露，在她笔下出现的是农民工的血泪，是底层人民的挣扎，是基层官僚的腐败，是城市的罪恶、是权力社会的黑暗、是一个严重物化和腐烂的社会镜像。"这暂住的国度，这暂住的世界，我像狗一样寄住在这国家的城市／我乡下人的血统我不属于城市的人／我乡下人的血统让我丧失法律的树荫／我乡下人的血统……／我把自己与时代焖在愤怒的高压锅间。""无数块在钢锭下变曲的铁／她目睹她只被挤压的铁中的一块／沿着打工的机台弯曲，成形／在螺母的旋转中／在声光的交织间／她被生活不断的车、磨、叉、铣……／她无法拒绝那些巨大的外力烘烤与锻打／最后，她目睹自己被滚烫的钢片烙上：合格！"显然在诗人笔下，出现了一个绝对二元对立的世界。城市／乡下、城市的人／乡下的人，她们之间往往存在着社会事实的极大落差。对于一个怀着极大的社会热情和道德义愤的诗人而言，因其没有接受系统的西方文学理论教育，天然的底层民众拥有的耿直与率真，使她的诗歌总是试图以一种强烈的抗击精神来面对一个丑恶的世界。"伟大的帝国！濒死的帝国！它疾病的躯体／恐惧漂满了官僚们的眼瞳！／我坐在生锈的震雄牌机台上写着这首挣扎的诗歌……"可以说，诗人的力量、诗人的责任感，诗人对弱势群体的关怀感动了无数的读者，也缓释了众人内心的生存焦虑，同时，也应该指出，其话语模式、思维模式依然是一种二元对立的革命思维，面对的也限于来自切身体验与强烈的道德义愤相加的生存图景。

为了避免当下许多打工诗歌过于强烈的社会问题意识，诗人往往在一些社会性、宏观性的话语世界中加入一些历史性的意象或词汇，并将其融入自身的生存和体验。"历史的孤灯之下英雄的阴影／有着模糊的可疑性思想饮尽／杯中的大海遇见鲨鱼与人民的／白骨战争的新闻从报纸延伸到／枪膛悲剧一如峭壁那样高耸"。"所有宫殿里居住着皇帝，它不会万岁／提着黑色的灯笼，寻找白色的海洋／墨水交给了历史，它血红的疑问／飘浮在空中，白纸内部，是乌鸦的嘴／在金黄的故宫，它用朱红的印章／抵住奔腾的大海，皇帝们企图用一根细小的绳子拴住积雨云／木头在宫殿已被时间腐朽／它积聚时间的愤怒在红色的朱漆／你是一只不祥的鸟，带着自身的重量／渐渐落下皇帝们的龙袍／皇后们的凤冠剩下出宫的格格们／躲在贫民窟中下岗等待救济。""历史、宫殿"、"皇帝"等词汇高频率出现，营造了一个与现实，尤其是打工生活现实迥异的想象世界。在这个世界中，"血红的疑问"、"模糊的可疑性"、"金黄的故宫"、"朱红的印章"等意象，既有个人的想象，又离不开自身的体验。于是作家往往还是将立足点放在"躲在贫民窟中下岗等待救济"，这大概是作家最熟悉的，也是体验最为深刻的。在长诗《完整的黑暗》中，作者似说欲罢，欲说还休："皇帝们占领电台演讲／三道勋章四尊金鹰杯给予那个维护皇帝的演员／中国需要帝制！中国需要帝制／你不要否定神话没有办法圆说／在以集体的名义下请撒谎／在以稳定的名义下禁止说出真相"。这些历史的词汇在一种若现若隐的状态下，有意无意地针砭着意识形态体制中的一些不足与缺陷，她似乎清楚自己不具备那种反抗的力量，却在疼痛中龇牙痛切地做着"堂吉诃德"式的反抗，无奈地反抗着世俗中的专制与不平。

不难看出，在郑小琼的诗歌世界中，逐渐从刚开始时的打工生活原生态的见证叙述，过渡到一个虚实相生的空间。很多诗歌的语言开始进入一个令人费解、耐读，最后却豁然开朗的状态。"那些不能言语的月光，灯光以及我／多少渺小，小如草芥，零件片，灯丝／用微弱的身体温暖着工业区的繁华与喧哗。"《工业区》诗歌展现了生存的艰难，让人感悟到了苍凉的意味，真实地记录了中国最贫困人们为了讨生活所遭遇的种种不如意。这种苍凉更多的是从肉体上散发出来，而不是来自精神层面，这也鲜明地了体现女性创作的直觉更明显、更具个人化的特征。"从断头的猫躯奔涌出一千只老鼠／机器的螺丝，扳手，钢铁，正将村庄的／发条拧紧，犬行曲径，有孩童飞行于山水／鱼躯体的木骨向右旋转，露水迎风飘舞／水中的幸福无法被人认清，它把自己的肉身／囚于犬亩，一日三餐的修辞，也许还需要／把伤口留给国家，城市分配给利息／数不清的痛苦远离秋天，被国家分配给黎民／税收在灯下照亮百姓的脸：苦，苦，苦，这苦有着／一根漫长的藤蔓，从秦皇到宋祖，历史的典籍。"其中"断头的猫躯奔涌出一千只老鼠"，"鱼躯体的木骨向右旋转"这些意象，如果没有对郑小琼打工生活和她的打工诗歌的理解和把握，很难想象出其中的意思，但当"苦，苦，苦，这苦有着／一根漫长的藤蔓，从秦皇到宋祖，历史的典籍"这一句的出现，诗歌真正批判的意图已经出现，于是在一定诗美当中，冲淡了其中本该存在的诗歌意图和表现冲动，在公共性表达与个人性诗美之间作了巧妙的沟通与协调。

于是，郑小琼的诗歌迈出了很多打工作家没有走出的一步。她从历史的纵深和现实的图景出发，写出了诗人内心的疼痛；二是她从纯精神的角度出发，呈示了批判的立场和质疑的锋芒，体现了一个诗人的艺术良知。历史性与社会性的公共话语书写与个人体验的相互融合，为很少涉及现代主义文学精神的作家很方便地实现了底层创作的现代主义味道，从而掀开了世界文学帷帐的一角，将自身的美学触角探入其中，从而使自己的诗歌从见证性过渡到感觉性的层面。

三、独特意象与情绪勾勒

很多人都曾经论述过郑小琼诗歌中的"铁"的意象。谢有顺指出："'铁'是郑小琼写作中的核心元素，也是她所创造的最有想象力和穿透力的文学符号之一。"[①] 郑小琼相信来自自己肉体和精神的诚实、尖锐的体验，并将其一次次加以膨胀，进而弥散在她的整个诗歌文本当中。她的诗作里，"生活的片段……如同一块遗弃的铁"（《交谈》），自己"为这些灰暗的铁计算着生活"（《锈》），"尘世的心肠像铁一样坚硬"（《机器》），"明天是一块即将到来的铁"（《铁》）。"我在五金厂，像一块孤零零的铁"（《生活》）。于是人与铁的意象交融互渗，形成一系列坚硬、冰冷、漆黑的诗歌世界。郑小琼认为，"正是因为打工者的这一身份，决定了我必须在写作中提交这一群体所处现实的肉体与精神的真实状态。"[②] 于是，郑小琼凭借自己多年在五金厂的工作经历和切身体验，观察"铁"被焚烧、穿孔、切割、打磨、折断的过程，并感受"铁"的坚硬，尖锐，冷漠，脆弱。她找到了"铁"作为自己精神的立足点，在自己卑微的生活和坚硬的"铁"之间，实现了经验与情绪的飞升。

郑小琼还有一系列个人性的意象，为她的诗歌文本赢得的个体存在性思考的深度。她的诗歌当中，屡屡出现一些关于骨骼、血管、神经等意象，这些人体的生理解剖名词，总是渗透在她对生活的理解与体验当中，产生了

---

① 谢有顺：《分享生活的苦：郑小琼的写作及其"铁"的分析》，《南方文坛》2007 年第 4 期。

② 《郑小琼访谈：在异乡寻找着内心的故乡》，《诗歌月刊》2005 年第 9 期。

一种独特的美学效果。《表达》中，"过去的时光，已不适于表达／它隐进某段乌青的铁制品中／幽蓝的光照亮左边的青春／右边的爱情，它是结核的肺／吐出塞满铁味的左肺与血管／她像一株衰老的植物，在窗口／从灰色的打工生活挤出一茎绿意。""我已看不见句子像细小的绿点蹒跚／像失业的痛一点点挤着体内流动的／血液与激情，我已习惯了它的疏远／它们在身体里延伸，像虚弱的神经／坚强的血管，明亮的肌肉急于翻新／感受一个词语内部的风尘与辽阔的背影。""多少螺丝在松动，多少铁器在生锈／身体积蓄的劳累与疼痛，化学剂品／有毒的残余物在纠缠着肌肉与骨头／生活的血管与神经，剩下麻木中的／疾病，像深秋的寒夜……上升着／上升，你听见年龄在风的舌尖打颤／身体在秋天外呼吸，颤栗。""塞满铁味的左肺与血管"、"坚强的血管"、"明亮的肌肉"，这些生理解剖的名词或意象，往往与打工生活中产生的诸多体验交融互渗，形象而深刻地体现了作家对打工生活的感觉与思考。实际上，这类意象的反复出现，一方面应该与诗人当年卫校毕业的医学背景相关，另一方面并没有增强作家对个体生存反思的深度。她只是避开了打工生活真实场景的直接呈现，而是更加形象化地加以传达。她不像西方心理现实主义或超现实主义那样，通过一些内在世界的反复绞缠与冲突，直逼人性的深层本质，而更多的只是停留在形象地体现个体生存的空间。

于是，郑小琼的诗歌，就像一块块"铁"敲打而成，如同粗线条的勾勒，而不是婉约的工笔彩绘。"我一直想让自己的诗歌充满着一种铁的味道，它是尖锐的，坚硬的。"①《愿望》中，"我宁愿是一块来自于山间或得乡下的铁／在这里把自己安置在一张小小的图纸中／籍贯，姓名，年龄，以及那些原本卑微的／血统，出生，地域都交出来／再把自己放在机台，宿舍，大街／轧，车，磨，铣，然后切割成块状／条形，方形，做成客人所需要的模样。"诗人把自己当作一块任人捶打的铁，无论是自己的身份，还是打磨的各种方式，都作了素描式的勾勒，犹如焊接出一个铁框，却没有内在的精神世界的流淌。"真相原本是王侯与党棍，税官和体制，在雨水日／开会，商量国家的阴阳，路线，主义，需要更多／附件与条例，树木需要一个钢铁的祭坛，狮子转世／回到水中，猜测需要歌颂，它妖娆的密码来自清明日／祖先

---

① 郑小琼：《铁》，《人民文学》2007 年 5 期。

的通灵术，它的颧骨太高，她的命运太苦，她的诗歌／太好，剩下铁质的渴望太硬，刺痛了柔软的时代／她前生原本一只凤凰，转身投胎却成狮子，钢铁太黑／主义太多，剩下她丰腴的肉体向世界屈服，与黑夜相互／呈现，交叉，重合，啊，它们有着相同的面孔／它已无法返回它的草原，它的定义正扩展，延伸／如今剩下谷雨日的种子给你带来好运气。"其中有宏观社会层面的"王侯与党棍，税官和体制"，又有自然层面"雨水日"、"清明日"，还有身体层面的"颧骨太高"、"丰腴的肉体"。这些不同层面的意象相互交叉、叠加呈现，形成了一个充满张力的艺术之框。其中力量有余、线条明显，却总是令读者逡巡于各个线条之间，缺乏深层的情感与反思。也就是说，诗人每次总是从一个场景迅速转入另一个想象，用蒙太奇式的频繁闪现，来代替对更深一层矛盾的反思与揭示。一方面这是诗人想象力的丰富，另一方面则体现了作家在思考的同时缺乏一个真正稳固的立足点，因而大部分想象力显得平面而碎片化。"拥挤如沙丁鱼，进入灰色的楼群／偏方土药与制剂，民间的香灰圣水／权威与专家，暧昧不明的娱乐消遣／血肉的政治游戏，把它们焖在谎言中。"于是，在罗列出来的这一堆意象当中，我们似乎只能多多少少能把握到一点什么。诗人却在焦虑中急于确立一个真正的主体的自我，以保证想象力不至于脱节。为了解决这个难题，诗人最终还是回到自己的生活现场，通过一系列宏观的社会现场与个体经验的情绪性表达，来凸显自身的主体存在。在《挣扎》中，诗之重心转回自己亲历的流水线生活场景："还有多少双手变成铁制工具／噢，请用韩式或者日式的鞠躬／我来自于四川内地，流水线工人／低贱而卑微的暂住者／忍受十二小时刻薄的劳动／内心长满了愤恨的物种却无力反抗／从苍白的暂住证到阴森的收容所。"一旦回到这个现场，诗人很难抑制住自身的个人的不平与愤怒："焖死这些比高利贷者更可恶的权贵们／焖死这些用枪支指导着市场的官僚们／焖死这些涂脂抹粉的诗歌与经济／哦，刽子手，屠户们，杀人犯，／快快快！把这垂死的时代屠杀／投机的商人们，外来资本们，倒把的小贩们／快快快！咬断这如同罂粟花一样畸形的喉管／把它们焖在黄沙血水间，让它窒息而死。"这种过于情绪化的倾泻，乍一读，令读者感觉非常激动人心，但过一段时间再读，则感到味同嚼蜡，本质上，这些诗句缺乏了审美的价值。

此时，她诗歌里的主观情绪溢得太满了，缺乏向上提升的力量和向内挖掘的勇气。无论在《人行天桥》，还是《进化论》中，作者在展开想象力的同时缺乏震撼灵魂的思想深度和足够丰富的精神内涵，更多的只是对社会的批判和不满，一种发自底层的原生态的精神宣泄和情感流露。正如康德指出，审美判断是"主观的合目的性而无任何合目的性"的判断[①]。一个作家只有超越世俗眼光的目的性，将自己的思考纳入人类精神境界的更高层次，而不是在写作过程中满足于内心情感而不作精神高度的思考。一个作家固然应该有社会批判的责任，但文学的超越性意义在于站在更高的层次来看待与思考人的存在与责任。

---

① 　康德：《判断力批判》上卷，宗白华译，商务印书馆 1964 年版，第 59 页。

第七章　主流作家的农民工书写

如果说，王十月等打工作家的创作中，喷涌出的是他们打工生活的热气，却因为叙事主体与人物主体的合二为一，作品往往情绪化大于理性反思。那么，孙惠芬等主流作家的笔下，事件捕捉与诗意打造相互融合，既体现了作家对社会不公事实的感应，又反映了作家一定的美学努力。这些主流作家面对城乡二元对立，俯视农民被裹挟着进城的时代事实，在一定社会真实的提前下将社会批判与人文关怀紧密结合，从而实现美学的突破。

第一节　孙惠芬：在诗意中穿透民工生活经验

孙惠芬是一个从农村走出来的作家。当农民进城成为当下农村的一个普遍事实时，她带着自己的切身体验，书写农民工在城市与乡村之间的游走状态。她没有如众多的农民工出身的作家那般，在城乡二元对立的视野下关注农民工的生存状态，从而以强烈的道德关怀来凸显自身的价值立场。相反，孙惠芬的一些小说开始走出农民工叙述的悲悲戚戚，而以生存的诗意加以穿透，将对人的关注逐渐取代了时代的关注。于是这些农民工书写多一些人性把握的深度，少一些社会批判的急促。

一、懒汉的吉宽

考察众多的农民工书写，不难发现在这些创作中，进城农民大多是善良勤劳，充分体现了乡村世界的人性美好。王十月、郑小琼等打工出身的作家往往集中自己的生活体验，原生态的经验呈现中凸显进城农民的道德优越性，然后在水深火热的城市打工经历中书写他们的艰难与苦难，从而展示城市文化空间的罪恶与可怕。于是，城市变成欲望陷阱，进城农民成为城市的道德救赎者，他们的苦难遭遇，正是唤醒和拯救城市社会的一剂良药。

同时，他们因为底层的身份和道德的优越，决定了他们身上天然具有的革命性，这种革命性往往驱使作家在创作中强化农民进城的苦难与泪水，而弱化他们从农村到城市的兴奋与收获，于是，农民总是作为一个与城市对立的阶层出现，无论男女，都体现了"美好的事物来到城市遭到摧残"的价值取向。这些创作固然在消费文化的疲软之中具有了一定的人文情怀与拯救意识，却在一味地强调革命性中不断实现市场消费的效益诉求。于是，沿着这条轨道，进城农民工一般都表现为淳朴善良，勤劳宽厚，因为只有这样才能与作家笔下的诗意乡村相吻合，也只有这样，才能真正担当起抵抗城市批判的重任，他们身上的美与城市现代性的罪恶构成了巨大的参照，才真正代表城市现代性解脱的力量。

但是，这样的农民工书写，一方面依照经济驱动原理，贫穷、无助的农村生活状态，驱使他们来到城市，谋求自身的生存。另一方面则沿袭了曾经的革命伦理，将美与革命、批判等同起来，目标共同指向城市文化对农民的压抑和挤兑。本质上，这些小说多为一种理念性的叙述，农民工基本以一个底层的形象出现，而少有关注他们个体的真正诉求，他们身上性格复杂的一面也少有表现。

《吉宽的马车》中，孙惠芬走出了《民工》叙述的思维惯性，吉宽作为一个乡村的懒汉，却具有了一定新异性。懒汉，在乡村并不代表主体力量，而只是一种异类。在延安解放区时期，曾经发起过改造乡村二流子的运动。这些二流子本质上就是乡村的懒汉。1943 年王丕林发表文章，认为二流子认定的标准是"看他是否有正当的职业和他对生产的态度"。[1] 这些农村的

---

[1]　王丕林：《谈农村二流子》，《解放日报》（延安）1943 年 6 月 4 日。

懒汉一般都"好吃懒做不务正业"，他们往往逸出主流社会的视野，将集体社会的热闹置于一边，而享受个体的寂寞。在很长的一段时间内，这些个体被主流社会视为阻碍社会发展的落后分子，尤其在延安解放区时期，由于大量劳动力的需要，他们被作为二流子而加以强制改造。目标在于将农村社会的人群统一起来，于是勤劳苦干变成为农村生活伦理的基本因素。

一旦到了市场经济时代，乡村贫穷的挤兑和城市空间的吸纳共同作用，农民进城的主体就成为勤劳苦干的民众。这些民众往往成为作家笔下人文关怀的载体，他们身上的道德之美与城市空间的物质之恶，构成了这些农民工书写的二元世界。作家孙惠芬选取一个懒汉形象，大为迥异于当下文坛农民工形象的写作潮流。

申吉宽不像一般农民工那般因为家境贫穷，而进城谋生，他进城的目的在于一段本身值得怀疑的所谓纯洁的爱情。"我喜欢睡地垄，是刚会走路时就有的嗜好，瞅母亲看不见钻到菜地，一躺就是一整天。""一条懒虫只吃一棵树上的叶子，吃光了就把自己瘦成肉干。"因为"我不喜欢城市这棵树，一天十几个小时在太阳地儿里搬砖我受不了。我不喜欢砖头石块，不喜欢坚硬，不喜欢城里呼啸乱窜的声音。我不但没看到那棵树上有什么好吃的叶子，反而觉得自己就是一片叶子被城市吃了。"这样一个在村里大多数男人进城打工的时代，吉宽看他们就像一只只"向着火光飞去的蛾子"，而自己就是一条心安理得吃歇马山庄这棵老树上的叶子的虫子。因为他认为，"一条虫子不吃叶子也是可以享受生活的，比如它可以蜷在某个地方发呆，望天、看云和云打架，听风和风嬉闹。这世界，你不动时，会感到它处处在动。"然而有一天，吉宽的恋人许妹娜进城两个月就被一个小老板看中，而远嫁城市。他为了爱情，而辞别家人和马车进城打工。在这里，吉宽进城的目的，意味着放弃诗意的个体生活，而进入功利的城市赚钱，从而谋求爱情的实现。在很多作家笔下，乡村生活也是诗意的，但这诗意仅仅来自乡村传统文化的臆想，一种桃花源式的敝帚自珍。在吉宽心目中，诗意是他作为一个懒虫的生活方式。无论是村民勤勉耕作，还是进城谋生，他都懒懒地赶着自己的马车与村里的留守女人嬉闹。这种诗意方式，在主流的视野下，无疑是一种令人唾弃的生活。吉宽的内心被唤醒，不是被金钱利益，不是被城市的物质生活，而是与许妹娜有些一厢情愿的爱情。

　　因为爱情进城打工，本身就是吉宽诗意生活的一种体现，这种诗意爱情却需要通过进城打工而实现。这本身就是一种悖论，注定了吉宽进城的悲剧结局。吉宽来到城市工地上打工，后在林榕真的帮助下，成为一家装修公司的副总。他不断寻找许妹娜，而许妹娜已经怀孕，生下一个孩子。当许妹娜被小老板厌弃之后，吉宽承诺要娶其为妻。此时，许妹娜就像吉宽一头扎进的城市一样，一面以散发着"稻草香味"的青春的肢体来显示她的魅惑，唤起吉宽的欲望和诗意的爱情；另一面却在行为与言语上屡屡与吉宽发生激烈的冲撞。二者复杂地搅和在一起，许妹娜希望把吉宽打造成为一个"都市现代人"，才有可能真正接纳他，而吉宽却坚持爱情的诗意，要带孩子和许妹娜回乡，因为他向往的还是乡村树上的叶子。许妹娜需要吉宽的乡村诗意，却无法远离城市的物质诱惑；吉宽无法舍弃许妹娜之间的爱情，却无力满足她的物质欲望，当他成为了公司副总之后，在城市里赚了一些钱后，他的马车已经不存在，他只能做一个木刻的小马车悬挂在墙上，而许妹娜已经无法随他回乡了。

　　可见，吉宽进城，没有一般打工小说那样的苦难与悲戚，没有聚焦于一个个农民工在城市的打工图景，而是充满焦虑地徘徊在诗意与物质，爱情与功利之间。

　　文中另外一个重要人物是黑牡丹。黑牡丹是一个"不喜欢老吃同一棵树上的叶子"的人。她先后找过三个男人，利用自己和女儿的身体，出卖色相。她和男人的关系是互相利用，却总能让打交道的男人高兴。她开一个歇马山庄饭店，却能够让光临的民工感觉回到家，她在城里赚了钱，带上丈夫回乡村而满足自身出人头地的虚荣。这是一个全新的进城女性形象。她当年进城的初衷，不是为了贫穷，而是不愿老吃同一棵树上的叶子。她有过很多男人，很重视男人的情感，却得不到男人的珍惜，她利用自身和女儿的身体在城市里赚钱，却又拥有一颗乐于助人的心。她利用男人在城市里谋取利益，却非常珍惜吉宽与许妹娜之间的爱情。她坦言喜欢城市，"城市的最大好处是它大，谁也管不了谁，谁也不看谁的颜色活。"可又无法逃离家的念想："天下没有白得的好事，你得付出代价，这代价里边，最大的代价不是别的，就是想家。"呈现在读者面前的，不仅仅是一个受城市话语压抑和挤兑的乡下女性形象，而是一种在城市与乡村之间自觉与不自觉状态下的人性表现。

169

自然，这样的人性书写，没有当下很多农民工创作的那般城乡之间的紧张，也没有立足打工者仇视城市的那般情绪化，作家巧妙地选取了特定的角色，颠覆了众多农民工书写常见的二元对立模式，将吉宽这样一个乡村懒汉形象与黑牡丹这样一个乡村女性形象，真切而富有诗意地表现出来。这两个人物的意义，不在于有多么高大上，而在于他们的复杂与丰满。

二、乡村化的城市

众多的农民工书写中，城市始终是一种物质性的存在。城市，意味着一种富有启蒙意义的现代性，意味着一个充满魅惑的价值符号，意味着未来乡村发展的必然路径。"城市化不仅仅意味着人们被吸引到一个叫城市的地方、被纳入到城市生活体系之中的过程。城市化也指与城市发展有关的生活方式的鲜明特征不断增强的过程。最后，它指人们受城市生活方式影响而在他们中间发生的显著变化。"[1] 在很多农民工题材创作中，城市总是以高楼大厦、建筑工地、工厂车间、发廊等符号存在。在郑小琼的诗歌中，最多的城市符号是车间、流水线等；而在王十月的小说中，城市则以出租屋、工厂订单等形式存在；在尤凤伟的《泥鳅》中，城市则是情人、夜总会等欲望空间的呈现；在米粒儿的眼中，城市则是一种高于乡村的身份认同。这些文学作品中的城市都是作为乡村的异质空间而存在。它们一方面能够提供农民的生存空间，缓解它们的贫穷焦虑，另一方面又在一个不同的物质欲望世界，带来了人性的堕落与挤抑。

在这种思维下，必然带来文学书写的模式化。城市人体现的是欲望化的产物。《泥鳅》中的"玉姐"，《米粒儿的城市》中的"老板"、"银行行长"、"高校教师"，这些城市人始终高于乡村农民，他们在性、劳动力等方面掠夺农民，又在精神上拥有先天的优越感。所以进城农民始终处于压抑状态，文本中总是透出一种强烈的不平情绪。本质上，这是来自城市与乡村之间的根本对立。因此，很多作家一开始进入文本创作，便无法逃离这种模式，他们

---

[1]　[美]路易斯·沃斯：《作为一种生活方式的都市生活》，赵宝海、魏霞译，见孙逊等主编：《阅读城市：作为一种生活方式的都市生活》，上海三联书店2007年版，第5页。

的创作便在如何演绎乡村的贫穷、城市的罪恶中不断推向极致化——通过死亡、暴力来达到高潮，进而凸显文本强烈的底层关怀。也就是说，这种城市、乡村二元对立的批判，并没有立足于真切的日常生活，没有在真切的文化生活方式中体现生活的厚度，而是在明显的对立状态书写截然不同的文化空间。

"现代城市，其空间形式，不是让人确立家园感，而是不断地毁掉家园感，不是让人的身体和空间发生体验关系，而是让人的身体和空间发生错置关系。"① 在《吉宽的马车》中，城市在这些农民工心中，是一种分裂状态。在物质上，城市在理想中能够解决他们的贫穷、饥饿，甚至爱情。在精神上，作家却将城市的高位拉下神坛，城市也是一种乡村的体现，城市人处处呈现也是乡村人的品性。于是，城市与乡村之间的二元对立显得柔和起来，小说自然少了城乡之间的紧张，而多了一些人性复杂的表现。

吉宽的二哥"觉得出来干活，为家里省点口粮心里踏实。既省了口粮，又挣了孩子上学的钱"。最后因为劳累过度得了肝癌撇下妻儿悲惨死去。许妹娜和她父母住在"一团矮趴趴的看上去不像房子，倒像猪圈或马棚的泥房里"，于是她宁愿嫁给"没念过多少书、还蹲过监狱的、在城里搞对缝的小老板"，甚至挨打受骂都不肯放弃没有感情基础的婚姻。本雅明指出，"当贫困像巨大的阴影降到他的同胞或者他的家庭头上时，人就再也不会安于贫困了。那时他一定会对他们蒙受的耻辱十分警觉，并一直会保持这样，直到他所蒙受的苦难不再将他引向悲痛沉沦的下坡路，而是引向奋起反抗之路。"② 他们将进入城市作为反抗贫穷的努力，却有意思的是，作家还写上一笔，就是在城市里工作的大哥，因为下岗失业，而带上儿子返回乡村种地，寻求生存的另外一种方式。在这里，城市不再仅仅是解决乡村贫困的唯一路径，也会带来城市人的贫穷，乡村与城市处于同一位置，城市不再有物质欲望的高位，乡村也是城里人的生存空间，二者之间是在复杂地互相流动。

吉宽成为了城市一家装修公司的副总，为了不断扩大业务，他必须不断与城市人打交道。他为了和城市人在一起交流，不断通过读书装进大量的知

---

① 汪民安：《身体、空间和后现代性》，江苏人民出版社2006年版，第129页。

② ［德］瓦尔特·本雅明：《单行道》，王才勇译，江苏人民出版社2006年版，第29页。

识与信息。然而，他接触的大量城市人却也是素质低下。干测量的大学生，几杯酒下肚，家乡话信口就来；区建委的副局长，满口粗话谈论裤衩兜着的玩意；一个出国很多次的领导，当众在饭桌上拿出纸巾擤鼻涕，并声称永远保持大老粗的本色。在作家看来，"城市不是森林，而是一个村庄，是一个和歇马山庄的差不多的村庄。"城市不再是富有现代启蒙意义的空间，而是一个乡村化的世界。于是，在吉宽眼中，城市是一棵树。他不喜欢砖头石块，不喜欢坚硬，不喜欢城里呼啸乱窜的声音。他为了爱情来到城市，却始终没有与许妹娜在一起。城市，能让吉宽赚到一笔钱，却无法最终和心爱的人在一起，林榕真能够利用一个个的城市情人打开装修公司的局面，却最终命丧其中。许妹娜一心为了走出城市，却迷失在城市之中。

于是吉宽开始质疑城市的现代性。"为什么要有城市，城市为什么要吸引我们，成为我们追逐的彼岸？难道除了城市，我们就不再有可去的地方？问题是，城市压根就不是我们的彼岸呵！我们来到这里，我们的问题根本没有解决，或者说，我们解决了这个问题，另一个问题又应运而生。我们其实刚刚从此岸来到彼岸，就发现彼岸又变成了此岸，就不知道到底哪里才是彼岸？"在这里，作家打破了大多数作家的城乡二元对立的思维模式，城市不一定代表现代性，城市在一定程度上就是乡村。因为对于吉宽而言，原本以为可以在城市实现自己的爱情，却发现最终还是什么也没有抓住。就连最初与许妹娜在乡村的性爱，在许妹娜看来，都变成了强奸，彻底颠覆了吉宽进城的根本动机。

因此，在作家笔下，城市与乡村仅仅是人物日常生活的场景而已。无论是城市，还是乡村，都不是一个彼岸世界。城市让林榕真付出了年轻的生命，让许妹娜迷失。城市让吉宽变得有钱，却无法实现自己的爱情。黑牡丹一心想活出自己的空间，利用多个男人的关系，开办山庄，甚至从事色情业。她赚了钱，也坐了牢；她成了优秀企业家，却很难找到自己的真爱。尽管城市让她满足了虚荣心，却还是无法安放自己的根。

在空间上，作家打破城乡二元的壁垒，将其纳入一个生活的本然状态。在乡村，村里的男人都进城当了民工，留下了懒汉吉宽，他瞬间成为村里女人的宠儿。众多留守女人争先恐后的雇着吉宽的马车，不厌其烦的挑逗着吉宽，用意淫的方式满足着自己的空虚和寂寞。他和许妹娜在出嫁前的结合，既是他进城的驱动，也被迷失在城市中的许妹娜视为"强奸"，本身意味着乡村男女的自然狂欢。当吉宽来到城市，他和已婚生子的许妹娜之间的暧昧交往，体验了一系列充满肮脏交易的"暧昧"之地，如民工们所谓的"穷鬼大乐园的舞厅"；"专供民工们玩小姐"，"五块钱就能抱个女人啃一晚"的"大众录像厅"；还有黑牡丹为"工头"提供"进一步的服务"的"乡村风味饭店"；以及民工们"饿了"就去找"鸡"解决问题的"鸡山"等，这些城市的隐秘空间，属于只有民工自己了解却不让家人知道的"微妙的不属于乡村的秩序"。林榕真与业主宁静、李华等城市女性之间的情人关系，不仅给他带来了丧生之祸，也揭示了城市社会衣冠楚楚背后的人性本质。"我努力用我的笔，打开一个乡村通向城市的秘密通道，使人们能够在一个相对封闭的地方，看到一个相对通透的世界，看到人类所能有的生命的秘密和命运的本质。"① 因此，作家并没有陷入一个"城市是罪恶的，乡村属于纯洁"的窠臼。城市与乡村之间的复杂，正是当下社会的真实生活状态。显然，作品没有一般打工小说那样，对城市随意泼洒的仇恨情绪，而是诗意化地叙述了吉宽从"虫子"到"蚂蚁"再变形到"屎壳郎"的过程。在这个过程中，作家有意通过人物的心情把握，淡化城乡的对比，但透过文本，我们依然可以发现《民工》的习惯思维。林榕真的悲惨结局让吉宽彻底对城市绝望，甚至对城市产生了可怕的怨恨报复心理，"在那样的晚上，屋子就不再是屋子，而是牢笼，人就不再是人，而是困兽，左冲右突直想把墙壁洞穿，毁掉所有城市有钱人的房子"。城市女性宁静则把林榕真视为一个乡下人："你应该找准自己的位置，我不过是用用你的身体，我怎么会跟你结婚。"小说最后出现三件事，促成了吉宽的回乡。侄子英伟的判刑入狱，三哥搞传销被人追债，许妹娜追求一种别人不懂的生活而吸大麻，这些叙述呈现了小说不自觉地陷入思维的惯性中，以体现文本的社会批判性。

三、诗意的心情史

城乡生活的诗意化，是《吉宽的马车》的最大特色。在小说中，作家极

---

① 孙惠芬：《乡村生活进入了我的灵魂》，《文汇读书周报》2004 年 8 月 27 日。

力书写日常生活，在日常生活中发现诗意。"在我看来，日常状态是人性中最难对付的状态，说它难以对付，是说突发事件总是暂时的、瞬间的，而人在事件中，往往因为忙碌，因为紧张，体会不到真正的挣扎。事实上，人类精神的真正挣扎，正是在日常的存在里，困惑和迷惑，坚韧和忍耐，便挣扎呈现出万千气象。我一直觉得，日常最具有极端的质地，它跟时间和时光抗衡，是流动着的存在，无论是写作着的我，还是我身边现实的各色人生，都不得不在奔着希望和梦想的前进中，跟他持久的对抗。"[1] 作家将当下社会城乡之间的诸多事件通过一个农民工的视角，透过他的心灵折射，坚硬、琐碎的生活状态，变得诗意柔和起来。留守女性的性饥渴问题，打工者在城市的生存问题，老板欠薪，包养情人、装修的内幕，进城男女农民工的性与婚姻问题，这些城乡之间的人口迁移带来的社会万象，都在文本中有所体现，但与其他小说不同的是，作家将这些社会事件与诗意的生活想象结合起来，透过吉宽的心理流动，与现实的生活保持一个艺术的距离。

在小说中，吉宽是村子里的一个被众人所不见的懒汉。他懒于耕作，整天赶着一架马车，与村子里的妇女在一起。如果在一个世俗视角的观照下，吉宽应该毫无诗意可言，甚至非常艰难和心酸，但作家赋予了他现代社会越来越缺失的乡村诗意。他喜欢像一条虫子"躲在某个地方发呆，望天，看云和云打架，听风和风嬉闹"，还自编了一首乡村民谣。当同村人飞蛾扑火般冲进城市时，吉宽还把梦揭在野地里，因为跟四哥进城的那年经历让他注定了不喜欢城市的想法："我不但没看到那棵树上有什么好吃的叶子，反而觉得自己就是一片叶子被城市吃了。"此时的吉宽深深依恋着歇马山庄，他愿意像一个寄生在豆子里的虫子，好吃懒做却还享受吉祥安泰，人与自然亲近和谐，一切都那么自在自由。于是，他与以往文学中的乡村二流子相区别开来，而具有了一定的隐喻意义。

因为爱情，他走进了城市。在四哥的工地上，他过着"吃一嘴泥沙饿一天肚皮"的艰辛日子，被当作城市的垃圾投进了拘留所。他遇到林榕真的帮助而从事装修业，却目睹了林榕真丧生于女人之间。他努力在城市打出一片天空，不是为了赚钱，而是为了与许妹娜的结合。在城市里，他始终感觉：

---

[1]　张赟、孙惠芬：《在城乡之间游动的心灵——孙惠芬访谈》，《小说评论》2007 年第 2 期。

"我们从来都不是人，只是一些冲进城市的怪兽，一些爬到城市这棵树上的昆虫，我们被一种莫名其妙的光亮吸引，情愿被困在城市这个森林里，我们无家可归，在没有一寸属于我们的地盘上游动……"而在吉宽大姐眼里，"有本事的人，不是指村里人，你要是没离开歇马山庄，再有本事，她也不屑。"于是他们在城市里请客送礼，承包工程。他一直向往乡村的诗意生活。赚了一笔钱后，带上许妹娜回到歇马山庄，这是吉宽的来到城市的目的，也是他的梦想。然而，许妹娜已经沉入了另外一种生活，也决定了吉宽无法返回乡村。于是，他只能不断寻求乡村的载体来表达自己城乡之间的诗意状态。

马车，是吉宽乡村诗意生活方式的一个媒介，也是一个隐喻的符号。"我打一小，就喜欢睡地垄沟，喜欢马，喜欢马车，喜欢车轮压住地面那种喧嚷嚷的声音和慢腾腾的感觉。"这种慢腾腾的感觉，正好相对于城市生活的坚硬而紧张。在马车上，吉宽与村里众多的留守女子开玩笑，动手动脚非常开心，于是才有了他与许妹娜在马车上的认识，才有了吉宽进城的动力。它既与吉宽的懒汉生活相吻合，又体现了一种生活的自然状态。当吉宽为了许妹娜而进城，拉车的老马死了，马车也不存在了，意味着吉宽无法回到过去的乡村懒汉生活了。于是马车只能作为一个木刻的模型而悬挂在饭店的大厅墙壁上，与一些乡村的苞米谷子辣椒相互映衬，形成了一种田园、乡土的气息，不仅让自己"仿佛真正回到了故乡的田野"，同时也慰藉了民工们在城市空间中日益干涸的心灵。奔跑在墙上的马车，体现了一种原始的生命力在城市空间的存在。黑牡丹终年在城市里打拼，却在饭店的大厅里所有的灯笼下，垂下一串串长长的蚕茧。这些出了蛾的茧，既意味着家乡的温暖，又象征了离居在外的人一种破茧而出的蜕化。一个个透亮椭圆的腰身，寄托了黑牡丹对家乡的思念与想象。

与众多打工文学经验写作不同是，孙惠芬没有将重心落在渲染吉宽等农民工在城市打工的苦难经历，而是将一系列的生活感受通过心情的浸染传达出来。吉宽在工地上的生活、装修公司的艰难创业，黑牡丹带着女儿在城市里经营饭店，农民工在鸡山解决性的饥渴，这些农民在城市的种种艰难体验，并没有在愁云惨雾的氛围中博取读者的同情。相反，小说以吉宽为中心，透过他的内心感受，将农民在城市与乡村之间游走状态表现出来。"我最初写作，是因为心情，心情压抑，心情里有一团团化不开的东西，它自己往外涌。于是，小说便在心情里疯长。近年来，我也试着讲一些故事，但我一直无法进入纯粹，我总是要将自己化进故事里，将故事中人物的心情变成自己的心情，或者，用自己的心情去发现别人的心情，结果，我的故事总是呈弥漫的状态，如心情一样。"[①]

因此，在《吉宽的马车》中，常常有大段大段的人物内心变化的描写，这些人物在不同环境下的心理波动，成为作家洞察人性的重要窗口。从表面看，《吉宽的马车》是一部书写乡村男女进城打工，寻求爱情的小说，而实质上是吉宽个人的心灵史。从吉宽因为爱情而进城，到最后的爱情不得而返乡，其中融入工地做工，开装修公司的受挫与成功，吉宽在城乡之间的反复游走，孙惠芬始终将注意力放在吉宽的心态变化上，捕捉吉宽在不同情境下的心灵波动。一开始，吉宽安于乡村的懒汉生活，"我姓申，一个日子中间插了一条电线杆子的那个申。我从没喜欢过这个姓，电线杆子上挂着一个日头，这意味着什么，意味着日头永远也不落，天永远也不黑。我是一个懒汉，歇马山庄有名的懒汉，在我三十岁之前的时光里，在我毕业回家种地的许多年里，我最盼望的事情就是天黑日落。因为只有天黑日落，才能上炕睡觉。才能捧一本书胡思乱想。"其中透出一种乡村生活的安逸满足感。当吉宽来到城市后，在工地上做工，他有一段心理描写："离开灯火辉煌的街道，在工地上黑漆漆的一堆沙石旁，我觉得我的心黑漆漆一片。不是我不懂民工的需要，或者在这件事上我又多么幼稚单纯，我是想，在二哥三哥四哥这样一些乡下男人那里，家究竟还意味着什么？老婆究竟还意味着什么？是的，粮食卖不出钱，要想过上好一点的生活只有出来卖苦力，乡村男人，没有一个不是为了改善家里的生活才出来的，然而他们的生活到底是否真的改善了呢？经历了这样的改善，是否有了更隐秘的什么东西在吸引呢？"究竟是什么在吸引农民进城，农民进城的命运为什么会如此？吉宽开始立足于自身又跳出自身状态，用质疑的心态来思考农民进城，体现了吉宽内心的紧张和压抑。吉宽在城里转了一圈，工程快要结束了，"我草根草民，我背井离乡，我虽然已经拥有赚钱的工程，可是我经历了九九八十一难，我追一个女人而来，却最终被两个女人抛弃，要是这个时候再有人向我讲述另一个男人被抛

---

① 孙惠芬:《小说在心情里疯长》,《城乡之间》,昆仑出版社,2004年版,第50页。

弃的故事，我如何能够心胸开阔。"一个农民工在城市的真实心态豁然而出现在读者面前。城乡之间的起起落落带来的心理落差——呈现在读者面前，带给读者的是吉宽进城真切的心灵史。这些心理描写，辅以文中大量的诗意性的文字，使得文本与现实之间具有了一定的审美距离。

实际上，吉宽进城的经历在作家笔下是一种速写式的呈现，尤其他在城里创业的过程，简直一笔带过，而在人物的内心状态方面，则是繁笔渲染，融以作家细腻的内心感受和诗性的语言，形成了一个个足以让读者思考的诗意空间。于是，小说在反映当下的一系列现实生存状态时，又将现实经验一一荡开，既避免了很多农民工书写中苦难生活事件的罗织，又没有紧张急促的道德批判，从而提升了文本的美学意义。

第二节　贾平凹：强作欢颜的高兴

将农民进城的话题，演绎成一个高兴与不高兴的情绪问题，是贾平凹城乡叙事的主要努力。从《小月前本》、《鸡窝洼的人家》，到《废都》、《高老庄》，贾平凹将视角从农民到知识分子，从乡村的诗意到城市的焦虑，体现了由于自我身份变革带来笔下世界的文化性格与心理的变化。《高兴》是作家对进城农民的生存状态和心理的一种把握和探索。没有当下农民工书写的那般愁云惨雾，也没有城乡社会的不公而带来的仇恨情绪，小说以一种反讽戏谑的方式书写刘高兴与五富、黄八等农民在城市的生存状态，以一系列的文学意象呈现了他们在城市的期望、茫然与无奈，体现了作家对农民进城这一社会话题的主体思考，但忽略了对人性深层的把握。

一、在高兴与不高兴之间

农民进城，一方面体现了当下社会现代性发展的一面，城市文化成为主导文化，而乡村世界在一天天的缩小中，呈现了绝对化的弱势。另一方面，则是农民在一定程度上主动进城，城市却以一种居高临下的姿态，阻碍并压抑着农民进城的步伐。农民在城市里，并不仅仅是在苦难与仇恨中寻找生存的机会，但他们的主动认同城市社会，并没有换来城市对他们的认同。于是，贾平凹的《高兴》避开了当下很多农民工书写的共同模式，而是在主动认同与不被认同之间探索农民进城的诸多问题。

刘高兴、五富、黄八等人进城，都是因为乡村的贫穷，但小说并没有停留在渲染农民在乡村的贫穷诗意中，而是重在书写他们如何拥抱城市而始终被弃的无奈事实。在农村的刘哈娃为了婚姻大事，卖了一个肾而建了一幢房子，不料等房子建成后，未过门的媳妇却已嫁作他人。于是他改名为刘高兴，以高兴的心态进入城市，希望像自己卖出去的一个肾那样在城里落户。为了能够在西安生存下来，他既没有文化，又没有财力，只能去拾破烂。在此，作家给我们展示了一个拾破烂人群的生存世界。他们遵守各自区域内的规定，定期上交保护费，送礼给一个家属院的门卫，为的是尽可能多地捡拾垃圾，挣得尽可能多的钱。他们一大清早去垃圾场，靠武力与同行争抢，在臭气熏天的垃圾堆中翻拣；到鬼市收销赃物品又被讹诈欺骗；白天收捡破烂，晚上卸水泥，甚至为争得卸货权而行美人计，最后被骗到咸阳挖地沟，五富命丧城市。他们是垃圾的伴生物，租赁简陋的房屋，房屋内外废品成堆，到处是老鼠和蚊蝇。他们吃的主要是面糊糊疙瘩汤、经常晾晒着发霉的馍干，到饭馆吃面是极大的奢侈。

在这些小说以刘高兴等农民日常的生活行踪里，引出了一系列来城市打工的农民工各种生存状态，如做保姆的翠花，做妓女的孟夷纯，做乞丐的石热闹，送煤球的刘良，还有建筑工人、装卸工等。如同贾平凹在《高兴》后记中里写道："就不妨把自己的作品写成一份份社会记录而留给历史。我要写刘高兴和刘高兴一样的乡下进城群体，他们是如何走进城市的，他们如何在城市里安身，又是如何感受认知城市，他们有他们的命运，这个时代又赋予他们如何的命运感，能写出来让更多的人了解，我觉得我就满足了。"[①]

如果仅仅是原生态地呈现出这些农民在城市的生存状态，只能是一种非常情绪化地揭示底层民众的生活，融入文中的是人道主义的情怀和社会不公的批判，相反，贾平凹并没有在惨戚戚的苦难叙事中得到渲染，而是以一种

---

① 贾平凹：《高兴》（后记），作家出版社 2007 年版。

农民式的狡黠与生存的幽默相结合，将沉重的底层生活轻松地表现出来。透过这些沉重而又不无调侃味道的书写，我们能感受到作家对农民在城市生活的把握和理解。

与众多作家笔下的进城农民工不同，作家在刘高兴身上赋予了一种农民对城市的认同，不断感化和影响着五富和黄八等人对城市的仇恨与隔阂。他是一个商州来的农民，却拥有了一般农民所没有的城市气质。虽然来到城市拾破烂，整天与垃圾打交道，但是他爱干净，衣服虽旧但是洗得干净，衣着整洁，屋子虽小，但收拾得清清爽爽。吃饭的时候，对面条的形状、加工的程序、调料的搭配都很有讲究。他在心中把"剩"字念成"圣"字，把没有建好的剩楼视为自己的圣地，希望自己能成为一名城市人。在气质上，他迈着领导具有的八字步，会吹箫而显示自己的儒雅，有意在捡啤酒瓶时做出有文化的气派。这些做派，征服了五富和黄八，以及一些城市居民。他在来城市之间卖了一个肾，他认为这个肾在城市人身上，来证明了他自己的身份归属城市。因此他对五富说，"咱既然来西安了就要认同西安，西安城不像来时想象的那么好，却绝不像是你恨的那么不好，不要怨恨，怨恨有什么用呢，而且你怨恨了就更难在西安生活。五富，咱要让西安认同咱，你要欣赏锃光瓦亮的轿车，欣赏他们优雅的握手、点头和微笑，欣赏那些女人的走姿，长长吸一口飘过来的香水味。"既然他的身份自我认同于城市，那就在城市的一切都需要以高兴的姿态面对。他在干活之余"吃豆腐乳"像在"享受音乐"，坐在出租车上"感觉坐着敞篷车在检阅千军万马"，甚至梦想要在街口修一个摩天大楼。

实际上，刘高兴对城市的自我认同非常矛盾，甚至一厢情愿。支撑刘高兴的精神动力源来自农村："农民咋啦？再老的城里人三代五代前还不是农民?！咱清风镇关公庙门上的对联写着：尧舜皆可为，人贵自立；将相本无种，我视同仁。"但在他与城市人韦达等人之间，明显存有一个巨大的鸿沟。这个鸿沟决定了刘高兴的自我认同只能是一种无力的慰藉。从现实的角度来看，他们在城市里拾破烂，尽管非常肮脏，收入微薄，但相比较于农村还是要高得多。一旦回到乡里，村里人会刮目相看。这是他们内心高兴的本质。然而，城市并不高兴地接纳他们，他们处在生活的底层，家属院的门卫可以讹诈他们，街上的小青年可以勒索他们，收购商短斤缺两，老板欺骗他们。

这些生活在底层的苍蝇式人物，如何能够真正的高兴起来。作家赋予刘高兴城里人的气质，穿西服，戴墨镜，会吹箫，让五富、黄八等人自叹不如，又在行为上具备城里人的智慧：先用计让送菜收破烂的秃子得罪了收购站的瘦猴，使得收来的破烂卖不出去，只好便宜转给五富；随后又带着五富，用一盒烟和一堆奉承话摆平了门卫。这些都似乎说明一个问题，乡下人只要像城里人的气质智慧，就能被城里人接纳。

实际上，这些令农民工高兴的内容，一方面体现了作家对底层生活的理解，不断发现农民工身上的小农智慧，在调侃式氛围中打破了当下农民工书写中愁云惨雾的局面，另一方面也体现了作家在写作中主动摒弃怨恨的情绪，而对农民工问题的本质加以思考，暗合了主流意识形态的意图。农民工在城市的高兴，意味着城乡之间能够和谐。"刘高兴作为一个较好适应城市的'先适者'，就是要自觉地带领'五富'们进入现代文明标志的城市生活之中。"只有这样作家通过设置刘高兴这一人物形象，意在思考农民工与城市的发展。沿着这个路径，读者却不难发现，作家在努力营造"高兴"氛围时，却不断陷于迷茫与悲凉之中。五富死在工地上，"在这个时候我才知道我刘高兴仍然是个农民，我懂得太少，我的能力有限。"一种悲至骨髓的氛围伴随着作家对农民工在城市的命运的思考而弥漫开来。刘高兴还继续留在城里，但他在城里的命运如何，作家贾平凹自己指出："书名叫'高兴'，其实怎么高兴得起来呢？刘高兴把名字改成了高兴，我又在书上尽力写出一种温暖感，其实寄托了我的人生的苍凉感。你注意到了吗，我在写他们最苦难的时候，景色都写得明亮和光鲜，寻找一种反差，而且控制着节奏，沉着气。冬天里一切都濒于死亡，但树叶的色彩却最鲜艳啊。要不动声色地写。"于是，小说文本因为高兴与不高兴之间的紧张和焦虑，具有了一种美学的张力和思考的穿透。

二、底层的爱情幻想

对于刘高兴而言，他因为爱情而进城，也因为爱情而恋上城市，追逐城市的梦想就是追逐美丽爱情的梦想。因为贫穷建不起房子，他卖了一个肾而建房，等房子建成后，未过门的老婆已经嫁给他人了。于是他来到城里。为了自我安慰，"特意买了一双女式高跟尖头皮鞋"，因为农村的女人是大脚骨，"我的老婆是穿高跟尖头皮鞋的！"所以高跟尖头皮鞋在刘高兴的城市拾垃圾生涯中，是追逐城市爱情，实现城市梦想的寄托。在他"床上的墙上钉着一个架板，架板上放着一双女式的高跟尖头皮鞋，灯照得皮鞋光亮。"因为，他来到城里后，发现西安城里的美女很多，她们都穿高跟皮鞋，都有一双精致的脚，脚趾都是二拇指长。他认为这些美女云集在城市，所以城市才这么好。

正是"穿着和我买的一模一样的高跟皮鞋"的孟夷纯出现，刘高兴终于结识了梦寐以求的城市里的漂亮女人。她有些近视的眼睛，瘦长的牛仔裤，饱满结实的屁股，都让他倾倒。不料，因为恋人李京杀死了哥哥而逃逸多年，这一冤案一直需要家里掏钱出警。孟夷纯只能在美容美发店里做妓女，每次一万一万地汇给县城的公安局。尽管孟夷纯的妓女身份让刘高兴纠结了一阵，但在刘高兴的心目中，她还是一个城市的女性，一个锁骨菩萨的化身。他不断地给孟夷纯送钱，尽管每次都只有几百元，甚至还发动黄八、五富等人从微薄的收入中捐款。他想象着和孟夷纯一起的城市生活："我每日去拾垃圾，回家了说：孟夷纯，我回来了！给她买了衣服，给她捎一个油饼，我们坐在屋里一边手拍着蚊子一边说话，讨论我们的屋墙上应该粉刷了，窗子前得放个沙发呀，沙发要那种棉布的，坐上舒服。对了，买个洗衣机，有洗衣机就不让她洗衣服。厨房窗上得钉上一排挂钩，挂熏肉，挂豆腐干。浆水菜瓮往哪儿放呢？是不是还养几只鸡，养个小狗，对，养个哈巴狗，我去拾破烂了有哈巴狗陪伴她。哈巴狗要那种黑毛的，一般人喜欢白毛，我觉得黑毛比白毛好看，要黑毛。"在刘高兴城市爱情的想象中，不难看出一种小农视野与城市享受的相结合。就刘高兴一个地道的农民而言，这个幸福生活的图景大概已经发挥了他的极致想象了。

然而，当他带孟夷纯来到自己的住所，却始终无法完成爱情的升华。面对孟夷纯给他的身体，他竟然无法勃起，隐喻了他和孟夷纯的最终命运。最终孟夷纯被警察抓走，而刘高兴因为拿不出五千元，只能任由其被拘留。本质上，孟夷纯就是城市的隐喻。孟夷纯的漂亮，长长的脚趾，高跟尖头的皮鞋，正是城市文化物质欲望的一面。孟夷纯是一个妓女，又进一步隐喻了城市文化作为魅惑的一面，无论刘高兴们怎样投入怀抱，始终无法真正城市，被城市所认同。最终只能在路上。

　　显然，爱情的叙述，作为刘高兴进入城市的一个驱动，并没有落入俗套。性在文本中并不占主要成分，不像很多的农民工书写那样，进城女性，沦为妓女，委身于城市男子，而文本中的孟夷纯与刘高兴之间的爱情，本质是两个人在城市世界精神层面的相互支撑。这是小说最感动人的地方。性并不是孟夷纯和刘高兴之间的重要组成部分。即使写道种猪和言胡之间的性爱，也是更多地表达黄八与五富等底层民众的性压抑。因此，在孟夷纯与刘高兴之间的爱情处理，体现了作家对底层民众在城市的性爱、爱情的理解和把握，也是对一般农民工书写模式的突破。刘高兴来到城市后，尽管他用计帮翠花要回了身份证和工资，但无法接受翠花对他的爱。因为，在刘高兴的心目中，爱情已经和城市等同起来。当刘高兴认识孟夷纯之后，被其美貌和气质所吸引，一直处在是否为妓女的怀疑之中。但孟夷纯坦陈自己是个妓女时，他又被孟的艰难处境感动，于是他要以自己的微薄收入帮孟夷纯走出困境。这其中的心理波动，真切地体现了一个农民在城市里对爱情的理解。

　　他像供奉毛主席像那般，天天将一双高跟尖头皮鞋擦拭一遍。这双高跟鞋子已经成为城市女性和城市文化的隐喻。据西方心理学，"鞋"蕴含着性的意蕴。英国心理学家蔼理士在《性心理学》中指出："在少数而也并不太少的男子中间，女人的足部与鞋子依然是最值得留恋的东西。"[①] 所以尖头高跟皮鞋的意象，是连接刘高兴与孟夷纯之间关系的纽带，也是城市欲望和性欲的隐喻体。

　　锁骨菩萨是观音的化身，为慈悲普度众生，专门从事佛妓的凡世之职。当得知孟夷纯是个妓女后，锁骨菩萨塔的故事为孟夷纯的故事做了最好的注脚或诠释，也为高跟尖头皮鞋里寄托的物欲的城市爱情赋予了升华的灵魂。刘高兴一厢情愿地把孟夷纯想象成锁骨菩萨，正是自己内心欲罢不能的爱情痛苦的慰藉。孟夷纯的妓女职业与在其心目中的地位形成了巨大反差，也像锁骨菩萨一样是污秽里的圣洁。在此，作者在试图揭示城市底层农民工无法抗拒物欲与情欲的诱惑时，却在一个拾垃圾者与一个漂亮妓女之间的出污泥

---

① ［英］蔼理士（HavelockEllis）：《性心理学》，潘光旦译，生活·读书·新知三联书店1987年版，第206页。

而不染的爱情中，指向了肮脏的世界里干干净净地生活的理想。"我从他身上看到中国农民的苦中作乐，安贫乐道的传统美德。他们得不到高兴，但仍高兴着，在肮脏的地方却干净地活着。他们的精神状态对当今物质生活丰厚、精神生活贫乏的城市来说颇有启示。"①

三、文本叙事的内部焦虑

从外在形式上看，《高兴》的叙述笔调是诙谐、戏谑的，但在文本内部，却始终弥散着一种悲凉的氛围。这种内部的矛盾，来自于作家主体的焦虑。罗·洛梅指出："焦虑是因为某种价值受到威胁时所引发的不安，而这个价值则被个人视为是他存在的根本。"② 从商州系列的纯美人性，到《废都》的欲望的迷惘，到《秦腔》中农民的迷失，作家在这个变动不居的年代，面对城市与乡村之间的民工陷于深深的焦虑。他来自乡村，却具有一定现代意识，他居住在城市，却始终无法脱离乡土意识。于是，在他的文本叙述中，形成了一种无法脱去焦虑的紧张和张力。

首先，作家在表层极力以调侃的方式，以轻松、诙谐的笔调来书写农民工进城谋生的沉重话题。相对于《废都》中对城市文化把握的凝重，《高兴》阅读起来显得轻松多了。但是，细读文本，前后的氛围完全不一样。前面在引入刘高兴等人进城拾破烂，显得非常幽默轻松，大多为一些流行性的细节与笑话。而到后半部分，文本显得相对悲凉与沉重。作家有意将一些生活细节加以诙谐化，这既有一定的生活基础，又轻松幽默。五富不认识香肠，装卸的时候将香肠放在蔬菜筐里。黄八和五富偷偷用胶粘住门卫的裤子，以报复门卫的讹诈。为了试出黄八是否得了会传染的乙肝，特意买了三斤肥肉煮着吃。刘高兴迈着八字步装作领导样，巧计斥走市容队。这些细节都让人看后忍俊不禁。但笑后却让人不由感到悲凉。底层民众在城市的艰难、压抑，尤其是孟夷纯被抓去劳教，而刘高兴无力拯救，五富中风死在工地后，妻子带着一个骨灰盒回乡，这一切已经无法再让读者笑出声来。于是，小说文本

---

① 卜昌伟：《贾平凹长篇新作写同乡》，《京华时报》2007 年 8 月 28 日。

② ［美］罗·洛梅：《焦虑的意义》，朱侃如译，广西师范大学出版社 2010 年版，172 页。

内部不断撕扯，在轻松与凝重，诙谐与悲凉之间体现了作家对农民进城这一话题的思考。

其次，精英与大众之间的左右摇摆，也是小说叙述风格的主要表征。小说一方面融入了很多社会上，网络上流行的事件和笑话，甚至有的地方写得如同相声，令人捧腹大笑。一农民工因为欠薪而欲跳楼，借此来给老板施压，不料路人竟然鼓励其跳下。五富玩一元的硬币，不料却被吞入腹中，于是他喝下许多香油，最后将其拉出。女主人对刘高兴正眼不瞧一下，于是他将牙签塞入锁眼。为了防止出租车司机在桥墩下大小便，刘高兴写上"禁止大小便"，"否则没收工具"。当他很得意地问五富看到了什么，五富说他看到了一堆屎，再问还看见了什么？回答还是一堆屎。这些故事或笑话，显然来自作者一方面对底层生活的深入理解，也不无一种市场消费话语之下大众文化因素的考虑。另一方面，刘高兴在城市底层的生活，尽管贫困无比，但他却坚持一种诗意的想象。煮糊涂面的时候，各种讲究来自的是一种生活的精致，作家制造一种反差的效果，也体现了底层生活的文人想象。他喜欢吹箫，一吹起《二泉映月》，就把什么都忘记了。当刘高兴知道孟夷纯是个妓女后，他照样能够拿出自己不多的钱，来帮助她。这些行为都不是一个底层农民工的真实状态，而是知识分子文人想象的结果。也就是说，小说文本在精英与大众话语之间，既有对农民工在城市生存状态的细节描述，又有作家主体对城乡二元状态的思考和想象。

最后，从叙述模式上看，小说本质上是一个传统小说的典型现代版。也就是说，刘高兴与五富、黄八之间，是一个典型的类似于西游记中的主从关系。刘高兴天生就比五富和黄八要智慧和高贵，而后者简直就是土气、小气甚至有些纯笨的农民形象。刘高兴在五富和黄八之间的领袖权威，既有中国人的劣根性所在，也隐喻了城市文化对乡村世界的引领地位。刘高兴与孟夷纯之间正是古典小说中的才子佳人的模式。孟夷纯的艰难境地，美貌的魅惑，二者的鸳鸯难聚，既与《聊斋志异》的人鬼难以团圆一样，又直接表现了底层农民工在城市的悲剧命运。

显然，小说在书写底层农民工的日常生活中，以一个作家应禀赋的责任心与道德感，书写了底层社会群体的生活困境和孤独无依的精神困境，在矛盾与话语焦虑中传达出底层民众的迷茫与无奈。面对一个城乡流动的世界，五富、黄八等人土气而憨厚，刘高兴聪明而乐于助人，对他们心理世界的真切把握，体现了作家农民意识超越于城市意识的价值诉求。众多的城市人，则更多的是市侩、小气、居高临下，别无他特点。显然，城市性到底是什么，这在作家笔下并没有做出很多思考。我们看到的韦达，并不伟大，他在孟夷纯落难时，并没有伸出援助之手。城市居民在看到农民工跳楼时，竟然冷酷地怂恿其跳下。究竟什么是城市的正面，什么代表着城市文化的本质，作家只是在思考城市不应该怎样，并没有一个正面的答案。在这些充满焦虑的话语叙述中，作家过于追求诙谐与幽默，却无法往人性的深处开掘。刘高兴在全力拥抱城市而不得时，他的真实心理是什么。当五富暴死在工地，孟夷纯因为妓女身份而入狱劳教，他的内心对城市的真切感觉是什么，在他的灵魂产生怎样的震撼，这一切都给我们留下了很多的空间。

第八章　文学媒介与农民工书写

当今社会是一个媒介社会。农民工书写在当下的"热"自然离不开各种媒介平台，一方面不同的媒介提供了众多作者参与的平台，另一方面也促进了农民工书写的分化，网络文化并非仅仅为农民工书写的发展提供了平台，也带来了文学思维的根本变化，最终为当下农民工书写带来难以摆脱的二难宿命。这一宿命的产生，直接将农民工书写带入了市场与审美相互绞缠的境地，决定了农民工书写出现一系列新的走向。不同的期刊，决定了农民工形成不同的价值取向，一类是以《佛山文艺》、《江门文艺》等地市级文学刊物为依托的大众消费化的作品，其二是登载在《当代》、《上海文学》、《人民文学》等大型纯文学期刊上的精英化的作品。期刊的作者、受众、品位等不同促成农民工书写的分化。在影视媒介中，农民工进入城市，他们遭遇到一系列城市话语的观照，不同的话语力量，打碎了原本城乡二元对立的话语系统，使农民工符码变得复杂多元。他们的生存被苦难化，他们的精神被戏谑化。面对城市文化的冷酷与污浊，他们又是曾经的乡村诗意的文化符码。在当下无孔不入的消费语境中，农民工形象不可避免变成了消费文化的符码。

第一节　网络文化与农民工书写的新走向

随着互联网的逐渐普及，很多打工者，尤其是第二代打工者的文化素质的提升，网络空间对打工者创作的影响不容忽视。不像 20 世纪八九十年代那样，由于打工者自身条件的限制与当时科技水平的不够，他们对网络不甚了解，或者根本无条件去了解。对于新世纪以来年轻的打工者而言，文化素质的提高，互联网使用的基本普及，网络文化已经成为众多打工文学作者生命的一部分。其中，打工文学联网、打工文学网、红袖添香、榕树下和起点中文小说网，各种文学论坛，甚至包括一些打工作者自己的博客等载体，成为农民工书写传承悲悯情怀和忧患意识，接通传统的"文章合为时而著"的现实主义精神的一种平民化载体。它在泄导人情的同时，为当代文学带来了新的社会效应与美学制高点。

本质上，网络空间并非仅仅为农民工书写的发展提供了平台，也带来了文学思维的根本变化。张抗抗认为："网络文学会改变文学的载体和传播方式，会改变读者阅读的习惯，会改变作者的视野、心态、思维方式和表现方式。"①网络文化的即时消费性质彻底打破了艺术审美的永恒追求，也一定程度上消解了农民工书写的忧患与责任。打工生活经验往往以现身说法的方式，进入网络这个亦真亦幻的平台，换取读者点击率的筹码。戴锦华认为："网络文学，便成了一种悖论式生存：网络，即时性消费的此刻，文学，作为最古老的艺术，先在地指向着永恒。"②对于网络环境下的农民工书写而言，这一"悖论性的生存"具体表现为一系列悖论关系，既相互认同又彼此制约。

首先，农民工书写的草根特征与网络文化的非平民欲求。打工作者大多来自于农村，或者说是来自异地的闯入者，他们大都出身卑微、贫穷，没有很好的文学理论基础和经济条件背景。因此，农民工书写往往是他们自身的打工经验和体验。这种草根特征正好与网络的大众化达成一致。然而，网络文化的大众化，尽管要进入的门槛很低，不需要有很强的文学素养或经济条件，但它的目标却是非平民化的欲求。所谓非平民化的欲求，就是广大网络写手或者网络作者往往希望通过各个网络平台来实现自己的文学之名，获取文学之利，一句话就是一条通往文学明星的路径。这是探讨二者关系的基础。

---

① 张抗抗：《网络文学杂感》，《中华读书报》2000 年 3 月 1 日。

② 戴锦华：《网络文学?》，《莽原》2000 年第 3 期。

其次，农民工书写的孤独情绪与网络文化表面的喧闹氛围。因为作者大都是生活在当下的年轻人，而且是来自异地农村的城市闯入者，他们与城市之间在文化上总有一定的隔阂，人情上总是感觉缺少关爱，内心情绪是孤独、自卑的。《天堂向左，深圳往右》中，刘元在生活最拮据的时候没人理他，在最需要帮助和关心的时候，刘元有的只是凄凉和孤单，而在他被人陷害以嫖娼之罪关进收容所时仍然没有人帮他，所以"从那以后我就知道，这世上谁都靠不住，落难的人没有朋友"。打工作者以其真诚和坦荡，书写他们自己的孤独和寂寞，无疑是一种最真实的人生状态。相反网络场域内却是前所未有的浮躁与喧闹。每一个孤独却又躁动的个体，以其尚未经过美学"升华"的独特方式，在描写孤独个体的孤独情绪上展示了他们精神世界的一角，带来了传统文学作品未必能得到的审美体验。

最后，农民工书写的个体经验与市场一体化的制约。正如网络文化是一种无边界的文化，农民工书写也是一种打工私人经验的表达和个人情绪的宣泄。这种打工者的私人话语在网络及其他媒介空间得到最大限度的释放，无论打工者自身的创作，还是网络文化本身，都体现了一种文学所需的自由度。打工者需要呼喊出沉积在心中的怨恨之气，需要抒写自己独有的打工感受。于是，他们把网络当作自我表达、自我呐喊、自我消解、自我更新的文化空间和生命空间，在网络中尽情抒写自己的个性与情感。然而，网络文化是一种消费文化。不管怎样的个体自由书写与情绪宣泄，最终都必须经过消费话语的检验。读者点击率的衡量直接影响了农民工书写本身的市场价值，也间接影响了网络作者的文学审美价值，甚至影响其能否闯入文学主流。这是探讨网络文化语境下农民工书写未来发展的关键。

农民工书写和网络文化之间的上述这三个悖论组合关系，直接将农民工书写带入了市场与审美相互绞缠的境地，决定了农民工书写出现一系列新的走向。

一、网络环境的普及化，进一步促进了打工者参与文学的积极性。对于许多打工者而言，尤其是第二代、第三代打工者，他们玩电脑已经不在话下，电脑技术和网络技术，是他们从事文学创作的基础。他们很容易将自己的打工生活体验，从乡村到城市的文化撞击，爱情的纠结、事业的艰难等形成自己的文章，放入网络平台与其他打工者共享，甚至与其他文学消费者分享。因为网络技术提供一个前所未有的机会，不像第一代打工文学创作者那样，需要通过各种文学期刊而刊发出来。因为纸版媒体曾经是精英文学的神圣殿堂，过去，有多少做作家梦的文学青年，因为通不过编辑的严格审读而梦想幻灭。而在互联网上，苛刻的编辑下岗了，发表出版的门槛消失了，文学爱好者可以随心所欲地将自己的作品上传发表。做"作家"太容易，从理论上讲，只要会"码字儿"就是网络作家。

这样，网络模糊了精英意识，原有的精英文学评判标准不适应网络文学，作品的好坏也用不着精英批评家品头论足。网络崇拜的是点击率，点击率越高，证明作品受欢迎的程度越高。网络文学的出现，对于打破僵化的文学体制无疑是有着积极贡献的。网络写作扩大了写作的群体，由于网络写作的低门槛，更多的人参与到文学写作的队伍中来。网络文学创作者的身份更近似于文学爱好者，他们来自社会的各个行业，网上"随心所欲"地涂鸦和尽情地书写让他们获得了写作的快乐。输入"打工"字样在起点中文网，总共有1808个作品属于打工主题。同样，在榕树下原创文学网中有711篇，红袖小说网中有28篇，小说阅读网中有27篇关于打工题材的作品，可以看出网民参与打工文学创作的积极性。而在打工文学联网中，更是细分出打工小说、打工诗歌、打工散文、报告文学等栏目，为广大打工作者提供了相应的平台。

这样，只要打工者愿意参与，作家的头衔很容易就能落于他的头上。这种网络环境带来的是个性书写的自由，打工者能够随意将自己日常的打工经验和体验书写出来，贴到网上，成就他们网络写作的梦想。作为农民工的欧阳杏蓬写过散文、小说及诗歌。在散文在线网上，从2009年5月开始一并贴出98篇打工生活散文。其中写湘南乡下的代表作品有《我怀念里的乡村如一只干瘪的乳房》、《生命里的黄水寺》、《乡村六月雨》、《天高路晴》、《老房子》等一批作品，以一事一物和连续挖掘的方式，将自己的故乡表达得生动多彩而又诗意盎然。在他笔下，湘南世界的人情风俗与他的性情相互融合，笔调恬静而朴素，情感细腻自由，清新雅致。写城市的代表性作品有《那些繁华里最坚硬的部分》、《冬日下午的城市》、《灯晃眼》等作品，从一个外来工的视角，描写了城市生活状态，带给读者一种新鲜的感受。阅读欧阳杏蓬的作品，我们时常能体会到一种阅读的温暖，种种叙述过后，他带给我们的是希望。从他近期的《爸爸的村庄》、《爸爸的流浪》中可以品味到农民工父亲的辛酸和向上的精神状态。这些网络写作的成果，获得了读者的喜爱，让他从众多的写手中脱颖而出。

因此，凭借网络这个相对自由的平台，打工作者可以随意发泄自己的情感情绪，而不需要考虑各级期刊的审核和筛选，这些创作从整体上能够比较真实地再现城市打工生活的本相，反映特定时段的城乡状态和精神状貌。他们沿着自己的情绪流动，无功利地"我手写我心"，无疑比那些关在书斋里书写贵族式的中产阶级生活要鲜活和真切，同时也具有一定的现实的批判性。

其二，众多网络写作者的参与，在网上写作不仅仅是娱乐，还可以卖钱，甚至还能致富。在"起点中文网"的 VIP 制度成功之后，网上阅读收费已经成为各大文学网站通行的方式，为了激发写作者的写作积极性，网站组织者设立了各种奖励措施，促使作者们不断勤奋习作，以获取更大的利益。网络文学的这种环境刺激更多进城农民工将自己的打工生活体验展现出来。从搜狐散文论坛、网易散文论坛、中国作家网散文栏目、天涯社区散文随笔、榕树下及红袖添香等网站的考察中发现，很多关于打工题材的散文、小说、诗歌出现，而且出现很多赞赏的跟帖，这些网络写手一方面满足了自己情感欲望的发泄，将自己在打工生活中的各种情状与诉求表现出来，另一方面则通过网络平台，实现了自己创作的市场价值。起点中文小说网 1808 个打工主题的作品，网站将其分出大概属于下面的类型，这些小说类型一方面体现了在网络环境下打工文学创作的模式化、类型化倾向，另一方面则体现了创作者与网络管理者明显的市场意图。

总数	美文	都市	同人	穿越	女生	仙侠	玄幻	其他
1808	108	850	72	48	127	36	108	259

作者在获得到点击率之后，能够获得较为丰厚的稿酬，并被推荐出版，甚至改变了自己打工者的身份和命运。汪雪英初中毕业后，从江西永新漂泊到东莞打工至今。从流水线员工做起，业余从事网络写诗，散文，写小说。2004 年起，在"红袖添香"文学原创家园发表长篇连载自传体小说 20 万字

的《漂在东莞十八年》，2005 年红袖长篇盘点综合类排名榜首，深受网友好评，并由百花洲文艺出版社出版上市。2007 年 8 月获腾讯作家杯第二届原创文学大赛优秀奖，现为东莞时尚杂志社编辑 / 记者。可以说，网络写作，改变了汪雪英的命运。

　　这种网络环境的运作又以功利性的方式，潜在地主宰着打工作者的文学思维，极大地影响了农民工书写的审美性和批判性。美国学者迈克尔·海姆提出了这样一种观点："网络空间能够用不抵抗的符咒镇住人们的生活。人们与系统交谈，告诉它做些什么，但系统的语言和过程也会反过来支配人的心理。我们开始时患有窥淫癖狂症，结束时则我们放弃参与其中的那个迷人系统而不顾身份。召唤我们上网的任务使我们在过程中忘记了自然力的丧失。"[①] 一些网络写手打着打工文学的旗号，兜售各种发生在发廊、出租屋、歌舞厅等关于打工者或猎艳或血腥的故事：三角恋，偷情，当二奶，做三陪，"当鸡做鸭"；或暴力，凶杀，抢劫，潜逃……。事实上，这些渲染暴力、血腥、色情的地摊文学，只是将打工者的生活设置为一个虚拟的背景，然后借这个背景肆意填充猎艳或血腥的故事，以招徕读者。它们无法反映打工者的主体意识，也不能揭示打工者的生存现实。一些打工作家已经转向了以迎合市场、取媚读者为目的的写作。如缪永与影视公司签约，批量化编写电视剧本；周崇贤后期转向都市传奇的写作。无论是《午夜狂奔》、《纯情时代》还是《南国迷情》等作品，周崇贤笔下的场景都不仅仅在写打工者的苦难，而是大书特书大都会光怪陆离的灯红酒绿，躁动不安甚至充满疯狂的人欲等。他在玄幻小说网中贴出的《我流浪，因为我悲伤》，借一个游戏人生的流浪汉王二之口，对现实阴暗面进行了一针见血的嘲讽和无情揭露；粗言俚语直逼现实的心脏，嬉笑怒骂中饱含着底层小人物内心的屈辱和沧桑。但小说更多的停留在小丽、西篱、阿红、阿云等女子被权贵和残酷的现实活活糟蹋的情境中。其中的情感升华则表现为一种单一的情绪发泄。文中写道："我们这些打工仔，哪一个不是在痛苦中挣扎？我们对这个城市付出了那么多，可是这个狗日的城市却从来没有感动过。不但没有感动过，还把我们当

―――――――――

① ［美］迈克尔·海姆：《从界面到网络空间》，金吾伦、刘钢译，上海科技教育出版社 2000 年版，第 80 页。

'三无'，当盲流，还怪我们把社会治安搞坏了，处处防贼般提防我们，动不动就骂我们是山仔。我们付出十倍的努力做出百倍的贡献，可我们收获的是什么？我们收获的是白眼、鄙视和咒骂。我操他妈的城市！""城市对我们太他妈的过分了！但我们会忍，总有一天我们要推翻现有的城市秩序，然后主宰城市！"这些对城市的仇恨和性、暴力的书写带着明显的情绪化煽动性，迎合了消费主义文学话语。这样，网络陷阱的存在，是导致打工文学自我毁灭的最大危险。正如孟繁华指出，"面对网络，我们拥有了狂欢和狂奔的空间和可能，可以像游牧者一样自由地向四方奔走，但是这一自由对于有过历史的人来说真的是福音吗？曾有过的文化地图消失了，再也没有方位，没有目标，没有人告诉你前方在哪里、是什么。当我们想象和神话的自由降临后，当短暂的解放和幸福的体验已经成为过去，被告知的却是'千座高原'的巨大空旷给我们造成的恐惧和迷失感。"①

其三，网络评价对农民工书写的双面影响。当一个网络作者的作品出来之后，迅速有人跟帖，造成农民工书写的影响逐渐扩大，产生一些具有一定的热点话题，然后逐渐引起众多写手，包括很多作家的、批评家的介入，从而扩大农民工书写的创作与研究的空间。如农民工书写的乡愁叙事，很快就容易引起众多网民，尤其是一些在异乡打工的网民共鸣。以新版的打工文学联网为例，"打工散文"一栏中，差不多有一半的内容都与乡愁有关，这些涉及家乡的桥、竹林、记忆中的村戏、童年的野芹菜等意象，大都受到网民读者的喜欢，也是网站带三星以上的推荐。因此农民工书写的乡愁话题必然引起文坛、作者的关注，他们勾起的不仅仅是每一个网民远在异乡的乡愁，重要的是一种在城市现代化日新月异的语境下人类共通的集体无意识。

除了容易形成话题之外，网络写作与网络评价之间的对话来得直接便捷。很多情况下，打工作者的作品与读者的关注几乎是同时性的，完全改变了传统文学批评和作者之间的影响方式，不需要通过书信的流动或刊物发表的方式，而是直接在同一个网域内进行。有些甚至以"楼"的方式直接对话或影响。网络作家将自己的打工心得或情感情绪传至网上，迅速得到全国各地的网友的支持、赞赏，极大地强化了他们创作的信心。同时在不断指出不

---

① 孟繁华：《现代性与未曾消逝的过去》，《中华读书报》2002 年 1 月 30 日。

足中，看到自己创作的今后努力方向。我们来看郑小琼的诗《打工，一个沧桑的词》，它从 2005 年 4 月 7 日上传至"红袖添香"网上，已有 6521 次阅读，评论有 45 篇。一个叫"风云飞"的网友留言："本人也是一个打工仔，感谢作者写出了我们的心声！"网名"沙默"的留言是："这首诗我读了 N 遍了，还是要读，好像写出了我内心感受。"还有一个叫"yunni"的网名以一首"打工人"的诗为和，共同在打工生活的疼痛和艰难中加以鼓励和支持。也有一个叫"霞蔚"的网民为诗歌提出美学方面的建议："不精练，缺乏层次。"可以说，网络平台为读者和作者之间提供了前所未有的联系，真正实现了"以文会友"，让这些本身处于底层的打工者携手搀扶着分享文学的快乐。

同时，由于大部分农民工书写以原生态的经验书写和愤怒的情绪倾下为主，与广大网民的审美期待达成一致。广大网民的学术素养一般较低，大都在消费阅读中以情绪体验的发泄为主，这些网络评价主要呈现二元对立的状态：捧杀和棒杀。受众对网络文本的接受多取决于具体的日常生活实践和媒体接触习惯，而非艺术品本身。"大众的辨识力所关注的是文本的功能性，而不是文本的特质，因为它所关注的是文本在日常生活中的使用潜力。"[1] 故而，网络评价整体呈现出"情绪大于内容"的现象。

鲁耳在榕树下原创文学网中贴出的三首打工诗：《家信》、《最后的汇单》、《打工的日子》，一共有 11 条网络评论，其中 9 条为赞赏。主要有"字字是血，尤其是前两首。好文字。"、"情真，耐读"、"感人啊。而且精练"，有一评论干脆以"很好！"出现，而批评的则是"太长了"、"枯燥，繁琐！"这些金圣叹式的"妙评"，无论从赞赏还是批评方面，都有可能将诗歌本身"腰斩"。整个网络评价却没有一个对诗歌本身的意象、节奏、蕴蓄其中的忧与乐进行富有诗味的分析。没有对"孤独的身影越打越单薄"、"每一锤击中的／都是自己硬梆梆的命运／铁铲铲砂／且晓每一铲铲起的／都是自己沉甸甸的人生"这样的诗句展开自己的理解和分析。无论是捧杀还是棒杀，都缺乏理性的审美分析，很大程度上并非真正的文学评价，而是情绪的倾诉和发泄而已。一些朋友、文友，或者有着相似打工经历的人往往持赞赏态度，但溢美之词一般过于简单，而很多无关的人，或者一些城市网民，往往由于缺少相似的经

---

① 　[美] 约翰·费斯克：《理解大众文化》，王晓珏等译，中央编译出版社 2001 年版，第 136 页。

历和情感体验，而给予一些过于苛刻的批评。这两种批评都无法真正从学理上、审美层面上给打工作者以文学素养的指导和建议，最终导致农民工书写在网络环境下很难得到提升。

整个庞大网络评价体系的形成，构建了主要以读者尤其是付费读者决定的作品价值评价模式，也真正颠覆了网络文学的"自由写作"意涵，将农民工书写本该具有的批判性和反思性变成了消费话语的产物。正如陈奇佳所言，"商业网站通过一系列貌似客观但实质是基于商业逻辑法则的文学评价体系，将文学作品变成了纯粹的商业消费品，还敦促文学读者默认自己成为单纯的商品消费者。只要这样的读者进入到'Web2.0'写作模式中，只要写作者身处在商业网络文学的大环境中，他便很难让自己的创作游离'生产'的逻辑了。"① 当字数和订阅数意味着金钱的时候，这种生产逻辑产生的效力便显得尤为巨大，意味着农民工书写的精神性价值也成为了一种消费逻辑。这将对网络文化语境下的农民工书写发展造成致命的、却又无形的打击。

当然，这些网络评价的直接呈现，也直接推出了一些打工作家。话题的焦点人物，写手的突出点击率，都在网络平台中，从写作的个人话语逐渐走向公共话语的视野中，甚至引起了主流体制的关注。众多网络平台和文学期刊（各种文学期刊都有网络版）共同培养了一批轰轰烈烈的打工写作者。郑小琼、汪雪英、周崇贤、王十月等人的创作，都在不同层面上通过网络期刊、文学联网、甚至个人博客等平台，先后获奖和进入作协。郑小琼的个人文集自 2005 年在"红袖添香"推出后，点击率一直攀升，受到众多网民的赞赏和跟帖。2007 年人民文学奖评委给她获奖作品《铁·塑料厂》的评价是："正面进入打工和生活现场，真实地再现了一个敏感打工者置身现代工业操作车间中，细腻幽微的生命体验和感悟，比较成功地揭示了铁和塑料的现实与隐喻，为我们现代工业制度进行反思提供了个人的例证。"最终，郑小琼受到主流文坛的关注和吸收，加入广东省作协。对于这些作家而言，面临的将是一个重大的考验。一些"打工作家"被"收编"以后，有了基本创作的保障后，反而没有了创作的源泉与动力。他们坐在办公室里失去了一些鲜活的打工体验而写不出好作品，连刊物也在慢慢失去生机。同时，这对于提升

---

① 陈奇佳：《网络时代的文学生产》，《江苏社会科学》2009 年第 4 期。

农民工书写的文学品味又是一个好的机遇。这些作家逐渐从繁重的打工现场脱身出来，确保他们与打工生活现场有了一个美学咀嚼的时间和距离。他们能够有时间和精力去打磨自己的创作，散去太多的愤怒、不满的底层情绪，保证他们能够在一个平和的心态中打造出具有一定历史厚度和哲思韵味的重要作品。无疑，这又将是对当代文坛的一个促进。

第二节　文学期刊与农民工书写的分化

改革开放以来，越来越多的农民选择进城务工，寻找机会，改善生活。据统计，进城务工的打工群体人数已超过 2.5 亿。有关这个庞大群体的文学表现，时间上最早始于 20 世纪 80 年代末 90 年代初，空间上最早出现在广东境内的某些开放城市。较早刊载农民进城打工题材的刊物主要是打工者聚集的深圳、东莞、佛山、江门等地市级文学刊物，到 90 年代末期，这类文学创作越来越受关注，一些全国性的纯文学期刊也加入进来，这无疑改变了农民工书写的分布格局，也丰富了农民工题材创作的精神内涵。

一

农民工书写最早开始于珠江三角洲，起初的《特区文学》、《佛山文艺》、《江门文艺》等杂志就是主要的载体，这些地市级的文学杂志恰充当了写作者与阅读者之间的中间媒介的作用。打工群体这个庞大的消费市场的存在也给杂志带来了可观的利润回报。《佛山文艺》最高峰时单期发行量超过五十万册，远远超过了国内一流的大牌文学杂志。《江门文艺》的每期发行量也大致超过了十万册，在国内众多文学期刊纷纷改版以谋求生路的背景下，特别是地市一级的刊物更是举步维艰，这些以农民进城打工为主要内容的期刊却风景这边独好，不仅闯出一条生路，而且影响越来越大，让人不得不佩服他们经营手段的高明。

《佛山文艺》、《江门文艺》等刊物的成功关键在于准确的读者定位。它们服务的读者群正是进城打工的农民青年或关心他们生存的城市居民。《佛山文艺》以"贴近现实生活，关怀普通人生，抒写人间真情"为宗旨，以"清新活泼、平易亲切、情趣盎然、可读性强"为特色，坚持"读者参与互动携手共进"。[①]《江门文艺》的定位是"关注现实生活，坚持平民意识，面向打工一族，兼顾城乡大众，文学性和可读性并重，雅俗共赏"的办刊宗旨，致力成为普通读者的生活知音，打工一族的精神家园。《江门文艺》杂志自称"浓缩了三亿打工人的生活状态，十亿老百姓的相关故事"。《打工族》半月刊原名《外来工》，从刊名就不难看出它是一份专门为打工者服务的杂志。它是国内创刊最早的打工类杂志，有"打工人的娘家"之称。它把文学作为一种消费品，强化刊物的服务意识，在每一个细节上都注意招徕读者。期刊的封面某种程度上是刊物的脸面，读者拿到刊物首先看到的就是封面。《佛山文艺》、《江门文艺》、《打工族》这几本杂志的封面竟无一例外地都选择时尚、漂亮的年轻摩登女郎照片，让人看着觉得舒服，这种舒服是一种感性的愉悦，与一般的纯文学刊物喜欢高雅甚至有些难懂晦涩的艺术作品作封面完全不同。它给读者的第一印象就是它的通俗性，它要在第一时间内吸引读者的眼球。

从栏目的设置来看，《江门文艺》设有本刊推荐、小说万象、人世间、情感天空、诗歌广场、打工岁月、长篇连载等二十多个栏目，《佛山文艺》栏目有名家长廊、特别推荐、草样年华、生为女子、非常人家、新乡土小说、流行读本、言情连载、痴人知语、网罗天下、诗江湖、百味人生等十余个。这些刊物的栏目设置有两个特点，一是栏目多而杂，这样留给每个作品的篇幅往往比较短小，适合快餐式的阅读；二是与传统的文学期刊相比，小说、诗歌等"纯"文学的容量减少，而一些亚文学的栏目增多，超过了前者的规模。这样的栏目设置自然是读者本位的，充分考虑到它的受众群体的文化层次、工作状况、兴趣爱好等各方面因素。再来看一份《打工族》的征稿启事：总的要求是，要有可读性、趣味性和启发性。因为面向普通打工人，所以，需要有鲜明的打工气息，不欢迎过于小资的文章。栏目及要求：1.纪实：表现打工群体中的各种奇情奇事，每期刊发两篇，需要有很强的冲击

---

① 《佛山文艺》办刊宗旨，见《佛山文艺》1993年第12期，第1页。

力，能在第一时间吸引眼球，情节峰回路转，引人入胜。需提供照片，一般不超过 6000 字。2. 挑战成功：普通打工人的成功故事。第一方面，主人公成功的切入点要比较特别，具有启发性。第二方面，要有一个好看的故事，记录主人公成功路上具有转折意义的故事和细节。第三方面，要对主人公的成功进行简单总结，给读者参考。4000 字左右的稿子最容易用。3. 打工百态：发生在打工人身边的各种各样的故事，调子要积极向上，叙述要明快简洁，强调真实性、趣味性，切忌太多的风景描写、心理描写和对话。1000 字左右的稿子最容易用。4. 打工心声：站在打工人的立场，对当下出现在打工群体中的现象或与打工人密切相关的新闻事件进行评论，要观点鲜明、一针见血、酣畅淋漓。800 字左右的稿子最容易用。5. 人在江湖：好读的打工小说，需在情节设置、人物形象、语言表达、细节表现等方面有出彩之处。3000 字左右的稿子最容易用……① 很少看到纯文学期刊在约稿的时候会有如此具体而微的要求，从这些文字说明当中可以非常清楚地看到刊物的编辑意图和刊物本身的鲜明风格——与其说是风格，不如说是生产标准，就像工厂流水线一样，按标准生产才是合格的产品。这些刊物都带有泛娱乐化的性质，或者说，它是不纯粹的文学杂志，是类似于《读者》、《知音》这样的"读物"。既然是"读物"，可读性成为至关重要。不需要多么高深的探讨，尽一切可能引起读者的阅读兴趣是最重要的目标。"曲高和寡"这一类说法不可以是对它们的评语，甚至是致命的危险。至于怎样引起读者的阅读兴趣，不外乎两条，一是好玩，一是刺激。好玩，就是要做到娱乐化。在这个娱乐化的时代，打工者工作已够疲累的，他们没有精力也没有耐心去沉思，一切能带给他们简单的快乐就好。这快乐很可能是肤浅的，但无关紧要，重要的是能够在工作之余轻松的笑一笑。而阅读的刺激可能来自故事情节的跌宕起伏，扣人心弦；也有可能来自人物命运的辛酸坎坷，甚至是悲惨绝伦，关键在于任何故事都必须有让人刺激的兴奋点。

百分之八十以上的读者是打工者，他们的文化水平基本都在大专以下，这些以服务打工群体为目的的文学期刊不可能登载有文学性很强的作品。《打工族》2009 年 6 月下半月刊"人间万象"有篇文章，题目叫《鸠占鹊巢：霸

---

① 《〈打工族〉征稿启事》，天涯社区，http://groups.tianya.cn/post-18685-292403-1.shtml。

占主人新房的装修工竟然打赢了官司》，标题就很吸引人，故事的大致内容是装修工趁主人不在家，"借"别人的新房当起了新郎，不料，主人提前回来，迎面撞见沙发上做爱的小两口，那惊魂一刻，让装修工患上了阳痿，并为此打起了官司。最后获胜的一方居然是装修工。故事涉及青年男女性事、法理人情纠缠，情节有峰回路转，引人入胜。一篇名为《婚礼 = 非礼？生猛打工妹开伴娘公司挑战野蛮风俗》（《打工族》2009 年 6 月上半月刊）的故事也同样具有很强的可读性：在我国的很多地方，"闹婚"是婚礼中最热闹的一出戏。过去，"闹婚"闹的是新娘，而现在却闹伴娘。有些地方"闹婚"的方式越来越离谱，伴娘被性骚扰，被扒光衣服在隐私部位画老鳖，甚至还在婚礼现场被强暴。这种丑陋风气的盛行，导致很多年轻姑娘都害怕做伴娘。有一个打工妹，从中看到了商机，闯出了一条致富的大道。在河南漯河，有这样一个勇敢的打工妹：她不顾亲人反对，勇敢地挑战当地恶俗民风，带着一帮姐妹做起了"专职伴娘"。两年之后，她不仅获得了丰厚的经济回报，而且有效地扭转了当地的闹婚风气，成了当地时尚婚礼的践行者！这个故事的看点在于性骚扰的陋习，满足读者隐秘的窥淫癖欲望；同时，他人的成功的财富故事也是普通打工者梦寐以求的事情。《佛山文艺》2000 年第 3 期有则短篇小说，题目叫作《寂寞都市》，讲述"我"到南方打工，凭着自己的聪明和努力，从一个打工妹升到部门经理，事业有成但也有缺憾，男友不在身边使她常常感到孤独寂寞，心灵深处是挥之不去的强烈的生理渴求和空虚。正是在这个背景下，小说细致描述了"我"同一位陌生男人在灯红酒绿之中相识，被他"磁性而温柔的声音"吸引，最后在半推半就之间与男子发生性关系，"把自己整整守了二十五年的女儿身，献给一个刚刚认识的男人"。小说以接近色情的叙述带给读者以极大的刺激。《江门文艺》2006 年第 18 期"小说万象"栏目有一篇叫《民工德子之死》的小说，讲德子在工地上做工，妻子小琴来看他，只有一天的假。德子与妻子久别，很想利用这一天的宝贵时间同妻子亲热。他太性饥渴了，可工棚里有工友生病，只好到外面开房间。就在他们想办事的时候，警察将他们带走，因为有卖淫的嫌疑。好不容易放出来后，妻子小琴必须走了，否则老板就要开除她。伤心绝望的德子在喝完酒后误把卖淫女当成小琴，与之发生关系，此举被警察逮个正着。德子被罚三千块钱，但他实在拿不出，又怕丑事传扬出去，因而选择了自杀。这个故事结构巧妙，情节跌宕起伏，有很强的可读性。德子的死显得有些突兀，小说有较强的传奇性，这一切当然都是从满足读者兴趣角度考虑的。

二

20世纪90年代中期以来，农民工书写逐渐进入了《北京文学》、《上海文学》、《十月》、《当代》、《人民文学》等纯文学期刊的视野，尤其是新世纪以来，发表打工题材的纯文学刊物增多，作品数量也急剧增加。农民工书写的影响由于大量纯文学期刊的传播而日益扩大，俨然成为新世纪以来一个重要的文学现象。纯文学期刊的加入自然给农民工书写带来新的质素，它将农民工书写带入一个新的境地，再也不是迎合消费者的俗化文本了，而是注重深度开掘与人文关怀的、更多纯文学审美性的文学。

纯文学期刊选择打工题材有几个重要原因，从时代发展与中国文学特点来看，中国文学素来就有反映现实与批判现实的现实主义精神传统。农民进城打工可以说是最近三十年来中国的一个重大现实，这个现象甚至可以说是史无前例的，将来也不大可能重演。从世界历史的横向比较来看，也是较为特殊的。文学没有道理对此不闻不问，作为纯文学的打工文学的出现是顺理成章的事情。从当代文学演进的路径来看，20世纪90年代个人化、私人化写作盛行，缺乏现实关注的文学是贫血的，作家理所当然应该走出狭小的个人世界。纯文学期刊也不应该成为知识分子独语式表白的长期舞台。这样，农民工书写连同所谓的底层写作就自然而然地成为了新的创作方向。

主流意识形态的介入也是促成农民工书写分化的一个重要因素。特别是2004年以来，中央以连发"一号文件"形式一再重申党和政府对"三农"问题（农业、农村、农民）的高度重视。2004年下半年，由共青团中央、全国青联主办的"进城务工青年鲲鹏文学奖"评选活动，简称"鲲鹏文学奖"，正式拉开帷幕。"鲲鹏文学奖"的评选工作以"贴近实际、贴近生活、贴近群众"为原则，要求评选出思想性、文学性统一，真实地反映进城务工青年现实生活、精神风貌的优秀文学作品。这次评奖活动共收到稿件1445篇，经过审读筛选，评选出获奖作品小说、散文、诗歌各30篇，报告文学8篇。

由某个官方组织对具体的文学现象组织大规模的评奖活动还不多见。这一活动的象征意义十分明显，它表明农民工书写由底层的消费化的阅读现象已然转身为上层的意识形态化的接纳与认可。随后，2005 年这一年的《人民文学》集中刊发了项小米的《二的》（第 2 期）、荆永鸣的《大声呼吸》（第 9 期）、陈应松的《太平狗》（第 10 期）、罗伟章的《大嫂谣》（第 11 期）等四个中篇，并在第 11 期配发开篇"留言"，专门谈到刊物对打工文学的理解。"有一件事我们不可忘记，作为一个公民不可忘记、作为一个小说家也不可忘记，那就是，那些农民工不是'他们'，而是'我们'，也就是说，农民工不是社会意识中的一道风景，不是被拉开一定的距离去审视和怜悯的对象，相反的，农民工的所有问题是我们自身问题的一部分。他们中很多人过着艰辛的生活，他们的权利和尊严遭到践踏，对此，文学所能做的绝不是满足知识分子或小市民的怜悯之心，而是让人们看到这些人身上、他们的生活和心灵中那些坚硬的真理，是要站在他们之中，和他们一样体验和想象，决不是站在他们之外流廉价的泪水。"① 这篇体现刊物对农民工书写的认识和理解的"留言"，要求作家以农民工为"我们"而不是"他们"，它代表的是区别于"知识分子"和"小市民"的另一种声音。它的关注是在人民之中的，也是自上而下的、宏观的、总体的。《人民文学》作为一种"国家期刊"②，它的意识形态色彩是相当浓厚的。作为国家级的最高刊物，《人民文学》选择刊发农民工书写的作品自然有其意识形态背景，而农民工书写又借《人民文学》这个平台实现了自己的华丽转身。它不再是局限于一隅的以商业利益为最高诉求的小角色了，而是堂而皇之地登上了大雅之堂。

在发表农民进城打工题材方面，纯文学期刊与《佛山文艺》、《江门文艺》的区别在于，其一，它们绝不以打工题材为唯一的刊物选择，农民工书写只是作为一种题材类型散见于纯文学期刊的各期之中，它们获得的是一种累积效应。这种发表方式虽然没有《佛山文艺》那样的专门性特点，但在文本质量上可以有更高要求。尽管也有人批评这些农民工书写的不足，但从当前文

---

① 《留言》，《人民文学》2005 年第 11 期。
② 吴俊：《〈人民文学〉与"国家文学"——关于中国当代文学的制度设计》，《扬子江评论》2007 年第 1 期。

学的横向比较来看,这些发表在纯文学期刊上的农民工书写的水平还是相当不错的。另外,《佛山文艺》、《江门文艺》等刊物都是半月刊,《当代》、《十月》等纯文学刊物大都是月刊、双月刊,单从用稿的从容余裕来看,纯文学期刊显然有更多选择的可能性。其二,作家的身份再也不是以打工者为主体的兼职身份,而是职业化的知识分子作家。尽管也存在像王十月、周崇贤这样的打工作家,但给纯文学期刊供稿的打工文学写作者大都已不具有打工经历,真实、鲜活的打工生活在这些职业作家的作品中已经很难读到。然而事物总是有两面性的,知识分子作家的优势在于,他们往往可以跳开现实记忆的纠缠,以更宽广的视野、更深沉的思索以及更审美化的方式处理打工题材,农民工题材在他们手里因而显现出精英化的纯文学特征。其三,阅读受众的不同。文学期刊作为一种现代传媒,受众扮演了极为重要的角色。有人比较了《人民文学》与《佛山文艺》在读者定位、发行区域、作品风格等各个方面的不同,其表格[①] 如下:

期刊名	定价	读者定位	发行区域	发行量	期数	作品风格	销售方式	发行地点	广告
人民文学	8元以内	文学批评者、文学爱好者	全国各地	10万以内	月刊	现实性、严肃性	订阅、零售	图书馆、书店	高档酒类、烟草、旅游胜地等
佛山文艺	3元左右	打工者(蓝领为主)	佛山、广州、深圳、东莞等珠三角地区	最高峰50万	半月刊	民间性、通俗性	书商二渠道发行、零售	车站、路边摊为主	百元以下的小商品、医疗保健、征婚交友

这份表格可以看作是纯文学期刊与消费化的打工期刊的比较,由于服务受众的层次的不同,二者对所刊发作品的要求也存在着巨大差别。

---

① 贺芒:《〈佛山文艺〉与打工文学的生产》,《文艺争鸣》2009 年第 11 期。

三

纯文学期刊给农民工书写至少带来以下三个方面的变化。

第一，人文关怀的浓郁。作为人文知识分子的作家，绝不可以凭借一种游戏的心态用自己的作品去取悦读者，而应当以宽广的胸襟，以深厚的人文主义情怀去同情、悲悯他笔下不幸人们生活的艰辛、遭际的不公以及命运的悲哀。纯文学刊物在选择登载打工题材作品时绝不以打工者生活的艰难困窘来满足读者猎奇心理或博取读者廉价泪水，这应当是纯文学刊物的一条基本原则。《十月》2004年第6期刊发的《明惠的圣诞》就是这样的充满人文关怀的作品。乡下女孩明惠遇到失意的李羊群，改名为圆圆的明惠在一个圣诞夜搬进了李家，成了李的情人。在另一个圣诞夜，她同李又一次外出过节，遇到了李过去的一些朋友。这一次遭遇使明惠意识到自己根本就不属于李的城市生活圈子。这种城市圈子里的局外人的深刻体认，使明惠感到来自心灵深处的悲哀，最后她选择了自杀。具有讽刺意味的是，李羊群直到圆圆死后，才从她的身份证上发现圆圆叫肖明惠，而让他始终不明白的是，圆圆为什么要死？明惠从来就没有真正进入这个城里人的内心世界。明惠的故事彻头彻尾是个悲剧，她的要求并不太高，可是竟然这样毫无意义地死去。作家的笔触深入到人物的内心世界，她的死不能不带给人深切的悲哀。罗伟章《故乡在远方》（《长城》2004年第5期）里的石匠陈贵春到城里打工，不断遇挫。好不容易找到点正经事做，又听说家里的小女儿一个人烧饭被火烧死了。悲恸的陈贵春买票回来，路上竟被盗，分文全无，无法转车，也就是说在城里被掠夺得干干净净的陈贵春回家的路也断绝了。走投无路的他最后成了抢匪，第一次抢一个大个子男人并把人打死了，然后是落入法网，被枪决。陈贵春一无所有，灾难却接踵而至，作者的叙述让我们不但不觉得他的暴力行为的可恨，反倒是觉得他的命运的可悲。还有不少作家将笔触伸向打工者的精神层面，关注这个群体精神上的追求。2007年第5期《当代》发表贾平凹长篇力作《高兴》，作品在给予以五富、刘高兴为代表的农民工深切同情的同时，也探讨他们身上精神层面上的闪光特质，即使是在极端贫困状况下也不失却乐观开朗的心境，也不忘记去帮助那些需要帮助的人。

第二，现实思索的深入。《打工者》、《江门文艺》等商业化低端文学杂志刊载的打工作品往往满足于对打工生活浅层的表面化生活的记录，很多作品不过是类似于新闻素材的形式，像是报纸上的记者报道，没有深入生活的潜流，作者的思考也不能穿透现实生活的坚硬外壳。加上写作者视野的相对狭小，他们只能就事论事，不能形成对现实生活宽广丰厚的认识。而纯文学期刊的加入，则使农民工书写的面貌为之一新。专业作家们往往从中国长期以来形成的城与乡的对峙的背景去理解打工者的不幸，或者说，作家们在打工故事背后看到了城乡对峙中乡村文化的全面溃败以及中国现代化进程中农民所付出的沉重代价。陈应松的小说《归来·人瑞》（《上海文学》2005 年第 1 期）、周崇贤的《杀狗——悲情城市系列》（《当代》2009 年第 1 期）、李肇正的《糖藕娘子》（《上海文学》2003 年第 9 期）、荆永鸣的《北京候鸟》（《人民文学》2003 年第 7 期）等小说都是如此。周崇贤的小说甚至直接将城市比作是乡下人的墓地、灵堂，荆永鸣的小说表现了乡下人在城里的尴尬处境，《归来》表现了乡下人飞蛾扑火般地投入城市，《糖藕娘子》反映了进城农民维持生计的艰辛和城里人无所不在的优越感。刘庆邦的《到城里去》（《十月》2003 年第 3 期）则在城乡对立的背景下深入探讨农民自身的精神缺陷，乡下人可以凭借进城获得虚荣心的极大满足，而进城的农民返乡则必须是衣锦还乡，哪怕用的是弄虚作假的方法，否则会被人瞧不起。

第三，审美品质的凸显。对于农民工书写，不少人想当然地认为这是一种粗糙的文学，其文学性经不起考验。其实这是一种误解。不能说所有的刊登在纯文学期刊上的打工题材作品都是精品，但可以说这些作品总体上说是具有相当文学审美性的。《上海文学》2004 年第 1 期上发表的李师江的《廊桥遗梦之民工版》对造桥工人有相当细腻的心理刻画，他在劳动之余总要经过一个发廊，每次经过发廊后就会在意念中想象得到发廊女人的按摩服务："难道这就是做鸡？如果是，那么花二十块钱就可以当上嫖客了。嫖客，一个多么风光的身份，简直可以让自己从农民中脱颖而出。"这是一种扭曲的心理，放在一个底层的农民工身上又十分的真实可信。他不断向朋友吹嘘自己想象的按摩经历，还许诺带他的朋友一起去，可最终因为舍不得二十元钱而没有实现诺言。《北京文学》2005 年第 8 期的《米粒儿的城市》（阿宁）中的米粒儿到城里打工，"三哥"将她转卖给柴行长来获取巨额的商业贷款，而她之前一直把自己最纯真的情感寄托在"三哥"身上。当米粒儿明白，原来她只不过是一个充当交易的物品后，她将"三哥"第一次送给她的为她一直珍藏的玉蟾扔进了坐便器："然后坐在那里解大便，一边解，一边默默地笑，笑着笑着，她又哭起来。"这一段非常出色地写出了米粒儿觉醒之后悲哀的内心世界。除了细腻深入的心理刻画外，有些小说在叙事上也很注意。吴玄的《发廊》（《花城》2002年第5期）中的叙述人"我"，既是故事的参与者，又直接对当事人的生活遭际展开自由的评述；刘继明的《送你一束红花草》（《上海文学》2004年第12期）通过叙事者小宝——乡村诊所里的一名学徒的眼睛来隐约交代主人公樱桃的故事。从城里归来的樱桃患有不可根治的疾病，虽然樱桃从城里挣来的钱给家里盖了很好的楼房，患病的她却被无情地驱逐出来，村里也有不少关于樱桃的闲言碎语。只有小宝同情她，在给樱桃打针的时候小宝总要捎带一束红花草，这一点浪漫温情更加彰显现实世界的冷酷无情。文本的张力正是通过选择叙事人小宝这个涉世未深、懵懂无知的少年来实现的。孙惠芬的小说《吉宽的马车》（《当代》2007年第2期）在农民工书写中可以说是最富诗情的了。"林里的鸟儿／叫在梦中／吉宽的马车／跑在云空／早起，在日头的光芒里呦／看浩荡河水／晚归，在月亮的影子里哟／听原野来风。"这首不断在吉宽脑际回响、梦中萦绕的乡村牧歌，反映了吉宽对懒散而又诗意的乡村生活的无比眷恋。

农民工书写的发展至今已有二三十年的历史，我们关于农民工书写的认识长期以来存在一个误区，那就是想当然地认为凡是农民工书写都是粗糙的、缺乏文学性的文学。由于这类创作发端于广东的《佛山文艺》、《江门文艺》等商业色彩很浓的地方性文艺杂志，并且这些刊物有意识地把自己打造成专门的打工文学期刊，人们习惯于先入为主地把对这些刊物的判断用来评判整个农民工书写。实际上，当前的农民工书写出现了大众消费化与知识分子精英化两种不同形态。由于20世纪90年代中后期以来，特别是新世纪初以来主流意识形态的介入和纯文学期刊的加入，一些打工者的创作不断走向成熟，实现了自身的分化。职业作家的加盟大大提升了这类创作的审美品质和精神内涵。

第三节　农民工影视的文化符码及其话语构成

作为密切关注现实的艺术媒介，影视作品中也时常出现"农民工"这一中国现代化过程中的特殊群体。这些题材的影视创作多以农民工的独特经历、生存环境及其精神状态为描写对象，向人们展示了生活在城市最底层的农民工的艰辛与无奈，痛苦和愤怒。它打破了主流剧作家长期以来面对社会弱势群体失语的尴尬状态，让我们看到了一个数量巨大的底层世界。自然，当下农民工影视的大量出现，与中国当下社会改革进程中一定具体的意识形态话语力量相关。理查德·戴尔指出："意识形态是人们借以共同理解他们所生活的世界和社会的一套观念和象征……从这个意义上说，所有意识形态分析本身就是意识形态性的。"① 就是说，农民工进城打工的生存事实在一定的话语力量支配下通过媒体的过滤与传达，形成了一系列的文化符码，体现了一定的社会价值取向。从意识形态话语力量的分析入手，考察当下一些农民工题材影视创作，分析和把握其中的文化符码，是理解其中不同的价值取向的根本。

问题不在于这些影视作品给人们带来了多大的心理震撼和审美冲击，而在于分析这些影视作品中的文化符码及其背后的话语权力，以及实现这些审美效果的生产机制。"权力是在人类生活的层面上运作的，它既非抽象的普遍结构，亦非主观经验，它既是限制性的，也是生产性的；它生产差异，型塑关系，制造同一性和等级结构，但是也促成实践，给社会主体以力量。"② 农民工进入城市，他们的形象既不是乡村的农民，也不是城市的产业工人，而是被不同话语力量符码化。他们遭遇到一系列城市话语的观照，他们的生存被苦难化，他们的精神被戏谑化。于是，面对强势的城市文化，他们成为被拯救者的符码，面对现代文明，他们成为非现代的落后符码，面对城市的

---

① Richard Dyer:'Introduction' in star，London:British Film Institute.1979，P.2.

② ［美］劳伦斯·格罗斯伯格：《文化研究的流通》，见罗钢、刘象愚主编：《文化研究读本》，中国社会科学出版社 2000 年版，第 73 页。

欲望与喧嚣，他们又是曾经的乡村诗意的文化符码。正是这些不同的话语力量，打碎了原本城乡二元对立的话语系统，使农民工符码变得复杂多元。农民进城，必然有主流意识形态的推进，也有市场消费话语的诱惑，有底层意识、边缘话语的抗争，还有个性话语的突破与努力。这些不同的话语交杂在一起，构成了多种复杂的影像符码，呈现出当下影视生产的丰富性与局限性。

一、苦情符码

众多农民工进城谋生，承担了城市建设的大量体力活，却无法被纳入城市的主流话语世界，始终还在城市边缘与底层。在一系列影视作品中，当尴尬的农民工身份闯入城市这个陌生的空间时，并没有为他们带来生存的自信，而更多地走向苦难化。这些作品往往极尽书写他们进城遭遇的苦难历程，展示在观众面前的总是一个令人同情，无法释怀的画面。在这里，我们可以列出一大排的名单，就像电视剧中经常出现的民工挤火车一样，让我们感觉农民工影视最大的特征就是苦情叙事，就是通过一系列农民工身上苦难符码化来打动观众，博取官方话语和社会各界人士的同情，从而谋求社会和谐的解决。

现代城市的光鲜亮丽，并不能完全体现社会各阶层的幸福期待。许多农民工在城市的生存苦难，却让观众产生一种陌生化的感觉。影片《不许抢劫》中，两个农民工三块钱，买四斤面，要维持四天的生活。梅来为了要回自己的血汗钱，只能用暴力去威胁老板娘，最后差点进了班房；杨树根因为王奎恶意欠薪，遭人毒打，最终讨回工钱却因为非法监禁工头而获刑一年。《生存之民工》里，小包工头谢富贵带领一个村子的青年人在城里打工，到年底没有要到工钱，不得不低三下四迎合开发商。因为他的儿子需要源源不断的钱来治病，老婆已弃他而去，他既要平抚其他人的情绪，担负起追讨工钱的责任，又要为自己的生存奔波，所以他在讨工钱时一路地忍让。在牌桌上，他故意输钱给工程负责人张彪，希望能够以委曲求全的方式换取血汗钱，他昧了良心接受张彪收买他的几千块钱，甚至卖血求生存，卖了血还去木材厂干苦力。当得知儿子快死了，他再次找到老板要钱时，却遭到毒打。为了保住劳动合同，他被打得头破血流，甚至被毫无人性地带上脚链。同样，讨要工钱的九斤被工程负责人张彪毒打一顿；施工队长薛五，从施工楼顶摔下来后，却无处讨要工伤费。遥遥无期的讨薪之路，陆长友一次次借酒浇愁，当厨房里的周师傅劝说小心喝死时，他回答道："我们的命值几个钱啊？我们是贱命，值钱吗？"最后，他神经质地举着V字形的纸牌，发疯似的咬着易拉罐，并选择卧轨来结束自己的生命，嘴里发出"带我回家！带我回家！"的喊声振聋发聩。这是一组跪求生存、韧劲挣扎，最具悲撼感的银屏苦难群像。

同样，在《民工》一剧主人公鞠广大是歇马山庄的能干农民，受不了城里人的鄙视，几次发誓不再来了，可年一过，又不由自主地来到工地。他梦寐以求的是儿子将来能考上个清华、北大，自己老了可以享清福。可是，儿子三考三落榜，打死再不肯去复读，断绝了他的梦想；第一次回家，让工头扣了一千二百元，第二次回家又让四个月的工钱打了水漂，他穷得扒火车被人当作罪犯一样追赶，连铺盖都跑丢了。他为找工头索要工钱，被对方打得头破血流，要不是儿子赶到，几乎丧命。面对着村长的盘剥，工头拖欠，穷困的鞠广大连打个电话都成了负担，但他怎么也不想熄灭那抗争命运的火花。他痛心地对儿子喊："你还没尝够打工的苦啊！"然而，最后他还是拉着儿子踏上进城求生存的漫漫长路。

这些男性农民工在建筑工地上，往往蓬头垢面，泥水一身，遭遇老板、工头的辱骂和殴打，最终遭遇恶意欠薪，而失去生存之根本。影片经常出现农民工洗澡时赤裸的身体，构成了农民工在城市命运的极大隐喻符号。他们在城市里没有身份、资产，甚至尊严，只有显得生硬而赤裸的身体，但绝不是"咱工人有力量"的激情体现，而是身处城市压抑下的无奈与疲惫。露天吃饭的场景也是众多农民工影视的共同符码。一群满身泥水的农民工，端着一个大饭碗，争抢着没有油水的饭菜，在路边，在工地上狼吞虎咽。馒头在他们口中坚定地咬着，眼中却透出一种无根的茫然。这些影像符码，本质上表现了农民工在城市的生存事实，也隐喻了他们在城市中仅仅寻求的是生存的根本。城市的繁华、欲望的享受与他们无关。因此，这些农民工的生活圈子只是局限在工地、厂房，他们的生活与城市的居民基本没有关联。

同样，女性农民工在城市的命运却是与暧昧的发廊、保姆等身份联系在一起。她们往往是时髦的外形，淳朴的内心，却总是无法融入城市，最终成为城市阴暗的一角。《工地上的女人》中，玉兰从农村中来，文化不高，又没有什么技术，繁华的都市对她来说，无疑是一个巨大的诱惑，她留在城市最大的资本便是自己的青春与容颜。认识有钱的工头杜昆后，玉兰开了个杂货店，有了家。然而在杜昆看来，玉兰只是自己泄欲的工具、贿赂的筹码。为了能够顺利承揽下"周哥"的工程，他甚至无耻地将玉兰"奉献"出去。玉兰在忍受肉体的伤害与精神的摧残后，最终选择逃离，逃离杜昆的魔爪，逃离不属于她的都市，和小军一起回归乡土。

伴随着这些农民工苦难形象的叙述，很多影视作品总在极力书写他们的生活场景。从最近大量的电视剧看，农民在都市边缘生活的空间主要有：建筑工地、垃圾场、保姆市场、小餐馆、发廊与小卖部。这些生活空间相对于城市的高楼大厦来说是阴暗的、灰色的，与城市的光鲜靓丽似乎没有任何关系。很多作品出现一系列繁华的高楼、购物商场、立交桥、地铁等镜头，而农民工却仅仅局限在工地、工棚、脚手架，二者的空间转换，正是城市文化与乡村文化的尖锐对立。《泥鳅也是鱼》中，一边是正在修建中的金碧辉煌的庙宇，一边是泥鳅一家窝身的小小木棚。当小木棚被吊车高高吊起，苍穹之下，小木棚在晃晃悠悠，体现了乡下民工在城市中的无根状态。最后，吊车将小木棚重重摔下，激起的阵阵尘土弥散在观众眼前。透过这些二元对立的影像符码，不难感受到其中沉重的哀叹和尖锐的呼喊。"泥鳅也是鱼"，意味着"农民工也是人"。影片通过这些文化符码的建构，呈现了国家改革进程中的不和谐状态和民工生存的沉重质感，传达了社会对底层民众生存的关怀与同情。

问题在于，这些二元对立的影像符码，在真实呈现农民工在城市的生活状态时，除了能够渲染农民工的苦难事实时，能否走进农民工的内心世界，复杂具体地表现他们的人性欲望。农民工进城谋生，不仅仅在于挣钱致富，也并非都是身处愁云惨雾的生活场景中，他们在逃离就业机会非常缺失的乡村时，很少有导演关注到他们走进城市时的喜悦与快感，很少有导演关注到这些苦难符码背后，他们还有主动的追求与奋进。电视剧《我的未来不是梦》中，农村青年赵大勇和谢春梅进城打工，自主创业。他们成立了装修公司，却被骗得血本无归。最后从父母带来的竹笋得到启发，贷款成立竹笋加工厂。其中进城打工、创业的痛苦、迷茫、探索，真实地体现了农民工在城市的酸甜苦辣。同样，在《民工》一剧中，鞠广大父子在城市遭遇包工头的殴打，被拖欠克扣工资，穷得扒火车，还要遭受村长的盘剥，但心中抗争命运的火花就像剧中鲜艳的向日葵一样，他们最后依然坚定地迈着进城的步伐，寻找理想之路。实际上，农民工在城市在生存状态始终充满困惑、苦难、幸福、诱惑和梦想。正是这些复杂的存在，驱使农民工前赴后继进入城市，寻找自己的生活希望。

显然，导演在影片中营建一系列受侮辱和受损害的苦情符码，需要一定的精神境界与勇气，他们在编制这种沉重而又尖锐的文化符码中，带给观众的是一种久违的社会批判的力量和人文主义的关怀。然而，如果导演一味地追求这种生存状态的悲苦，必然丧失他们自身的主体性意识，很容易滑向道德化和情绪化。因此，呈现在观众面前的农民工形象，也必然因为理念化太强，而与曾经的革命样板戏叙述一样，出现简单的脸谱化和机械化。

二、诗意符码

仔细考察当下农民工影视作品，不像小说界那样，一些农民工在城市里报复，以恶抗恶，而是将他们身上的淳朴、善良、美丽无限放大，进而将他们的乡村场景也重新诗意化。这些导演面对城乡的种种矛盾与冲突，无法找到一种能够缓释苦难的价值体系，也无法落实到具体的解决途径。他们的内心充满了焦虑与困惑，只能回到中国传统文学或文化中曾经的诗意空间。"面对突兀而起的现代都市文明及其生存方式，影片创作者呈现出了一种强烈的'精神流浪者'的心态。一方面，他们不能拒绝接受现代都市文明，另一方面又渴望在精神上保持'乡土社会'的那份情感，那份温馨，那份完整和永恒。这种惶惑、分裂和焦虑症是中国知识分子所固有的'乡土情结'与新的都市文明及其生存方式冲撞的结果。"[①]

在很多导演的镜头下，农民工成为一种诗意精神的体现。在拉萨高原上打工修庙，傻根一生的最大希望只是传统农民朴素的梦想：赚钱回家盖房子

---

① 饶曙光：《论新时期后十年电影思潮的演进》，《当代电影》1999 年第 6 期。

娶媳妇。从电影的开始到结尾，傻根一直作为一个憨厚、单纯、倔强、善良的农民工符号存在，一切的发生似乎与这个功利化的社会无关。在他离开工地返乡前夜，他与狼的对话，直接体现了当下社会人与自然和谐的可贵。他身上表现出来的品质：乡村农民的善良、天真、骨子里的执着等，不仅与城市无关，更是王博与王丽二人的道德拯救者。于是，电影本是一个"善"与"恶"相互搏斗的故事，却因为农民工形象的存在而置换成为一个以"善"诗意拯救"恶"的故事。傻根的存在，构建了一个后撤式的挽歌世界，将农民工的精神世界完全诗意化，其存在的理由却无法找到现实的文化土壤，只能是导演的一厢情愿罢了。

同样在《落叶归根》中，农民工老赵的形象并不直接与城市打工生活相关，而是通过背尸返乡这样一个现代传奇来书写农民工身上的淳朴与执着。在深圳一个建筑工地上打工的老赵因为工友刘全有意外醉死，出于一个酒后对生前朋友的承诺，一路艰辛将他的尸体送回家安葬。在背尸返乡的路途上，老赵遇到了形形色色的人，虽一路曲折却义无反顾。整个电影没有死亡始终相随的悲痛，也没有前面论述的愁云惨雾，相反，观众处处却感受到一种人间不乏真情在的暖意。《落叶归根》导演张杨说，"我不想把电影拍成悲悲切切的样子。我希望通过老赵这个小人物来表现一种积极乐观、苦中作乐的态度，突出农民身上的质朴和执著的劲头。"[1]一路充满艰辛与荒谬的归途，老赵身上的义气感动了劫匪，感动了司机，也拯救了路途中遇到的其他人。此时，老赵已经成为一路传播"义"的符号，给当下处于市场喧嚣的民众带来内心的宁静和诗意的空间。

《泥鳅也是鱼》中，影片的重点不是展现物质化的民工生活，而是男女"泥鳅"之间彼此需要的渴望和相濡以沫的情感。男女"泥鳅"在工地、马路、地摊上暗自滋长并渐渐笃定的情感有一番别样的纯净，这份情感在纷乱冷酷的现实背景前显得晶莹透亮。女"泥鳅"对生活的执着，自身的尊严，以及她与民工、老人之间的情感，体现了一种超越了农民工生活形态叙述的努力。影片最后一组镜头：男女主人公悠闲地躺在屋顶，看着飞机划过天

---

[1]　马或：《〈落叶归根〉笑里含酸——导演张杨在宁说戏里戏外故事》，《扬子晚报》2007—01—09。

空，倾吐着各自的心声，"庙修在天上，我咋还嫌低；你就躺在我身边，我咋还想你。"别有韵致的对白将农民诗意化，并为他们惨淡的人生涂上一抹难得的亮色。

除了这些农民工形象本身的诗意符码化，影片往往用相关的自然景观来辅助建构现代诗意。《天下无贼》用西藏的雪山、蓝天、纯净的庙宇来强化傻根形象的诗意化。《落叶归根》中，影片中多次出现公路两旁金黄的油菜花、翠绿的山水田园风光，不仅推进了离奇的故事，也使老赵身上的"义"有了相应的美学铺垫。相反，也有一些影视运用自然诗意来表现农民工形象在城市的艰难与痛苦，传达导演对诗意和谐的一种渴望与呼唤。在《生存之民工》中，陆长友讨薪未成导致最后疯了，他在一片金黄的向日葵中迎着火车奔跑，喊着"我要回家"而倒在铁轨上。同样，在电视剧《民工》的片头和片尾，金灿灿的向日葵在诗意绽放。当李平离开歇马山庄，她美丽而决绝的脸与一丛又大又圆的向日葵相互映照，体现了她对独立生活的追求与向往。而鞠广大和双元，最后在金黄的向日葵的辉映下，背着行李，迈步在通往城市的公路上，伴随着画外音："眼下国家很关心我们，好日子还长着呢"，电视剧在一片追逐阳光的向日葵中走向灿烂。

无论是正面表达，还是反面映衬，农民工身上的诗意总让人觉得有些不食人间烟火的味道。人间不能缺少诗意，却不能脱离生活的真实，简单的诗意并不能解决复杂的社会冲突与文化冲突。本质上，这些诗意符码能否真正走进人的内心世界是值得思考的。这些弱势符码在强势的话语面前，很难找到自我认同的前提，何况拯救整个社会。其中的诗意最终只能被简单的道德化与消费化，从而失去自身存在的根本。

三、消费符码

农民工题材受到很多导演的关注，还在于人们日常审美的陌生化催生了这类影视消费。这类电影在传达底层关注和人性关怀的同时，将作为城乡文化的异质对象——农民工作苦情式和闹剧式的消费。鲍德里亚指出："消费系统并非建立在对需求和享受的迫切要求之上，而是建立在某种符号（物品/符号）和区分的编码之上。""这并不是说需求、自然用途等等都不存在，这只是要人们看到作为当代社会一个特有概念的消费并不取决于这些。因为这些在任何社会中都是存在的。对我们来说具有社会学意义并为我们时代贴上消费符号标签的，恰恰是这种原始层面被普遍重组为一种符号系统，而看起来这一系统是我们时代的一个特有模式，也许就是从自然天性过渡到我们时代文化的那种特有模式。"①鲍德里亚强调消费社会的符码化，并不看重消费对象的物质功用和消费主体的物质需要，看重的是社会层面的符号意义和价值。从影视符码的本质来看，所有这些底层形象都在消费文化语境中作了悄悄的置换，其中的道德伦理被消费文化的享乐伦理所替代。"各种文化观念，在媒介的冲击下，与传统观念之间出现了难以想象的巨大裂痕。我们的理性判断标准开始由（媒介）图像策划，由广告主宰，由媒介宣扬的各种消费观念怂恿。我们越来越生活在一个媒介化的世界，而这一世界与现实世界是否一致，这值得思考。我们的道德观念也出现了前所未有的变化，一种生产时代所弘扬的清教伦理开始由快乐伦理所取代。于是，在媒介所造就的'娱乐至死'的文化语境中，道德旨趣从传统的拯救模式走向了享乐化、快感化模式，道德出现了中庸化趋势，并且，在媒体无休无止的狂轰滥炸下，大众的道德观念日趋麻木。"②

本质上，一旦进入商业视域，农民工必然成为消费符码而区别于以往的精英创作。如果说精英创作需要将人物作人性的内在挖掘，力图传达出人性的复杂性和丰富性，那么消费符码则需要通过一定的定型化、夸张化手法，来满足观众的情感释放和强化他们的审美娱乐。

农民工在许多剧中的善良、淳朴和近乎愚笨的天真，呈现出模式化、单一化的特点，正是当下影视剧中新的消费符号。很多作品为了凸显其中的底层意识，往往从外形上将农民工形象简单固化。农民工电影形象的外形，往往呈现出傻气老土、滑稽可笑的一面，包括丑陋的长相、可笑的打扮、痴呆的表情、滑稽的姿势等。从表面上看，这些满面尘土和汗水的农民工形象，唤起的是包括主流文化形态在内的观众的道德拯救意识，在为底层民众的生

---

① ［法］让·波德里亚：《消费社会》，刘成富、全志钢译，南京大学出版社 2001 年版，第 71 页。

② 李勇：《媒介时代的审美问题研究》，河南人民出版社 2009 年版，第 11 页。

存状态鸣不平的同时，意在推动城乡和谐。于是这些影像符码的价值取向呈现两个不同的极端。农民工形象越苦难，其中的道德旨趣越走向消费的娱乐化与快感化。

他们承载着底层焦虑的同时，将农民工的生存事实喜剧性呈现在观众面前。显然，这一类作品较之前者显得轻佻多了。这些消费符码身上，更多的是城市民众想象的堆积，而不是真正的人性展示。电影《高兴》中，五富这个人物角色无疑是最具有喜剧性的一个，他顶着西瓜太郎的头型，头发杂乱地张开，如同电击过一般，一条红色的腰带总是露出一大截，拖至膝盖处，还不时地飘扬，圆圆的脸，胖胖的身材，总是傻乎乎地咧嘴大笑，露出一口大白牙齿，这个形象与他的好吃懒做、贪财好色、胸无大志的品性相映成趣。在去西安的车上，刘高兴问他进城的理想时，五富张嘴痴痴的笑，眼睛笑成了一条线，说自己最大的理想就是把挣到的钱威风地甩到老婆菊娥的面前。一向以无厘头的搞笑角色著称的周星驰，一改过去轻松滑稽的人物形象，而以身处社会底层的农民工形象出现在《长江七号》中。影片中的周铁头戴白色安全帽，脏乱的头发，脖子上搭着条毛巾，白色的背心衬出黝黑的双肩，一身破衣，捧着铁饭盒坐在高楼顶层的边缘，望着城市漫不经心地大口吃饭。可他却匪夷所思地将自己的儿子送进常人难及的贵族学校。显然，周星驰所扮演的农民工形象作为一个消费符码，呈现的是与贵族学校等至少是中产阶级的生活迥异的生存状态，在满足了城市观众消费的同时，意在体现一种黏合城乡差异的努力。

同样，王宝强在《盲井》中，扮演一个不谙世事、纯洁天真的农民工，他对于背后的算计和死亡陷阱完全没有感知，但他的善良淳朴又意外地使其中一个罪犯动了恻隐之心。王宝强形象如同未被雕饰的璞玉，其"又傻又天真"的性格成为日后所扮演人物的基本特征。《天下无贼》中的傻根，《人在囧途》中的牛耿都属于这类形象。牛耿不但耿直憨厚，而且透出一股傻气。他背着一大平底锅上飞机，登机安检时一口气喝完一大罐牛奶，后来又在飞机上让乘务员开窗，好不容易折腾到飞机到达长沙上空，结果因长沙大雪飞机被迫返航。牛耿像老板李成功生命中的瘟神一样，只要他"金口一开"，往往被不幸言中。途中频频遭遇意外，两人从火车换巴士，又从巴士爬上拖拉机。尽管牛耿的乌鸦嘴让李成功吃尽苦头，但这个浑身透着傻气的青年却用自己的真诚与乐观感染着李成功。显然，王宝强形象在千篇一律的美女帅哥的审美疲劳中，提供了一个新的消费形象：既是笑料式的审美符号，又是严肃的拯救形象，二者共同构成了城市阶级想象性的消费符号。可以说，王宝强等农民工符号，不仅仅是李成功等城市人的道德拯救符号，也是城市阶级喧嚣异常的语境下道德净化的参照性符号。从《盲井》到《人在囧途》，我们可以看出，一旦这些农民工形象成为消费性的符码，他们不再处于愁云惨雾的底层状态，而是充满了喜剧色彩，他们的出现正是当下影视拯救与提升商业效益的消费符号。

如果说男性农民工在影视消费中往往是搞笑对象，那么大多数女性农民工形象则是作为欲望对象而存在。年轻、美丽的女性农民工在城市寻找梦想，她们在陌生、强势、令人眼花缭乱的城市空间艰难生存，进而成为城市男性窥视的符号。从职业分布来看，进城农民工有歌女和"三陪小姐"（《小武》、《安阳婴儿》、《盲井》、《江城夏日》、《花街泪》）、发廊妹（《陈默和美婷》、《落叶归根》）、洗脚妹（《苹果》）、哭丧女（《哭泣的女人》）、杀人犯（《谁家有女》）。这些女性农民工的出现，一方面体现了她们在城市的艰难，另一方面也建构了城市话语与男权话语双重作用下的消费符号。

在她们身上既承载了农民工遭遇城市话语的符码，也承载了底层女性面对男权话语的欲望消费。张纪中导演的《民工》，揭示了农民工从乡村小镇到大城市的情感变化和内心波澜，也从一个侧面呈现了城市民众对农民工女性的想象性消费。在电视剧中，潘桃从没有离开过乡村，内心却一直向往着丈夫打工的城市；另一个是城市打工的女人李平，她渴望成为城市女人，却被城里的男人一个个抛弃。当她嫁给同病相怜的打工仔双元，却将农村的新家布置成城市生活的样子，以转化对城市的想象寄托。剧中蟠桃、李平、艳梅等女性形象，与打工生活无关，却又是城市话语观照下的女性符号，无论是蟠桃、李平对城市生活的欲望，还是艳梅身上的不干净，她们的存在，真正体现了城市话语对农村女性的消费。

劳拉·穆尔维在《视觉快感和叙事性电影》一文中指出："女性在她们那传统的裸露癖角色中同时被人看和被展示。她们的外貌被编码成强烈的视觉和色情感染力，从而能够把她们说成是具有被看性的内涵。作为性欲对象被展示出来的女人是色情奇观的主导动机，迎合男性欲望，指称他的欲望。"① 这些农民工女性形象并不像当下很多艳星那般的充满色欲，无论在穿着，还是在生活场景，都不代表当下的帅哥靓女的欲望符码。但是，由于城乡二元对立，女性农民工作为城市空间的闯入者，淳朴、善良、天然等品格，她们更容易被置于欲望窥视的角度。她们在电影中的被窥视性以及带来的窥视快感，构成了女性农民工在影视消费中的文化符码。于是，打工妹成为城市文化观赏和追逐的对象，也构成了农村与城市之间另一种对立关系：女性与男性，从文化上具有了隐喻意味。城市则无疑变成强悍、有力的男性；农民工是欲望承受的对象，城市人群是投射欲望的主体。

消费的诱惑无处不在，无时不在。农民工的最大特点就是身处欲望都市，却无缘融入。面对城市的街景，流动的人群，四周林立的大楼造就了一种后现代空间的生存迷惑，构成了巨大的消费诱惑。于是，生活在阴暗灰色的空间中的农民工，产生了他们迫切的城市情结和消费梦想。影片《苹果》中，广州是财富和物质欲望的象征，胖妹站在楼顶的天台上大喊，"我要有房，我要有车"，这个情景体现了进城农民工的生存焦虑与消费焦虑。电影经常用俯视镜头展现来城打工者蝼蚁般的生命状态，这种俯视镜头把人压缩在一个狭小空间里，表现了农民工的弱势和微不足道。在影视作品中，农民工的身体、建筑工地、饮食，甚至性，都构成了特定的底层文化元素。这些元素往往集人文关怀与市场消费为一体，在人文关怀的旗号下，实现市场消费的另辟蹊径。这些农民工在城市的生活场景、遭遇、情感、性，都成为消费的符码，电影披着人文关怀的华丽外衣，在书写他们的苦难时，本质上是在消费他们的苦难。

总体来看，农民工影视是在城乡二元对立的语境下，努力架构城乡和谐与市场消费的特定时代作品。不同的话语形态，决定了影视创作中不同的文化符码及其背后的价值取向。底层关怀和人性拯救，最大程度地呈现了农民工的苦情符码，他们的身上负载了传统的"青天意识"、不平则鸣的批判精神与内在的抗争力量，呼唤主流世界的关注。传统的诗意人文传统，决定了其中拒绝与拯救城市欲望化的诗意符码，它将现代都市文化诱惑的复杂，简

① ［英］劳拉·穆尔维：《视觉快感与叙事性电影》，周传基译，第644页，见李恒基、杨远婴：《外国电影理论文选》，上海三联书店2006年版。

单拉向乡村的诗意伦理。市场欲望与消费伦理，则将农民工及其生存场景整合成商业电影中的消费符码，其背后的精神的力量逐渐被消费话语悄悄溶蚀。这三种影像符码，构成了当下农民工影视创作的三种基本倾向，也体现了不同导演的不同文化追求。

实际上，作为公共媒体的影视符码，农民工形象在不同的作品中大量出现，都或隐或显地体现了当下国家主流意识形态的话语诉求。城乡二元对立的现实情境，决定了当下影视弥合与缓解的内在愿望，城乡和谐是这些作品共同的创作指向。无论是通过悲剧式的苦情书写，还是闹剧式的消费书写，或是传统回溯式的乡村诗意书写，导演在不同程度地展现农民工生存状态中，努力寻求社会和谐的解决。问题是，这种解决，基本上局限在外在的物质文化层面，或简单的一厢情愿式的黏合，而并非真正走进个体的内在世界，探求个体精神世界的和谐。

第九章　农民工书写的历史价值与美学缺失

书写中国的问题很难，尤其是面对当下中国的纷繁与复杂。对于一个处于快速现代化的古老国度而言，短短的几十年中跨越了西方社会数百年的现代化进程，社会阶层日益分化，广大民众在高速转型的眩晕中不断处于焦虑状态。尤其对于从乡村到城市的农民工而言，更是历经了从沿袭多年的农耕文明到光怪陆离的后现代城市文明的巨大跨度。时代社会为文学提供了一个前所未有的契机，也为文学提出了新的命题。如何面对，如何驾驭，正体现了这类书写的历史价值，也呈现了一定程度的美学缺失。

第一节　农民工书写的历史价值

城市现代化的绝对性优越，吸引了广大农民大军奔赴城市谋求自身的发展。无论是宏观的视野，还是在个体的存在价值方面，作为一个农业文明传统深厚的大国，农民进城遭遇城市化的激变而引发的紧张感，异化感，困惑感，促成了当下农民工进城的"热"，也促成了关于这些农民生存叙事的"热"。这些复杂的生存性叙事正是广大农民工全面遭遇市场话语的巨浪，而折射出当下民族的眩晕感和阵痛感，无论从社会学意义，还是文学审美层面，都具有一定的时代价值。

一、社会价值

农民工书写现象产生的根本在于城乡二元冲突的扩大。雷蒙·威廉斯指出："在变化多样的人类居住历史中，人们获得了对乡村与城市的强烈感受。乡村代表了自然的生活方式，意味着宁静安详、天真无邪、淳朴和美德；城市则是更发达的所在地，意味着学习的机会，便利的交通和声光化电。然而，相反的意义也被赋予他们。城市代表着喧嚣、俗气和野心；乡村则代表着落后、无知和狭隘。"①随着市场经济体制改革的不断推进，城乡之间的物质差异越来越大。作为弱势群体的城市打工者，面对生存的艰难与经济的窘迫，自然而然迸发出自身苦难历程的倾诉和渴望改变个人命运的呼喊，他们的写作与生存完全处于相互扭结的共生状态，在书写个人对残酷生存的感受与体验中，浸透的是一种乡土草根质朴的困惑，沉重的叹息。

从乡村到城市，农民工书写一头探入乡土中国，关注着处在社会现代化边缘，向往现代文明中心的农民。"谁不了解农民，谁就无法理解我们这个民族的历史。农民的活动，制约着我们民族生活的众多方面；任何真正关注、研究中国世情的人都无法也不会回避这一特殊的'国情'。"②农民工进城，处处遭遇城市文化的挤压和伤害，为什么不会剧烈影响社会全局的稳定，城市现代性的向前推进，为什么总是以乡村的付出为代价？农民工到城市为什么难以融入？这些问题构成了当下农民工书写的深层次的探讨，直接展示了乡村社会的现实状态与文化心理。其中包括农民工进城的驱动力，一方面由于乡村的贫苦和农民对物质、财富、自由等的欲望，另一方面也由于乡村社会的权力机制和道德机制，二者形成了当下农民对城市的向往与追求。孙惠芬的《民工》、《歇马山庄的两个女人》等文中，在城市文化的巨大参照之下，乡村世界的权力机制无孔不入，从村长的为所欲为，到乡民之间相互猜疑，相互诋毁，构成了当下快速转型时代中乡村文化超稳定的一面。这是刺激和驱动农民向城市进发的力量，也是千百年来中国农民共同的生存处境。同时，农民工在城市谋生的种种艰难与苦难，又不由将农民工拉回乡

---

① 雷蒙·威廉斯：《乡村与城市》，韩子满、刘戈、徐珊珊译，商务印书馆 2004 年版，第 1 页。

② 刘应松：《民工潮：社会学者的思考》，《瞭望新闻周刊》1994 年第 16 期。

村世界，将自己的灵魂安放在一个他们躯体不愿意安放的地方：乡村世界。
陈应松的《太平狗》、邵丽的《明惠的圣诞》等文中，乡村是一个贫穷，甚
至充满着苦难的空间，却也是农民工进城之后回不去或不愿意返回的世界。
从这个层面上，农民工书写真实地呈现了当下乡村世界的文化尴尬，也历史
地表现了近三十年来乡土城市之间的矛盾与冲突。可以说，这些创作为研究
当下中国的乡村文化事实，探讨进城农民的生存境遇，真正解决"三农"问
题提供了一定的现实意义。作品那种诚实的原生态的叙述，让我们感受到真
相蕴含的力量，以及这种力量给人的内心造成的震颤感。这些作品让我们看
到了现代化高楼大厦背后低矮的平房、简易的工棚，向我们展示或揭示被现
代城市文明所遮蔽的苦难，被社会和历史忽略的底层民众的生活经验与生存
境遇。这种真情实感的流露，发自灵魂深处的真心呐喊，在具有一定的审美
亲和力和陌生化效果中，刺痛了人们日趋麻木的神经。他们的作品在泄导人
情的同时，展现了当下中国社会城市与乡村两种文明的冲突，将久被遮蔽的
底层生存状态裸露出来，真切地记录了当代中国现代化之路上的坎坎坷坷。
张未民将这种写作称为"生存中写作"[①]，正是强调他们的文本逼近生存现场，
强调生存的实际生活意义和实在的文学意义，即强调为衣食住等基本生存目
标而奋斗的写作。这种写作最鲜明的特征是写作与生存的共生状态，具有深
广的社会学意义，为国家民族探讨社会和谐起到一定的参照作用。

　　自然，农民工书写的立足点是城市。作为强势文化的城市，它引导了国
家民族文化的主流，却往往容纳了农民工书写中一系列的"恶"的存在。一
方面体现了转型发展中的国民心理还没来得及像成熟的城市社会发展，还停
留在城市消费等同于人性堕落的 20 世纪 50 年代的观念，另一方面又呈现了
当下城市发展的不可逆转的局势，它解放了人的欲望生产力，实现了人性的
愉悦和自由等现代化品质：它既是魔鬼，又是天使。《城乡简史》、《发廊》、
《民工刘建华》、《虫子回家》、《二的》、《米粒儿的城市》等小说，往往在悖
论中书写了城市文化的复杂与冲突。其一，城市代表就是一种物质的享受，
因穷而入城的农民一头扎进城市，就是以城市的物质享受为目标的。"从乡
下来，我费力仰望城市／千百扇窗户反射千百个太阳／在高楼间，我渴望飞

---

① 张未民：《关于"在生存中写作"》，《文艺争鸣》2005 年第 3 期。

翔成一只轻灵的燕子 / 到处是墙，钢筋水泥规范着空间，走在斑马线上，我小心翼翼 / 裸露的脚趾一再触到红灯 / 广告牌、车站，我来回球状弹跳。"（方刚的《农民工》）高楼大厦、广告牌、工厂、商场等城市物象正是将广大农民从土地上拽出的根本驱动。"二姐，初中没念完 / 就要去南方赚钱！赚好钱买几个大件，多弹床被子 / 嫁人也光彩。"（中原马车的《送二姐到南方》）"出粮后就去相馆照几张合影 / 背景是画上去的高楼大厦立交桥霓虹灯 / 却迷住了千里外羡慕的目光 / 去大排档炒几盘风味菜猜拳吹哨 / 打桌球甩保龄球溜旱冰 / 剩下大部分存入银行 / 去邮局排长龙放飞神奇的鸽群 / 购回《第三条道路》《知音》……爱不释手 / 去购物中心买时装化妆品玫瑰香。"（庞清明的《打工风景线》）城市的高楼大厦、各种高档的家电、汽车、娱乐业构成的就是广大农民深陷农村的巨大召唤，他们无法抗拒这一潘多拉匣子里放出来的欲望魔鬼，渴望改变自己的物质生活是根本。

其次，城市文化对农民身份的拒绝是当下一个显著的社会事实，农民工书写从骨子里触及农民与城市的关系。《愤怒》、《泥鳅》、《抽筋儿》、《大声呼吸》、《谁能让我害羞》、《纹身》等作品不仅仅从外在地探讨了农民在城市的矛盾与冲突，更重要的是城市造成农民一种自卑、恐惧、仇恨的复杂心理。雷达在评价这类作品时说："这个方向的文学可以包含现阶段中国社会几乎所有的政治，经济，道德，伦理矛盾，充满了劳动与资本，生存与灵魂，金钱与尊严，人性与兽性的冲突，表现了农民突然遭遇城市环境引发的紧张感，异化感，漂泊感。"[1]这些城市文化的书写没有后现代理论和消费文化贯穿的新潮与吸人眼球，却一定程度上折射了当下中国城市发展的一些局促与问题，将城乡关系的现代性矛盾以生动的形象故事展示出来。

同时，社会历史的转型，伴随着人们价值观念的变迁和道德伦理的冲撞。农民工进城，一方面他们的道德伦理还不可避免带着农业社会的遗痕，而城市伦理却无情地将他们捶打和抛弃，城乡伦理的冲撞中，激起的不仅仅是物质生活的错位，更重要的是文化伦理层面的混乱与两难。《发廊》中的方圆，不愿安心在工厂里当一名工人，而重操开发廊这个职业。因为"当工人原来很没意思，还不如开发廊，替客人敲背比装搭好玩多了"。阿宁的

---

① 雷达：《2005 年中国小说一瞥》，《小说评论》2006 年第 1 期。

《米粒儿的城市》中的米粒儿，不愿意待在曹老师家中做保姆，她认为，"我到这里是想脱离农村，过一过城市生活。城市是什么？就是一个孩子和家里的四堵墙吗？上午到院里转一圈儿，下午到院里转一圈儿，这也叫城市生活吗？你就是再给我涨工资，我也不干了。"她以她身上特有的清纯和美丽，一步步成为包养在高级别墅中的"金丝雀"。她有时感到失落，有时却感到一种莫名的满足。她的城市生活历程，是一个寻找土壤的过程，也是一个寻找生机的过程。方圆和米粒儿主动"为娼"，本质上体现了一个更为强大的无形逼迫力量，其中不仅仅是社会因素，更多来自人性深处的东西。这些人物的"逼良为娼"，传达出一种人性深层的隐痛，也预示了一个理想的社会伦理关系的建立还有很长的道路要走。因此，这些农民工书写对道德伦理层面的探讨，对于全社会范围内建立一个和谐的现代的道德伦理关系，具有一定的社会警醒和参照意义。

二、审美价值

一种文学的现象在当下受到文坛和社会的关注，必然不仅仅在于其提供的一系列社会意义，还在于它的本质内涵——文学的审美价值。作为关注底层农民工的社会诉求的创作，如果仅仅满足在提供一系列生活细节的基础上，发出底层社会的声音，而引起社会的关注和同情，显然是无法真正进入文坛的。当下农民工书写一个重要的价值，还在于它在呈现当下社会文化事实的基础上，体现了一定的美学努力。尽管很多学者提出，由于审美距离的太近，农民工书写的价值还难以体现出来。但不管怎样，这些年来农民工书写的"热"却是当代文坛不可忽视的，也是值得探究的。其中既有文学史意义上的价值，也有局部的美学突破。所谓当下农民工书写的审美价值，一方面在表现当下底层社会的文化情绪心理的基础上展示了文本内在的张力和人性的复杂。另一方面则是在创作方法上，继承和发展了现实主义的悲剧意识，真实表现当下社会的同时，体现了一种批判的力度与责任的担当。无论作为农民工出身的作家那种痛彻入骨的生活体验，还是精英作家对人性复杂的把握和社会的批判，都在近年文坛的"贵族气"与"欲望味"中脱颖而出，那种苦难悲剧的震撼感和现实生存的焦虑感，不同程度地体现了农民工书写中人性表现的努力。

首先，农民工书写这股思潮以强烈的底层意识，在描述城乡生存状态的失衡错位中，在呈现社会的焦虑情绪中富有张力地表现了人性的复杂，体现了文学对底层伦理的责任与担当。就其主导的艺术倾向而言，农民工书写无疑是现实主义的发展。历史地看，城市现代化的巨大诱惑，形成了中国农民进城的大潮，打工文学也成为当代文坛的一个热点。它不仅仅是一种社会思潮的反映，更具有了文学史层面的意义。自20世纪80年代以来，先锋文学、女性文学、后现代主义写作、欲望写作等在激起人们短暂的文学关注后，总令人感觉文学与生活之间的无形隔膜，这种隔膜本质上体现了当代文学缺少强烈的现实关怀，缺少传统文学中强烈的人道主义关怀和人本主义的意识。当代文学在关注抽象的人性层面和贵族式的欲望生活的同时，失去了当下生活状态的精到把握和人们生存欲望的深刻理解与同情。文学逐渐在越来越小的圈子中失去了大量的读者。这种表意的焦虑促使作家寻找新的文学版图，"底层写作"、"打工文学"、"乡下人进城"等话题的探讨，都体现了当代文坛题材创新的努力。正如谢冕指出，我们的文学有太多所谓的高雅，却缺少对底层的关怀。农民工书写的贡献就在于弥补了目前创作的缺失，提供了一个新的审美角度，为当代文学带来了新的社会效应与美学制高点。因此，在文学题材方面，打工生活情状的描述与表现，拉近了文学与生活的距离，将文学重新拉回生活表现的轨道具有不可忽略的意义。文学开始纠正以往过于西方化的创作路径，关注中国本土的民众生活状态和生活欲望。

同时，农民工书写体现了一些作家"我手写我心"的自觉与勇气。作家大都依靠他们的乡村背景，以平民的视角真实地反映亿万打工者在城市化进程中的生存状态、心理变化和精神风貌，对社会改革中出现的相对贫困与体制不公给予关注，对社会底层前途的改变与未来路向充满忧虑与同情。他们以沉重的笔调书写众多从农村闯入城市的民工，为他们的民生疾苦而呐喊，为他们的道德沦丧而叹惋，体现了知识分子身上所具有的忧患时事、抒发民声的传统。在文学精神上，打工文学的悲悯情怀和忧患精神，给中国文坛注入了一种传统的文学精神，有利于中国作家走出一味贵族化、欲望化、身体化、消费化的写作怪圈。文学开始重新接通传统的"文章合为时而著"的现实主义精神。

　　本质上，这股文学思潮与直面社会、勇于担当的现实主义思潮一脉相承，见证意识是一大特征。农民工书写提出的一系列现实之突出尖锐，由它衍生的各种社会问题之多元复杂，是最能体现现实主义文学传统的一脉创作。大部分作家来自打工群体的一线，见证了农民进城打工的基本生活情状和内心体验，并深深地融入了自己的体温、血液和呼吸。郑小琼坦言："文字是软弱无力的，它们不能在现实中改变什么，但是我告诉自己一定要见证，我是这个事情的见证者，应该把见到的想到的记下来。"①王十月的《开冲床的人》、彭易亮的《第九位兄弟断指之后》中，反复出现"疼痛"、"断指"的细节，见证了底层农民工生活世界的苦难和血泪，唤起人们对底层生活的同情与理解。这些作家还没有来得及把自己的生活经验加以提升，而是直接贴近底层生活，将其原生态地呈示在读者，尤其是城市读者面前，因而获得了一种与诗性文学迥异的毛茸茸的打工真实感。

　　其次，这种不平则鸣的打工文学思潮，又直接续接了中国传统农业文明下的悯农精神。中国传统的悯农精神集中表现在，一是"悯"，即描绘农民的艰辛、受压迫而同情、怜悯他们；二是"怨"，即社会不公的批判，在强烈的对比中展现"尊者富贵劳者饥"的生存状态。二者直接影响了农民工书写"因穷而进城打工、打工而遭受苦难"的模式。荆永明的《抽筋儿》中，一个在城里卖烧饼的小伙儿用刀子吓跑了敲诈勒索的城里人，事后自己的手却不断地抽筋儿。曾楚桥的《撞墙自杀》中，年轻女人以撞墙自杀的方式报复城市的欺侮，许春樵的《不许抢劫》中，一无所有的杨树根来到城市务工，走投无路以暴力的方式讨回自己的血汗钱，却因"涉嫌非法拘禁、暴力绑架、非法侵占他人财物"的罪名被逮捕。作品中无论是农民工生存的焦虑状态还是受挫后的哀怨与愤怒，透出的是强烈的社会批判意识。作家将批判的目光刺向城市，甚至进入城市二元对立的历史性原因，分析农民工在城市的认同危机。同时，也为农民工在城市的生存而感到深深的忧虑与同情，体现了文学一定的责任担当意识。

　　同时，农民工书写的"热"配合"底层写作"的讨论，给当代文学带来了一种弥足珍贵的悲剧意识。它们在直面现实的矛盾与冲突中，将农民工苦

---

① 邓诗鸿：《疼痛的力量——打工诗人郑小琼》，《人物》2008 年第 9 期。

难的生存状态以悲剧的形式表现出来，打破了当代文坛"个人化写作"、女性写作和欲望写作中冒出来的"贵族"气。苦难叙事、底层写作都带来当代文学陌生化的效果：农民工的悲剧人生。农民工入城不得，返乡难归，他们的艰难与困惑，让读者自然产生类似于现代文学中的悲剧意识，而这些文本自然也成为了当下"乡土中国"的悲剧书写。

第二节　农民工书写的美学缺失

无论是精英作家的写作，还是打工者自身的写作，这类农民工书写到目前为止，还鲜有佳作出现。通览众多的作品，总令人感觉厚重感不足，而太多的经验呈现，生活质地感太强，却少一些诗意的贯穿。农民工题材的新颖性、主流性，带来了社会性的关注，作家们却忽略了创作个性的追求与价值的锤炼。毕竟，这些创作还太年轻，还不成熟。究其原因，主要有以下几个方面：

一、价值观混乱

一个作品可以没有明显的思想观念，却不能没有价值观的统摄。中国当前蔚然成观的农民工书写，基于农民工的生存焦虑，在快意书写他们的苦难历程时，在一定程度上忽视了中国的现实和历史语境，它们在以下两个方面表现出作品价值观的混乱状态：

首先，作家在理智上亲城市，而在情感上却亲乡村，导致其中的文本价值观左右游移，无法真正地深入。很多作品既将代表现代性的城市生活作为乡村发展的目标，却又将其作为道德批判的对象，同时将前现代性的乡村作为安放灵魂的空间。于是，一些作品对农民工进城遭遇苦难的生存事实缺乏必要的提炼和叙事的节制，导致一些作品堕入了迷恋苦难的深渊，对乡村文化的冲突无法有一个清晰的把握和理解。刘庆邦的《到城里去》，李满银通过她的丈夫，不断地向城市发起冲锋，最终失败而告终。在作家的心目中，李满银的城市之梦究竟是否合理，李满银是否应该到城里去，还是应该固守她的乡土家园，作家在文本中始终没有一个明确的定位，只是在一味地呈现她和丈夫入城之难。李满银进城的目的首先在于物质的享受，其次是城市身份的认同，而他们的精神追求却被忽略，城市本身的文化精髓也未曾涉及，这是文本的一个最大不足。显然，在《泥鳅》、《愤怒》等众多的作品中，一味地丑化城市，以乡村来对抗城市是不可能符合当下的现代化进程的。同样，乡村的权力话语无孔不入，贫穷、愚昧又让他们回不去，最终导致这些文本内部的价值观左右摇摆，并不符合当下中国事实的价值尺度，他们契合的只能是文学消费的内在意图。

　　其二，认同农民工的暴力而否定城市文化的暴力，导致其中的价值判断失去一个根本的标准。暴力与犯罪，暴力与革命这两组词汇往往一纸之隔，却呈现出完全不同的阶级意识和伦理意识。本来，暴力意味着犯罪，却在曾经的革命伦理之下，有可能成为一种正义的反抗，或者是为生存而反抗的求生努力。于是暴力在不同的群体范围内，具有了不同的价值尺度。农民工来到城市谋生，遭到城市空间的种种挤压，甚至被逼到生存的边缘。于是在他们的内心本能性地产生了仇恨和报复的心理，并采取暴力的行为来缓释自身的存在危机。《威胁总来自黑暗》中，青年农民工在城市受尽委屈，工资长期被拖欠，一个老乡因此跳楼自杀，几个工友看黄色录像被公安抓捕，逃跑时掉到粪池里淹死了三人，为了发泄对城市的不满，一人残忍地强奸并杀害了女律师。《泥鳅》中的农民工蔡毅江，因工伤而得不到治疗而身体残废，却找不到地方赔偿，他铤而走险走上黑社会道路，伙同他人强奸对他生命漠不关心的黄医生，砸毁黄老板的搬家公司。《马嘶岭血案》中的九财叔和"我"受雇给城里的踏勘队当挑夫，因为被扣了二十元工资连杀七人，最后杀红了眼，甚至连同伴的"我"也不放过。其他在《被雨淋湿的河》中的晓雷，《愤怒》中的马木生、《杀入重围》中的刘连生、《怀念一个没有去过的地方》中的远子等人对城市和城市人疯狂报复的暴力行为，虽然他们最后都丧失了性命或遭到法律的制裁。然而，阅读文本，这些农民工在城里的暴力事件却丝毫不让人感到可怕，相反，他们的行为反而有一种亲者快，仇者痛的感觉。显然这是一种道德叙事支配下的底层思维，其中不无曾经的阶级斗争的顽固思维和叙事模式的影子存在。这些农民工在城市的暴力行为，往往是生存伦理视域下讲述暴力杀人的贫苦动力学的结果。《马嘶岭血案》中的九财叔养着三个女儿和八十多岁的老母，他想弄钱给三个女儿作学费，"我"则因为快做父亲了，交不起农业特产税，村长威胁说不交税就不准生娃，才铤而走险杀人。马木生杀死钱警官，因为木生的妹妹在收容所被卖进妓院，好不容易逃脱，却在街头被汽车撞死，父亲在收容所被活活打死，木生于是在野外杀死钱警官。这种以生存艰难为理由，为底层农民工在城市的行为失范，甚至犯罪作道德的辩护，已经成为一种普遍性的叙述伦理。相反，木生在收容所惨遭毒打，甚至将竹签插进十个手指；程大种来到城市打工，却被打死在城市的工厂里；在刘亚波的《逃出工厂的那个晚上》中，在工厂老板的策划下，大哥被十几条广东汉子打得死去活来，工友们被赶走，身份证被扣压，工钱一分未领。这些城市力量对农民工的暴力效果，却是一种类似于阶级敌人对底层民众的人身迫害，唤起读者内心的仇恨情绪。可见，在这些农民工书写中，暴力叙述在不同群体身上的伦理截然不同，一方面是贫穷驱动，一方面又是"为富不仁"，它们在文本中的价值观非常混乱，并没有一个清晰的主线贯穿。

本质上，这是叙述伦理与人文情怀的混乱，导致了当下农民工书写中往往走向极端。城市愈恶，农民工愈善良，农民工愈惨，他们愈值得同情，城乡两级愈分化，愈凸显作家的人文情怀，因此他们的混乱来自作家对道德伦理与人文情怀的理解，来自他们是当下世界的把握。人文情怀是一种对人类自身尊重、关爱、关怀的精神，是人类得以生生不息前进的精神力量。当下农民工书写不能仅仅倚靠作者内心的体验和情绪，以道德伦理的标准去替代文学的价值判断，而是要在道德伦理和人文关怀之中寻求一种中间境界。这种中间境界就是不仅坚持底层民众需要的维度，同时也是当下整个中国民众乃至全人类的价值尺度。

二、历史感的缺失

打开众多的农民工书写的文本，不难发现其中的现场感非常突出。很多作品甚至只是以记录的方式呈现打工者的生存细节。它们在契合时代潮流的同时，只是就事论事描述农民工的生存状态，缺少历史的纵深感。这里指的历史感缺失，并非指当下的农民工书写仅仅表现的是近年来城乡转型中的事件，时间短，缺乏足够的时间跨度与历史脉络。一般来说，文学的历史感至少有两个层面，一个是历史感最基本的外在层次：在文学作品中程度不同地表现出历史活动的真实面貌，在历史的绵展性中接通当下与传统，使当下的文本叙述变得厚重，从而将当下的叙述激情转化为历史纵深的探究。

从这个角度来看，很多打工作品往往以第一人称的身份，直接传递出自身打工经验和内心体验，充斥在其中的是一系列物质性的追求，却很少有探究农民工进城事件的历史脉络和传统沿袭。很多作品只是记录当下发生的一个个事件，却少有人物性格的变化。很多打工作家如郑小琼、周崇贤等早年一直在工厂打工，他们是打工现场亲历者。郑小琼以东莞黄麻岭村为题材的"打工诗歌"所记录的工厂生活，包括他们的情感及其人生选择，都是朴实的，真切的，是植根于南方土地上的真切书写。在《从中兴路到邮局》中，出现了街道、小巷、邮局、银行、五金店、百货店、纯净水店、理发店、鞋店、化州快餐店、川菜馆、湘菜馆，卖甘蔗的，卖水果的，烤红薯的……郑小琼以亲历者的视角，切入了她曾经陌生现在熟悉的工业小镇的内部，从她的作品中看到的是一种真切而芜杂的城镇生活镜像，甚至有新闻摄影作品画面冲击般的震撼。这些真切的打工生活经验叙事，对于未曾有过打工经历的读者而言，尤其是城市读者而言，无疑具有一定的新异性。但从整体看来，却呈现出近乎千篇一律的打工生活物象。其中有工棚、工卡、暂住证、汇款单、出租屋、春运的火车站等，这些物象固然是特定中国历史条件下工业化进程中的见证，但文学一旦停留在这个层面，必然只是充当一个记录员的角色，却没有任何想象的空间。这类文本看来，只见物象和人物群像，却不见诗意心灵浸染下的想象空间，缺乏读者驰骋其想象力的文学空白。明谢榛认为："凡作诗不宜逼真，如朝行远望，青山佳色，隐然可爱，其烟霞变幻，难于名状；及登临非复奇观，惟片石数树而已。远近所见不同，妙在含糊，方见作手。"① 相反，读这类作品，你很难发现一些创作主体的深刻思考，无论是对中国现代社会历史进程的反思，还是对弱势者内心梦想与困惑的体

---

① 谢榛：《四溟诗话》。

察，都停留在一系列社会问题的新闻信息浏览与报道层面上，写作只是充当了社会问题的呈现工具。读者在阅读农民工题材的作品时，往往只能停驻在当下农民工打工生活的物象世界，却未能伸向传统的历史记忆中寻找精神的空间。

历史感的缺失还表现在当下的农民工书写缺乏历史的反思精神与力度。横亘在中国人民面前政治的、经济的、伦理的、心理的落后甚至腐朽的意识，犹如一张无形的大网，并非处于城乡关系之中农民工的仇恨情绪与反抗意识，或者说少数作家心中的和谐意识能够解决问题。很多作品往往可以归为问题小说，暂住证问题，农民工工资拖欠问题，农民工子女的教育问题，农民工在城市的性缺失问题，女性农民工在城市的工作问题，工伤问题等，这一个个具体的社会问题，给读者提供了一系列令人震惊的生活细节，却没有展开历史的反思，为什么会出现农民工的这些生活状态，为什么他们的内心不平衡，为什么城乡关系难以抚平？这些问题都需要作者抑制住自己内心情绪的冲动，一头扎进对历史的追怀，对民族文化、民族心理的深刻反省中去，批判那些导致城乡不平衡状态的民族文化心理机制，在历史的因果链条中，思索我们民族的出路。《为妹妹柳枝报仇》、《血泪打工妹》、《不许抢劫》、《厂花之死》、《开冲床的人》、《烂尾楼》等，似乎都在讲述一个个打工者的血泪生活，却没有人思考传统与现代之间的农民工苦难历史，他们形成的原因和城乡户籍的历史形成等问题，更少有人思考这一段农民工进城的岁月在历史长河中的位置。因此，导致当下的农民工书写经验鲜活，却厚重不足。

三、情绪性过于强烈

伴随着原生态的打工生活经验的是，农民工书写的文本中充斥着卑微的叹息、疲倦的疼痛、压抑的呐喊、悲凉的绝望等控诉性质的话语，在努力接通传统的现实主义批判精神中，透出对社会不公和城乡差异难以遏抑的不满和愤怒。罗德远的《刘晃棋，我的打工兄弟》中写道："为什么这样畏惧胆怯／我们不是现代包身工／我们不是奴隶／为什么不说一声'不'／为什么不把抗争的拳头高高举起?!"这些诗歌当中流淌的是为农民工苦难代言的愤怒情绪，以类似于阶级斗争的话语书写了农民工的集体反抗，我们看到的是诸多民工进城遭遇不满的情绪森林，而不是某一民工个体的情感流动。北村的《愤怒》中，主人公李百义在城市打工，眼看着妹妹悲惨死去，父亲被城里的警察虐待致死，于是他通过个人的审判方式杀死虐待父亲的警察。这一类复仇文本在一系列揭示国家高速现代化进程中产生的不和谐音符中，呈现出强烈的情绪化写作倾向。"城市会对生存于其间的人产生无所不在的影响，城市中的庞大的科层组织、工作机构、社会位置、制度规范和各类角色会对在其间工作与生活的人提出严格的要求，要求他们适应城市里的一切，要求他们同城市里生活着的庞大的人群打交道，并相互适应。"[1]也就是说，城市对人的影响是全面的，尤其是闯入其间的农民工。反思农民工在城市的生存境遇，需要走进城市内部和农民工的心理世界，而不是凭借力量型的情绪化批判。情绪化的思维根本是一种主体对外在事物的投射，却阻拒了从社会万象中寻找事物的本质。他们的思考都是外倾型的，而不是一个民族在现代化进程中特定阶段的自我反思。

这种代言式的群体愤怒，并没有真正进入个体价值的主体判断，而是农民工这个群体对来自城市的异己力量的道德声讨与抗争。农民工进城遭遇的是城乡文化的冲突与错位，众多小说主人公却由穷而进城打工，由打工而遭受苦难。在城市文明的压迫下，严重的身份认同危机，进城后的梦想破灭，他们纷纷选择与城市暴力对抗、疯狂报复城市的极端方式来凸显自身的存在。作家往往为其不平而鸣，体现的是一种为打工群体代言，为他们的利益担当的勇气与责任。他们拥有唤起民众关注的力量与勇气，却没有真正走进个体自我的人性反思。农民工在城市边缘化的"他者"形象，即来自城市空间下认同的危机，也来自自我认同的缺乏。疏离感、孤独感、恐惧感等本该成为农民工在城市境遇中"我是谁"的症候表现，而农民工小说却很少涉及，更多的是苦难书写下的情绪倾泻。"我是谁"这样的人的现代性反思，并没有在一个合适的范围内展开。

同时，愤怒的情绪扭曲了作者对外在客观世界的感觉与体验，使他的叙述伦理和叙述方式呈现出简单化和偏执化的倾向。"如果小说是现实主义

---

[1]　帕克等：《城市社会学》，华夏出版社1987年版，第265页。

的，仅仅因为它只看生活的阴暗面，那么它不过是一种倒置的传奇故事罢了……"① 这些底层创作每每将愤怒与感伤情绪推向一个极端，而忽视了在复杂多元的语境中平衡处理多种对立关系和冲突性情感。整个叙述模式呈现城乡二元对立的紧张状态。城市在文本中总是诱惑、欲望与邪恶的符码，而乡村则是贫穷、愚昧与纯朴的隐喻，农民工群体像城市候鸟一样游走在城乡之间。读者在阅读中很容易将其中的人物分为两大阶层：城市人与农民工，而他们的生活场景也似乎被简单地烙上了类似"左翼革命文学"的理念化特征。这种社会转型中因阶层分化和利益重组而产生的社会仇恨意识与情绪，以扭曲和夸张的形式对农民工书写进行着侵蚀，给文学带来了一系列不和谐音。以"劳工神圣"为价值取向的传统意识形态的"阶级仇恨"话语在为众多的农民工进城带上了道德的高位，而将城市的物质性与欲望化表征置于道德的低位。愤怒的情绪为农民工书写带来了道德叙事的严重分化，极大影响了表达农民工在城市与乡村之间的精神复杂性。

强烈的底层焦虑又促使一些作家常常停留在简单的道德化立场上，一方面倾力展示他们的各种悲苦生活事实，从劳资冲突到性苦闷，从被歧视、欺侮到暴力化的报复和反抗，另一方面又在叙述话语中保持着某种廉价的道德关怀姿态，除了愤怒，就是无奈。像陈应松的《太平狗》、《马嘶岭血案》，王祥夫的《街头》，曹征路的《霓虹》，于晓威的《厚墙》等等，都非常典型。以暴制暴，以恶抗恶，或者以彻底的堕落应对生活的绝望，是这些小说中人物极端化的生存方式。在城市文化的压迫下，农民工严重的身份认同危机，进城后的各种梦想一一破灭，使他们不再相信一系列的成功神话，而是选择疯狂报复城市的极端方式来证明自身的存在。这些小说的字里行间，我们看到了农民工这些弱势群体令人难以置信的生存状态，也不难捕捉到文本当中难以遏抑的不满和愤怒。尽管这些沉重的叙述笔调下，文本揭示了国家高速现代化进程中产生的一系列不和谐音符，也折射出作者可贵的人文情怀，但总体来看，愤怒的文本情绪，道德化的叙述姿态，却只能将文学带入一个偏执、扭曲的世界。正如曹文轩对当前文学的慨叹："中国当代文学在善与恶、

---

① ［美］伊恩·P.怀特：《小说的兴起》，高原、董红均译，生活·读书·新知三联书店1992年版，第3页。

美与丑、爱与恨之间严重失衡，只剩下了恶、丑与恨。诅咒人性、夸大人性之恶，世界别无其他，唯有怨毒。使坏、算计别人、偷窥、淫乱、暴露癖、贼眉鼠眼、蝇营狗苟、蒜臭味与吐向红地毯的浓痰……说到底，怨毒是一种小人的仇恨。"在曹文轩看来，"中国当代的文学浸泡在一片怨毒之中。这就是我们对中国文学普遍感到格调不高的原因之所在"。①曹文轩的话可能因激愤而有些片面，但阅读作品不难感觉到，这种"崇恶"趣味，并不是英雄主义的大恨，与作家所拥有的大爱没有丝毫关系，而是一种缺乏和谐心灵观照的偏执姿态。

　　道德化的倾向驱使创作者将自己的情绪泼洒在笔下的人和事上，造成了叙述视角的单一和人物形象的二元对立。这种道德情绪的过于浓烈，造成了文本内部的极度紧张，他们无法公正客观地看待进城农民工与城市之间的复杂关系。于是，道德取代了审美，成为文本叙述的唯一尺度，挟持作者在毫无节制的叙述中写人、记事，人物和事件的鲜活与复杂往往被一种道德化的观念所统摄。这样，道德观念的先行，便束缚了文学对人的真实存在的细微刻画，其中的诗意最终被文本中肆意冲决的情绪所冲淡，呈现出力量（硬的一面）有余，韵味（软的一面）不足的文学症候。

四、现实功利与消费底层

　　现实功利性对于农民工书写而言，已经完成越出了文学审美的内涵。一方面，国家主流意识形态对农民工问题、三农问题等的重视，吸引了广大作家转身投向农民工书写，而获得一定的文学陌生化效果，掀起了一轮新的现实主义文学潮流。它既能获取主流意识形态的赞许，又能接通中国文学关注底层的现实主义精神传统，于是很多的精英作家纷纷创作，既是新的人民性的体现，又是一种摆脱艺术困境的"美学脱身术"②。另一方面，很多草根出身的打工者的创作，往往是自身冤屈和苦难的倾诉，以引起主

① 曹文轩：《混乱时代的文学选择》，《江南》2006年第3期。
② 陈晓明：《"人民性"与美学的脱身术——对当前小说艺术倾向的分析》，《文学评论》2005年第2期。

流意识形态的关注，期待政府和媒体能够直接帮助解决他们的问题。像王十月、郑小琼等人早年的创作往往如此，他们追求经验的真切和情绪的强烈，以至他们的呐喊能够被主流意识形态关注到。王十月曾坦承："我们的生存境遇，我们的立场，往往决定了我们看问题的方式。立场有时往往和局限相伴相生，和简单共同生长。"① 无论是哪一方面，其中的功利性驱使作者匆匆完成，没有时间去咀嚼生活的诸多细节，也没有平静的心态在一定审美距离内反复思考和酝酿，从而导致作品缺少空灵的境界与审美诗意。"艺术与日常生活的区别，关键在于前者是审美理想可以渗透的虚拟领域，后者属于审美理想无法渗透的现实领域。"② 这里所说的"虚拟领域"，就是指一种非现实性的精神想象领域，或者说是一种理想状态。作家通过自己对生活的理解，以一种内在的和谐心灵来加以贯穿和超越，最终达到一个生活的理想状态。

文学需要关注底层民众生活的艰难，但不能仅仅停留在功利性的追求上；文学不能完全匍匐于现实生存的原生态经验，而需要理想主义的观照，构建出一个内在和谐的"软"的想象世界。文学的世界与现实的世界应该属于完全不同的两个世界。现实的世界总是属于物质的，是日常俗世生活中未经提炼的经验世界，而文学的世界则属于精神的，他应该有现实生活之外的想象空间。宗白华指出："所谓艺术生活者，就是现实生活以外一个空想的同情的创造的生活而已。"③ 文学就是人类精神理想的一种艺术传达，是人类心灵无法在现实生存中获得满足的诗意话语寄托。它应该对人类自身的精神理想负责，应该走进人们日常生活的梦想与希望，克服世俗生存中一系列表象式的苦难与不幸，寻找抗争世俗苦难与绝望的生存勇气，达到个体生命的理解和心灵的飞升。

最后，农民工书写中的苦难叙事正在演变为一种另类的商品而被消费。当关注农民工群体成了近年来政府工作考核重点与社会聚焦热点，底层成了"流行词"之后，底层书写面临着消费社会符码生成逻辑的危机，逐渐演变

---

① 王十月：《国家订单》序言，中国社会出版社 2009 年版。
② 彭锋：《日常生活的审美变容》，《文艺争鸣》2010 年第 5 期。
③ 宗白华：《美学与意境》，人民出版社 1987 年版，第 17 页。

为一种符号或标签而进入被消费的文化商品之列。"消费文化使用的是影像、记号和符号商品，它们体现了梦想、欲望和离奇幻想，它的一个重要特征就是，商品、产品和体验可供人们消费、维持、规划和梦想。"① 相对于欲望写作、女性写作和青春写作中的小资情调与物质消费，农民工书写通过呈现一个不为主流所知，不为广大城市读者所知的底层世界，他们的挣扎、疼痛、仇恨甚至性欲，变成了异质空间中的传奇与故事，极大满足了广大读者的感官猎奇和情绪宣泄。

一方面，尽管很多打工者的创作充满了苦难与怨恨，但最终还是寄予生活以无尽的梦想。从安子的《打工世界》，到林坚、郑小琼等人的创作，他们的内心依旧充满成功的梦想。此类题目的创作往往充当一种底层励志的消费读本，尤其是安子的成功便是现身说法，他们的创作路径基本为乡村贫困—到城市寻求出路—遭遇苦难—克服挫折—赢得自己的天空。现身说法的路径往往要求他们的创作多一些自我的气息，而少一些内在的思辨。这样的励志消费，注定了会驱动作者强化苦难，强化克服自我挫折的精神高度，自然影响到文学审美的复杂与客观。

另一方面，很多作家书写农民工进城的苦难历程，本身就是一种消费底层、消费苦难的方式。于是出现怎么苦难，怎么写，男性农民工死亡，女性农民工沦为妓女，很多小说愁云惨雾，这些基本套路和模式化导致了他们必须不断追求创作的传奇与花样，遮蔽了农民工本来的生存状态。在题材上，农民工进城的苦难叙述给习惯了欲望写作的读者以新鲜的感觉，让他们能够保持自己道德与生存的高位优势。读者阅读和关注这类作品时，更多注意到其审美韵味之外的其他内容。他们在感受打工生活的苦难中享受一种居高临下的优越感，在人道主义和正义感的呼唤中不知不觉满足了悲天悯人的情怀；在农民工的漂泊体验中感受到自己的幸福，在展示打工仔的暴力与粗俗、打工妹的被损害与被侮辱为卖点的纯粹消费写作中满足一种近乎畸形的窥视性阅读。在道德姿态上，很多小说通过农民工的苦难叙述，满足读者的道德消费：即把苦难作为一种道德姿态来博取思想和艺术上的优势，用泛

---

① 　[英] 迈克·费瑟斯通：《消费文化与后现代主义》，刘精明译，译林出版社 2000 年版，
　　第 166 页。

滥的怜悯和同情赢得更多的消费者。于是苦难成了一种符号，一道可卖的风景。

随着农民工书写的日渐受到关注，一些作家、一些作品已经或隐或现地被时代的消费话语所侵袭和劫持。他们借特定的打工背景，堂而皇之地兜售打工者或猎艳或血腥的故事。《午夜狂奔》、《望穿秋水》、《那窗那雪那女孩》、《红尘有爱》、《纯情时代》、《南国迷情》等，每篇小说都是一个离奇曲折的故事，工厂流水线上诉不尽的艰辛与苦难，"白领"们绞尽脑汁的淘金钻营，老板阔佬的好色贪婪，出租屋里恣意弥漫的情欲，风尘女子的血泪，痴情男女的幽怨，盲流黑帮的凶残……应该说，这类小说将农民进城打工的生活设置为一个虚拟的背景，然后在这个背景上肆意填充猎艳或血腥的故事，以招徕读者。它们不可能反映打工者的主体意识，也无法揭示打工者的生存现实。真正的底层意识应是一种人类意义上的人文情怀，一种勇于面对复杂纷繁的社会情状的美学追求。当底层成了被消费的商品时，那些生活的真实将进一步被遮蔽，社会的不平等也许愈演愈烈，而被消费的底层依然贫穷，汗水与泪水的悲剧还将上演。

这种文学的道德化消费往往表现为一种道德上的虚伪姿态，甚至有以悲情故事来换取市场效益的嫌疑。底层想象往往呈现的是一些外在生活具象，猎奇的故事，小姐、发廊，暴力情欲等，却很少有人真正以人文主义的情怀关注农民进城谋求生存的动机和境遇，很少有人关注他们心理层面的喜怒哀乐。底层当然包含着不公、不幸、痛苦、磨难、沉沦、欺诈等人生经验与社会伦理，但同时还应该包含着勤劳、勇敢、诚实、智慧、幸福等美好向上的一面。在众多农民工身上，应该是生存焦虑与城市梦想的交织，而非偏于苦难一方的想象性叙事。这种偏执型的叙事伦理，往往造成对农民工进城生活的一种遮蔽，显然无法实现生存的复杂表现。

实际上，农民工进城，正是中华民族不断努力实现国家现代化的过程，其中有喜悦、困惑、怀疑、恐惧和悲伤，而不仅仅是愁云惨雾的弥漫。城市与民工之间也并非紧张的二元对立，而是既融合又对抗的复杂状态。农民工书写应该坚持一种健康向上、富有人文情怀的价值观，科学理性地面对农民工在社会、经济转型下灵魂的嬗变痛楚，表现人的自尊，觉醒，让打工者成为健全的自我主体。文学需要直面社会存在的勇气，需要批判的精神与力量，但不能以道德的姿态来取代审美的追求。就创作者的姿态而言，不能停留在自言，代言或启蒙上，不能停留在吐苦水上，应该更多地把笔触放到表现人的精神世界上去，诸如自我意识和人性意识的觉醒，人的尊严和自尊，道德的继承与重建，以及人的全面发展的追求等。

第十章　结　语

虚静、虚构、虚心：
从现实生存到诗意存在的农民工书写

　　"构建社会主义和谐社会"，实现"中国梦"是近年来党和政府提出的未来发展目标。所谓"和谐社会"，"中国梦"都不是文化幻想的产物，而是指人们日常生活一种融洽协调的社会状态和人们世俗生存的梦想。要构建融洽和谐的社会状态，关键在于如何化解各种社会矛盾和利益冲突，其中最重要的就是城乡体制之间的二元对立，而贯穿城乡冲突的一定主体正是广大的农民工。农民工进城不但为我国城市的发展和繁荣添砖加瓦，用他们的血汗和生命阐述着我国现代化历史的进程，却一直生活在社会的底层。因此，即使农民工生活在我国城市的每一个角落，他们在城市中的真实生活状态仍被社会主流所排除。在一定程度上，他们更像是这个社会的隐形阶层，在城市的各个角落默默地挣扎着。农民工书写以城乡冲突为背景，讲述着社会转型期农民进城谋生的生存故事，呈现了中国现代化进程中的复杂与复杂。毫无疑问，农民工书写以真切的悲悯情怀传达了中国现代化进程中的一系列不和谐音，目的在于建构一个理想的和谐社会。其中有农民工在城市遭遇苦难、身份尴尬、乡村贫穷，甚至人身安全难以保证等等，体现了当下文学和作家对现实的积极参与意识，他们听过自身体验的现身说法，或者传统精英作家的底层关注，在一系列不和谐音中刺激当下的读者和主流社会的神经，于是关注底层，关注弱势群体，关注农民工纷纷走进媒体、行政，甚至人们的日常生活。在这个层面上，农民工书写属于功利写作。它一定比一些玩弄技巧、书写风花雪月，虚构传奇与浪漫的纯文学来得直接，更加具有生活的真切。他们的创作没有伪饰，没有矫情，却在一系列让人震惊的不和谐音中让读者感受到文学的力量。我们从身体写作的小资情调中将目光转向农民工书写，在很多几乎是"土得掉渣"的原生态经验传达中感受到的是作家的真诚与激情。

城乡冲突是农民工书写的关键词，也是农民工书写努力的对象。随着现代化的大步推进，城市对乡村的挤压似乎在一天天加剧，乡村在外形的现代化中不断与城市拉开差距。因此，城乡冲突在全社会形成了一种普遍存在的不平衡心理，每一个民众都生活在焦虑、渴望、困惑甚至仇恨的世界中，失去了创造自己独立个性的时间和空间。从个体上看，农民工进城，为的是谋求发财致富，为的是自身的发展与自由，却处处遭遇城市文化机制的压抑与阻碍。从社会发展看，农民工进城，为的是城市的现代化建设，为的是民族国家的发展，却连身份都无法认同。对于当下的农民工书写而言，城乡不平衡的现实，让我们感觉陶渊明式的诗意离得太远，沈从文式的乡愁过于奢侈，他们的创作更多的是如何打破城乡二元对立，如何提高农民工在城市乃至全社会的地位。因此，在城乡冲突的前提下，文学呼应了自古以来针砭现实，为民呐喊的精神传统，将现实主义文学作了最直接、最原始的当下阐释。它没有随着"大好形势"而一片形势大好，而让读者或主流注意到现实生活的另一面，或者另一个角落。它为当下的农民工书写赢得了文学现场感和呐喊的力量，也直接呈示了它的浅白与功利。

社会的终极目标是和谐，城乡之间的差距最终会一天天缩小。文学的努力就在于凭着勇气与同情，揭示出社会的一系列不平衡，从而在人们精神与现实世界中构建和谐的文化意识。因此，我们面对农民工书写中一系列的苦难叙述，不难感受到其笔下的人物呼唤尊重与谋求发展的急切，不难感受到文本之下潜在的呼唤和谐的迫切与梦想。这也正是为什么农民工书写不断受到主流社会话语的关注的原因。可以说，正是中国现阶段城乡冲突的文化事实，直接产生了当下的农民工书写，也就是说，不和谐的生存现实，决定了当下农民工书写中自然而发出的和谐诉求。城乡两极的文化差异不消除，农民工书写会长期存在。

　　文学是社会的一面镜子，也是参与社会，反映人性的力量。何西来在《论社会的和谐与文艺的和谐》①一文中指出，文艺工作者要投入到建构和谐社会的伟大历史实践中去，贯彻以人为本的理念，在环境文艺和环境伦理的建设上，在刚健清新的文风提倡上作出自己的贡献。文学的和谐并不是要对城乡矛盾和冲突视而不见，甚至将和谐作为城乡冲突的粉饰。城乡文化冲突也不是文学充满怨怒、仇恨的根本原因。应该说，一定社会文化心理体现了一定的文学内在情绪。农民工书写的城乡焦虑、体制冲突，导致文本出现一系列不和谐的音符，但这一切不是影响文学审美的关键，如果摒弃城乡二元的思维模式，将农民工进城这一特定历史时段出现的社会现象置于深远的历史情境中去，寻找这一时段的精神与文化本质，充满冲突与矛盾的文学同样会和谐而又有韵味。随着文学意识与作家创作的进一步成熟，农民工书写将会出现一些厚重深刻的作品。

　　文学的最高境界应该是一种内心的和谐。在具体的文本创作实践当中，人性的和谐最终体现在作家的和谐思维中。一个作家能够以和谐澄净的心态来观照世界，一定会给读者以和谐的文化感受，从而直至醍醐灌顶式的灵魂熏陶。正如徐复观先生所说："世人之所谓用，皆系由社会所决定的社会价值。人要得到此种价值，势须受到社会的束缚。无用于社会，即不为社会所束缚，这便可以得到精神的自由。但由无用以得到的精神的自由，究其极，仍是'不薪乎樊中'……"②和谐是一种人与人、人与自然、人与社会之间的自由状态，根本在于主体内心的和谐思维的观照。城乡冲突在广大农民工身上表现为生存的底层，身份的尴尬，城市的挤抑。无论是打工者的创作，还是精英作家的创作，都呈现出了农民工与城市之间的不和谐，内心却有一个潜在的呼唤：城乡的和谐。问题是，城乡和谐的表现，首先在于作家主体内心的和谐，如果一个作家始终停留在书写城乡之间的冲突，书写农民工在城市的苦难历程，那么其文本中透出的一定是精神世界的不和谐情绪。

---

① 何西来：《论社会的和谐与文艺的和谐》，《文学评论》2006 年第 4 期。

② 徐复观：《中国艺术精神》，春风文艺出版社 1987 年版，第 58 页。

一方面，在农民工书写中，城市是情感上的批判对象和现实中的中国未来，乡村则是情感的皈依之所和现代性的希望，其中的复杂与冲突，很难用二元对立的思维来简单处理。另一方面，城乡二元体制的长期存在，决定了这些文本中重农贬城的情绪思维。城市与乡村势不两立，进而导致大多数农民工书写当中缺乏文学的和谐意识。文本当中更多地强调现代社会的奋斗历史，强调个性身上的致富欲望，却很少深层表现农民工身上的精神与自由。本质上，这是文学如何面对冲突，如何驾驭冲突的问题。从农民工书写的文本世界来看，矿难、拖欠工资、红灯区"外来妹"、保姆的辛酸、工地生活甚至收破烂的人全都出现在作品中，反映问题的广度和深度前所未有。文学并不需要一团和气，不需要软绵绵的诗意来建构文学内部的和谐。浪漫与诗意是和谐的一方面，紧张和复杂的冲突，城乡之间的焦虑状态，同样能够通向文学和谐。关键的问题在于作家对世界的理解与把握，对人性的揣摩与思考。农民工书写以耿直的口吻，书写了当下城乡之间的可怕鸿沟，将农民工在城市遭遇的苦难、困惑呈现在读者面前，其中有农民工与包工头的冲突，农民工与警察的矛盾、农民工与城市居民的冲突，有死亡、有伤害、有受骗，将农民工与城市二元对立地分开。城市是暧昧的，它既是物质欲望的符号，又是道德堕落的符号，既是现代化未来的代表，又是通向人类痛苦的一面。因此阅读这些农民工书写，总能感觉城市与乡村之间剑拔弩张，恨意满天飞，很难让读者产生一种内心的愉悦与和谐。

面对一系列原生态的打工生活经验，身处变动不居的时代，作家如何驾驭无处不在的城乡冲突，是当下农民工书写成功的关键。一方面取决于作家主体的创作态度和美学心态，另一方面则取决于作家对审美对象的作用方式。丰富的诗意想象中包含逼真的生活细节，深刻的批判精神中表现人性的复杂，多元的时代焦虑中体现历史的深邃，这是文学的时代契机，也是作家的努力方向。

首先在于作家以虚静之心来面对喧嚣的城乡冲突。虚静是中国古代传统人生的审美态度，也是一种艺术创作的心态。老子说："致虚极，守静笃。"①

---

① 老子：《道德经》第十六章。

因为私欲与外界万物的干扰，只有致虚，才能恢复心灵的清明。庄子说："夫虚静恬淡寂寞无为者，天地之本，而道德之至。"[①] 荀子在《解蔽》中谈到"虚壹而静"，意在指明了正确认识事物的心理条件。刘勰的《文心雕龙》中指出："是以陶钧文思，贵在虚静，疏瀹五藏，澡雪精神。"[②]"虚静"说在这里准确描述了作家在创作中要排除庸俗繁杂的日常事物的干扰，排除一切主观成见，使心灵呈现明静虚空的状态。文中借用"虚静"一词，意在说明当下农民工书写的作家所需具备的创作心态。所谓虚静，就是指作家在创作中保持心灵与精神自由，去除外界万物的羁绊与时空的限定，细微地体察生命的精神和大胆地展开诗学的想象。

从客观上，作家面对城市的喧嚣浮躁，应该从一些具体的城市物象或事件中走出，而观其精神。在打工者出身的作家笔下，厂房、车间、出租屋、车床、铁、工卡等亲身体验的一些现代工业物象，既是农民工由乡村到城市的异质空间，也是他们拥抱城市反而造成身体压抑的符号。而在精英作家那里，城市则以一种大而化之的现代符号出现，高楼大厦、美容美发店、建筑工地、地铁，甚至打扮时尚的城市女性等。走出这些物象的具体形态，不在于多么逼真地展示现场，而是融入他们一己的都市体验和生活经验，在一定主体的审美视角下，形成独特的感觉世界。郑小琼诗歌中的"铁"的意象，融入了她自身的鲜血和汗水，王十月的"磨刀声"，也来自身体内部的性与外在现实之间的冲撞。关键在于作家以虚静之心来面对喧嚣的一切，将自己与生存的现场保持一定的距离，使自己的身心能够在诸多事件之间往来穿梭，最后跳出世俗的生存状态，拷问人性的复杂与深邃。

其次，作家还应该将这些物象或事件逐渐退去其时代的热度，放置到历史的长河中去考察其永恒性。农民进城打工，固然是当代的现代化发展之产物，但也是历史遗留下来的制度性现象，它必然与中国悠长的传统文化性格，民族文化心理相联系，与中国多年来城乡发展的历史脉络相关。作家只有将这些具体的城市物象模糊化，放入历史的长河之中，寻找其历史文化的星星点点。陆机云："虚己应物，必究千变之容；挟情适事，不观万物之

---

① 庄子：《天道》。

② 刘勰：《文心雕龙·神思》。

妙。"① 所以，作家主体要进入真正的审美境界，必须以玲珑澄澈之心，拂开"物"之功利外表，洞见其内部深层的精神真髓，而不至于让繁复的外在色相迷乱了心灵。打工作家需要的是超越自身来到城市打工所经历的一切经验和事件，让其新鲜的生活热度散去之后，融入主体的艺术空间，形成与生活有一定距离的美学世界。精英作家同样要从自己所把握的农民工生活状态、甚至一些毛茸茸而又有些尖锐的真实事件中走出，在一个虚静的心态中再作审美的把握。

在主观上，作家既要克服自身的情绪化，又要以非功利的心态，将现实生活的各种诱惑，包括来自市场和主流意识形态话语的召唤，一一加以摒除。卢梭指出："为面包写作，不久就会窒息我的天才，毁灭我的才华。我的才华不在我的笔上，而在我的心里，完全是由一种超逸而豪迈的运思方式产生出来的，也只有这种运思方式才能使我的才华发荣滋长。任何刚劲的东西，任何伟大的东西，都不会从一支唯利是图的笔下产生出来。需求和贪欲也许会使我写得快点，却不能使我写得好些。企求成功的欲望纵然没有把我拖进小集团，也会使我尽量少说些真实有用的话，多说些哗众取宠之词，因而我就不能成为原来有可能成为的卓越作家，而只能是一个东涂西抹的文字匠了。"② 很多打工作家往往因为强烈的成功欲望，或者过于突出为底层呐喊的功利性，而置身在打工生活的情景之中，没有跳出自我而思考城乡冲突给农民工带来的精神与心理的变化。他们太多地关注来自这个群体的疼痛与苦难，太注重主流话语和读者关注的眼神，导致自身无法从中摆脱而进入纯然自由的审美境界。而一些精英作家也往往出于或拯救、或呐喊的人道主义愤激，或底层写作市场的考虑，心中太多的社会焦虑与欲望，在文本中未曾经过主体内在世界的涤荡澡雪，决定了他们的创作也散发出强烈的功利之气，或笼络读者而追求社会事件的新异，或表达自己的社会不平而书写底层，而无法形成拥有独特个性的感觉世界。无论哪种功利目的，他们都在关注底层苦难的人道主义旗帜下，通过文学的声音来实现一定的价值诉求。正如明

---

① 陆机:《演连珠》。
② ［法］卢梭:《忏悔录》第 2 卷，范希衡译、徐继曾校，人民文学出版社 1982 年版，第497—498 页。

代吴宽在《书画鉴影》中分析王维的创作时说："以余观之，右丞胸次洒脱，中无障碍，如冰壶澄澈，水镜渊渟，洞鉴肌理，细观毫发，故落笔无尘俗之气，孰谓画诗非合辙也。"[①] 艺术的世界，要求作家首先要将主体一些功利之气加以涤荡去除，然后以"冰壶澄澈"的状态去观照审美对象。因此，虚静要求摒除了一切功利，不谋求主流意识的重点关注，不受城乡冲突的身份影响，不追求速度美学。它是一种文学态度，更是一种美学态度。

其次，真实的虚构是农民工书写未来的一个努力方向。"文学是虚构性写作，小说（fiction）这个字眼就意味着印刷页上的词并不等同于经验世界的任何既定现实，而仅仅是表现某种虚设的东西。"[②] 纵观当下农民工书写的典型特征，正是原生态地见证打工生活经验和现实场景，如车间、冲床、流水线、出租屋等。在《车间》中，诗人郑小琼用急促的节奏写到，"在锯，在切割 / 在打磨，在钻孔 / 在铣，在车 / 在量，在滚动 / 在冷却，在热处理 / 在噬咬，在切断 / 在刻字，在贴标签……"全诗三十三行，记录了车间的每一道工序，呈现的是一个现代工业没有人性空间的逼真场景，却没有给读者留下一些反思的空间。究其原因，这些打工者出身的作家，往往未能进入高等学府系统阅读和学习中外名著，尤其是中西文艺理论，他们对文学的理解基本停留在"我手写我口"的状态。因此，现实主义的真实便成为他们殊途同归的旨趣。

相反，文学的审美内涵不仅仅在于书写一个确定真实的世界，而需要虚构一些不确定的因素，"虚构文本构成它自己的对象，并不模仿现存的事物。对此，它不可能接受现实对象的全部规定的制约，而是恰恰相反。正是不确定的因素使文本得以与读者交流，即诱导读者参与作品意图的产生与理解。"[③] 文学应该重点表现农民工遭遇的各种现实冲突和内在的话语冲突，形成一个复调的世界。铁凝的《谁能让我们害羞》通过送水工与城市女人之间

---

① 吴宽：《书画鉴影》，转引自吴俊华：《艺术创作与变态心理》，生活·读书·新知三联书店 1987 年版，第 92 页。

② ［德］伊瑟尔：《阅读活动：审美反应理论》，金元浦等译，中国社会科学出版社 1991 年版，第 65 页。

③ ［德］伊瑟尔：《阅读活动：审美反应理论》，金元浦等译，中国社会科学出版社 1991 年版，第 32 页。

心与心的较量，表现了城乡冲突的无所不在。王十月在《出租屋里的磨刀声》中，将现实的打工生活虚写，而集中表现出租屋里打工者的性与爱的原始诉求，透过他们身体的烦躁不安，书写他们在城市内在的恐惧、仇恨。这些文本的主人公不再是某一个人物，而是一种令人窒息的氛围，也是文本内部不同话语之间矛盾冲突的张力效果。

从小说想象世界的方式来说，作家需要打碎常态的直线式日常生活叙述，描写生活中的一系列偶然性，城乡时空交叉更迭，人物个体于是具有了一定的性格复杂性和历史厚重感。正如小说《嘉莉妹妹》，作家把爱默生的"超灵"观念应用于对现代大都市的描述，试图在城市生活中寻求宇宙的法则和超灵的存在。小说以浪漫传奇的方式，分析了工业化进程中个体各种欲望在城市空间的复杂表现，尤其是主人公嘉莉妹妹的心理困境和摆脱困境的方式。现实的世界是日常俗世生活中未经提炼的经验世界，而文学的世界应该有现实经验之外的虚构空间。相反，尤凤伟的《泥鳅》、刘庆邦的《神木》等小说往往停留在讲述农民工苦难、暴力的故事，却少有表现他们内心世界的困惑与挣扎，刺探他们在人性冲突下的人性变化。文学不能完全匍匐于现实生存的原生态经验，而需要作心理、精神层面的多元观照。

其三，虚心也是当下一些作家在创作农民工题材时需要的基本心态。书写生活的真实，书写打工经验和体验的真实，是当下一些作家容易做到的，也是他们"我手写我口"的基本策略。这里提出虚心的命题，不是指作家向生活虚心求教，而是针对作家往往以一种道德化的叙事来书写城乡冲突，书写农民工在城市的苦难遭遇。在他们的笔下，自己就是一个高蹈的道德家，面对城乡矛盾和冲突，他们往往非常自信地在道德的层面指手划脚，肆意评判。对于打工出身的作者而言，他们往往将道德的矛头对准城市及居民，而对于农民工在城市的一系列失范行动予以无原则的宽容。城乡冲突变成了简单的善恶冲突。对于传统的主流作家而言，他们往往将对农民工在城市的报复行动予以道德的忽略，而城市则是置于情感的对立面，善恶的二元对立导致了他们对农民工进城的复杂作简单的减法。

实际上，简单化的处理缘于作者过于自信一己生活的经验和体验，导致他们没有精力和时间来面对这个城市与农民工之间的复杂，没有时间来面对人性的复杂与多元。农民工书写并不仅仅涉及进城农民在打工生活、爱情、性等方面的努力，而是一个城乡体制的二元对立，医疗制度、就业制度、教育制度、社会保障制度等社会问题的交杂与相融。作家应该虚心向复杂的社会学习，深入体验和思考生活的各个侧面。打工创作者凭借自身的丰厚的打工经历和切身的感受，拥有得天独厚的书写现实的条件，却还需走出自己狭小的天地，从社会历史的整体观出发，将人性的复杂与自身的感受结合起来，才能真正建构出富有诗意内涵的文学。传统的主流作家则应该摒除一些固有的文学观念和理论，尤其是曾经非常强大的革命伦理，二元对立的思维，真正将思维的触角深入生活的细部，书写生活与人性的复杂。以当下非常流行的现代性理论为例，很多作家和批评家都将其视为文学的正宗或"葵花宝典"，却忽略了其与中国本土的适应性问题，尤其是对于根植于乡土的农民工而言。伊夫·瓦岱说："我们面前存在两种现代性的概念，一种概念主要具有肯定意义，它把现代性当作进步所依赖的历史背景，而另一种概念则具有根本的否定意义，它认为现代社会的动力与真正的进步是背道而驰的。"①对现代性的反思，无疑是现代国家推进现代性工程的动力，对尚未完成的现代性的批判也应该是现代性自我实现的一部分。农民工书写中，那种对于历史向前的犹豫态度，那种不时向传统文化投去的深深眷恋，都暗示着作家对现代性的复杂态度。

当下的农民工进城，既有从乡村进入城市的现代化渴望，又有千年乡土文化的浸染，因此将他们的性格特征以西方现代性思维来衡量，肯定是圆凿方枘。当我们说农民工在城市遭遇苦难，表现批判他们身上"麻木"这一"国民劣根性"，没有现代个性或自由精神，却忽略了正是因为"麻木"才让农民工在城市里艰难生存。换一个角度，"麻木"正是几千年以来我国农民承受巨大苦难而生存下来的精神基因，"坚韧"、"隐忍"、正是麻木的潜台词。假如我们用"麻木"来形容《大嫂谣》中忍辱负重的嫂子，《国家订单》中的赵恩重，显然是难以符合他们的生存事实。正是这大量的农民工的"麻木"，推动了国家城市的现代化，也收获了他们自身微笑和瞬间的幸福与快乐。同样，当我们批评农民工身上的"狭隘"气质时，一方面指出了他们对世界认知的片面，视野的狭窄，另一方面却忽略了他们对生活的执着与努

---

① 〔法〕伊夫·瓦岱：《文学与现代性》，田庆生译，北京大学出版社 2001 年版，第 33 页。

力。很多作品都在写到当农民工在城市遭遇种种歧视和遭遇时，往往表现出一系列道德失范的报复行为，却忽略了他们在城市的弱势无助，忽略了他们"狭隘"的行为正是生存下来的根本。这对于现阶段的农民工而言，有些奢侈和超前。奔向繁华的城市，加速个人的富裕之路，已成为广大农村地区人的现实向往。农民工进城谋生，并不会产生仇视城市的想法，他们仅仅是想融入却无法融入。身份认同的艰难，让他们与城市互相隔膜，产生"城市属于他们的，我什么也没有"的念头，他们需要的仅仅是自己劳动付出的工资和报酬，当然也有他们的自尊。对于当下一些年轻的农民工而言，通过购买房子与其他途径，艰难楔进城市也成为了可能。简单的批判并不能拯救他们，简单的同情不属于悲悯情怀，重要的是走进他们的生活，表现生活的复杂与艰难，思考人性的和谐，最终探究城乡二元社会如何才能走向和谐，共同迈进现代化的大门。

因此，作家应该虚心向生活的复杂学习，而不是简单化地挥动道德的大棒，以"底层意识"为武器，肆意将道德批判的矛头对准城市和居民。批判意识首先在于对生活的独到理解。以西方发达的工业社会产生的现代性理论来观照中国目前乡村与城市的矛盾与冲突，固然有其合理之处，却也遮蔽了中国乡村与城市的发展事实。大量的农民工书写往往在极尽书写农民工在城市的种种苦难，借以传达作家自我对城市现代化的批判和对传统乡村诗意的拥抱。尊重来自乡村的打工者，不以出身论成败，不以穷富论英雄，让城市站在人的立场上和这些异乡人做一次真诚的对话：这是作家在诸多作品中提出的基于人和人性基础上的文学理想。他们在作品中讲述这些"悲惨"和"苦难"故事的同时，有意无意地把打工者的人性写得很美，试图在和城市人的对比中，突出强调人性的反差和受到待遇的不公。显然，在现代化的进程中，城市化以进城农民工为纽带，给中国传统社会和乡村的秩序、内容和生存方式带来了巨大的冲击，城市塑造着自己最新容貌的同时，也重新塑造了当下中国整个社会的面貌。社会和时代的人不得不从新的或者说更深的层面去审视当下的城市，而不是一味地简单的道德批判。丁帆在谈论小说《接吻长安街》时说："我还不相信城市有这样的包容性，我还不相信像柳翠这样代表着千千万万农民工的农耕文明的伦理道德秩序就会在顷刻之间化为乌有，而一步踏进城市文明的门槛。因为民族的劣根性也还残存在这个群体之中。永远的乡土和瞬间的城市，可能是农民难以进入城市的最后一道精神屏障。"① 在很多二元对立的城乡叙述中，繁华的城市在文学空间中变了形。对于小说中明惠、小米、马木生、国瑞、晓雷、李满银等打工者来说，变形的城市就成了一场可怕的梦魇，是道德沦陷地，高楼大厦、车水马龙、灯红酒绿，体现的是一个物欲横流的现代性空间。自然这里成为寄寓作家道德批判的深度模式，也是消费时代披着人文情怀的文学产物。正如孟繁华在《传媒与文化领导权——当代中国的文化生产与文化认同》中指出，"城市本身就是一个巨大的悖论……是一个暧昧的、所指不明的场所。"② 因此"苦大仇深"的城市想象，并不能真实呈现生活的复杂，不能深刻地表现出生活本该的诗意。每一个主流的作家应该虚心地低下头来，摈弃来自各种观念的写作，深入到城乡生活的肌理，以自己内心的诗意与情感顺应他们的呼吸，把道德批判与人文情怀区别开来。

文学的诗意存在并不一定首先需要社会的和谐存在为前提。伊格尔顿指出："伟大的文学是对生活虔诚开放的'文学'，而且不论'生活'是什么样子都可以由伟大的文学来表现。"③ 一定社会生活经验的真切呈现，一定社会阶层情绪的时代传达，固然是文学对生活的理解与把握，但文学的诗意不仅仅这些表层的经验与意象。所谓文学的诗意，应该是一种在文学表达中由作家独特而深入的感受作用，而现实生活中的经验、事实、心理、意象通过创造性的转换，形成一种发自灵魂的气韵。这种气韵以语言文字的表意系统表现出来，却溢出字词之外，融丰厚的社会文化、批判的力量、人性的深度和哲理的思辨等在一起的混沌状态。

毫无疑问，对于社会生活而言，重要的是在善和美的价值框架下，使一切冲突趋于减少，而这对于以"和"为社会理想的和谐社会建构是存在的基础。随着社会的发展，国家社会政治经济层面的不断转型，城乡冲突将一步

---

① 丁帆：《"城市异乡者"的梦想与现实——关于文明冲突中乡土描写的转型》，《文学评论》2005 年第 4 期。

② 孟繁华：《传媒与文化领导权——当代中国的文化生产与文化认同》，山东教育出版社2003 年版，第 76 页。

③ [英]特里·伊格尔顿：《当代西方文学理论》，王逢振译，中国社会科学出版社 1988 年版，第 69 页。

步迈向和谐发展的理想之门。美国的帕克曾指出："城市与乡村在当代文明中代表着相互对立的两极。城与乡各有其特有的利益、兴趣，特有的社会组织和特有的人性。他们形成一个既相互对立，又互为补充的世界。二者的生活方式互为影响，但又绝不是平等相配的。随着城市的影响不断向广大农村渗入，农村人也在被改造的过程中，二者之间的差异是会逐渐消失的。"① 文学的努力就在于从精神上、从情感上、从理性上影响民众的心理和情感，最终在人性和谐的基础上推进社会的和谐。

文学诗意的建构关键在于作家内心的和谐。转型了几十年的当下中国社会过于强调个人的财富、经济的发展和竞争的条件，一切都太注重物质和功利。城乡冲突的二元对立，正是国家转型时期的一个重要发展，也是社会人性发展的中间状态。然而，创作者心态的局促与功利，牵引作家强化农民进城的苦难生活，强化农民工在城市的无根感觉，来实现他们底层写作的欲望。这些农民工书写的文本中充盈着怨恨与怒气，却缺少一种能够整合与提升的思想贯穿，无法实现内心的从容与和谐。作家无法回避现实生活中的各种矛盾与冲突，应该考察不同文化力量在文本中的冲突，更应该充分把握人物内心的冲突与焦虑。关键的问题是，作家能否以高尚的灵魂、非功利的思维，去观照农民工进城的一系列冲突与对抗，拷问人物主体内部的话语冲突与纠结。一个作家能够以虚心的人生态度，虚静的美学素养，面对纷扰的社会现实，直面历史文化与人性情感的矛盾与冲突，将个体的体验与虚构的艺术紧密融合，人性的诗意存在才能真正建构。

---

① ［美］R·E.帕克：《城市社会学》，华夏出版社 1987 年版，第 275 页。

参 考 文 献

[1] 冯紫岗：《农民问题概论》，岐山书店 1929 年版。

[2] 杨开道：《农村社会学》，世界书局 1929 年版。

[3] 朱其华：《中国农村经济的透视》，上海中国研究书店 1936 年版。

[4] 浩平：《中国农民离村问题之研究》，民众运动月刊社 1933 年版。

[5] 李长莉：《晚清上海社会的变迁——生活与伦理的近代化》，天津人民出版社 2002 年版。

[6] 陆学艺：《"三农论"——当代中国农业、农村、农民研究》，社会科学文献出版社 2002 年版。

[7] 李培林：《农民工——中国进城农民工的经济社会分析》，社会科学文献出版社 2003 年版。

[8] 池子华：《农民工与近代社会变迁》，安徽人民出版社 2006 年版。

[9] 周大鸣：《渴望生存——农民工流动的人类学考察》，中山大学出版社 2005 年版。

[10] 李强：《农民工与中国社会分层》，社会科学文献出版社 2012 年版。

[11] 沈立人：《中国农民工》，民主与建设出版社 2005 年版。

[12] 张鸿雁编：《城市·空间·人际：中外城市社会发展比较研究》，东南大学出版社 2003 年版。

[13] 赵园：《论小说十家》，浙江文艺出版社 1987 年版。

[14] 茅盾：《我的回顾》，《茅盾研究资料》（上），中国社会科学出版社 1981 年版。

[15] 孙立平：《转型与断裂：改革以来中国社会结构的变迁》，清华大学出版社 2004 年版。

[16] 郭沫若：《中国古代社会研究》，中国华侨出版社 2008 年版。

[17] 何良俊：《四友斋丛说》卷十三，中华书局 1983 年版。

[18] 伍蠡甫，胡经之：《西方文艺理论名著选编》（中卷），北京大学出版社 1986 年版。

[19] 毛泽东:《在延安文艺座谈会上的讲话》,《毛泽东选集》(一卷本),人民出版社 1967 年版。

[20] 戴锦华:《犹在镜中——戴锦华访谈录》,知识出版社 1999 年版。

[21] 丁帆:《中国乡土小说史论》,江苏文艺出版社 1992 年版。

[22] 许纪霖、蔡翔:《道统、学统与政统》,时事出版社 1999 年版。

[23] 徐复观:《中国艺术精神》,春风文艺出版社 1987 年版。

[24] 罗钢、王中忱主编:《消费文化读本》,中国社会科学出版社 2003 年版。

[25] 丁帆、许志英:《中国新时期小说主潮》(下),人民文学出版社 2002 年版。

[26] 李洁非:《城市像框》,山西教育出版社 1999 年第 1 版。

[27] 费孝通:《乡土中国生育制度》,北京大学出版社 1998 年版。

[28] 刘小枫:《现代性社会理论绪论:现代性与现代中国》,上海三联书店 1998 年版。

[29] 李裴:《小说结构与审美》,贵州人民出版社 2003 年版。

[30] 董之林:《旧梦新知:"十七年"小说论稿》,广西师范大学出版社 2004 年版。

[31] 李勇:《媒介时代的审美问题研究》,河南人民出版社 2009 年版。

[32] 甘满堂:《农民工改变中国:农村劳动力转移与城乡协调发展》,社会科学文献出版社 2011 年版。

[33] 潘泽泉:《社会、主体性与秩序:农民工研究的空间转向》,社会科学文献出版社 2007 年版。

[34] 卢国显:《农民工:社会距离与制度分析》,社会科学文献出版社 2010 年版。

[35] 韦丽华:《焦虑与追寻》,福建教育出版社 2004 版。

[36] 吴自牧:《梦梁录》,《笔记小说大观》二十一编第二册,新兴书局有限公司 1984 年版。

[37] 张秋虫:《海市莺花》,春风文艺出版社 1997 年重印版。

[38] 范伯群、朱栋霖主编:《1898—1949 中外文学比较史》,江苏教育出版社 2007 年版。

[39] 钱理群等著:《中国现代文学三十年》,北京大学出版社 2000 年版。

[40] 老舍:《老舍全集》第 17 卷,人民文学出版社 1999 年版。

[41] 孙中田、查国华编:《茅盾研究资料》(上),中国社会科学出版社 1983 年版。

[42] 杨建:《中国知青文学史》,中国工人出版社 2002 年版。

[43] 陈思和:《中国新文学整体观》,上海文艺出版社 2001 年版。

[44] 郭小冬:《暗夜舞蹈》,花城出版社 2001 年版。

[45] 尹昌龙:《1985 延伸与转折》,山东教育出版社 1998 年版。

[46] 戴锦华:《隐形书写——90 年代中国文化研究》,江苏人民出版社 1999 年版。

[47] 李书磊:《都市的迁徙:1985——延伸与转折》,山东教育出版社 1998 年版。

[48] 孟繁华：《传媒与文化领导权——当代中国的文化生产与文化认同》，山东教育出版社 2003 年版。

[49] 杨宏海：《打工世界》，花城出版社 2000 年版。

[50] 谢有顺：《从俗世中来，到灵魂里去》，郑州大学出版社 2007 年版。

[51] 李勇：《媒介时代的审美问题研究》，河南人民出版社 2009 年版。

[52] 宗白华：《美学与意境》，人民出版社 1987 年版。

[53] 许纪霖：《帝国、都市与现代性》，江苏人民出版社 2006 年版。

[54] 申丹：《叙述学与小说文体学研究》，北京大学出版社 2004 年版。

[55] 陈平原：《中国小说故事模式的转变》，北京大学出版社 2003 年版。

[56] 李恒基、杨远婴：《外国电影理论文选》，上海三联书店 2006 年版。

[57] 薛晓明：《转型时期的弱势群体问题》，中国经济出版社 2005 年版。

[58] ［美］迈克尔·海姆：《从界面到网络空间》，金吾伦、刘钢译，上海科技教育出版社 2000 年版。

[59] ［美］约翰·费斯克：《理解大众文化》，王晓珏等译，中央编译出版社 2001 年版。

[60] ［法］伊夫·瓦岱：《文学与现代性》，田庆生译，北京大学出版社 2001 年版。

[61] ［英］特里·伊格尔顿：《当代西方文学理论》，王逢振译，中国社会科学出版社 1988 年版。

[62] ［美］R.E. 帕克：《城市社会学》，华夏出版社 1987 年版。

[63] 刘易斯·芒福德：《城市发展史》，倪文彦、宋俊岭译，中国建筑工业出版社 1989 年版。

[64] ［法］热拉尔·热奈特：《叙事话语新叙事话语》，王文融译，中国社会科学出版社 1990 年版。

[65] ［美］杜·舒尔茨：《现代心理学史》，人民教育出版社 1981 年版。

[66] ［美］罗·洛梅：《焦虑的意义》，广西师范大学出版社。

[67] ［英］乔治·摩尔：《伦理学原理》，上海世纪出版集团 2005 年版。

[68] ［英］休谟：《人性论》，关文运译，商务印书馆 1981 年版。

[69] ［美］亨廷顿：《文明的冲突与世界秩序的重建》，周琪译，新华出版社 2002 年版。

[70] ［德］弗里德里希·包尔生：《伦理学体系》，中国社会科学出版社 1988 年版。

[71] ［英］威廉斯：《文化与社会》，北京大学出版社 1991 年版。

[72] ［英］吉登斯：《现代性的后果》，译林出版社 2001 年版。

[73] ［英］大卫·麦克里兰：《意识形态》，吉林人民出版社 2005 年版。

[74] ［美］波德里亚：《消费社会》，南京大学出版社 2000 年版。

[75] ［德］恩斯特·卡西尔（Ernst Cassirer）：《人论》，甘阳译，上海译文出版社 1985 年版。

[76] [英] 齐格蒙·鲍曼：《立法者与阐释者：论现代性、后现代性与知识分子》，洪涛译，上海人民出版社 2000 年版。

[77] [英] 科林·威尔逊：《局外生存》，译林出版社 2000 年版。

[78] [德] 本雅明：《发达资本主义时代的抒情诗人》，张旭东、魏文生译，北京三联书店 1989 年版。

[79] [美] 丹尼尔·贝尔：《资本主义文化矛盾》，三联书店 1989 年版。

[80] [英] 吉利恩·比尔：《传奇》，昆仑出版社 1993 年版。

[81] [美] 埃里希·弗罗姆：《逃避自由》，刘林海译，国际文化出版公司 2000 年版。

[82] [英] 阿兰·德波顿：《身份的焦虑》序言，陈广兴、南治国译，上海译文出版社 2007 年版。

[83] [英] 雷蒙·威廉斯：《乡村与城市》，韩子满、刘戈、徐珊珊译，商务印书馆 2004 年版。

[84] [英] 迈克·费瑟斯通：《消费文化与后现代主义》，刘精明译，译林出版社 2000 年版。

[85] [德] 伊瑟尔：《阅读活动：审美反应理论》，金元浦等译，中国社会科学出版社 1991 年版。

[86] [法] 伊夫·瓦岱：《文学与现代性》，田庆生译，北京大学出版社 2001 年版。

[87] [法] H.孟德拉斯：《农民的终结》，李培林译，中国社会科学出版社 1991 年版。

[88] [美] 费正清、赖肖尔：《中国：传统与变革》，陈仲丹等译，江苏人民出版社 1996 年版。

[89] [德] 沃尔夫冈·查普夫：《现代化与社会转型》，陈黎译，社会科学文献出版社 2000 年版。

[90] [美] R.迈克法夸尔、费正清：《剑桥中华人民共和国史》，中国社会科学出版社 1992 年版。

[91] [奥] 西格蒙德·弗洛伊德：《精神分析引论》，商务印书馆 1984 年版。

[92] [俄] 别尔加耶夫：《论人的使命》，张百春译，学林出版社 2001 年版。

[93] [美] 萨义德：《知识分子论》，单德兴译，生活·读书·新知三联书店 2002 年版。

[94] [美] 哈罗德·布鲁姆：《影响的焦虑》，徐文博译，生活·读书·新知三联书店 1989 年版。

后　记

　　经过几年的不断努力，书稿终于要付梓出版了。这是对自己的一个交代，也是一种解脱，更是未来学术之路的开始。回望前几年，从国家社科基金项目的立项开始，既有走南闯北，入广东沿海地区的工厂与农民工创作者交流访谈，参加各种学术会议请教诸位方家；也有枯坐电脑桌前，上网查资料，寂寞写论文。还有众位同仁庐山脚下沐薄雾，品清茶，优哉游哉谈学术。项目的开展，逐渐进入实质性的研究，结交了一帮作家朋友，感受到了生活的复杂，也收获了人生的喜乐。

　　在与众多农民工访谈的过程中，涉及最多的话题是关系。在中国，大概最令国人刻骨铭心的也莫过于"关系"二字了。因为没有关系，很多年轻人不得不外出打工，解决自己的生存问题和发展问题。学历、知识、文凭在一定程度上，并不能真正解决问题。很多农民的孩子，因为没有社会关系或背景，只能像候鸟一般，春去冬来，美其名曰"寻找自己的一片天空"。他们从乡村来到城市，并没有安全感，只能小心翼翼，生怕哪一天就出一件什么事情，而付出更大的代价。城里人，有各项政策的保证，有七大姑八大姨、同学、朋友之类的关系网，牵一发而动全身。身处这样的一个网络，具有一种社会安全感。看病，通过关系找医生，可以放心而不必花冤枉钱；开车违章，通过关系找交警，可以电话中就注销违章记录；孩子上学，通过关系找老师，择校、甚至孩子的座位，一切可以通融。乡下打工者在城里，却无法去找到这样的关系，或跻身这样的社会圈子。他们始终是局外人，"热闹是他们的，我什么也没有"。于是他们自卑、孤独、甚至仇恨，都源于他们不属于城市的关系圈。更可怕的是，他们在农村也没有关系圈。很多年轻的一代农民工，根本没有乡村的社会关系，也就无法在乡村自助创业。真正能够创业的人，大多来自村里有权力、有关系、有背景的家庭，他们能够在关系网中找到实现利润的捷径。因此，城里一个圈，乡村一个圈，农民工却焦虑、迷惘、甚至恐惧，始终在这些关系圈里无法找到自己的坐标。他们内心的不平衡，源自生活成本的高昂，源自生活中安全感的缺失，源自圈里圈外的焦虑和恐惧。中国是一个人情社会，本质上就是一个关系社会。对于很多农民工来说，他们的弱势正是始终逡巡于城市的关系圈之外。他们并非卡夫卡《城堡》中 K 那种迷失感，而是一种强烈刺入的焦虑。他们从乡村到城市，目标很明确，就是改变自己的身份，却无法融入这个关系圈。因为他们的纽带在乡村，他们进城的根本就在于生活的解脱，而融入城市这个关系圈中。这大概是中国的农民工与西方社会工业化进程中的农民不同的地方。

　　婚姻本是这些青春的农民工最关心的事情，却是他们很少涉及的话题。城乡的异地漂泊，使他们对婚姻家庭的概念较之父母上一代人淡而又淡，生男生女之类的话题更是无所谓了。因为他们的身上，已经不再有乡村社会的家庭责任，也不再有传统习俗的观念束缚。漂泊的事实，淡化了他们成家的欲望，青春的力比多和城市的魅惑，却又屡屡催化他们性的冲撞。在我访问的东莞一些厂家附近，最多的便是提供堕胎和人流服务的小型诊所和医院。在这里，爱情的结晶成了一种奢侈，更多的是欲望冲动之后的一声叹息。他们不甘乡村世界的闭塞与落后，渴望一夜暴富而解脱乡村的贫穷，面对城市的诸多现状，他们明显不适应。男女之间的快感很快变成了一种互不信任，甚至互相折磨，婚姻无法给他们提供传统的安定，他们注定了要么为自由而分开，要么为责任而返乡。男人、女人在痛与恨中享受着生活的瞬间快感，他们与幸福无缘，与传统无缘，更多的是不甘和解脱。

　　阅读了这么些农民工进城的文本，强烈的解脱感是他们身上的共性。解脱，既包括权贵放下权柄，夫妻释去双方的折磨，还包括底层人民走出困窘。这些都意味着一种人生的超越束缚和挣扎着放下生活的重负。如果说农民工进城意味着一种生计、出路，却也是乡村困境的解脱，然在城市的一系列遭遇，并不会给他们带来太多的解脱感。对于农民工这样的弱势群体而言，无论是城市，还是乡村，都属于丛林。他们从乡村来到城市，主观上想象着解脱，本质上是从一片丛林进入另一片丛林。解脱给了他们动力，给了他们希望。然在丛林法则下，是无法解脱的。他们一个个"到城里去"，"大声呼吸"，却始终无法"高兴"。

如何在一个关系重重的社会，实现农民工个体真正的解脱。中国当代文学的这些作家作品试图在回答：迟子建的诗意，贾平凹的"高兴"，王十月笔下将打工生活的神秘化，郑小琼的历史化，都无法真正走出情绪化的尴尬。农民工走进城市这个关系圈之后，产生一系列连锁反应，牵动的有人性的复杂，亲情的交错，城乡价值的冲突。这一系列的反应，不仅仅是城乡的二元冲突，而是在城乡关系圈下冲出与陷入这样一种解脱感的存在形式。这是农民工身上的宿命，似乎也是每一个生命个体的宿命，我们每一个人都在寻找解脱，却感觉无处入手。活得简单，活得淡然，意味着自我解脱。可有时又会发现生活中太多时候，并非是每一个体能自我解脱的。超越自我，显得多么豪情，却又多么浅薄，多么缺乏生活的质感。于是，当下农民工书写乃至整个当代文学就被摆在一个巨大的困境面前。如何刺入这个困境，将每一个自我个体的艰难、孤独从喧嚣浮躁的社会肌体中分离出来，并透过自我个体的艰难与孤独，折射出整个社会的困境，是当代文学实现超越的未来努力。于此，文学才会因为沉重而有了飞升的动力，因为无法解脱而有了诗意的空灵。

当下的农民工书写究竟在什么程度上表现了真正的生活。这是课题中一直思考的问题。当我们在想象农民工的生活世界时，或用精英的视角，来批判城市的罪恶和同情农民工的困窘；或用打工者的视角，来倾泻农民工的不平情绪，表达对城市既艳羡又愤怒的心理状态。这些叙述视角和心态，有时显得过于理念化，或者功利化，而将生活的本质有所忽略。以性为例，农民工进城，男性处处受到压抑，女性则一一沦为妓女，除了表现城市对农民工的压抑和异化外，并没有真正体现青春农民工身上力比多的冲撞及其伦理的冲突。由是观之，当下的农民工书写要真正实现审美内涵的厚重，必须要冲破现在的叙述心态和视角，真正把握到中国社会的本质，而不是套用城市与乡村的现代性冲突来解决。同样，当下农民工书写研究，也还需进一步抓住人性的本质，打破城乡二元的对立，重在把握现阶段中国民众的生存困境和精神焦虑。这将是书稿完成后的延伸工作了。

在书稿完成过程中，九江学院参与项目研究的唐北华博士执笔第三章的

第一节，龚祝义教授执笔第三章的第二节，孔小彬博士执笔第七章的第二节。有意思的是，项目成员都是来自乡村，都有过乡村生活经历，这为项目的开展赢得了得天独厚的优势。大家都将乡村的生活体验融入到研究中，与农民工同喜同悲，真正感受他们的脉动。

研究过程中，受到了妻子程丽华女士和儿子江辰炀的支持和帮助，为了项目的开展，我们没少红过脸，甚至为一个观点而争得不可开交。同时，也牺牲了很多陪孩子的时间，在此，真诚地感谢他们的理解和帮助。

衷心感谢全国哲学社会科学办公室的基金资助，感谢项目开展过程中中国社会科学杂志社的王兆胜老师，中国社会科学院文学所的杨义老师、陆建德老师、董之林老师、刘艳老师给项目开展给予了许多中肯的建议和可贵的帮助，感谢江西省社联的陈小青主任、杨宇军主任给予的鼓励和帮助，感谢各位接受访问并提供资料的作家，感谢江西师范大学的戴训超院长和各位领导的倾力相助，感谢人民出版社的陈汉萍老师和马长虹老师的悉心阅读与指点，感谢各位同事同门朋友们一起喝茶、谈学问、侃大山。正是大家的合力，才有了作品的问世。

衷心感谢江西师范大学文学院学科建设经费的大力支持，书稿得以顺利出版。感谢是为了铭记过去的帮助，感谢又是为了鞭策今后的努力。

江腊生

2016 年 7 月于南昌

责任编辑：马长虹

封面设计：肖　辉　孙文君

图书在版编目（CIP）数据

新世纪农民工书写研究／江腊生著．—北京：人民出版社，2016.8
ISBN 978－7－01－016398－7

I.①新…　II.①江…　III.①民工－题材－中国文学－当代文学
－文学创作研究　IV.①I206.7

中国版本图书馆CIP数据核字（2016）第147751号

新世纪农民工书写研究
XINSHIJI NONGMINGONG SHUXIE YANJIU

江腊生　著

人民出版社 出版发行
（100706　北京市东城区隆福寺街99号）

北京汇林印务有限公司印刷　新华书店经销

2016年8月第1版　2016年8月北京第1次印刷
开本：710毫米×1000毫米 1/16　印张：16.5
字数：270千字　印数：0,001–3,000册

ISBN 978－7－01－016398－7　定价：48.00元

邮购地址 100706　北京市东城区隆福寺街99号
人民东方图书销售中心　电话（010）65250042　65289539